초기 영웅소설과

금신과

김민정 지음

보고사
BOGOSA

책머리에

내게 공부는 늘 쉽지 않은 과정의 연속이었고, 그것은 지금도 마찬가지다. 박사논문을 쓰면서 초기 영웅소설의 면모와 〈금선각(金仙覺)〉의 작품 세계를 제대로 구명(究明)하고자 했다. 그러나 모든 일이 처음의 마음대로 되지는 않았다. 생각은 복잡하게 얽히고 시간에 쫓기면서 어성부성 박사논문을 제출한 것 같아 항상 마음에 걸렸었다. 그러면서 나중에 책으로 출간할 때는 꼼꼼하게 깎고 다듬으리라 다짐했다.

어느덧 꽤 시간이 흘렀다. 박사학위 논문을 책으로 내라는 권유를 받고 마음이 솔깃했다. 이 기회에 미진한 부분을 잘 다듬어서 책으로 출간하고 싶었다. 그러나 한편으로는 걱정도 되었다. 책의 꼴로 갖추기 위해서는 학위논문의 미진한 부분들을 다듬고 후속 논문을 제출하여 함께 묶어내야 할 텐데 싶었다. 그런데 어느 것 하나 제대로 하지 못했다. 성글고 미진한 생각들이 일시에 채워질 수는 없을 것이다. 그저 부족하지만 있는 그대로라도 다듬고 정리하는 것이 후속 연구의 토대가 될 거라고 믿고 무모한 용기를 냈다. 조금이나마 이 책에 관심을 갖고 읽어주시는 분들께는 깊은 양해를 구한다.

〈금선각〉은 〈장풍운전〉의 한문본이다. 이는 〈최현전〉, 〈소대성전〉의 한문본인 〈대봉기(大鳳記)〉와 함께 국문본과 한문본이 공존하는 영웅소설이다. 〈금선각〉의 발문과 '陰城進士申公景源著'라는 기록은 작가와 창작 동인에 대한 정보를 제공하고 있다. 이런 점에서 〈금선각〉은 초기 영웅소설의 창작 방식과 향유층까지도 가늠해 볼 수 있게 한다. 요컨대

〈금선각〉은 초기 영웅소설의 형성과 존재 양상, 향유층의 특징과 소통 방식을 이해하는 관건이 되는 작품이다.

이런 〈금선각〉에 대한 연구는 다음의 네 가지 측면에서 진행하였다. 첫째, 〈금선각〉의 문헌적 특징과 이본에 대한 고찰이다. 이를 통해서 〈금선각〉의 이본들이 유사한 시기 서로 공존하며 유통되고 있음을 보았다. 더불어 현재 〈금선각〉의 작가로 추정되는 신경원이 이름이 같은 다른 인물일 가능성과 함께, 한문본 〈금선각〉과 한글본 〈장풍운전〉의 주제적 거리가 적지 않음도 알 수 있었다.

둘째, 〈금선각〉의 서사구성과 문예지향적 특징이다. 이에 대한 고찰을 통해 〈금선각〉의 작가가 아들의 문장 학습을 위해서 창작했음을 확인했다. 구체적으로 〈금선각〉에는 다양한 문예문이 수용되어 있다. 뿐만 아니라 전아한 문장의 지향과 전고의 활용, 다양한 분야의 배경 지식이 동원되었음을 볼 수 있었다.

셋째, 〈금선각〉의 주제의식과 향유층의 지향 가치이다. 이를 통해서 한문본 〈금선각〉은 가족의 재회와 가문의 재건을 중심으로 한 서사임을 확인할 수 있었다. 반면 〈장풍운전〉은 영웅성 획득을 중심으로 한 서사 위주였다. 이로써 한문본 〈금선각〉과 국문본 〈장풍운전〉의 주제의식이 상당한 차이가 있음을 볼 수 있었다.

끝으로, 〈금선각〉의 출현 및 유통의 소설사적 의의이다. 이를 통해서 초기 영웅소설의 한문과 한글의 표기방식의 이원화 양상, 장편 가문소설의 수용 및 변모와 영웅소설 형성 과정에 대한 이해, 초기 영웅소설 향유층의 특징들을 해명할 수 있었다. 이는 〈금선각〉의 소설사적 위상과 함께 초기 영웅소설의 형성과 작가[향유]층에 대한 보다 실제적인 모습을 확인하는 것이기도 했다.

나에게는 감사하게도 이 책을 내기까지 격려와 가르침을 주신 선생님들이 참 많다. 학문의 길을 열어주시고, 언제나 푸근한 미소와 말씀으로 감싸주시며 학문적으로나 신앙적으로 바로 세워주신 장효현 선생님, 늘 따뜻한 말로 다독여 주시며 격려와 함께 부족한 부분을 채워주시는 김준형 선생님, 미진한 논문이 박사논문의 꼴을 갖출 수 있도록 꼼꼼히 읽고 조언해주셨던 김기형 선생님, 이형대 선생님, 심치열 선생님. 모든 분들께 깊이 감사드린다. 그리고 늘 매사 살뜰히 살펴주시는 전성운 선생님께도 이 자리를 빌려 머리 숙여 감사드립니다. 또한 함께 공부하며 학문의 토대를 닦을 수 있도록 도와준 서사분과 선후배들께도 고마움을 전한다. 그 가운데서도 논문 심사 준비로 정신없는 나를 대신해 부족한 글을 꼼꼼히 읽고 교정을 봐준 김인경, 이승은 동학께 깊은 감사를 표한다.

지금의 내가 있을 수 있는 것은 가족들의 사랑 덕분이다. 부족한 자식을 책망하지 않으시고 언제나 사랑으로 믿고 응원해 주시는 아빠, 뭐하나 제대로인 것 없는 딸을 하나하나 살뜰하게 챙겨주시는 엄마, 그리고 묵묵히 누나의 부족함을 채워주며 가족을 지키는 동생이 있었기에 가능했다. 모두들 사랑하고, 고맙습니다. 항상 건강하세요. 여기에 부족한 엄마를 최고라고 칭찬해주고 사랑해주는 예쁜 딸 지안이까지. 건강하게 무럭무럭 자라줘서 고맙고, 사랑해!

마지막으로 보잘 것 없는 글을 흔쾌히 출판해주신 보고사 김흥국 사장님과 예쁜 책을 만들어 주신 이순민 선생님께도 감사드린다.

2018년 8월

저자 김민정

차례

초기 영웅소설과
금선각

Ⅰ. 서론

1. 연구 목적

　조선 후기 사회 환경의 변화에 따른 소설 향유층의 확대와 변화, 상업적 출판의 성행 등은 영웅소설의 탄생 및 성장, 변모와 밀접한 관련을 맺고 있다. 이런 이유로 영웅소설과 관련된 제 측면에 대한 연구는 〈장풍운전〉과 같은 초기 영웅소설을 고찰함으로써 심화되었다. 그런데 〈장풍운전〉은 비교적 후기 영웅소설로 인식되었었다. 오다 이쿠고로(小田畿五郎)의 『상서기문(象胥記聞)』(정조 18년, 1794년)에[1] 기록된 여러 작품명을 확인하기 전까지는 특히 그러했다.

　『상서기문』의 〈장풍운전〉 관련 기록이 발견됨으로써, 〈장풍운전〉이 〈최현전〉·〈소대성전〉 등과 함께 초기 영웅소설로 분류되기에 이르렀다. 『상서기문』에 거론된 작품들 대부분이 "여항의 남성들이 향유한 소설"로[2] 영웅소설의 성격을 가지며, 〈장풍운전〉은 초기 영웅소설의 면모를 해명할 수 있는 준거(準據) 작품의 하나로 간주되었다.

---

1) "朝鮮小說 〈張風雲傳〉·〈九雲夢〉·〈崔賢傳〉·〈張朴傳〉·〈林將軍忠烈傳〉·〈蘇大成傳〉·〈蘇雲傳〉·〈崔忠傳〉 그 밖에 〈泗氏傳〉·〈淑香傳〉·〈玉橋黎〉·〈李白慶傳〉類 其外, 중국 당나라 것을 언문으로 적어 읽기 쉽게 한 것이라 한다. 〈三國志〉類 諺文書本有." 小田畿五郎 著, 栗田英二 譯註, 『象胥記聞』 下, 이회, 2005, 186쪽.

2) 전성운, 「長篇 國文小說의 變貌와 英雄小說의 形成」, 고려대학교 박사학위논문, 2000, 87쪽.

최근 〈장풍운전〉과 관련하여 주목할 만한 연구 성과가 하나 더 제출되었다. 〈장풍운전〉의 한문본 〈금선각(金仙覺)〉이 새롭게 발굴 소개된 것이다. 이는 그간 한글소설 〈장풍운전〉으로만 알았던 것에서 한문소설로서 〈장풍운전〉의 존재를 확인케 하는 획기적 연구 성과였다. 더욱이 〈금선각(金仙覺)〉의 작가와 창작 연대를[3] 실증적으로 추정함으로써 초기 영웅 소설의 작가[향유]층의 특성과 그 형성 시기는 물론 초기 영웅소설에 대한 심화된 이해를 가능케 했다. 이는 초기 영웅소설에서 나아가 영웅소설 전반에 대한 이해를 보다 명징(明徵)하게 할 수 있도록 하는 계기가 됐다.

그럼에도 불구하고 〈금선각(金仙覺)〉에 대한 연구는 충분히 이루어지지 않았다. 〈금선각(金仙覺)〉 관련 연구는 〈장풍운전〉의 관계, 이본 계열, 작가와 창작 동기 등의 일반적인 면모에 대한 소개적 차원의 연구가 주로 진행되었다. 사실 〈금선각(金仙覺)〉의 소설사적 의의는 다양한 측면에서 찾을 수 있다. 예컨대, 〈금선각(金仙覺)〉은 영웅소설의 국문·한문 교섭 양상을 구체적으로 보여주는 텍스트로 영웅소설의 준거(準據)가 될 수 있는 작품이다.

그간 영웅소설은 판각본 국문소설로만 인식되기 일쑤였다. 그런데 이미 알려진 〈최현전〉 한문본은[4] 물론이고, 〈소대성전〉의 한문본인 〈대봉기(大鳳記)〉와[5] 〈금선각(金仙覺)〉까지 발견됨으로써, 초기 영웅소설

---

3) 〈금선각(金仙覺)〉은 유재영본의 발문에 기록되어 있는 '壬寅春'과 김준형본의 내제 아래에 기록되어 있는 "陰城進士申公景源著"라는 간기를 통해서 창작 연대를 1722년 또는 1782년으로, 작가는 신경원임을 밝혔다. (김준형, 「〈金仙覺〉의 발굴과 소설사적 의의」, 『고소설연구』 18, 한국고소설학회, 2004, 147~149쪽.)

4) 이수봉, 「최현전 논고」, 『여천서병국박사화갑기념논문집』, 형설출판사, 1979.

5) 이대형, 「〈소대성전〉의 한문본 〈大鳳記〉 연구」, 『열상고전연구』 34, 열상고전연구회,

이 국문과 한문의 표기 형태로 공존했음을 확인할 수 있었다. 이것은 〈금선각(金仙覺)〉에 대한 연구를 통해 영웅소설의 형성, 소통 방식에 대한 이해를 심화할 수 있음을 의미한다.

〈금선각(金仙覺)〉에 대한 본격적인 연구를 진행하는 것은 중요한 의미를 지닌다. 〈장풍운전〉만이 아닌 〈금선각(金仙覺)〉을 연구 대상으로 삼아 영웅소설 전체를 조감하는 연구가 진행되어야 한다. 이에 본 연구는 〈금선각(金仙覺)〉을 대상으로 논의를 진행하고자 한다. 특히 다음의 네 가지 측면에 대한 연구를 진행하겠다. 첫째, 〈금선각(金仙覺)〉의 문헌적 특징과 이본에 대한 고찰. 둘째, 〈금선각(金仙覺)〉의 서사구성과 문예 지향적 특징에 대한 해명. 셋째, 〈금선각(金仙覺)〉의 주제의식과 향유층의 지향 가치. 넷째, 〈금선각(金仙覺)〉의 출현 및 유통의 소설사적 의의에 대하여 구명(究明)하고자 한다. 이를 통해서 〈금선각(金仙覺)〉의 소설사적 위상과 함께 초기 영웅소설의 형성과 작가[향유]층에 대한 보다 실제적인 모습을 확인하고자 한다.

2. 선행 연구 검토

〈금선각(金仙覺)〉에 대한 보다 본격적인 연구를 진행하기에 앞서, 〈장풍운전〉 관련 선행 연구에 대해 검토해보고자 한다.[6] 이를 통해

2011, 189~214쪽.

6) 본고의 연구 대상은 〈장문운전〉이 아니다. 그러므로 선행 연구의 검토 역시 〈장풍운전〉을 중심으로 하지 않겠다. 다만, 〈장풍운전〉 관련 선행 연구를 검토하는 것은 〈金仙覺〉에 대한 논의를 위한 것일 따름이다. 여기서는 〈金仙覺〉 연구와 유관한 측면에서 〈장풍운전〉의 선행 연구를 검토하도록 하겠다.

〈금선각(金仙覺)〉 연구의 토대를 견고하게 하고 논의의 출발점을 확인

하도록 하겠다. 〈금선각(金仙覺)〉과 〈장풍운전〉에 대한 연구는 다음의

네 분야를 중심으로 이루어져 왔다. 첫째 이본에 대한 연구,[7] 둘째 유

형적 특징과 소설사적 위상에 대한 연구.[8] 셋째 서사구성과 특징에 대

한 연구.[9] 넷째, 〈금선각(金仙覺)〉과 〈장풍운전〉의 상관성에 대한 연구

가[10] 그것이다. 이상의 연구는 〈금선각(金仙覺)〉과 〈장풍운전〉의 관계

를 해명하고, 〈금선각(金仙覺)〉의 작가와 창작 동기 등을 밝힘으로써

---

7) 조동일, 「영웅소설 작품 구조의 시대적 성격」, 『韓國小說의 理論』, 지식산업사, 1977.
; 이창헌, 「京板坊刻小說 板本 研究」, 서울대학교 박사학위논문, 1995. ; 신해진, 「경판
27장본 〈張豊雲傳〉 해제 및 교주」, 『고전과 해석』 6, 고전문학한문학연구학회, 2009.

8) 김열규, 『韓國民俗과 文學研究』, 일조각, 1971. ; 조동일, 앞의 책, 1977. ; 박일용, 「英雄
小說의 類型變異와 그 小說史的 意義」, 서울대학교 석사학위논문, 1983. ; 곽정식, 「張豊
雲傳 研究」, 『국어국문학지』 21, 문창어문학회, 1983. ; 강상순, 「英雄小說의 形成과
變貌 樣相 研究−敍事構造와 人物形象化의 樣相을 중심으로」, 고려대학교 석사학위논
문, 1991. ; 김연호, 「英雄小說의 類型과 變貌에 대한 研究」, 고려대학교 박사학위논문,
1992. 이지영, 「〈장풍운전〉·〈최현전〉·〈소대성전〉을 통해 본 초기 영웅소설 전승의 행
방−유형의 구조적 특징을 중심으로」, 『고소설연구』 10, 한국고소설학회, 2000. ; 김민
정, 「〈金仙覺〉의 소설사적 전통에서의 〈구운몽〉」, 『순천향 인문과학논총』 32(3), 순천향
대학교 인문과학연구소, 2013.

9) 이창헌, 「장풍운전」, 『韓國古典小說作品論』, 집문당, 1990. ; 김경숙, 「〈長豊雲傳〉 연구
−군담소설과 가정소설의 접촉」, 『洌上古典研究』 10, 열상고전연구회, 1997. ; 김경남,
「군담소설의 전쟁 소재와 욕망의 관련 양상−〈소대성전〉, 〈장풍운전〉, 〈조웅전〉을 중심
으로」, 『겨레어문학』 21, 건국대국어국문학연구회, 1997. ; 김병권, 「경판 장풍운전 문헌
변화의 소설시학적 기능」, 『한국민족문화』 14, 부산대학교 한국민족문화연구소, 1999.
; 김병권, 「방각소설 〈장풍운전〉 내적 변화의 독자 성향」, 『한국문학논총』 26, 한국문학
회, 2000. ; 신현순, 「장풍운전의 불교 사상적 성격」, 부산대학교 석사학위논문, 2000.
; 김준형, 「조선후기 하층민의 삶과 이데올로기, 〈장풍운전〉」, 『고소설연구』 33, 한국고
소설학회, 2012.

10) 김준형, 「〈金仙覺〉의 발굴과 소설사적 의의」, 『고소설연구』 18, 한국고소설학회, 2004.
; 강문종, 「〈金仙覺〉 異本 연구」, 『정신문화연구』 28, 한국학중앙연구원, 2005. ; 김준
형, 「〈장풍운전〉 異本攷 − 한문본 〈金仙覺〉을 중심으로」, 『우리어문연구』 45권, 우리어
문학회, 2013.

초기 영웅소설로서 〈금선각(金仙覺)〉의 소설사적 위상을 밝혔다는 데 의미가 있다.

먼저, 〈장풍운전〉이나 〈금선각〉의 이본 연구와 관련된 측면이다. 〈금선각〉 이본에 대한 연구는 김준형에 의해서 주도되었다. 그는 〈금선각〉의 한문본 9종과 국문본 3종의 이본 현황을 정리하고,[11] 이후 〈금선각〉의 한문본 2종을 추가 보고하였다.[12] 그리고 다시 김준형본 1종과 강문종본 2종을 추가로 소개함으로써,[13] 〈금선각〉 이본이 총 14종의 한문본과 3종의 국문본임을 밝혔다. 그는 〈금선각〉 이본 연구와 함께 〈장풍운전〉과 어떤 관련이 있는가 하는 점 역시 연구하였다.[14] 이와 같은 연구를 통해 〈금선각〉과 〈장풍운전〉은 표제와 몇몇 등장인물, 지명, 자세한 장면 묘사 등에 있어서의 차이만 보일 뿐, 동일한 서사구조를 갖는 이본임을 확인하였다.

〈장풍운전〉의 이본 연구는 판각본을 중심으로 진행되었다.[15] 이창헌은[16] 경판 〈장풍운전〉은 31·29·27장본의 8종이 있으며 이들은 26장까지는 서사구조가 일치하고, 27장 이하의 서술은 31장본이 가장 상세하고 다음은 29장, 27장본의 순서임을 밝혔다. 29·27장본이 31장본의 후반부를 중심으로 축약·판각되었다는 것이다.

완판 〈장풍운전〉은 36·39장의 5종이 있으며, 39장본은 명치 44년(1911) 서계서포(西溪書舖), 36장본은 대정 5년(1916) 다가서포(多佳書舖)

---

11) 김준형, 앞의 논문, 2004, 142~145쪽.
12) 김준형, 앞의 논문, 2013, 86~87쪽.
13) 김준형, 「한문본 〈金仙覺〉 이본고」, 『교감 금선각』, 보고사, 2015, 15~17쪽.
14) 김준형, 앞의 논문, 2004, 150~159쪽. ; 강문종, 앞의 논문, 2005, 205~212쪽.
15) 이창헌, 앞의 논문, 1995. ; 신해진, 앞의 논문, 2009.
16) 이창헌, 「장풍운전」, 김진세 편, 『韓國古典小說作品論』, 집문당, 1990, 342쪽.

의 판권지가 붙어 있다고 했다. 그런데 39장본 중에서도 대정 5년(1916) 다가서포의 판권지가 붙어 있는 것은 7장~10장만 36장본과 같고, 나머지는 39장본과 동일하다. 이런 점에서 39장본 대정 5년(1916) 다가서포를 일종의 조악본(粗惡本)이라[17] 할 수 있다고 하였다.

〈장풍운전〉의 활자본은 31, 43, 56면 본의 8종이 있으며, 이들은 한성서관, 조선도서주식회사, 박문서림, 경성서적업조합, 박문서관, 동양대학당, 영창서관 등 여러 출판사에서 간행되었다. 하지만 내용은 모두 동일하며, 표기 방식에 있어서 한문과 한글의 병기 유무와 띄어쓰기 정도의 차이만 보인다.[18] 이처럼 〈장풍운전〉의 이본 연구는 판각본에 집중되어 있으며, 필사본 〈장풍운전〉에 대한 이본 검토는 아직 충분히 이루어지지 않았다.

다음으로 〈금선각(金仙覺)〉의 서사구조 혹은 서사구성과 주제의식에 대한 선행 연구를 검토해보겠다. 〈금선각(金仙覺)〉의 서사구조에 대한 선행 연구는 〈장풍운전〉 논의를 수용하여 진행되었기 때문에, 〈금선각(金仙覺)〉의 서사구조만을 대상으로 한 별도의 논의가 진행된 바는 거의 없다. 그러므로 여기서는 〈장풍운전〉의 서사구조와 주제의식에 대한 논의를 중심으로 선행 연구를 살펴보겠다.

〈장풍운전〉의 서사구조와 유관한 유형적 특징과 관련하여, 김태준은[19] 군담과 계모형 소설의 특징을 지닌다고 했다. 이런 견해는 설성경에게도[20] 이어져 〈장풍운전〉의 구조가 여타 영웅소설과는 다르다고 하

---

17) 이창헌, 앞의 책, 1990, 343쪽.
18) 이창헌, 앞의 책, 1990, 344쪽.
19) 김태준, 박희병 교주, 『증보 조선소설사』, 한길사, 1990, 180~181쪽.
20) 설성경, 『한국소설의 구조와 실상』, 영남대 출판부, 1981, 263쪽.

였다. 하지만 그것이 구체적으로 어떻게 다른지에 대한 논의로는 이어지지 못하였다. 다만 이들 연구가 여타 군담소설과 다른 〈장풍운전〉의 서사구조 혹은 유형적 특징을 지적한 사실은 주목할 만하다. 요컨대 〈장풍운전〉은 전반부 영웅성의 획득과 후반부 사혼처에 의한 처처갈등으로 이루어졌다. 그렇기 때문에 〈장풍운전〉이 여타의 군담소설과 다른 면모를 가졌다고 한 것이다.

이후 영웅소설에 대한 연구가 본격화되면서, 〈장풍운전〉의 서사구조에 대한 연구는 영웅 일개인의 영웅성 획득에 초점을 맞춘 영웅의 일대기 구조에[21] 대한 논의로 집중되었다. 이로 인해 후반부의 혼사장애와[22] 그것이 가지는 작품 내적 기능과 의미에 대한 고찰은 이루어지지 않았다. 다만 영웅소설 일반의 영웅의 일대기 구조에 덧붙여진[23] 이야기로만 인식하였다.

이와 같은 〈장풍운전〉의 서사구조 상의 특징은 〈장풍운전〉을 중심으로 한 영웅소설의 형성시기에 대한 논의의 근거가 되었다. 사실 영웅소설의 형성시기에 대한 논의는 고소설사의 흐름을 보는 관점에 따라서 달라진다. 조동일은[24] 영웅소설의 사적 전개를 거시적 관점에서 제

---

21) 조동일, 앞의 책, 1977, 287쪽.

22) 서인석 역시 〈장풍운전〉이 국가 단위의 충성보다 가문 단위의 혼사를 중심으로 한 작품으로, 갈등의 양상이 혼사갈등에서 비롯된다는 점에 주목하였다. 하지만 〈장풍운전〉의 가문 단위 혼사 중심 서사의 의미에 대해서는 구체적으로 언급하지 않았다.(서인석, 「고전소설의 결말구조와 그 세계관」, 『국문학연구』 66, 서울대대학원 국문학연구회, 1984, 67쪽.)

23) 김연호는 〈장풍운전〉 후반부의 처처갈등에 대하여 "영웅소설의 일반적인 형태에 여주인공 이경패[금선각; 경파]가 겪는 시앗싸움이 첨가되었다."고 하였다.(김연호, 앞의 논문, 1992, 115쪽.)

24) 조동일, 앞의 책, 271~454쪽.

시하였다. 그는 영웅소설의 중심축이 되는 '영웅의 일생'을 고대신화에
서 서사무가(敍事巫歌)로 이어지는 '영웅의 일대기 구조'의 유형화로 보
았다. 이것은 고소설사의 전개를 낭만주의에서 사실주의의 경향으로[25]
이해하고자 했던 소설의 사적 전개에 대한 파악과 유관하다. 이에 따라
조동일은 영웅소설을 형성 시기별로 제1기 확대기, 제2기 확립기, 제3
기 해체기로 나누었다.[26]

제1기 확대기는 〈구운몽〉(1687, 1688)의 창작시기를 기준으로 하여,
17세기 중반에 창작되었으며 최소 17세기 후반까지는 형성되었을 것으
로 보았다. 제2기 확립기는 17세기 말에서 18세기 초, 제3기는『상서기
문(象胥記聞)』(1794)을 토대로 18세기 중엽 이후에 창작되었을 것으로
보았다. 〈장풍운전〉은 "천상계의 직접적인 도움을 받지도 않고, 도승
을 만나 도술을 배우지도 않았는데도 세계와의 투쟁에서 승리"한다는
점에서, 낭만적 성격의 영웅소설이 "일상적 인물이 세계에 대해서 점
차적인 우위를 확보해 나가는"[27] 영웅소설 해체기의 작품에 해당한다
고 여겼다. 즉, 〈장풍운전〉 후반부의 처처갈등을 영웅소설의 낭만적
성격이 제거된 사실주의적 면모가 강조된 서사로 본 것이다.

서대석은[28] 〈장풍운전〉에 나타난 몰락양반의 가문의 재건을 조선
후기 신분의식의 동요가 반영된 신분 상승의 의지와 신분제에 대한 부

25) 조동일, 앞의 책, 1977. ; 정병욱, 「朝鮮朝末期 小說의 類型的 特質」, 『한국고전의 재인
식』, 1979. ; 김일렬, 「英雄小說의 後代的 變貌」, 『어문논총』 13·14, 경북대 국어국문학
과, 1980. ; 이상택, 『한국고전소설의 탐구』, 중앙출판, 1981.
26) 각 시기에 해당하는 작품은 제1기 : 〈금방울傳〉, 〈楊豊傳〉, 〈淑香傳〉, 〈蘇大成傳〉, 〈九
雲夢〉, 제2기 : 〈趙雄傳〉, 〈劉忠烈傳〉, 〈玄壽文傳〉, 〈黃雲傳〉, 〈李大鳳傳〉, 제3기 : 〈張
風雲傳〉, 〈張景傳〉(조동일, 앞의 책, 1977, 393, 444~448쪽.)
27) 조동일, 앞의 책, 345쪽.
28) 서대석, 『군담소설의 구조와 배경』, 이화여자대학교 출판부, 1985, 71~92쪽.

정적 사고가 드러난 작품으로 보았다. 그리고 박일용은 조동일과 같이 영웅소설을 구비문학적 전통에서 살폈다는 점은 같지만, 〈장풍운전〉을 "대적퇴치 민담의 소설적 변형에서 생성"된[29] 초기 영웅소설로 보았다. 〈장풍운전〉에 대해 서로 다른 논의가 도출된 것은 서사구조와 소재담이라는 층위가 다른 전승요소의 차이에서 비롯된다. 〈장풍운전〉의 주제와 관련하여 박일용은 조선 후기 농민분해(農民分解)의 과정에서 산출된 임노동자층과 유랑민층의 신분상승 의식이[30] 영웅적 지향 가치의 획득으로 나타난 작품으로 보았다.

앞서 지적한 것처럼, 조동일은 『상서기문(象胥記聞)』(1794)의 기록을 토대로, 〈장풍운전〉의 창작시기를 18세기 중엽으로 보았다. 이런 점에서 보면, 영웅소설 유형의 존재를 신화에서 찾았다는 점과 이에 따라 영웅소설 해체기의 작품으로 〈장풍운전〉을 인식했다. 이 점은 후속 연구자들과 다르다. 그는 〈조웅전〉이나 〈유충렬전〉 등이 〈장풍운전〉보다 앞서며 〈장풍운전〉은 18세기 중엽에 창작된 해체기 영웅소설로 이해했다. 물론 〈장풍운전〉만을 두고 볼 때, 박일용 이후 연구자들이 〈장풍운전〉을 초기 영웅소설이지만 그 창작시기를 18세기 중엽으로 본 것은 동일하다. 박일용은 자신만의 연구관점을 세워 영웅소설의 형성을 전통적 문학[문화] 관습 속에서 해명하고자 했다. 그러나 영웅소설의 형성을 대적퇴치 민담의 직접적인 영향으로 보고, 〈장풍운전〉의 남녀의 결연을 대적퇴치 민담의 지향 가치의 소설적 변이로 보기에는 유형적 간극이 너무 크다.

---

29) 박일용, 앞의 논문, 1983, 111쪽.
30) 박일용, 앞의 논문, 64~65쪽.

이상과 같은 연구 경향은 강상순에 이르면 다소 달라진다. 강상순은 영웅 일개인을 중심으로 하여 〈장풍운전〉의 서사를 '분리와 회복'으로 나누고, 가문의 형성을 통한 영웅적 가치의 성취 과정으로 파악했다.[31] 가문소설은 이미 형성된 가문의 유지를 위하여 가문 구성원 전체의 역할과 덕성(德性)을 중시한다면, 영웅소설은 가문의 몰락과 함께 분리된 개인의 영웅성을 발휘하는 서사라는 것이다. 즉 〈장풍운전〉의 가문의 형성을 "英雄의 身分上乘과 指向價値의 획득 과정이자 결과"로 보았다. 그렇기 때문에 후반부의 규방·가문소설의 흥미소인 처처갈등이 영웅소설에서는 "영웅의 신분상승의 한 징표"로 볼 수 있다고 한 것이다. 요컨대, 그는 〈장풍운전〉의 "남성 주인공의 고난과 그 극복을 통한 가문의 형성이라는 서사구조"는 "가문소설의 흥미소들이 잔존하면서 영웅소설의 면모가 그 중심축을 형성하고 있는 과도적 성격의" 결과로 영웅소설 형성기의 면모를 보여주는 작품이라 했다.

이창헌은 〈장풍운전〉의 서사구조를 가족관계[32] 중심으로 이해하며, 혼사장애를 다음의 네 가지 유형으로 분류하였다.[33] 명현왕의 딸 조씨와 두영의 혼사장애와 황화와 두영의 혼사장애는 '획득—신부과업형', 두영과 부용의 혼사장애는 '획득—양자과업형', 이경파와 두영의 혼사장애는 '회복—양자과업형'과 '회복—신부과업형(처처갈등)'으로 분류하였다. 이창헌은 혼사장애의 유형분류를 통해서 소설의 구조를 파악하고, 나아가 혼사장애구조의 변모를 통해서 사회적·문화적 구조와의 관련성에 대하여 고찰한 것이다. 이는 '혼사장애'를 중심으로 〈금선각〉의

---

31) 강상순, 앞의 논문, 1991, 36~47쪽.
32) 이창헌, 앞의 책, 1990, 367~368쪽 참조.
33) 이창헌, 「혼사장애의 개념과 구조」, 『이야기·책·이야기』, 보고사, 2003, 113~231쪽.

서사구조를 살핀, 보다 구체화된 논의라는 점에서는 의의가 있다. 하지만 연구자 자신도 지적했듯이 혼사장애를 통한 서사구조 분석에서 수직적 가족관계에 대한 논의가 배제되어 있다. 또한 〈장풍운전〉의 혼사장애를 도식화했을 뿐, 그것의 구조적 의미에 대한 구체적 논의는 진행하지 못했다.

한편 김연호는[34] 〈장풍운전〉의 남녀 결연담에 주목하여, 〈장풍운전〉을 "가부장과의 離散을 적극적으로 문제삼"기보다는 풍운과 이씨의 "진정한 사랑을 바탕으로 한 남녀의 자유로운 결합을 방해하는 가부장제 사회의 폐단을 고발하는"[35] 작품으로 보았다. 그리고 전성운은[36] 장풍운의 고난과 그 극복의 현실성과 낭만적 방식에 대하여 살폈다.

〈장풍운전〉의 서사구조와 주제에 대한 논의 역시 초기와 후기에 따라서 그 이해 방향이 달라진다. 김준형은 〈금선각(金仙覺)〉의 서사구조를 '가문의 외적 창달', '가문의 내적 정비', '후손의 영화(결과)'의 셋으로[37] 나누었다. 김준형이[38] 장두영[장풍운]의 삶을 민중의 기대지평의 관계에서 살피며, 장두영이 중세 이데올로기에 대하여 순응과 저항의 과정을 통해 획득한 승리라는 점에 주목했다. 신분상승과 중세 이데올로기에 대한 승리는 곧 영웅적 지향 가치를 뜻한다. 한편 김민정은[39] 〈금선각〉의 인물형상에 주목하여 장두영이 삶의 절박함 속에서 가족의 재회와 가문의 재건을 지향하는 인물이라고 보았다. 이는 일개인의 '무

---

34) 김연호, 앞의 논문, 1992, 115~123쪽.
35) 김연호, 앞의 논문, 123쪽.
36) 전성운, 앞의 논문, 2000, 90~109쪽.
37) 김준형, 앞의 논문, 2004, 150~151쪽.
38) 김준형, 앞의 논문, 2012.
39) 김민정, 앞의 논문, 2013, 16~25쪽.

공'을 중심으로 영웅적 가치를 지향하던 일반의 영웅소설과 거리가 있음을 지적하고, 〈금선각〉의 지향 가치가 '가족의 재회'와 이를 통한 '가문의 번성'이라고 하였다. 이와 같이 〈금선각〉이 영웅적 지향 가치를 중심으로 한 소설인가 아니면 가족의 회복의 과정에서 고난을 극복해 나가는 소설인가 하는 논의는 작품 내 지향 가치에 대한 중요성 인식에 따라서 차이를 보인다.

마지막으로, 전대 소설의 영향 관계 혹은 소설사적 의미에 대한 선행 연구다. 〈장풍운전〉의 전대 소설의 영향에 대한 언급은 조동일에서[40] 시작되었다. 하지만 그는 〈장풍운전〉과 전대 소설의 영향관계에 대한 구체적인 논의를 전개하지 못하고, 〈장풍운전〉의 특징적인 면모로만 지적하였다. 이에 반해 장효현은 장편 가문소설을 18세기의 대표적인 장르로 파악하고, 영웅소설은 "〈三國志演義〉 등의 연의소설과 〈구운몽〉, 〈창선감의록〉을 위시한 일련의 장편 가문소설에서 보여진 제반 요소들, 특히 '영웅의 일생'과 '군담'의 요소들이 통속성에 초점을 맞추어"[41] 형성되었다고 했다. 이후 강상순은 장효현의 논의와 유사하게 영웅소설의 형성과 〈구운몽〉의 영향관계에[42] 대하여 논의를 개진(開陳)하였으며, 전성운[43] 역시 〈장풍운전〉이 장편 국문소설의 전통을 잇고 있음을 지적하고, 장편 국문소설과 〈장풍운전〉의 영향관계에 대해 언급했다.

이상의 연구사적 검토를 통해서 본다면 〈금선각〉 연구는 다음과 같은 점에서 좀더 진행되어야 할 필요가 있다. 첫째, 이본 관련 연구의

---

40) 조동일, 앞의 책, 1977, 276~287쪽.

41) 장효현, 「長篇 家門小說의 成立과 存在樣態」, 『정신문화연구』 44, 한국정신문화연구원, 1991.(장효현, 『韓國古典小說史研究』, 고려대학교 출판부, 2002, 252쪽.)

42) 강상순, 앞의 논문, 23~30쪽. ; 김민정, 앞의 논문, 8~25쪽.

43) 전성운, 앞의 논문, 110~130쪽.

필요성이다. 〈장풍운전〉의 유통과 향유층에 대한 보다 체계적이고, 명확한 이해를 위해서는 현존하는 〈장풍운전〉 이본 계열의 종합적인 정리가 이루어져야 한다. 이에 본고에서는 선행연구 성과를 토대로 아직 정리되지 않은 필사본 〈장풍운전〉의 이본을 조사하여 〈금선각〉 계열과 〈장풍운전〉 계열의 이본 현황을 종합적으로 정리하겠다. 이를 통해서 〈금선각〉의 이본 계열을 체계화하고, 〈장풍운전〉의 유통 상황에 대한 이해의 토대를 마련하겠다.

둘째, 〈금선각(金仙覺)〉의 서사 구성과 주제의식과 관련된 측면이다. 선행 연구에서 충분한 논의가 이루어지지 않았던 바, 〈금선각〉의 지향하는 바가 가족 서사인지, 영웅성의 획득인지 아니면 그 외의 것인지에 대하여 구체적으로 살피겠다.

셋째, 전대 소설과의 관련 혹은 소설사적 의미에 대한 측면이다. 〈장풍운전〉과 전대 소설의 영향관계에 대한 논의를 토대로 〈금선각(金仙覺)〉의 전대 소설 수용과 변용에 대하여 본격적으로 고찰하겠다. 〈금선각(金仙覺)〉과 전대 소설의 영향은 단순한 삽화의 수용의 측면에서뿐만이 아니라 삽화의 기능과 주제의식의 측면까지[44] 논의를 구체화시키도록 하겠다. 이를 통해서 〈금선각(金仙覺)〉의 출현과 유통에 대한 이해의 틀을 마련할 수 있을 것이다.

---

44) 김민정, 앞의 논문, 8~25쪽.

3. 연구 방법 및 내용

본 연구의 목적은 〈금선각〉의 이본을 수집 정리하고 작품 분석을 진행함으로써 〈금선각(金仙覺)〉의 서사 구성과 문예적 특징을 고찰하고 이를 토대로 소설사적 위상과 함께 초기 영웅소설의 형성과 작가[향유]층에 대하여 고찰하겠다. 이를 위해서 〈금선각〉 연구는 다음과 같이 진행하겠다.

첫째, 〈금선각〉 및 〈장풍운전〉 이본의 수집 및 정리를 위한 문헌 고증적 연구이다. 그간 〈금선각〉 계열, 〈장풍운전〉 판각본 계열에 대한 이본간 특징을 조사 정리한 연구는 진행되었지만, 〈금선각〉과 〈장풍운전〉 판각본 및 필사본 전체를 대상으로 한 문헌 수집과 정리 및 비교 분석은 진행된 바가 없다. 이에 〈금선각〉 이본 전체를 조사, 정리, 분석하는 문헌 고증적 연구 방법을 활용하겠다.

둘째, 문체적 차원의 작품 분석을 진행하겠다. 〈금선각(金仙覺)〉은 한문으로 쓰인 영웅소설이다. 더욱이 작가는 작품을 쓰게 된 이유를 한문 문장의 연습 및 문예적 능력의 제고(提高)를 위한 것이라고 밝혔다. 〈금선각(金仙覺)〉의 이와 같은 특징에 대한 구체적인 연구는 진행된 바가 없다. 그러므로 〈금선각(金仙覺)〉의 문체 및 문예적 지향을 분석하고, 이를 통해 작품의 주제 의식을 해명하도록 하겠다. 이것은 동일한 내용의 작품이 한문과 한글 텍스트로 존재할 때 어떤 차이가 발생하는가에 대한 구명(究明)이 될 것이다.

셋째, 〈금선각(金仙覺)〉의 주제 의식을 분석하도록 하겠다. 이것은 다음 두 가지 측면에서 의미가 있다. 먼저 〈금선각〉은 전대의 장편 가문소설이나 〈구운몽〉과 같은 작품을 적극 수용하였다. 그러므로 〈금선각(金仙覺)〉의 주제 의식에 대한 해명은 전대 소설과의 관련성을 밝히는 계기가 될 뿐만 아니라, 새롭게 등장한 영웅소설 독자층의 소설에 대한 기대지평을 밝히는 것이 될 것이다. 즉 영웅소설 향유층은 전대소설을 어떤 방향에서 변주·수용하고 있는가를 고찰하겠다.

다음으로 〈금선각(金仙覺)〉과 〈장풍운전〉의 주제적 거리를 확인함으로써 같은 영웅소설이라 하더라도 한문 독자와 한글 독자의 향유 방식에 대한 해명이 가능할 것이다. 한문으로 쓰인 〈금선각(金仙覺)〉과 한글로 유통된 〈장풍운전〉이 동일한 지향을 보인다고 단언할 수는 없다. 동일한 서사를 다루고 있더라도 작품의 제 국면에서 이들은 일정한 차이가 있다. 〈금선각(金仙覺)〉과 〈장풍운전〉의 주제적 거리를 통해 한문 독해가 가능한 영웅소설 독자와 한글 독자의 의식적 특징과 지향을 분석하겠다.

넷째, 역사주의적 방법을 통해, 초기 영웅소설인 〈금선각〉이 어떤 배경에서 창작, 유통되었으며 그것이 지닌 의미는 무엇인가를 해명하겠다. 이미 지적한 것처럼 〈금선각〉은 초기 영웅소설이다. 더욱이 이것은 기존에 영웅소설이 대부분 한글소설로 창작되었다고 알려진 것과 달리 한문으로 표기된 작품이다. 그러므로 〈금선각〉의 존재와 유통이 어떤 사회·문화적 배경에서 창작되었으며, 초기 영웅소설 내부에서 차지하는 위상은 어떠한지 밝혀야 한다. 조선 후기의 사회문화적 특징과 소설 유통의 양상을 살핌으로써 〈금선각〉의 소설사적 위상을 밝힐 수 있을 것이다.

이상과 같은 연구 방법을 활용한 〈금선각〉의 연구는 다음의 내용을 중심으로 전개될 것이다. 이를 각 장별로 간략히 제시하면 다음과 같다.

Ⅱ장에서는 〈금선각〉의 이본 현황을 종합적으로 검토하겠다. 〈金仙

覺〉, 〈장두영전〉, 〈장풍운전〉 등의 이칭을 가지는 개별 텍스트를 수집하여 정리하고 각 계열의 이본이 보이는 특징이 무엇인가를 살피겠다. 〈금선각〉의 이본은 〈金仙覺〉 14종과 국역본 〈장두영전〉 3종이 있으며, 〈장풍운전〉은 모두 한글본으로 필사본 49종, 경판 9종, 완판 7종, 안성판 1종, 그외 판본이 확인되지 않은 판각본 5종과 활자본 12종으로 총 83종의 이본이 있다.

이들 이본을 크게 '한문본 〈金仙覺〉 계열'과 '한글본 〈장풍운전〉 계열'로 나누어 살피겠다. 그리고 한문본 〈金仙覺〉 계열은 다시 표기 체계에 따라서 〈金仙覺〉 계열과 번역본 〈장두영전〉 계열로 나누고, 한글본 〈장풍운전〉 계열은 유통방식에 따라서 필사본, 판각본, 활자본 계열로 나누어 이본 현황과 특징을 정리하겠다. 이와 같이 〈금선각〉 이본의 총체적 양상을 확인함으로써 〈금선각〉의 유통 및 문헌적 특징을 체계화하겠다.

III장에서는 〈금선각(金仙覺)〉의 서사구성 방식과 문예적 지향을 살피도록 하겠다. 〈금선각(金仙覺)〉의 서사구성은 크게 전·후반부로 나뉘며, 전반부는 영웅성의 획득, 후반부는 사혼처에 의한 처처갈등으로 이루어져 있다. 이는 영웅적 지향 가치의 추구로 일관되어 있는 여타 영웅소설과 변별되는 특징이다. 다만 이와 같은 서사구성의 특징은 기존 연구에서 밝혀진 바다.

그러므로 본고에서는 〈금선각(金仙覺)〉의 서사구성의 특징을 장회의 구성 방식과 화소의 활용 방식이란 측면에 주목하여 살피겠다. 그리고 〈금선각(金仙覺)〉의 가장 두드러진 특징인 문예적 지향은 먼저 형식적 측면에서 다양한 문예문의 종류와 특징을 살펴보고, 이를 토대로 문예적 지향을 전아(典雅)한 문장의 추구, 전고(典故)와 지식의 활용, 다양한 문예문(文藝文)의 수용의 측면에서 고찰하겠다. 이를 통해 〈금선각(金仙覺)〉이란 작품의 구성적 특징은 물론이고 서사 전반에서 드러난 문예 지향적 면모를 해명함으로써 한문소설 〈금선각(金仙覺)〉의 독자적 면모를 밝히겠다.

Ⅳ장에서는 〈금선각〉의 주제 의식을 살펴보겠다. 특히 〈금선각〉의 인물 형상 방식과 지향 가치를 전대 소설인 〈구운몽〉이나 〈소현성록〉, 〈소대성전〉 등과의 변별적 측면에서 살피겠다. 이는 인물 형상과 지향 가치에서 〈금선각〉의 주제의식을 추리할 수 있기 때문이다. 또다른 한편에서는 〈금선각〉과 〈장풍운전〉과의 주제적 거리를 다양한 삽화의 수용과 활용의 측면에서 살피도록 하겠다. 즉 〈금선각〉의 인물 형상과 지향 가치가 여타 소설과 어떻게 변별되며, 국문본 〈장풍운전〉과는 또 어떻게 변별되는지를 살펴보겠다. 이를 통해 〈금선각〉의 향유에 대한 이해가 깊어질 수 있을 것이다.

Ⅴ장에서는 〈금선각〉의 소설사적 의미를 중심으로 살펴보겠다. 초기 영웅소설인 〈금선각〉이 지닌 의미를 국한문이 공존하는 표기 체계, 장회 형식의 붕괴와 중편화 경향, 그리고 전대 화소의 수용과 주제적 변화 등의 소설사적 의미를 중심으로 고찰하겠다. 이와 같은 고찰은 영웅소설의 유통과 향유에 있어서 한문과 한글의 표기방식의 이원화, 장편 가문소설 등의 변모와 영웅소설의 형성, 초기 영웅소설 향유층의 특징 등을 해명할 수 있는 토대가 될 것이다.

요컨대 본고는 〈금선각〉을 총체적 관점에서 고찰하고자 한다. 이본 각편(各篇)과 그 특징 및 계열의 종합적 제시, 서사 구성과 문예적 특징에 대한 고찰을 통한 작품 이해의 심화를 도모할 것이다. 나아가 작품의 주제의식을 전대 소설이나 이후 이본 변화란 측면에서의 주목과

〈금선각〉과 같은 소설 출현이 갖는 소설사적 의미에 대해서도 고찰할 것이다. 이는 〈금선각〉을 통해서 영웅소설의 출현과 전개, 변이 및 이와 유관한 향유층의 특징에 대하여 보다 실제적인 모습을 확인함으로써, 영웅소설의 구체적인 지형도를 확인해 보려는 것이다.

Ⅱ. 〈금선각〉의 이본 현황과 특징

〈금선각(金仙覺)〉은 〈장풍운전〉의 한문본이다. 〈金仙覺〉과 〈장풍운전〉은 '장두영과 장풍운', '장해와 장희(장회)', '이윤정과 이윤징'처럼 인명과 지명 등에서 차이를 보이지만 기본적인 서사 구성과 내용 전개가 같다. 그렇다 보니, 그간 〈금선각(金仙覺)〉의 이본 연구는 〈장풍운전〉의 한문본으로서의 텍스트성을 밝히는 것에 집중되었다. 하지만 이것은 〈금선각(金仙覺)〉이 〈장풍운전〉으로 변모되는 과정에 대한 실증적인 검증의 첫 단계일 뿐이다. 〈금선각〉 텍스트 본연의 가치를 확인하기 위해서는 〈금선각(金仙覺)〉을 국역본 〈장두영전〉이나, 〈장풍운전〉의 한문본이라고 하는 인식의 제약에서 벗어나서 총체적 텍스트로서의 특징에 접근해야 한다.

이 장에서는 〈금선각〉의 이본 현황을 총체적이고 체계적으로 정리하겠다. 이를 위해서 먼저 〈금선각〉의 이본은 한문본 계열과 한글본 계열로 나누어 살피겠다.[1] 그리고 한문본 계열은 다시 〈금선각(金仙覺)〉계

---

1) 본고에서는 〈金仙覺〉의 이본 현황을 크게 한문본 계열과, 한글본 계열로 나누었다. 이는 단순히 표기체제에 따른 분류만은 아니다. 〈金仙覺〉과 〈장풍운전〉은 기본적인 서사구성과 내용 전개가 같지만, 기본적으로 표기체제가 다르고 인명, 지명 등에서도 약간의 차이를 보인다. 그러므로 이본 현황을 살핌으로써 동일한 작품이 어떠한 경로에서 주인공의 이름이 변개되고, 각기 다른 방식으로 유통되었는가를 확인할 수 있으리라 생각한다. 그리고 설령 그 실체를 명확하게 밝힐 수 없다 해도, 한문본 〈金仙覺〉과 한글본 〈장풍운전〉 각각의 이본 현황을 고찰해봄으로써, 두 이본간의 관계와 변이의 단초를

열과 그 국역인 〈장두영전〉 계열로, 한글본 계열은 제작 방식에 따라
필사본, 판각본, 활자본 계열로 각기 나누어 살펴보겠다. 이와 같은 계
열별 고찰은 〈금선각〉 텍스트의 내적·외적 특징을 밝히기 위한 준비
단계이다. 이본에 대한 고찰을 토대로 독립된 텍스트로서의 〈금선각〉의
가치를 확인하고, 나아가 〈금선각〉이 〈장풍운전〉으로 변모되는 양상에
대한 고찰, 즉 〈금선각〉과 〈장풍운전〉의 이본 관계에 대한 보다 선명한
이해를 돕고자 한다.

1. 한문본 계열의 이본 현황

1) 한문본 계열

한문본 계열은 〈金仙覺〉[2] 계열과 〈金仙覺〉의 국역본인 〈장두영전〉
계열로 분류하여 살펴보겠다. 한문본 〈金仙覺〉 계열의 이본은 〈金仙覺〉
계열 14종과 〈장두영전〉 계열 3종이 있다.[3] 다음은 한문본 〈金仙覺〉
계열의 이본 현황 목록이다.

찾을 수 있을 것이다.

2) 한문본 〈金仙覺〉은 이하 〈金仙覺〉으로, 국역본 〈張斗英傳〉 역시 각각의 이본에 따라
서 〈張杜靈傳〉과 〈張元師傳〉으로 나뉘지만, 논의의 편의를 위해서 〈장두영전〉으로 통
칭하겠다. 필요에 따라서는 제명과 함께 '한문본', '국역본'을 병기하겠다.

3) 〈金仙覺〉의 이본목록은 김준형, 「〈金僊覺〉의 발굴과 소설사적 의의」, 『고소설연구』
18, 한국고소설학회, 2004, 142~143쪽. ; 김준형, 「〈장풍운전〉 異本考-한문본 〈金仙覺〉
을 중심으로」, 『우리어문연구』 45, 우리어문학회, 2013, 86~87쪽. ; 강문종, 「〈金仙覺〉
異本硏究」, 『정신문화연구』 28(1), 2008, 215~217쪽. ; 김준형, 『교감 금선각』, 보고사,
2015, 15~17쪽을 참조하여 정리하였다.

번호	제명	소장	서지사항	표기
1	金仙覺	고려대	1卷 1冊 79張, 12行 20字 ; 21.3×26.5cm	한문
2	金仙覺	유재영	1卷 1冊 56張, 15行 24字	〃
3	金僊覺	김준형A	2卷 1冊 71張, 10行 24字 ; 34.2×21.7cm	〃
4	金仙覺	국립중앙도서관	1卷 1冊 75張, 12行 20字 ; 25×21cm	〃
5	金仙覺	연세대	1卷 1冊 62張, 11~12行 23~28字 ; 23.5×20.4cm	〃
6	金仙覺	정명기A	1卷 1冊 51張, 16行 24字 內外 ; 21.8×20.8cm	〃
7	金僊覺	강문종A	2卷 2冊 上卷(下卷 逸失) 51張, 11行 24~25字 ; 25.4×20.5cm	〃
8	張氏傳	강문종C	1卷 1冊 67張, 10行 28~30字 ; 33×21.5cm	〃
9	張斗英傳 金仙覺	계명대	1卷 1冊 58張, 13行 22~27字 ; 26×21.4cm	〃
10	金仙覺	육당문고	2卷 2冊, 1卷 60張, 9行 19~20字 ; 2卷 44張, 9行 20字 ; 28.1×21.5cm	〃
11	金僊覺 (金仙覺)	정명기B	1卷 1冊 54張, 12行, 30字 ; 28.8×18.3cm	〃
12	金仙覺	김준형B	1卷 1冊 48張, 14行 29字 內外 ; 25×20.5cm	〃
13	金仙覺	강문종B	2卷 1冊 61張(落張), 12行 20~27字 ; 25.6×20.7cm	〃
14	張斗英傳	성균관대	1卷 1冊 103張, 9~10行 18~20字 ; 24.7×17.2cm	〃
15	張斗英傳	박순호	1卷 1冊 73張, 14行, 26~32字	한글
16	張杜靈傳 卷之單	단국대	1卷 1冊 63張, 15~16行 18~20字 ; 24.3×20.7cm	〃
17	張元帥傳	성균관대	1卷 1冊 49張(上卷 逸失), 12行 20~22字 ; 23.9×21.8cm	〃

위의 목록에 제시된 〈金仙覺〉의 각 이본 특징을 구체적으로 살펴보면 다음과 같다.

① 고려대본 〈金仙覺〉 79장

고려대학교 소장본으로 필사본임에도 행과 자수가 일정하고, 필체 또한 처음부터 끝까지 정연하다. 본문 마지막에 "歲在庚辰年孟秋書"라는[4] 간기와 권말에 어지러운 낙서들 가운데 "扶安縣監爲牒報事 冊主 金"과 페이지 왼쪽 아래에 "金仙覺張數八十張"이라는 부기가 있다. 이 부기는 본문과 필체와 다르고, 본문의 다음 장 뒷면에 적힌 것으로 보아서 〈金仙覺〉의 필사자가 적은 것이 아니라, 〈金仙覺〉을 소장했던 소장자가 별도로 적은 것으로 보인다. 하지만 〈金仙覺〉의 유통 지역과 향유층을 가늠할 수 있다는 점에서 유용한 정보를 제공한다.

② 유재영본 〈金仙覺〉 56장

유재영이 복사한 복사본으로 여타 이본에는 없는 장회 목차와 작가 발문(跋文)이 있다. 특히 "壬寅春"(1782년)이라는[5] 기록은 〈金仙覺〉의

---

4) 본고의 연대 추정은 각 이본에 적혀있는 필사시기와 원본의 상태 등을 토대로 추정하였다. 고려대본의 필사인 庚辰年은 1820년이나 1880년으로 추정된다.

5) 김준형은 유재영본 발문의 壬寅을 1782년으로 추정하였다. 이는 김준형A본의 '陰城進士申公景源著'라는 기록의 '申景源'이라는 작가의 생몰을 기준으로 추정한 것이다. 사마방목을 확인해보면, 신경원(申景源)은 영조(英祖) 39년(1763) 증광시(增廣試)에 진사(進士)로 합격한 인물이다. 그런데 사마방목에는 신경원의 시험년도(英祖 39년), 합격등위(64) 그리고 부친의 성명(申渚) 이외의 다른 정보는 기록되어 있지 않다. 이에 김준형은 평산 신씨 족보와 고령 신씨 족보를 확인하여, 고령 신씨 족보에서 '申景源'이라는 이름을 찾았다. 그리고 『동복현읍지(同福縣邑志)』 〈과환(科宦)〉조(條)에서 '申景源 英廟癸未增科中司馬文章行誼累登 褒啓'라는 기록을 통해서 영조 39년 증광시에 합격한 신경원이 고령 신씨 신경원(申景源, 1722~1797)임을 확인하였다(김준형, 앞의 논문, 2004, 147~149쪽). 동복현은 지금의 화순으로, 신경원은 화순 진사이다. 그런데, 〈金仙覺〉의 작가 신경원은 음성 진사이기 때문에 동일 인물이라 단정 지을 수 없다. 다만, 최근에 김준형은 고령 신씨 신경원이 생원시에 합격하던 당시(42세)에 청주 흥덕 지방에 거주했다는 사실을 확인하고, 〈金仙覺〉의 작가 신경원이 사마증광시(司馬 增廣試)에 합격했던 화순

형성동인과 창작시기를 추정함에 대한 유용한 정보가 된다. 1~3면과 5회 중간의 36~38면의 글자체가 다르고, 내용도 이 부분만 〈金仙覺〉의 다른 이본과 차이가 난다. 특히 일반적인 〈金仙覺〉 이본은 "宋建寧年間, 金陵名士有日張楷"로 시작하는 반면, 유재영본은 "話說. 大宋熙寧間, 有一名士朝官, 姓張名楷, 字子範"으로 시작한다. 이는 유재영본의 필사자가 낙장된 부분을 기존의 이야기를 토대로 새롭게 채워 넣는 과정에서, 관습적 글쓰기를 수용하여 "화설"이라는 간투어구를 사용한 것으로 보인다.

③ 김준형A본 〈金僊覺〉 71장

김준형 개인 소장본으로 표지에 "癸未年 菊秋"라는 간기가 적혀 있고, 2권 2책 모두 내제 아래에 "陰城進士申公景源著"라는 기록이 있다. 이는 〈金仙覺〉의 작가와 영웅소설의 향유층에 대한 직접적인 정보가 된다고 하겠다. 실제로 김준형은[6] 이 기록을 바탕으로 작가와 창작 시기에 대한 추정을 하였다. 계미년을 1823년이나 1883년으로 보았다.

④ 국립중앙도서관본 〈金仙覺〉 75장

국립중앙도서관에 소장되어 있으며 김학상(金學相)의 도장이 찍혀 있다. 전체적으로 필체가 좋고, 깔끔하게 적혀 있다. 그 외 내용상 특별한 점은 없다.

진사 신경원일 개연성이 더욱 높아졌음을 근거로 유재영본의 壬寅을 1782년으로 확정했다.(김준형, 『국역 금선각』, 보고사, 2015, 22쪽.)

6) 김준형, 앞의 논문, 2004, 147쪽.

⑤ 연세대본 〈金仙覺〉 62장

연세대학교 소장본으로 朴○○의 도장이 찍혀 있다. 更子 2月 21日
이라는 간기가 적혀 있으며, 작품 뒤에 〈제왕옥새출납기(帝王玉璽出納
記)〉가 첨부되어 있다. 1840년에 필사되었을 것으로 추정된다.

⑥ 정명기A본 〈金仙覺〉 51장

정명기 개인 소장본으로 "癸亥年"(1863년)이라는[7] 간기가 있으며, 구
결이 달려 있다. 그런데 이 이본은 4회의 장회명이 "遇金山僧捨施結緣"
이라고만 적혀 있다. 이는 다른 이본들과 비교했을 때, "入延瓊寺去留
分袂"가 빠진 것이다. 또한 6회 장회명 "入貴門倡優得所 睡花園龍虎入
夢"에서도 '入夢'이 '吽夢'으로, 9회의 장회명은 "入尼院母妻握手 歷舊
舘胡氏喪膽"에서 '握手'가 '相握'으로 적혀 있는 등, 여타 이본과 자구
(字句)의 출입이 보인다.

⑦ 강문종A본 〈金僊覺〉 53장, 하권 일실

강문종 개인 소장본으로 2권 2책 중 하권은 일실되고, 상권만 전하
는 낙질본이다. 구결표기가 되어 있으며, "甲子(1864년)[8] 臘月 念八日"
이란 간기가 적혀 있다. 특히 강문종A본은 표지 다음의 간지에 "金仙
覺", "張斗英傳風雲", "甲子春書", "癸亥十二月" 등의 낙서가 보인다. 표
제와 내제에는 〈金僊覺〉으로 적혀 있다. 무엇보다 '張斗英傳'과 '風雲'

---

7) 정명기A본의 '癸亥年'을 김준형은 1863년으로 추정하면서 1803년의 가능성도 제기했
   다.(김준형, 앞의 논문, 2004, 142쪽.)
8) 김준형, 앞의 논문, 2013, 87쪽.

이 같이 적혀 있다는 점에서 〈장두영전〉과 〈장풍운전〉이 당시 독자들
에게 동일한 이야기책으로 인식되고 있었음을 확인할 수 있다.

⑧ 강문종C본 〈金仙覺〉 67장

강문종 개인 소장본으로 "庚午(1870년) 暮春(3월)"이라는 간기가 적혀
있다. 표제는 〈張氏傳〉, 내제는 〈張斗英傳〉이라고 적혀 있다.

⑨ 계명대본 〈金仙覺·張斗英傳〉 58장

계명대학교의 소장본으로 표제에 〈金仙覺·張斗英傳 單〉이라고 적
혀 있다. 권말에는 "大淸光緒十汚年戊子(1888년) 猛秋 井邑內藏山靈隱
寺圓寂庵中 沙彌法眞"이란 간기가 적혀 있다.

⑩ 육당문고본 〈金仙覺〉(이하 육당본) 1권 60장, 2권 44장, 총104장

고려대학교 소장본으로 상권은 1~9회, 하권은 10~15회로 분권되어
있다. 상권 말미의 본문 옆줄에 세필로 "仍與夫人娘子及玉梅紫蘭詣佛前
羅拜告歸退與尼姑及衆尼"와 "金璧輿而出朱(幘)翠幔□映於雲霄之間元帥
乘三層輪車隨其後玉梅紫蘭"이란 글귀가 덧붙여져 있다. 이는 다른 이본
과 비교했을 때 내용상 필사자가 필사 중에 빠진 부분을 채워 넣은 것으
로 보인다. 마지막 장에는 『사기(史記)』 〈평원군우경열전(平原君虞卿列
傳)〉의 일부가 적혀 있고, 하권 마지막 장에는 "罵花富貴又兼之 富貴春花
雨浚紅"이라고 적혀 있다.

⑪ 정명기B본 〈金僊覺〉 54장

정명기 개인 소장본으로 표제는 〈金僊覺〉이라 적혀 있고, 내제는 〈金

仙覺〉이라고 적혀 있다. "黑兎南宮上浣 癸卯(1903년)[9] 8月", "浣西姜竹簡筆"이라는 간기와 필사자에 대한 정보가 드러나 있다. 그리고 9회에 "日大覺金仙寺眞是耶伏乞金仙益"를 지우고 오른쪽에 "老僧日貧道何敢當盛稱也不過"라고 고쳐져 있다. 이는 필사를 하는 과정에서 앞줄의 내용을 반복해서 적은 것을 고쳐 쓴 것으로 보인다.

⑫ 김준형B본 〈金仙覺〉 48장

김준형 소장본으로 첫 장에 "□乙丑(1905년) 二月日 終毫"라는 필사 시기가 적혀 있다. 끝부분 일부를 남기고 쓰다가 말았다.

⑬ 강문종B본 〈金仙覺〉 67장, 낙장

강문종 개인 소장본으로 표제는 "金仙覺 上下"라고 적혀 있다. "丁未年(1907년) 十二月 下完"이라는 간기가 있다. 구결 표기가 있으며, 22장 이후의 종이의 질이 다르다.

⑭ 성균관대본 〈張斗英傳〉 103장

성균관대학교 소장본으로 표제는 〈張斗英傳〉이며, 내제는 "張斗英傳 卷之單 金仙覺"이라고 적혀 있다. 그 밖에 표지에 "張斗英 卷之單", "張斗英傳 □□□", "丙辰三月初五日始爲□集", "冊主 忠淸南道 保零郡 嵋山面 開花理 兪福永" 등의 기록이 있어, '丙辰年(1916년)[10] 3月'이라는

---

9) 정명기B본의 '癸卯'라고 적혀 있는 간기를 김준형은 1843년으로 추정했다.(김준형, 앞의 논문, 2003, 143쪽.) 그러나 정명기B본은 지질과 책 상태 등을 볼 때, A본보다 앞서 1843년에 필사된 것으로 보기 어렵다. 오히려 이보다 후대에 필사된 것으로 보인다.

10) 1895년 지방관할 개편에 따라서 '보령군(保零郡)'이 되었으며, '미산면(嵋山面)'이라는 명칭은 1914년 행정구역 개혁 이후부터 사용하였다. 이로 볼 때, 丙辰年은 1916년으로

간기를 확인할 수 있다. 그리고 이 본은 앞 2장의 종이 질이 다르다. 아마도 필사자나 책주가 앞의 낙장된 2장을 새롭게 적어서 추가한 것으로 보인다. 또한 각 페이지마다 장수가 기재되어 있는데, 60장은 두 번 반복 기재되어 있다. 때문에 마지막 장에 102장으로 적혀있지만, 실제는 103장이다. 그리고 〈장두령전〉과 함께 작품 뒤에 〈雜說〉 7장(19행 20자)이 첨부되어 있다.

15 박순호본 〈張斗英傳〉 73장

박순호 개인 소장본으로 표제는 "張斗英傳"이라고 왼쪽 상단에 적혀 있으며, 오른쪽 표지 가운데에 "辛未二月二十四日"이라는 간기가 적혀 있다. 내제는 "장두령전 단", 권두는 "장두령전 권지상"이라고 적혀 있다. 그리고 내지에 "을묘 십월 초일일 서ᄒᆞ노라"고 적혀 있고, 권 말미에는 "大正五年(1916년) 拾二月貳日絕筆閣停 振威郡玄德面岐山里"라는 간기가 있다. 이로 볼 때, 필사자는 〈張斗英傳〉을 1915년 10월 1일에 쓰기 시작하여 1916년 2월 2일에 마친 것으로 보인다. 또한 박순호본 〈張斗英傳〉은 장회명과 회말에 "하회의 분ᄒᆡ을 더러라"와 같은 문구로 장회 구분이 되어 있다.

16 단대본 〈張杜靈傳〉 63장

단국대학교 소장본으로 표제는 "張杜靈傳卷之單"이라 적혀 있고, 내제는 "금션각 장두"라[11] 적혀 있다. 권말에 "금션각 죵이라 무술월일"

추정할 수 있다.
11) "금선각 장두" 이하가 종이 훼손으로 정확한 내제를 확인할 수 없다.

이라는 간기와 함께, 뒷 표지에 "甲辰元月譯"이란 기록이 있어 갑진년에 한문본 〈金仙覺〉을 모본으로 번역한 국역본임을 알 수 있다.

　⑫ 성균관대본 〈張元帥傳〉 49장, 상권 일실(逸失)

　성균관대학교의 소장본으로 상권은 유실되고, 하권만 전하는 낙질본이다. 하권은 10~15회 내용이며, 표지는 유실되어 표제는 알 수 없다. 다만 맨 앞장에는 "張元帥傳"이라는 제명이 붙어 있고, 첫 장에는 하권의 장회 목차가 있다.

　이와 같이 본문에 앞서 장회 목차가 있는 것은 한문본 〈金仙覺〉에서 유재영본이 유일하다. 장회명은 본문과 앞장의 별지와 글자의 출입의 차이는 있으나 본래의 뜻은 다르지 않다. 이는 한문본을 번역하였기에 비롯된 결과로 보인다. 또한 〈張元帥傳〉의 권 말미에 "신츅(1901년) 십월 초ᄉ일 칠십 세 옹이 심심ᄒ기의 진셔 소셜을 번역ᄒᄂ 졍신업고 눈 어둡고 슈젼증 잇고 필묵 그르니 글시 안 되고 오ᄌ낙셔 만코 말도 된지 만지ᄒᄂ 망뚤ᄒ고 초ᄒ여씨니 부인닉도 가이 볼만ᄒᄂ라."와 같은 필사기를 통해서 한문본 〈金仙覺〉을 번역한 국역본임을 명확히 알 수 있다.

　이상 한문본 계열의 이본의 현황과 서지적 특징을 살펴보았다. 한문본 계열의 가장 큰 특징은 ⑤국립중앙도서관본, ⑫유재영본, ⑨육당문고본을 제외하고는 모두 간기가 있다는 것이다.

　간기는 텍스트의 창작 또는 필사연대를 추정할 수 있는 유용한 정보다. 고소설의 유통 환경 속에서 창작 연대와 유행 시기를 추정할 수 있는 단서는 해당 작품을 넘어서, 고소설사의 흐름을 확인할 수 있는

매우 중요한 정보다. 특히 지금까지 영웅소설은 모두 작가와 창작 연대
가 밝혀지지 않았다. 그렇기 때문에 〈금선각〉의 간기와 작자의 정보는
〈금선각〉의 형성 시기뿐만이 아니라 영웅소설사적 측면에서 초기 영웅
소설의 형성 시기와 향유층에 대한 이해를 도울 수 있는 유용한 정보가
된다고 하겠다.

한문본 계열의 또 다른 특징은 장편에 가깝다는 점이다. 한문본 계
열의 분량은 평균 69장[12) 정도에서 최대 104장(육당문고본)이다. 한문본
을 국역한 〈장두영전〉 계열 역시 낙질본을 제외하고 평균 68장이며,[13)
상권이 일실(逸失)된 성균관대본의 경우는 하권만 49장인 것을 보면 작
품 전체의 분량이 적지 않음을 알 수 있다.

현재 확인되는 한문본 계열은 모두 필사본이다. 영웅소설은 고소설
의 상업적 출판물의 대표 장르로서 일반적으로 방각본으로 유통되었
다. 그러나 방각본은 출판 환경의 특성상 작품의 분량이 제한적일 수밖
에 없다. 그런데 필사본은 방각본에 비하여 분량의 제한에서 비교적
자유롭다. 이로 볼 때, 한문본 계열은 국문본 계열인 〈장풍운전〉보다
길이가 길다는 일반적 특징을 지녔음을 말해준다. 한문본 〈金仙覺〉이
짧은 판각본 중심의 영웅소설과 다른 특징을 지녔음을 의미한다.

2) 〈장두영전〉 계열의 번역 양상

현재까지 확인된 바로는 〈장두영전〉 계열은 〈金仙覺〉의 번역본이라

---

12) 하권(下卷)이 일실되고 상권 53張만 남아 있는 낙질본(강문종A)과 낙장본(강문종B 61
    張) 2종을 제외한 한문본 〈金仙覺〉 12종에 대한 평균 수치다.
13) 〈장두영전〉 계열과 유사한 시기에 필사되었던 〈장풍운전〉 역시 평균 59張으로, 최대
    77張이다.(필사본 〈장풍운전〉 가운데 낙장본을 제외한 13종을 기준으로 한 평균 수치다.)

할 수 있다. 이본상의 변이도 크지 않다. 이것은 〈장두영전〉의 필사기와 번역 양상에 대한 고찰을 통해서 확인할 수 있다. 예컨대 단대본 〈張杜靈傳〉의 "甲辰元月譯"이란 기록은 필사 시기와 번역본임을 밝히고 있으며, 상권이 일실(逸失)된 성균관대본 〈張元帥傳〉의 필사기에도 "진셔 소셜을 번역ᄒᆞᄂᆞ"는 기록이 있다. 이런 기록들을 통해서 〈장두영전〉이 한문을 모본으로 한 〈金仙覺〉의 번역본임을 알 수 있다.

그런데 이와 같은 필사기 외에도 다음과 같은 점 역시 〈장두영전〉이 〈金仙覺〉을 모본으로 하여 번역했음을 알 수 있다.

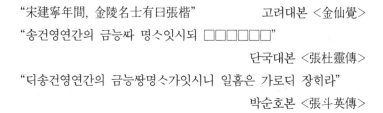

"宋建寧年間, 金陵名士有曰張楷"　　　　고려대본 〈金仙覺〉
"송건영연간의 금능짜 명ᄉᆞ잇시되 □□□□□□"
　　　　　　　　　　　　　　　　단국대본 〈張杜靈傳〉
"디송건영연간의 금능쌍명ᄉᆞ가잇시니 일홈은 가로디 장희라"
　　　　　　　　　　　　　　　　박순호본 〈張斗英傳〉

위의 예문은 〈金仙覺〉 계열의 서두이다. 위에서 확인할 수 있듯이, 〈金仙覺〉의 서두는 "宋建寧年間, 金陵名士有曰張楷"로 시작한다. 그리고 상권이 일실되어 서두를 확인할 수 없는 성균관대본을 제외한 〈장두영전〉 계열 모두 〈金仙覺〉과 같이 "디송 건영 연간의 금능 쌍 명ᄉᆞ가 잇시니 일홈은 (가로디) 장희라"로 시작한다. 이와 같은 〈장두영전〉의 서두는 필사기에서 밝힌 바를 확인할 수 있는 번역문의 특징이며, 〈장두영전〉이 〈금선각〉의 번역본임을 알 수 있게 하는 단서가 된다.

그렇다면 좀 더 구체적으로 〈장두영전〉의[14] 번역 양상을 살펴보자.

---

14) 〈金仙覺〉의 국역본인 〈장두영전〉은 박순호본, 성균관대본, 단대본이 있다. 하지만 성

〈장두영전〉이 〈金仙覺〉의 번역본임은 직역 중심의 번역, 축약, 독음의
제시와 같은 번역상의 특징을 통해서 더 명확하게 드러난다. 여기에서
는 이와 같은 특징을 〈金仙覺〉과 〈장두영전〉의 대비를 통해 살펴보고
자 한다. 먼저 직역 중심의 번역 양상을 보자.

> 元帥心內默料曰 '詩者言志也, 性情之所出, 哀樂之所發, 若成短律,
> 輪示盛會. 仍令次韻, 則其遣辭述懷之際, 庶或爲發端之一助.' 遂抽毫
> 揮牋, 其詩曰:
> 龍旄虎帳繞平原　絶塞初廻上將轓
> 十載蒼黃遊子淚　一身淸紫聖君恩
> 神髦喜信朝惺夢　華髮何方暮倚門
> 强把玉觴悄不樂　夕陽謾聽皷笳喧　　　　　　　〈金仙覺〉10회

> 원수 마음 안의 가마이 [혜]아려 가로더 '시술은 뜻셜 말ᄒᆞ난 거시오
> 승정의 나난 비요 <u>이원흔</u> 졍의을 발ᄒᆞ난 비니 만약 단율 지여 <u>뵈이고</u>
> <u>숭이 모딘 가온더</u> 츳운ᄒᆞ라 흑즉 그 씻친 말과 희미흔 회포을 발ᄒᆞ미
> 거위 흔 도음이 되리라' ᄒᆞ고 듸듸여 <u>붓셜 드러 흔 시를 이루니</u> 그 글
> 의 ᄒᆞ야시되,
> 용 긔와 호랑이 긔가 평원의 둘넛고
> 쩌느진 변방의 처음 상장의 수리를 도리키엿고
> 열히를 창황이 유즛의 눈물이
> 흔 몸 푸러고 불근 승군의 은혜요
> 신인의 머리 싹근 깃분 신이 일직 먼져 쭘이오

균관대본은 상·하권 중 상권이 일실된 낙질본이고, 단국대본은 장회체 형식이 없다.
그렇기 때문에 여기에서는 완질에 장회체 형식이 잘 갖추어진 박순호본을 선본(善本)으
로 삼았다. 또한 〈장두영전〉 계열의 번역 양상은 고려대본 〈金仙覺〉을 모본으로 삼아
비교하였다.

> 빗난 터럭이 어이 방에 저물게 문 의지ᄒ얏난고
> 옥술짠을 강이히 자부미 실퍼져 질급지 안코
> 셕양의 부지럽시 풍유지거리난 소리를 드러더라
>
> 〈장두영전〉 10회

위의 예문은 〈金仙覺〉과 〈장두영전〉 10회에서 두영이 헤어진 아버지를 만나기 위해서 여러 사람들의 회포를 알고자 읊은 시(詩)이다. 거의 직역에 가깝다. 물론 "哀樂"의 "樂"과 같은 한 글자를 빼고 번역한 경우나 정황을 고려하여 "가온듸"와 같은 말을 첨입(添入)하기도 하였다. 그렇지만 기본적으로 한문본의 내용에 대한 훼손은 거의 없으며, 원문에 충실한 번역이다. 국가적 사업의 일환으로 경전이나 시를 번역할 때, 흔히 원용되는 축자직역(逐字直譯)은 아니지만, 소설적 직역이라고 할만하다.

이런 번역 양상은 시를 번역한 것을 보면 더욱 분명히 알 수 있다. 〈金仙覺〉의 "㉠龍旗 ㉡虎帳 ㉢繞 ㉣平原"이란 원문을 〈장두영전〉에서는 "용긔[㉠龍旗]와 호랑이긔[㉡虎帳]가 평원(㉣平原)의 둘넛고[㉢繞]"로 번역하였다. 또한 다음의 "㉠絕塞 ㉡初 ㉢廻 ㉣上將轅" 역시 "㉠쩌느진 변방의 ㉡처음 ㉣상장의 수릭을 ㉢도리키엿고"로 번역하였다. 두 시구 모두 원문의 내용이 그대로 제시되어 있다. 이는 원문에 가급적 충실히 번역하고자 했던 번역 태도에서 비롯된 것으로, 실제 시를 번역함에 있어서 직역이 시(詩) 본연의 미감을 살리지 못한 아쉬움도 있다. 하지만 시라고 하는 문예문의 특성을 고려하지 않은 채 번역자는 '직역'의 번역 태도를 고수하고 있었음을 확인할 수 있다.

이와 같이 〈장두영전〉에서 직역 위주의 번역을 가장 잘 보여주는 것

은 장회명이다.[15] 〈金仙覺〉과 〈장두영전〉의 1회와 4회의 장회명을 보
자. 1회 "楊夫人膺夢生男, 蔣道士觀相占厄 ○양부인니 아달 날 움을 꾸
고 ○장도스가 상보와 익운을 점친 것", 4회 "遇金山僧捨施結緣, 入延
瓊寺去留分袂 ○금산 중을 맛나 시조ᄒ고 인연을 맷고 ○경연사의 드
러가 가고 머물다"이다. 이처럼 장회명 역시 원문의 의미가 거의 훼손
되지 않고 그대로 번역되었다. 다만, 〈장두영전〉 12회의 경우 "금가지
악ᄒᆫ 인연 맛난 쳐가 재화를 승ᄒ계 ᄒ고, **효부가 원통ᄒᆞ믈 부러고**"로
원문의 "金枝惡緣妬妻煽禍, **玉操瑕点**孝婦呼寃"에서 "玉操瑕点"이 번역
되지 않았다. 이는 성균관대본 〈張元帥傳〉에서 "옥지됴의 하ᄌᆞᄒᆞᄂᆞ 졈
이오"라고 번역된 것을 보면, 박순호본 번역자가 이 부분을 축약한 것

---

15) 박순호본의 장회명은 다음과 같다. 1회 ○양부인니아달날움을쑤고 ○장도스가상보와
익운을점친 것(楊夫人膺夢生男, 蔣道士觀相占厄), 2회 ○금계산의모ᄌ서로일코 ○단원
스의이고와갓치거ᄒ 것(金筓山母子相失, 端元寺尼姑同居), 3회 ○신웅이몸소건져숙여
을싹ᄒ고 ○교긱이화요폐ᄒ야현쳐을이별ᄒ다(神翁濟窮配淑女, 僑客避禍別賢妻), 4회
○금산중을맛나시조ᄒ고인연을맷고 ○경연사의드러가가고머물다(遇金山僧捨施結緣, 入
延瓊寺去留分袂), 5회 ○아비의글을보고종과즁인니남으로가 ○스늬의옷셜징거ᄒ야고
부맛나고(覽父書奴主南征, 證郎衣姑婦奇遇), 6회 ○귀흔문의더러가화랑이가바을웃고
○화원의셔자다가용과호랑이쑴의어다(入貴門倡優得所, 睡花園龍虎入夢), 7회 ○금방
의올나옥셔관이되고 ○비단옷셜늬여불권노인연을밋다(登金榜擢玉署官, 出錦衣結紅繩
緣), 8회 ○셔역오랑키을쳐서원수커게이고 ○남경길을취ᄒ야노승이먼겨인도ᄒ고(討西
羌元帥大捷, 取南路老僧先導), 9회 ○니완의드러가어미와안늬의손을잡고 ○옛기ᄒ던
곳의지나미호씨의담을상ᄒ(入尼院母妻握手, 歷舊館胡氏喪膽), 10회 금션을이별ᄒ고동
긔가셔로맛나고, 옥죠를징거ᄒ미쳔륜이극졍이라(別金仙同氣相逢, 證玉鞘天倫克正), 11
회 황ᄒ계쳔문을도리키여은혜와윤틱ᄒ미가득내리고, 신궁늬외가둥굴게모리다(凱還天
門恩渥荐降, 御賜新宮內外團聚), 12회 금가지악ᄒᆫ인연맛난쳐가재화를승ᄒ계ᄒ고, **효
부가원통ᄒᆞ믈부러고**金枝惡緣妬妻煽禍, **玉操瑕点**孝婦呼寃), 13회 왕부인이말를주어신
믈을통ᄒ고, 장승상이길를거뎝ᄒ야셔울의도라오다(王夫人給馬通信, 張丞相倍途還京),
14회 황명을밧드러신명을발키고, 널분거리의임ᄒ야살고죽이ᄂᆫ거시즁ᄒ다(奉皇命讞鞫
神明, 臨通衢殺活快定), 15회 겨문지경의더옥무궁ᄒᆫ복을누리고, 집과집이한긔극락세
계의던지다(暮景益享無彊福, 闔家同蹟極樂界).(한문 원문은 〈金仙覺〉, ○은 〈장두영전〉
원문 표기, 횟수는 필자주)

이라기 보다는 번역을 하는 가운데 고의로 빼놓은 것으로 보인다. 이처럼 〈장두영전〉은 12회 장회명 번역을 제외하고는 장회명 역시 모두 한문 원문에 충실히 번역하였다.

그런데 박순호본 〈張斗英傳〉을 제외하고는 장회명이 온전히 전하는 국역본은 없다. 단국대본 〈張杜靈傳〉은 장회 구분이 없다. 성균관대본 〈張元帥傳〉은 본문에 앞서 장회목차가 별도로 있지만, 상권은 유실(遺失)되고 하권만[16] 전하기 때문에 〈장원수전〉만으로는 몇 회로 나뉘어신 것인지를 확인할 수 없다. 히지만 〈金仙覺〉과 〈장두영전〉의 장회명 번역을 대조해봄으로써, 성균관대본 〈張元帥傳〉 하권의 내용이 〈金仙覺〉 10~15회에 해당하는 것임을 확인할 수 있다.

다음으로, 축약 중심의 번역 양상을 보자. 이것은 단순한 축약만을 이야기하는 것은 아니다. 축약을 하는 가운데 의역과 생략도 함께 이루어졌다.

> 環一宮四方, 繚之以粉墻華堞. 東西二十里, 南北十餘里, <u>朱門粲戟,</u> <u>呀然高開下,</u> 皇居少參差矣. 一日, 魯王燕居閒坐, 讀詩之斯干, 方沉吟三復, 丞相自公退食, 上堂侍側, 魯王顧園林臺榭而歎曰: "美哉, 宮室之崇! 此國家弘庥之恩. 高樓百尺, 大厦千間, 告成不日, 受賜如天. 盍思所以宴饗歌頌以落之, 少答聖上眷注之德意乎?" 於

---

16) 성균관대본 〈장두영전〉 下卷의 장회목차는 다음과 같다. 10회 금선의늬별한동긔을셔로만ᄂ고, 옥초을증험ᄒ여천윤을극히경ᄒ다. 11회 긔가ᄒ여천문의도라오니황은이나리고, 황상이싀궁쥬시니늬외가둥굴계모이다. 12회 금가지의악한인연이오투긔하ᄂᄂ안히가화을부치ᄒ다, 옥지됴의하ᄌᄒᄂ졈이오효부가원덕함을불으다, 13회 왕부인이말을쥬어신을통ᄒ고, 장승상이길을빗ᄒ여셔울도라오다, 14회 황명을밧드러장문이신명ᄒ고, 거리을님ᄒ여젹이고살이ᄂ거슬젼ᄒ다, 15회 모경의복누리난거시더욱무강ᄒ고, 합가가한가지로극낙셰계로가더라

是, 設錦帷, 而內外分坐, 鋪綺席, 而老少列序, 罍觴交錯, 笙簧迭奏.
于時, <u>惠風和昶</u>, <u>淑景宣朗</u>, 庭前萬葩, 吐芬而爭艶, 林間百鳥, 鳴春而
和聲, 足令人鼓吹詩腸, 湧出奇思, 自不能禁也. 魯王連飲數觥, 醉
興滔滔, 八叉高詠四韻. 忽成抽管掃牒, 遞與一座曰 …(中略)… 却
說. 明縣王擇壻甚急, 媒婆塡門[17]   〈金仙覺〉 11회

　　亽방이 웅장ᄒ야 동셔가 이십니요 남북이 십여리오 <u>놉기가 삼십장
이라</u> 노왕이 가로디 "아름답다 궁실의 놉흐미여! 이난 국가의 컨 은혜
라" ᄒ며 <u>이의 디연을 비셜할시 노리ᄒ고 외오며 질겨ᄒ니 승주의 은
혜를 일컷고</u> 이의 비단 장막을 안꽉게 비풀고 너외가 난누어 안ᄌ 노
소가 ᄎ리로 안ᄌ 풍유가 다 이뢰니 <u>은혜바람 화ᄒ 날 빗시요</u> ᄒ고 뜰
압회 가득ᄒ 파초난 향긔를 빗터 아리ᄯ우믈 닷투고 수풀 시이의 일빅
시는 봄을 우는 화ᄒ 소리라 <u>각셜이라</u> 명현왕이 亽의 가리기가 심이
급ᄒ니 중미가 문 터지게 단이며…   〈장두영전〉 11회

　　위의 예문은 승상[장두영]과 그의 가족들이 황제가 내린 신궁(新宮)에
들어가 황제의 은혜에 감사하고 즐기는 부분이다. 특히, 인용된 부분
은 신궁의 웅장함과 함께 노왕[두영의 부: 장해]이 신궁을 내려준 황제의
덕에 감사하고 신궁에 입성한 것을 기리기 위하여 잔치를 베푸는 부분
이다. 그런데, 위의 번역은 원문에 충실하게 직역하던 것과 다르다. 신
궁의 크기를 서술하는 부분에서 〈金仙覺〉의 "朱門棨戟, 呀然高開下"가
〈장두영전〉에서는"놉기가 삼십장이라"고 의역되어 있다. 그리고 '황제
가 거하는 곳과 차이가 없다'는 "皇居少參差矣"는 신궁의 웅장함에 대한
감탄의 의미가 담겨 있는 것으로 〈장두영전〉 번역에서는 생략되었다.

─────────────

17) 원문의 밑줄은 축약을, 굵은 글씨는 생략을 뜻한다.

물론 이는 왕궁이 황궁에 버금간다는 것이 참담할 수 있기에 번역자가 생략했을 수도 있다.

또한 "一日, **魯王**燕居閒坐, 讀詩之斯干, (方沉吟三復), 相自公退食, 上堂侍側, 魯王顧園林臺榭而歎曰"은 "노왕이 가로되"로 축약되었다. 실제 번역에서 생략된 부분은 노왕이 『시경(詩經)』의 〈사간(斯干)〉편을 읽고 이를 깊이 생각하고 여러 번 읊조리며 원림의 누각을 바라보고 탄식하며 말한다는 서술이다. 그리고 "惠風和昶, 淑景宣朗"은 "은혜바람 화흔 날 빗시요"로 반복된 의미를 축약하였다. 이처럼 〈장두영전〉에서는 본의(本義)를 전달함에 있어서 방해가 되지 않는 수사적 표현이나 의미의 반복[확장]일[18] 경우에 내용을 축약하여 번역하였다. 이와 같은 축약 번역은 일반적인 양상이기도 하다.

그런데 위의 예문에서 확인할 수 있듯이 〈장두영전〉은 단순히 의미가 중복된 어구와 수사적 표현의 축약뿐만이 아니라 특정 화소 전체를 생략하기도 했다. 예컨대, 위의 예문에서 '足令人鼓吹詩腸' 이후부터 '却說' 전까지 녹림원 연회에서 노왕이 시회(詩會)를 열어 사운시(四韻詩)를 짓고 시평(詩評)을 하는 화소[19] 전체가 생략되었다.

---

18) 두영이 꿈에 나타난 금산사 화주승에게 아버지가 계신 곳을 가르쳐 달라고 간곡히 부탁하는 대목이다. 여기에서도 기본적인 번역 태도는 직역이다. 다만, 자로와 노래자의 고사와 같이 부모에 대한 '효'를 강조한 부분이 〈장두영전〉에서는 삭제되었다. "頃蒙尊師之正覺, 獲逢母妻於意外之地, 都是慈門惠化之攸泊. 雖歷盡千塵塵萬利利, 而不能報也. 第尊師所謂人間之樂, 無乃弄斗英乎? 早別嚴父, 淚過星霜, (路米萊衣, 曠絕平生), 玉節金鉞, 摠是傷心, 樂之爲敎, 不敢承當矣. 伏乞尊師益憐孤兒之至痛, 又指嚴父之住處." 〈金仙覺〉 10회. "존스는의 구호ᄒ믈신임으 다힝이 모쳐를 의외의 맛낫씨니 이난 다 딕스의 늘부신 덕이라 죽으복강의 드러가도 능이 갑지 못ᄒ거든 존스의 이른바 신간의 낙은 주령을 희롱ᄒ미 안니잇가 일직 음부를 이별ᄒ고 눈물이 종횡ᄒ야 옥졀과 금월은 쏘흔 마음을 상ᄒ거든 웃지 인간의 낙이라 ᄒ리가 읍드려 빌건딕 존스는 고아를 불상이 여기ᄉ 쏘 아비의 머므른 곳셜 가리치소셔"〈장두영전〉 10회.

> ᄉᆞ람의 홍을 도두더라 노왕니 두어순비 먹은 후의 취홍니 도도ᄒᆞ여 글을 지여 일좌을 뵈여왈 왕형과 승상니며 니현부와 니희쳡니 다 글을 지여 화답ᄒᆞ라 일좌 다 글을 지여 드린ᄃᆡ 노왕보고 각각 칭찬ᄒᆞ고 종일토록 즐겨ᄒᆞ니라
>
> 단대본 <장두영전>

위의 예문은 단대본 〈張杜靈傳〉의[20] 녹림원 시회(詩會)에 대한 서술

19) 足令人鼓吹詩腸, 湧出奇思, 自不能禁也. 魯王連飮數觥, 醉興滔滔, 八叉高詠四韻. 忽成抽管掃牒, 遞與一座曰: "王兄與丞相, 可以相繼和之, 二賢婦, 固知無素務於彫篆, 月露之才, 而毋論巧拙, 隨意叶韻, 要作記勝傳美之資. 且二姬妾, 雖有嫡妾之分, 詩家較藝, 本無尊卑之別. 汝四人聯句續韻, 合爲一首, 以省各製. 苦索之功, 如有羞澁, 拖白者, 當依金谷酒數." 丞相以下皆俯首而對曰: "謹聞命矣." 魯王詩曰: '飛翠翼翼燕初回, 勝日新宮賀宴開. 恩渥自天居鼎鼐, 禁苑餘地起樓臺. 彫弨掛壁勳臣宅, 彩眼躋堂孝子盃. 松茂竹苞登樂府, 一春和氣滿庭恢.' 王尙書次曰: '葛蘿同結錦林回, 盡棟綺構次第開. 異數渠渠登夏屋, 和風皡皡入春臺. 天瞻北牖心懸闕, 星在南簷影蘸盃. 瑣瑣姻親同慶福, 幸叨華閥樂恢恢.' 丞相盥手敬次曰: '天道悠悠好斡回, 兒家禍福二門開. 稚齡孤獨寰中路, 壯歲麒麟畵上臺. 重會爺孃千里面, 共酣婦子一堂盃. 峨峨甲第春風轉, 大庇微臣化囿恢.' 李氏王氏黃花潤玉拜手敬次曰: 金沙奇遇玉環回, (李氏)君子閨門淑女開. 蝶化虎林成月姥, (王氏)蠅隨驥尾上雲臺. 已將葛藟登新頌, (黃花)欲採蘋蘩獻壽盃. 南國遺風歌聖化, (潤玉)滿宮琴瑟曲中恢. 李瓊雲謹次曰: 雲山日月久低回, 相國書帷爲我開. 時佩瓊琚游藝圃, 復提玉鑰喚雲台. 候門有地隨孤影, 先壟無人奠一盃. 童子何知詩酒興, 强登高宴不能恢. 潤玉起身, 周旋收拾華牒, 奉展於魯王案上, 王一一閱覽, 句句朗吟曰: "王兄之詩, 音調淸起, 意匠神奇, 殆有盛唐氣味, 可謂騷壇上, 嚄唶宿將. 丞相之詩句法, 圓轉排布精明, 苗出始窮終達之光景, 曲盡苦盡甘隨之情意, 卓乎. 其才不可及也. 二賢婦二美姬之詩看來, 不覺驚歎 始料閨中罕有成章之才, 只冀依樣之畵, 今見其藻思孅婉. 天機活動, 雖碩士奇男之熟手絶響, 未之從矣. 且各述其懷, 俱安其分, 有周南美俗 大得軆也. 瓊雲秀才, 以妙齡晩學, 其爲詩也, 有發越鳴世之氣, 又有操守喫緊之切, 方來進就, 有不可量, 眞所謂相如未至, 居客之右, 其中有ㅁ然, 有孤露濩落之思, 此出於情也, 雖然其音響, 哀而暢, 悲而達, 眼前通達, 坦坦而無礙矣. 吾所以期望若人, 誠遠大矣." 言畢, 王尙書及滿座諸人, 咸服藻鑑之高明, 爭稱評品之得正. 仍更進酒殽, 竟日酣娛. 〈金仙覺〉 11회.

20) "셩상의 덕퇵을 가송ᄒᆞ여 잔치을리라ᄒᆞ고 인ᄒᆞ여 검장과 긔셕을 포진ᄒᆞ고 노쇠ᄎᆞ례로 좌정한 후의 왼갓 음식니 여각셕 풍유을 갓초니 졍젼만파난 향취을 먹음어고 홍을 ᄌᆞ랑ᄒᆞ고 인간빅죠난 봄을 희롱ᄒᆞ여 풍유쇼ᄅᆡ 화답ᄒᆞ며 **ᄉᆞ람의 홍을 도두더라 노왕니 두어순비 먹은 후의 취홍니 도도ᄒᆞ여 글을 지여 일좌을 뵈여왈 왕형과 승상니며 니현부와 니희쳡니 다 글을 지여 화답ᄒᆞ라 일좌 다 글을 지여 드린ᄃᆡ 노왕보고 각각 칭찬ᄒᆞ고**

이다. 이를 보면, 노왕이 "취흥니 도도ᄒ여 글을 지여 일좌을 뵈여" 주며, "왕형과 승상니며 니현부와 니희쳡니 다 글을 지여 화답ᄒ라"고 명하니, 이에 "일좌 다 글을 지여 드린듸 노왕 보고 각각 칭찬ᄒ고 종일토록 즐겨ᄒ니라"며, 녹림원 시회(詩會)에 대하여 간략하게 축약하여 제시했을 뿐, 사운시(四韻詩) 각편(各篇)에 대한 해석이나 시평은 모두 생략되었다.

이와 같은 번역 양상은 성균관대본 〈張元帥傳〉에서도 나타난다. 성균관대본에서 녹림원 시회(詩會)는 노왕의 사운시(四韻詩)로 시작하여 왕상서, 승상, 이씨·왕씨·황화·윤옥, 이경운에 이르기까지 비록 시(詩)의 독음(讀音)만 적혀 있긴 하지만 화소의 내용적 축약만 보일뿐 화소는 그대로 남아 있다. 〈金仙覺〉에 있는 녹림원 잔치가 〈장두영전〉에서는 축약되거나 생략된 것은 한문본 〈金仙覺〉과 국역본 〈장두영전〉의 표기 체계에 따른 문예지향의 성향이 달라진 까닭으로 보인다.

그렇다고 〈金仙覺〉의 모든 시(詩)가 생략된 것은 아니다. 앞서 살폈던 장원수[두영]의 시에는 아버지를 찾기 위한 두영의 절박한 심정이 담겨 있었다.[21] 또한 4회에서 두영이 경운을 연경사의 노승에게 맡기고 떠나기 전에 노승과 함께 주고받은 사운시(四韻詩)는 번역하지 않은 채 한문 원문을 그대로 옮겨 적었지만,[22] 생략하지 않았다는 것에 의미

종일토록 즐겨ᄒ니라 각설의 명현왕니" (단대본 〈장두영전〉 80~81면.)

21) "용과 호랑이 긔가 평원의 둘넛고, 써느진 변방의 처음 상장의 수릭을 도리키엿고, 열희르 창황이 유ᄌ의 눈물이 흔몸푸러고 불근 승군의 은혜요, 신인의 머리 싹근 깃분 신이 일직 면져 쑴이오, 빗난 터럭이 어이 방의 져물게 문의지ᄒ얏난고, 옥술잔을 강이 히자부미 실펴의 질급지 안코, 셕양의 부지웁시 풍유지거리나 쇼릭를 드러더라" (박순호본 〈장두영전〉 91면.) "龍旌虎帳繞平原, 絕塞初廻上將轅. 十載蒼黃遊子淚, 一身淸紫聖君恩. 神髮喜信朝惺夢, 華髮何方暮倚門. 强把玉觴悄不樂, 夕陽謾聽鼓笳喧." 〈金仙覺〉 10회.

가 있다. 두영이 노승과 주고 받는 사운시(四韻詩)는 곧 두영의 현재와
미래를 말하고 있기 때문이다.

사운시(四韻詩)는 한문본으로서의 〈金仙覺〉의 문예지향성을 보여주
는 대표적인 문예 양식이다. 그렇지만 서사의 흐름에 따라 원문을 제시
하거나 필요에 따라 직역하기도 하고 생략하기도 한 것이다. 이런 점에
서 〈장두영전〉의 번역 양상 중 축약은 단순히 분량의 간소화를 확인할
수 있을 뿐만 아니라 한문과 한글본의 문예지향성을 확인할 수 있는
단초가 되기도 한다.

반면에 다음과 같이 내용이 확대된 양상도 보인다.

> 楊氏自巖隙間, 慌忙而出, <u>挽持斗英, 痛哭乞留, 盜欲殺之</u>.
> <金仙覺> 2회

> 양씨 바위텀시이로붓터 황망이 나와 <u>두령을 붓덜고 통곡왈</u> "두령아
> 두령아 나을 두고 어듸가며 나난 너을 버리고 혼즈 무주청산의 오작과
> 동열되야 산중귀신될터이니 그안니 가련ᄒ며 너난 강보을 면치못흔
> 아희 어미품을 쩌나 웃지 잔명을 보존ᄒ리 잇고 답답망극이야 여러 군
> 졸압피 가련흔 인싱을 보젼ᄒ와 이 아희을 두고 가압소셔"이러다시
> <u>인달ᄒ니 흔 도적이 죽이고즈 ᄒ거날</u>   <장두영전> 2회

위의 예문은 전쟁 중에 양씨가 홀로 아들 두영을 데리고 노복들과

---

22) "사운시을 쪄 주어 가로듸 收拾風烟入洞天, 靑山白日揖眞仙, 蛩隨落葉悲秋眼, 眼
閟泡花結夏年, 苦海愁瞻慈舫外, 迷津欲問慧航前, 虎溪一過恒河瀾, 何日廬岑講宿緣.
… (中略) … 싣로ᄉ윤문ᄉ의 졍을 표ᄒ야 삼가 듸답ᄒ니 속인 귀와 눈의 젼ᄒ지 마르소
셔 그글의 가로듸 星斗晶光강[降; 원문은 한글 독음이 적혀 있다.]自天, 金沙歸玉客京
仙, 前程已占揚鷹日, 窮道堪憐舞象年, 逆旅風霜時有待, 禪家烟月樂無邊, 瓊琚大放溪山
響, 爭似金銀結化緣 장싱이 꿀안져ᄉ리히 가로듸"(박순호본 〈장두영전〉 28~29면.)

함께 금계산에 숨었다가 도적들과 맞닥뜨려, 괴수에게 두영을 **빼앗기**고 양씨가 통곡하는 부분이다. 〈金仙覺〉은 "挽持斗英, 痛哭乞留, 盜欲殺之"라며, 전쟁으로 남편과 헤어지고 이제 하나밖에 없는 아들까지 도둑의 괴수에게 빼앗기게 된 "양씨가 두영을 붙들고 통곡하며 놔두고 갈 것을 애걸"하는 절박한 상황만 제시되어 있다. 하지만 〈장두영전〉에서는 "두령을 붓덜고 통곡 왈"이라고 하여, 도둑의 괴수로부터 아들을 지키고자하는 어머니 양씨의 애끓는 심정과 절박함으로 두영을 붙들고 통곡하며 도둑의 괴수에게 아들을 놓아줄 것을 애걸복걸하는 말을 첨가하였다.

〈장두영전〉에 첨가된 부분을 보면, "두령아 두령아"라며 어린 아들의 이름을 울부짖으며, "강보을 면치못 흔" 어린 아들이 "어미품을 써나 웃지 잔명을 보존"할 수 있을까 한탄한다. 그리고 어린 아들을 데려가려고 하는 도둑의 괴수에게 부디 "가련흔 인싱을 보젼흐와 이 아희을 두고 가"달라고 애원한다.

이와 같이 어린 아들을 부지불식간에 눈앞에서 **빼앗기**게 된 어미의 애달픈 심정이 직접적인 발화로 제시됨으로써 단순히 정황만 제시되었을 때보다 서사성이 강화되어 독자의 감정을 극대화시키는데 더욱 효과적이다. 이처럼 애절한 장면 묘사의 확대는 대중서사로서의 한글소설의 지향성을 엿볼 수 있다.

끝으로 독음 중심의 번역 양상의 경우를 보자.

星紀易轉, 月老催期, 斗英爲三五佳郎, 瓊葩屆二八芳年. 通判趙仲春之月, 涓吉曜之日, 就正寢前碧桃花下, (鋪錦茵, 排華燭,) 設奠禽之儀, 行合巹之禮, 禮容端肅, 和氣氤氳, 粲然有法家模範. 宗

族賓客, 皆稱賀不已. 惟胡氏艴然色莊, 不語不笑, 無端呵叱之聲, 常
及於婢僕, 終日壺觴之場, 絶無慶喜之色. 此後室中鬧然, 殆無寧日.

〈金仙覺〉 3회

별긔약이 니미 구루고 월노 긔약을 지촉ᄒ미 두령은 삼오가랑이 되
고, 경파는 이팔방연이라 통판이 즁츄 쌀 연길 일을 가리여 정침젼 벽
도화아ᄅ 나으가 젼금지의을 베푸니 합승지예을 베푸니 예모가 단숙
ᄒ고 화긔가 인온ᄒ야 찬연이옵ᄯᅡ 모범이 잇시니 종족 빈긱이 다 일컷
고 ᄒ릐ᄒ길 마지안니ᄒ되 오직 호씨 발연식이 식식ᄒ야 말ᄒ도 안코
부러도 안니 ᄒ며 무단히 화혼 소리가 읍서 종일 비복으로 더부러 날
이 맛치도록 디더 구타ᄒ야 경ᄉ의 깃버ᄒᆞ난 빗시 음더니 이 뒤로 집
가온디가 뇨연니 편안할 날이 업시

〈장두영전〉 3회

위의 예문은 두영과 경파가 혼사를 치르는 부분이다. 6살에 통판 이
윤정에게 구원되었던 두영은 어느덧 15세가 되고 경파는 16세가 되었
다. 두영과 경파가 서로 혼인할 때가 되자 통판은 좋은 날을 가리어
두 사람의 혼사를 치른 것이다.

그런데 〈장두영전〉과 〈金仙覺〉을 비교해보면, 단순히 국한문 혼용
의 방식을 넘어서 한문현토의 방식에 가깝게 번역하고 있음을 볼 수
있다. 예컨대 "두령은 삼오가랑이 되고 경파는 이팔방연이라"는 '두영
은 십오세의 아름다운 신랑이 되고 경파는 열여섯 꽃다운 나이라'로 번
역하는 것이 온당하다. 또한 "정침젼벽도화[正寢前碧桃花]", "젼금지의
[奠禽之儀]", "합승지예[合巹之禮]"와 같이 두영과 경파의 혼사날의 풍경
에 대하여 묘사하는 부분에서도 한문 문장의 한자어를 그대로 독음 처
리하였다. 번역자는 일부 한자음의 경우 독음 처리를 했고, 조사나 용
언, 어미만을 첨가하거나 번역하고 있는 것이다.

물론 이와 같은 번역이라고 해도 대부분의 독자가 내용을 이해하는 데 크게 방해가 되지 않았을 것이라 판단한 때문으로 볼 수 있다. 하지만 이와 같은 번역 방식은 한문에 익숙하지 못한 독자 혹은 필사자에게 난독(難讀)을 유발하거나 내용 전개에서의 이해를 저해하기도 했다. 한자 독음을 그대로 옮겨 놓다보니, "仲春"의 '春'을 "츈"로 잘못 적기도 하고, "合졸之禮"의 '졸'을 '丞(승)'으로 잘못 읽어 "합승지예"로 표기한 것을 보면, 한자에 대한 이해 없이 옮겨 적는 과정에서 생긴 오류로 볼 수 있다. 또는 고사에 대한 이해가 없어 문자 그대로를 번역하여 "卿以風后力牧之將"을 "경은 **바람 뒤의 심을 치난 장수로**"[23] 오역하여 의도하지 않은 내용의 변이를 보이기도 한다.

이상과 같은 번역상의 특징이 〈金仙覺〉과 〈장두영전〉의 이본 상 관계를 확인할 수 있게 하는 특징이라면 장회명의 차이 등은 두 이본의 차이 및 유통상의 차이를 알게 한다. 〈金仙覺〉과 〈장두영전〉의 가장 큰 특징은 장회 구분이다. 〈금선각〉은 영웅소설에서 볼 수 없는 장회 형식을 갖추고 있다. 그렇기 때문에 〈金仙覺〉의 국역본인 〈장두영전〉 계열 역시 장회가 구분되어 있다. 성균관대본의 경우 하권의 장회명이 10~15회에 해당하는 것으로 1권은 1~9회, 2권은 10~15회로 분권되었음을 확인할 수 있다.

장회 구분이 되어 있지 않은 단대본(62장)의 경우 박순호본(73장)과 성균관대본(49장)과 비교해 볼 때, 상대적으로 분량이 짧다. 이는 필사본 〈장풍운전〉의 평균 분량이 58장이라는[24] 것을 고려할 때 단대본 〈장두

---

23) 〈金仙覺〉, 〈장두영전〉 11회.
24) 낙질본과 원문 장수를 확인하지 못한 본을 제외한 23본의 평균 수치다.

영전〉과 필사본 〈장풍운전〉은 표제의 방식이나 작품의 분량과 서술 체
제면에서 유사하다. 또한 〈장두영전〉은 "무술월일"이라는 필사 시기가
있고, 뒷 표지에 "甲辰元月譯"이란 번역 시기가 적혀 있다. 필사본 〈장풍
운전〉(영남대본 41장본) 역시 "丙午臘月日병오납월일"이라는 필사 시기가
적혀 있어, 1846년에 필사된 것으로 추정된다. 이로 볼 때, 〈장두영전〉
과 〈장풍운전〉은 유사한 시기에 필사되어 유통되고 있었음을 알 수 있
다. 이처럼 두 이본간의 유사점은 이후 〈金仙覺〉과 〈장풍운전〉의 이본
관계에 대한 교섭 또는 변이에 대한 이해의 단초가 될 것이다.

2. 한글본 계열의 이본 현황과 특징

지금까지 〈장풍운전〉의 이본 연구는 판각본에 국한하여, 경판이나
완판을 중심으로 각각 진행되었다.[25] 사실 판각본만을 대상으로 한다
면, 〈장풍운전〉의 이본 현황은 비교적 잘 정리되었다. 예컨대 〈장풍운
전〉 경판 31장본이 완판 36장본의 선본임도 밝혀졌고 판본 사이의 계
통이 비교적 명확하게 드러났다.

그렇지만 필사본은 조희웅의 『고전소설 이본목록(古典小說 異本目錄)』
에서 목록 정리가 된 것을 제외하고는 이본에 대한 체계적인 검토 및

---

25) 곽정식, 「張風雲傳 研究」, 『國語國文學』 21, 부산대학교 인문대학 국어국문학과, 1983.
  ; 김경숙, 「〈張豊雲傳〉 硏究 : 군담소설과 가정소설의 접촉」, 『열상고전연구』 10, 열상고
  전연구회, 1997. ; 김병권, 「경판 〈장풍운전〉 문헌변화의 소설시학적 기능」, 『한국민족
  문화』 14, 부산대학교 한국민족문화연구소, 1999. ; 김병권, 「방각소설 〈장풍운전〉 내적
  변화의 독자 성향」, 『韓國文學論叢』 26, 한국문학회, 2000. ; 신해진, 「경판 27장본 〈張豊
  雲傳〉 해제 및 교주」, 『고전과 해석』 6, 고전문학한문학연구학회, 2009. ; 엄태웅, 「방각
  본 영웅소설의 지역적 특성과 이념적 지향」, 고려대학교 박사학위논문, 2012.

정리가 이루어지지 않았다. 여기에서는 특히 필사본 〈장풍운전〉을 포함한 이본 목록 전체를 확인하고 정리하고자 한다. 이를 통해 〈금선각(金仙覺)〉과 〈장풍운전〉의 이본 관계에 대한 보다 명확하고 체계적인 고찰이 가능해질 것이다.

1) 한글본 계열

현존하는 〈장풍운전〉은 모두 한글본으로 필사본 39종, 경판 8종, 완판 7종, 안성판 1종, 구활자본 9종으로 총 64종의 이본이 있다.[26] 조희웅의 『고전소설 이본목록』에 목록으로 제시된 〈장풍운전〉의 이본은 총 65종이다.[27] 하지만 실제 목록으로만 제시 될 뿐인 경우도 있어 그 실물을 확인할 수 있는 이본은 44종에[28] 불과했다. 본고에서는 실물이 존재하는 이본을 재정리하고, 새로 발견한 필사본 15종, 경판 1종, 완판 2종, 안성판 1종의 총 19종의 이본을 추가로 제시하였다.

다음은 〈장풍운전〉의 이본 현황 목록이다.

---

26) 〈장풍운전〉 계열의 이본 목록은 조희웅의 『古典小說 異本目錄』(집문당, 1999, 590~593쪽.)을 토대로 정리·보완했다. 그리고 본고에서 새롭게 발견한 이본들은 목록표의 음영으로 제시하였다.

27) 조희웅의 『古典小說 異本目錄』에 제시된 〈장풍운전〉의 이본 목록은 필사본 35종, 경판본 8종, 완판본 5종, 판각본 5종, 활자본 12종이다.(조희웅, 앞의 책, 1999, 590~593쪽.)

28) 조희웅(『古典小說 異本目錄』)이 제시한 〈장풍운전〉 65종의 이본 가운데, 실제 확인 가능한 이본은 필사본 23종, 경판 7종, 완판 5종, 활자본 9종으로 총 44종이다.

(1) 필사본 계열[29)]

번호	제명	소장	서지사항
1	장풍운전	단국대	1卷 1冊 63張, 10行 17~20字內外 ; 30.6×18.8cm
2	장풍운전	단국대	1卷 1冊 51張, 10~12行 22~28字 ; 30.8×20.8cm
3	張豊雲傳	단국대	1卷 1冊 30張(落張), 8行 20~24字; 31.0×19.9cm
4	張風雲傳	단국대 (나손53)	1卷 1冊 54張(落張), 12行 20字 ; 25.8×17.6cm
5	張豊雲傳	단국대 (나손54)	1卷 1冊 42張(落張), 11~12行 字數不定 ; 32.1×20.7cm
6	쟝풍운전	단국대	1卷 1冊, 50張(落張), 12行 27~29字內外 ; 35.1×22.1cm
7	쟝풍운젼	단국대	1卷 1冊 41張, 10行 22~29字 ; 29.2×19.1cm
8	楊風雲傳	단국대	1卷 1冊 45張(落張), 12行 21~24字 ; 23.8×22.7cm
9	楊風雲傳	단국대	1卷 1冊 65張(落張), 12行 21~25字 ; 22.5×20.5cm
10	장풍운젼이라	박순호 (42)	1卷 1冊 47張(落張), 11行 25~27字
11	장풍운전	박순호 (85)	1卷 1冊 57張, 12行 24~26字
12	장풍운전	박순호 (85)	1卷 1冊 75張, 10行 18~21字
13	장풍운전 권지단이라	박순호 (85)	1卷 1冊 51張, 12行 字數不定
14	장풍운정이라	박순호 (85)	1卷 1冊 77張(落張), 10行 15~18字

번호	제명	소장	서지사항
15	장풍운이라	박순호 (85)	1卷 1冊 64張, 12行 20~24字
16	장풍운젼이라	박순호 (85)	1卷 1冊 57張, 11行 22~26字
17	장풍젼이라	박순호 (85)	1卷 1冊 65張(落張), 10~12行 字數不定
18	장풍젼	박순호 (86)	1卷 1冊 42張, 10~18行 26~32字內外
19	장풍운젼	김광순 (21)	1卷 1冊 77張, 11~12行 20~24字
20	즁풍운젼이라	김광순 (34)	1卷 1冊 56張(落張), 10行 20~24字
21	장풍운젼	성균관대	1卷 1冊 38張(落張), 14行 21~22字 ; 27.3×24.7cm
22	댱풍운젼 쟝풍운 권지효	국민대	1卷 1冊 51張
23	장풍운젼 張豊雲傳	연세대	1卷 1冊 81張(落張), 10行 22~23字內外 ; 31.4×20.4cm
24	장풍운젼	연세대	1卷 1冊 74張, 9~10行 26~30字內外 ; 26.0×17.7cm
25	장풍운젼	연세대	1卷 1冊 65장張(落張), 17~22字內外 ; 29.7×25.1cm
26	풍운젼	연세대	1卷 1冊 89張(落張), 11行 19字內外 ; 31.7×23.2cm
27	풍운젼	연세대	1卷 1冊 23張(落張), 12行 30~31字 ; 29.9×21.0cm
28	장풍운젼	영남대	1卷 1冊 41張, 12~17行 20~25字 ; 27.1×17.4cm
29	張風雲傳	영남대	1卷 1冊 11張, 12~13行 16~22字 ; 26.8×18.4cm

번호	제명	소장	서지사항
30	장풍운전	충남대	1卷 1冊 71張, 10行 13~18字內外 ; 19.2×12.5cm, 上下向黑魚尾 ; 23.5×15.3cm
31	張風雲傳 장풍운전	충남대	1卷 1冊 102張, 10~14行 18~28字 ; 30.5×20.3cm
32	張風雲傳 풍운젼	계명대	1卷 1冊 34張(落張), 12~18行 38~44字 ; 36.2×22cm
33	張風雲傳	계명대	1卷 1冊 64張, 10行 17~22字 ; 29.9×19.7cm
34	댱풍운젼 권지ㅎ	홍윤표	2권 1책 74張(落帙)
35	장풍운젼	趙炳舜	1卷 1冊 81張
36	장풍운전	강문종	1卷 1冊 37張
37	張忠雲歌	이명선	1卷 1冊 73張
38	장풍운전	정명기A	1卷 1冊
39	張忠雲歌	정명기B	1卷 1冊

29) 조희웅의 『古典小說 異本目錄』에는 제시되어 있지만, 실물이 유실되었거나 소장처를 확인할 수 없는 이본은 목록에서 제외하였다. 제외된 이본은 다음의 총 10종이다. 여승구 소장 각 1卷 1冊본 6종(〈장풍운젼〉(丙辰), 〈장풍운젼〉(甲寅), 〈장풍운젼〉(丙戌), 〈쟝풍운 젼〉 4종과 〈장풍운젼〉이란 제명만 있을 뿐 구체적인 서지사항이 없는 2종), 하동호(河東 鎬) 소장본 〈張風雲傳〉(1卷 1冊), 홍택주 〈張風雲〉(3권, 이병기의 「朝鮮語文學名著解題」 에서 홍택주 소장본 목록으로 〈張風雲〉三冊(寫本)이란 기록만 있을 뿐 실물은 확인할 수 없다)와 현재 원본이 유실된 Gabelentz본과 서울대본이다. Gabelentz본은 이희우가 1982년 괴팅켄대학 도서관의 '한국 고소설 마이크로필름화 프로젝트'로 Bavelentz 소장 한국 고소설 자료 40여 종을 확인하기 위하여, 당시 독일의 여러 지방 도서관과 소장자 Gabelentz가 살던 곳의 박물관, Leipzig도서관에까지 문의했지만 확인하지 못했다. 이 에 대하여 이희우는 Gabelentz 소장 한국 고소설 자료가 세계 2차 대전으로 소실되었거 나 전후(戰後) 압수되어 어느 도서관에 묻혀서 목록화마저 되지 않고 잊혀져 버렸을 것으로 추정했다. 그리고 Gabelentz 소장 여부에 대해서는 Manrice Courant이 『韓國書 誌』를 집필하던 당시 Gabelentz로부터 자신의 소장본 한국고소설 목록을 제공받아 『韓 國書誌』에 정리했던 것을 보면, 최소한 Manrice Courant이 『韓國書誌』를 집필하던 당시

(2) 판각본 계열[30]

① 경판[31]

번호	제명	소장	서지사항
40	장풍운전	고려대 육당본	1卷1 册 27張, 14行 23~25字 ; 22.3×16.4cm, 下白口, 上花紋魚尾 ; 27.3×20.0cm
41	쟝풍운뎐 張豊雲傳	연세대	1卷 1册 27張, 14行 23~25字 ; 22.3×16.5cm, 上下向2葉花紋魚尾 ; 27.0×19.0cm
42	쟝풍운뎐	연세대	1卷 1册 29張
43	장풍운전	기메박물관	29張
44	장풍운뎐 단	대영박물관	29張
45	쟝풍운젼 권지단 張豊雲傳	대영박물관	31張
46	장풍운젼	동양어학교(파리)	29張
47	쟝풍운젼	아스톤문고 (레닌그라드)	31張

까지는 Gabelentz가 소장하고 있던 것으로 보았다.(이희우, 「괴팅켄대학 도서관 한국 고소설 자료수집에 대하여」, 『관악어문연구』 9, 서울대학교 국어국문학과, 1984, 310쪽.)

30) 조희웅의 『古典小說 異本目錄』에는 판본이 확인되지 않는 5종의 판각본이 목록으로 제시되어 있다. 이 판각본들은 각각 1册으로 소장자(처)와 표제는 이명선, 정신문화연구원, 최남선본의 〈장풍운전〉과 이겸로, 상태문고(尙態文庫)본의 〈장풍운전〉이다. 그러나 이 이본들은 목록으로만 전하고 그 실체를 확인할 수 없기에 본고의 이본 목록에서 제외했다.

31) 조희웅의 『古典小說 異本目錄』 경판본에는 〈장풍운전〉 25장본이 목록으로만 제시되어 있을 뿐, 그 외 소장처 등에 대한 정보가 없어 본 목록에서는 제외하였다.

② 완판

번호	제명	소장	서지사항
48	장풍운전	영남대	1卷 1冊 39張, 15行 25~29字 ; 21.1×16.9cm, 上下內向黑魚尾 ; 26.5×19.3cm, 1916년
49	장풍운전	국립중앙도서관	不分卷 1冊 39張, 14~15行 24~26字 ; 20.3×16.5cm, 內向黑魚尾 ; 27.0×18.5cm, 1911년
50	장풍운전	국립중앙도서관	1冊 36張(落張), 15行 24~26字 ; 20.3×16.5cm, 內向黑魚尾 ; 27.0×18.5cm, 탁종길, 서계서포, 1911년
51	張風雲傳	국립중앙도서관	1冊 36張, 15~16行 25~29字 ; 21.4×17.3cm, 內向黑魚尾 ; 25.6×18.9cm, 1916년
52	장풍운전	경상대	1冊 35張, 15行 25字 ; 21.1 x 16.8cm, 上下向2葉花汶魚尾 ; 27.3×19.0cm
53	장풍운전	박순호	1冊 35張(落張)
54	張風雲傳	단국대	1卷 1冊 34張(落張), 15~16行 25~29字 ; 26.4×18.2cm, 內向2葉華紋魚尾

③ 안성판

번호	제명	소장	서지사항
55	장풍운전	국립중앙도서관	1冊 19張, 14~16行 24~29字 ; 24.4×18.7cm, 1917년

(3) 구활자본[32] 계열

번호	표제	소장	서지사항
56	장풍운전		56면, 漢城書館, 1916년
57	장풍운전	국립중앙도서관	43면, 漢城書館·唯一書館, 1918년(재판)
58	장풍운전	대전대	43면, 大昌書院, 普及書館, 1920
59	장풍운전	이주영, 박논 언급	43면, 朝鮮圖書株式會社, 1923년(7판)
60	장풍운전	이능우, 『古小說研究』	43면, 博文書館·新舊書林, 1925년
61	쟝풍운전 古代小說 張豊雲傳	유탁일	31면, 永昌書館·韓興書館·振興書館, 1925년 12월 15일
62	장풍운전	국립중앙도서관	43면, 京城書籍業組合, 1926년(8판)
63	장풍운전	국립중앙도서관	31면, 東洋大學堂, 1929년
64	古代小說 張豊雲傳	국회도서관	64면, 世昌書館, 1951년

위의 〈장풍운전〉 계열 이본 현황은 필사본 계열, 판각본 계열인 경판, 완판, 안성판, 구활자본 계열로 분류하여 정리하였다. 위의 이본 목록을 조사하고 정리하는 과정에서 단국대본 5종(**2**,**6**,**7**,**8**,**9**), 김광순본 1종(**20**), 연세대 3종(**24**,**25**,**26**), 영남대 1종(**29**), 계명대 2종(**32**, **33**), 이명선 구장본 1종(**37**), 정명기A,B(**38**,**39**)본까지 총 15종의 필사본을 추가로 확인하였다. 그리고 이본 목록에서 필사본으로 제시되었던 고려대 육당본(**40**)은 경판본이고 단대본 1종(**54**)은 확인 결과 고대

---

32) 조희웅과 이창헌이 제시한 활자본 목록을 중심으로 목록으로만 제시되고 실제 판본을 확인할 수 없는 이본은 목록에서 제외하였다.(조희웅, 『古典小說 異本目錄』, 집문당, 1999, 592~593쪽. ; 이창헌, 「장풍운전」, 김진세 편, 『韓國古典小說作品論』, 집문당, 1990, 344~345쪽 참조.)

육당본은 경판, 단대본은 완판으로 확인되었으며, 이 외에도 국립중앙
도서관본 완판 1종(50)과 안성판 1종(55)을 추가로 확인하였다. 〈장풍
운전〉의 표제어의 경우에도 단국대본 〈楊風雲傳〉과 이명선본 〈張忠雲
歌〉의 발견으로 '楊風雲傳'과 '張忠雲歌'가 추가되었다.

그렇다면 먼저, 필사본 계열의 이본[33] 각편의 특징에 대하여 살펴보
겠다.

① 단국대본 〈장풍운전〉 63장

단국대학교 소장본으로 표지가 없어 표제는 확인할 수 없고, 내제에
"장풍운젼니다"라고 적혀있다. "무인(1878년) 정월 <u>십일의 시죽호야 여</u>
<u>월일 단셔</u>"라는 간기가 있다.

② 단국대본 〈장풍운전〉 51장

단국대학교 소장본으로 표지가 없어 표제는 확인할 수 없다. "기유연
정월 이십육일 노젹식 필셔호옵"이란 필사기가 있다. 기유년은 1909년
으로 추정된다. 보통은 필사연도만 나와 있는 경우가 많은데, 51장본에
는 "노젹식"이라는 필사자까지도 확인할 수 있다.

③ 단국대본 〈張豊雲傳〉 30장, 낙장

단국대학교 소장본으로 첫 장과 중간 이후가 낙장인 낙장본이다. 전
하는 부분의 내용은 양씨부인이 풍운을 해산하는 부분부터 풍운이 한

---

33) 목록으로 정리된 모든 이본들을 모두 확인하는 것은 자료의 존재 유무에 따른 한계가
있다. 하지만 확인이 가능한 범위 내의 모든 필사본 원텍스트를 확인하고 이본의 특징
을 정리하였다.

림학사에 제수되는 부분까지다.

④ 나손본 〈張風雲傳〉 54장, 낙장

단국대학교에 소장되어 있는 나손본으로『나손본 필사본고소설자료총서(羅孫本 筆寫本古小說資料叢書)』53권에 영인되어 있다. 낙장본으로 첫 장과 마지막 뒷부분의 훼손이 심하여 이씨가 낳은 아들 옥윤이 서양국왕으로 봉해져 서양국으로 가는 길에 단원사에 찾아가는 이후의 내용은 없다.

⑤ 나손본 〈張豊雲傳〉 42장, 낙장

단국대학교에 소장되어 있는 나손본으로『나손본 필사본고소설자료총서』54권에 영인되어 있다. 표지와 함께 앞부분이 유실된 낙장본으로 풍운이 과거에 급제하여 한림학사가 된 후에 처음 왕승상을 만나는 부분부터 남아 있다. 작품 뒤에 "하 긔하고 드문 일린 고로 이 칙을 등셔흥이 부듸 효측하여 이 일을 본바들지녀다 이 책 번역하기 공부 족지 안니 부듸 유실치 말고 잘 간슈 하압"이라는 필사기와 함께 "무신 (1908년) 이월 이십이닐 등셔라"는 간기가 있다. 그리고 다음 장에는 "公州郡[34] 儀堂面 台山里 李郎弼"이라 적혀 있다. 그리고 뒤이어 필사되어 있는 필체가 이랑필(李郎弼)과 동일한 것으로 보아서 이랑필이란 사람

---

34) 1896년 행정구역 개편으로 공주군이 되었고, 의당면은 1914년 행정구역 개편 이후 요당 면과 의랑면의 일부 지역을 병합·개편하면서 의랑면과 요당면의 명칭을 따서 의당면이 되었다. 그렇기 때문에 나손본 42張은 1968년에 필사된 것으로 추정할 수 있다. 다만, "무신이월이십이닐등셔라"는 필사기는 본문에 이어서 적혀 있고, "公州郡 儀堂西台山里 李郎弼"이라는 기록은 장을 달리하여 적혀 있기 때문에 필사년대를 1908년까지도 올려 서 추정할 수 있다.

이 필사한 별도의 작품이 16행 38~40자로 4페이지가 첨부되어 있다. 그런데 이 작품의 일부가 42장본의 세 번째 장이 낙장된 부분에 추가로 적혀 있어 총 5페이지다. 이로 보아 이랑필은 42장본[낙본]의 소장자로 소설책의 여백에 별도의 다른 작품을 부기하고, 앞의 낙장된 부분의 빈 여백까지도 활용한 것으로 보인다.

6 단국대본 〈쟝풍운젼〉 50장, 낙장

단국대학교 소장본으로 표제는 "쟝풍운젼단"이라 적혀 있다. 앞부분이 유실되어 "을 낫낫치ᄒᆞ니 샹셔 풍운이 쟝원ᄒᆞ물 듯고 크계 깃거 실닉을 부르니…"부터 시작되는 낙장본이다.

7 단국대본 〈쟝풍운젼〉 41장

단국대학교 소장본으로 표제는 "쟝풍운젼 단"이라 적혀 있고, 내제는 "장풍운젼 권지단이라"고 적혀 있다. 또한 표지에 "긔미졍월염오일 등셔"라는 간기가 적혀 있다. 특히 이 이본은 두영이 아버지를 만나 황성으로 돌아오는 부분까지만 전하며 후반부의 사혼처 부분이 없다. 이와 같은 서사 구성은 경판과 동일하다는 점에서 판본간의 유입 경로를 확인할 수 있는 단초가 된다.

8 단국대본 〈楊風雲傳〉 45장, 낙장

단국대학교 소장본으로 낙장본이다. 표제는 "楊風雲傳"이라 적혀 있지만, 실제 내용은 〈장풍운전〉이다. 남아 있는 부분은 "일시을 격어 금낭의 너허 옷깃슬…"로 시작하는데, 이 부분은 장해가 풍운을 데리고 졀강성 장도사를 찾아가서 상을 보이고 온 후에 풍운이 부모와 이별할

운세를 걱정하여 양씨가 풍운의 생년월일을 적어 넣은 금낭을 풍운의 옷깃에 넣어 꿰매는 부분이다. 내용상 첫 장이 낙장이다. 그리고 한림이 된 풍운이 나라에 공을 세우고 어머니 양씨와 처 이씨를 만나서 돌아오는 길에 아버지를 만나기 위해 정성을 드릴 절을 태수에게 묻는 부분까지 남아 있다.

⑨ 단국대본 〈楊風雲傳〉 65장, 낙장

단국대학교 소장본으로 첫 장과 중간이 낙장인 낙장본이다. 본문 마지막 장 상단에 "六十五" 장이라 적혀 있는 것으로 보아서 총 3장이 낙장이다. 온라인상으로는 〈楊風雲傳〉으로 기재되어 있으나, 실물을 확인한 결과 표지가 낡아서 표제가 지워졌고, 첫 장이 낙장이라 내제도 확인할 수 없었다. 이는 자료를 정리하면서 생긴 오류로 보인다.

본문은 "칠 팔셰에 니르민 시셔을 통달ᄒ여 궁마지직을 일삼으이..." 로 풍운의 자질을 소개하는 부분부터 시작한다. 작품 말미에 "오자낙셔 마니ᄒ야 이 칙 글시은 십여인이 셧셧 오자 낙셔가 만하은니 보난딕 쇼인은 눌너 보시옵심을 바립이나"와 "신희 졍월 시십이일 십찰일의 종이라 辛亥正月始十二 ~ 終十七"이라는 간기와 필사기가 적혀 있다. 공동 필사본이다 보니 글씨체뿐만이 아니라 표기방식도 다양하여 국한문 혼용으로 서술된 부분도 있다. 신해년는 1911년으로 추정된다.

⑩ 박순호본 〈장풍운젼〉 47장, 낙장

박순호 개인 소장본으로 『한글필사본고소설자료총서』 42권에 영인되어 있다. 내제에 "장풍운전이라"고 적혀 있다. 권말 낙장본으로 이씨가 유씨의 모해로 황옥에 갇혀 있을 때 왕씨가 이씨에게 보낸 편지에 이씨가 시비 옥섬에게 전달하게 하는 부분 이후가 낙장이다.

⑪ 박순호본 〈장풍운전〉 57장

박순호 개인 소장본으로 『이본류(異本類) 한글필사본고소설자료총서』 85권에 영인되어 있다. 본문에 "<u>아희 상를 보니 진시 천하 영쥰이라 크여 졈졈 ᄌ라 뉵셰여 이르믹</u>"라고 적혀 있는 부분이 문맥상 어색하게 연결된다. 이는 "천하 영쥰이라" 뒤에 주인공 풍운의 이름과 자(字)를 정하는 "긋거 일홈을 풍운이라 ᄒ고 ᄌᄂᆞᆫ 뇌셩이라 ᄒ다(완판 36장본)"는 부분이 누락되었기 때문이다. 필사자가 필사를 하는 과정에서 누락된 것으로 보인다.

⑫ 박순호본 〈장풍운전〉 75장

박순호 개인 소장본으로 『이본류 한글필사본고소설자료총서』 85권에 영인되어 있다. 일반적으로 제명이 오른쪽에 내제가 적혀 있는데 반해서 본문 상단에 "장풍운전"이라 적혀 있다. 첫 장부터 행수(行數)가 맞춰져 있고 제목의 필체와 본문의 필체가 다른 것을 보면 뒤늦게 필사자 또는 소장자가 상단에 제목을 표기한 것으로 보인다.

이 이본은 다른 이본들과 시작 부분이 다르다. 보통의 이본에서는 "딕명 가졍년간의 졀강부 금능쌍의 흔 명환이 잇스되 셩은 장이요 명은 회라"로 시작된다. 그런데 이 본은 "쳔황씨 목덕으로 왕하시믹 인황씨와 지황씨 각각 일만팔쳔셰을 하시도다 그후의 유소씨 나시믹 구목위소하시고 슈인씨 나시믹 꾀인화식하시고 복히씨 나시믹 시획팔괘ᄒ야 꾀인 예악하시니 그후의 도덕이 상젼하야 요순이 나시믹 우탕이 나시도다 문무 주공 공자 안증 사밍이 상젼 쳔련후의 송나라의 이르러 경종

사연 간원도 짱의 한 사람이 잇시되 셩은 장이요 명은 **회**라"로 시작한
다. 이처럼 서두의 차이는 〈장풍운전〉의 이본의 계통을 확인할 수 있는
단서가 되기에 유의미한 내용 전개라 할 수 있다.

13 박순호본 〈장풍운젼〉 51장

박순호 개인 소장본으로 『이본류 한글필사본고소설자료총서』 85권
에 영인되어 있다. 내제는 "장풍운젼 권지단이라"고 적혀 있다. 권말에
"이 칙 등셔 시의 졍신니 살난ᄒᆞ여 오져낙ᄌᆞ 만ᄒᆞ논니 보난 쳠군ᄌᆞ는
딕당칙이나 마옵소셔"라는 필사기와 함께 "임ᄌᆞ졍월 십삼일 죵이라"는
간기가 함께 부기되어 있다. 임자년은 1912년으로 추정된다.

14 박순호본 〈장풍운졍〉 77장, 낙장

박순호 개인 소장본으로 『이본류 한글필사본고소설자료총서』 85권
에 영인되어 있다. 내제는 "장풍운졍이라"고 적혀 있고, 내제 아래에
"을츅졍월상"이라고 적혀 있다. 을축년은 1865년이나 1925년으로 추정
된다. 옥원[옥윤]이 셔향[서양]국의 왕이 되어 승상과 부인들의 작위(爵
位)가 모두 올라감에 황제에게 축사하는 부분까지만 적혀 있다. 내용상
마지막 1장이 낙장이다. 그런데 실제 필사 상태를 보면 낙장이라기보
다 쓰다만 것처럼 보인다.

15 박순호본 〈장풍운〉 64장

박순호 개인 소장본으로 『이본류 한글필사본고소설자료총서』 85권
에 영인되어 있다. 내제는 "장풍운이라"고 적혀 있다. 필체가 단일하지
않으며, "위왕 장풍운전이라"는 글귀와 함께 "계츅 이월 이십오니라"는

간기가 적혀 있다. 계축년은 1913년으로 추정된다.

⑯ 박순호본 〈장풍운전〉 57장

박순호 개인 소장본으로 『이본류 한글필사본고소설자료총서』 85권에 영인되어 있다. 내제는 "징풍운전이라"고 적혀 있다. 권말에 "칙ᄉ연 보압 직 ᄒ옵기예 초흔오니 글시와 칙ᄌ 기구ᄒ오니 보ᄂᆞ니 그듸ᄅᆺ 늘너 보옵소셔 금금 총망흔 여러 옥 괴괴흔 취필리 구흉막심즁 ᄂᆞᄂᆞ이로다"라는 필사기가 있다. 그리고 다음 장에 "님잔(1912년) 니월 초샤닐 필"이란 간기가 함께 4행씩 5면에 걸쳐서 〈장풍운전〉에 대한 감상을 적은 듯한 글이 있다. 하지만 글자의 훼손이 심하여 정확한 뜻을 확인할 수 없다.

⑰ 박순호본 〈장풍전〉 65장, 낙장

박순호 개인 소장본으로 『이본류 한글필사본고소설자료총서』 85권에 영인되어 있다. 내제는 "장풍전이라"고 적혀 있다. 승상(풍운)이 이씨를 모해한 유씨를 잡아들이는 부분까지만 있는 낙장본이다. 내용상 4장 정도가 낙장이다. 뒷부분의 2장은 15~18행 26~29자로 다른 장에 비하여 글자가 빼곡하게 적혀 있다.

⑱ 박순호본 〈장풍전〉 42장

박순호 개인 소장본으로 『이본류 한글필사본고소설자료총서』 86권에 영인되어 있다. 26면까지는 매면 10행으로 일정하지만 이후 불규칙하다. 뒷부분으로 갈수록 행수가 늘어서 뒤의 1/3 가량은 16~18행의 세필로 빼곡히 적혀 있다.

⑲ 김광순본 〈장풍운젼〉 77장

김광순 소장본으로 『김광순소장필사본 한국고소설전집(金光淳所藏筆寫本 韓國古小說全集)』 21권에 영인되어 있다. "곜和(1942년)十七年 三月二十三日"이라는 간기와 함께 "긔뒫이천육빅이연"이라고 적혀 있다. 그런데 간기와 정가를 펜으로 지우고, 그 옆에 "신사년(1941년) 三月二十三日", "한실쎡 가장이라"고 적혀 있다. 그리고 책 말미에 "임오(1942년)원월일口口일 주부"가 시어머니께 쓴 편지 한 장이 덧붙어 있다.

⑳ 김광순본 〈증풍운전이라〉 56장, 낙장

김광순 소장본으로 『김광순소장필사본 한국고소설전집』 34권에 영인되어 있다. 낙장본으로 내용상 마지막 1장 정도가 낙장된 것으로 보인다. 내제에 "증풍운전이라"고 적혀 있고, 내제 아래에 "셔로셔 오즉 낙즉 만사오니 눌여보옵소셔 부딕부딕 서심가직口口"라는 필사기와 함께, 각 장 오른쪽 면의 오른쪽 끝에 장수가 기록되어 있다. 필체가 다양하고 필체에 따라서 행자수(行字數)가 다르다.

㉑ 성균관대본 〈장풍운전〉 38장, 낙장

성균관대학교의 소장본으로 표지가 없어서 표제는 확인할 수 없고, 내제는 〈장풍운전〉이다. 권말에 "니칙 만나니는 듯고 즐닛아라"고 적혀 있다.

㉒ 국민대본 〈댱풍운전〉 51장

국민대학교 소장본으로 표제는 "댱풍운전"이라 적혀 있고, 내제에는 "쟝풍운 권지쵸"라고 적혀 있다.

23 연세대본 〈장풍운젼 張豐雲傳〉 81장, 낙장(落張)

연세대학교 소장본으로 표지가 많이 낡아서 표제는 지워지고 내제에 "장풍운젼"이라고 적혀 있다. 낙장본으로 "⋯ 상좌치신니 발셔 노승이 되엿더라" 이후의 내용이 없다. 이것은 풍운 일행이 서양국으로 가는 길에 단원사에 찾아간 부분으로 내용상 1장이 낙장이며 뒤표지도 본문과 함께 유실되었다.

24 연세대본 〈장풍운젼〉 74장

연세대학교 소장본으로 다른 필사본과 달리 풍운의 아버지 장희가 풍운이 태어났을 때 풍운의 상에 대하여 말하는 부분이 없고, 풍운에 대한 서술도 조금 다르다.

25 연세대본 〈장풍운젼〉 65장, 낙장

연세대학교 소장본으로 내제에 "장풍운젼이라"고 적혀 있다. 낙장본으로 경운이 인주자사가 되어 내려가는 길에 소흥부를 들러 녹림원 아버지 산소에 소분한 뒤에 호씨를 찾아가는 이후가 낙장이다.

26 연세대본 〈풍운전〉 89장, 낙장

연세대학교 소장본으로 온라인상으로는 표제가 "풍운전"으로 되어 있으나, 원본을 확인해 본 결과 표지와 함께 처음 2장이 낙장된 본이라 표제와 내제를 확인할 수 없고, 본문 역시 "풍운전"이라고 적힌 흔적이 전혀 없었다. 이는 자료를 정리하는 과정에서 생긴 오류로 보인다.

이 이본은 "풍운의 오슬 볏기고 그 상을 슬핀 후의 싱월일시을 뭇거늘⋯"로 시작한다. 이는 장희가 풍운의 운수를 보기 위해서 풍운을 데리고 절강성 장도사에게 찾아가 장도사에게 풍운의 상을 보이는 부분으로, 내용상 맨 앞부분의 2장이 낙장이다. 또한 장도사가 풍운의 운수를 말해주는 부분의 일부에 종이를 덧대어 "부즈니별이 목견의 이시니 초분은 혐ᄒᄂ나"로 수정하였다. 그리고 "…노승의 샹져 치신니 발셔 노승이 되엿더라"까지 서술되어 있어, 이후 1장이 낙장된 것으로 보인다.

또한 7면 상단에 "병진치월이십팔일이라"는 부기가 있다. 병진년은 1916년으로 추정되나 이것이 적힌 글씨의 위치와 크기 등을 볼 때, 필사시기로 보기에는 무리가 있다. 하지만 〈장풍운전〉이 유통되던 시기를 확인할 수 있는 정보를 제공한다는 점에서 유의미하다.

㉗ 연세대본 〈풍운전〉 23장, 낙장

연세대학교 소장본으로 낙장본이다. 이 이본은 "부인이 더옥 망극ᄒ여 노쥬셔노 길가온딕…"로 시작한다. 양씨가 풍운과 헤어진 뒤에 시비 옥매와 함께 여남의 표질을 찾아 의탁하려 했으나 표질은 이미 해남 임소로 가고 없었다. 이에 양씨가 망연자실하여 시비 옥매와 서로 붙들고 우는 부분으로, 내용상 3~4장이 낙장이다. 또한 뒷부분은 경패가 유씨(명현왕의 딸)의 모함으로 음부의 누명을 쓰고 옥졸에게 잡혀가는 부분인 "…음부인 경픠을 춤이라ᄒ여 고수리우의 흔 부인을 미여거날 혼빅이 산란ᄒ고 간담이 문어지" 이후가 낙장이다.

㉘ 영남대본 〈장풍운전〉 41장

영남대학교 소장본으로 표지에는 "丁未元月初十日被衣"라고 적혀 있고, 표제는 "張風雲傳·張風雲傳 單", 내제는 "장풍운전"이라 적혀 있다. 본문에 앞서 첫장 왼쪽 상단에 "張風雲傳 單 장풍운젼단"이라고 적혀 있고, 가운데에 "丙午臘月日병오납월일"이라고 적혀 있다. 그리고 맨 오른쪽에 "병오납월이십삼일필셔우기둥"이라고 적혀 있다. 병오년은 1846년으로, 정미년은 1847년으로 추정된다. 이는 병오년에 필사를 마치고 정미년에 표지를 만든 것으로 보인다.

그리고 권말에 "비록 고담이느 호시의 힝악과 누시의 음흉이 흐 참혹흐기로 종말의 기록흐야 세상 스람으로 알게 흐노라"는 필사기가 있다. 특히 필사기를 보면, 〈장풍운전〉이 "호시의 힝악과 누시의 음흉"에 이야기의 초첨이 맞춰져 있다. 필사자가 말하는 호씨와 누씨는 모두 〈장풍운전〉에서 가정 내 불화를 일으키는 인물이다. 이는 〈장풍운전〉이 영웅소설로서가 아닌, 독자에 따라서는 가정소설 혹은 가문 소설의 하나로 받아들여졌음을 말한다. 또한 이와 같은 필사기는 〈장풍운전〉의 주제지향을 확인할 수 있다는 점에서 의의가 있다.

권말에는 〈옥셜하답젼〉이 덧붙여져 있다. 그리고 맨 마지막 페이지에 "서참봉틱칙"이라는 표기와 "황영지 와다국시노고헤다니 데슈"라는 글귀가 적혀 있다.

29 영남대본 〈張風雲傳〉 11장

영남대학교 소장본으로, 표제는 〈張風雲傳〉이라고 적혀 있고, 내제는 〈장풍운젼〉이라고 적혀 있다. 본문의 상단에 15장에 걸쳐서 평비가 붙어 있다. 그런데 이본을 확인해본 결과 실제 〈장풍운젼〉은 두영과 경파가 혼사를 치르는 부분(21면)까지만 서술되어 있고, 그 다음 줄에 바로 이어서 〈님시각뎐〉(30장)이라는 작품이 적혀 있다. 또한 맨 마지막에 〈구운몽〉이 몇 장 더 덧붙어 있다.

30 충남대본 〈장풍운전〉 71장, 낙장

충남대학교 소장본으로 표지의 훼손이 심해서 표제를 확인할 수 없고, 맨 앞이 낙장인 낙장본이라서 내제도 확인할 수 없다. 표지에 "연일군 청하면 청하이원 최성무"라고 적혀 있다. "망극하야 슈풀속이 닉달나 붓들고 통곡ᄒ니 도적이 죽이려 ᄒ거늘"로 시작한다. "오ᄌ 낙셔만 ᄉ온이 눌러 보시오은속－리졍리극"이라고 적혀 있다. 목판본의 형태를 인쇄한 종이를 사용 했다. 필사 중간 59장은 볼펜으로 "유시어말듯고 거져선졍ᄒ고 슈이 드라오믈 이르거늘 원슈 마음이 불평ᄒ니~"로 시작하는 내용이 한 장 정도 적혀 있는데, 필체는 다르지 않다.

31 충남대본 〈張風雲傳〉

충남대학교 소장본으로 표제는 "張風雲傳 合部"이고, 내제는 "장풍운젼"이다. 안쪽 표지에는 다시 "장풍운젼리라"고 적혀 있다.

32 계명대 〈풍운젼〉 34장, 낙장

계명대학교 소장본으로 "각셜 시랑이 황셩의 드러가 천자계 뵈온딕"부터 시작하며, 내용상 맨 앞 2장이 낙장이다. 권말에 "신유졍월십오일이다"라는 간기가 있다. 신유년은 1861년으로 추정된다. 권말에는 〈복선화라〉(4장, 14행 32~39자)는 가사가 덧붙여져 있고, 이 역시 "시유졍월십오일이 피셔라"는 간기가 동일하게 적혀 있다.

33 계명대 〈張風雲傳〉 64장(김광순 64장본과 동일본)

계명대학교 소장본으로 표제는 "張風雲傳" 내제는 "장풍운전이라"고 적혀 있다. 이본은 확인 결과 『김광순소장필사본 한국고소설전집』 34권에 실린 영인본의 원문이었다. 영인본에서는 정확하게 알 수 없었던 얼룩은 원본을 확인해 본 결과 불에 타서 구멍이 나고 그을린 흔적이었다.

그 밖에도 1~40장까지는 왼쪽 상단에 장수가 기재되어 있으며, '25, 27~30, 33, 34'장의 경우만 뒷장의 오른쪽 하단에 거꾸로 장수가 기재되어 있다. "긔히샤월 초육일 이시비운 풍운전 초희슨이 글시 괴괴ㅎ이 보난 샤람 딕소말고 눌너보압소셔 칙님쟈 이소지요 못틱관동젹"이라는 필사기가 적혀 있다.

그리고 〈양괴젼이라〉(14장, 9~10행 18~21자)는 소설이 합본되어 있다. 〈양괴젼이라〉 역시 권말에 "기히시월십이일 가ᄉ 초희노라 글시 괴괴ㅎ 오이 눌너용서 딕소마압소셔"라는 간기가 있고, 이어서 "졍월은 밍츈이요 혹초츈이라고ㅎ나 이월은 즁츈이요 슴월은 기츈이요 ᄉ월은 밍ㅎ다 오월은 즁ㅎ라 유월은 기ㅎ라 칠월은 밍츄라 팔월은 즁츄라 구월은 기츄라 구월은 기츄라 시월은 밍동이요 동지달은 즁동이요 셔달은 기동이요 혹납흔이라 ㅎ나이다."라는 낙서가 적혀 있다.

㉞ 홍윤표본 〈댱풍운젼〉 권지ㅎ, 74장, 낙질

홍윤표 개인 소장본으로 2권 2책 중 하권만 전하고 상권은 일실된 낙질본이다. "甲戌 三月, 丙辰年三月日"이라는 간기가 있다. 갑술년은 1847년이나 1907년으로, 병진년은 1856년이나 1916년으로 추정되지만 개인 소장본으로 실물을 확인할 수 없었다.

㉟ 조병순본 〈장풍운젼〉 81장

조병순 개인 소장본으로 현재는 확인할 수 없다.[35] 완판 36장본을 저본으로 필사하였으며, 어휘와 표기법에서만 약간의 차이를 보인다.[36]

瑚 강문종본 〈장풍운전〉 37장

강문종 개인 소장본으로 "신해연 류월 등종이라"는 간기가 있다.

圖 이명선 구장본 〈張忠雲歌〉 73장

이명선 개인 소장본으로 표제는 "張忠雲歌"라 적혀 있다.

圖 정명기A본 〈장풍운전〉

정명기 개인 소장본으로 "병진 정월 회일 팔봉셔라"라는 간기가 있다.

圖 정명기B본 〈장풍운전〉

정명기 개인 소장본으로 "무즈 납월 열흐로날 시작ᄒ여 동월 열난날 다 쎳시나 오즈 낙셔가 만ᄒ옵고 쏘흔 글즈난 안니 되고 좌우 산쳔만 글려 잇시니 아무라도 그듸로 눌러 보시옵"이라는 간기가 있다.

이상 필사본을 중심으로 〈장풍운전〉의 이본 현황과 특징에 대하여 살펴보았다. 필사본 〈장풍운전〉은 〈금선각〉 계열과 같이 간기와 필사 기를 확인할 수 있다. 이는 필사기와 간기 등을 부기했던 필사본의 문 필사적 관습에 의한 것으로 보인다. 〈장풍운전〉은 서술의 체제상 장회 구분이 없다는 것이 〈금선각〉과의 가장 큰 차이다.

---

35) 조병순 개인 소장본으로 『성암문고전적목록』(성암고서박물관, 1975)에서 작품명을 확 인할 수 있었으나, 2013년 9월 조병순 관장의 별세로 고서박물관이 문을 닫은 이후 원본은 확인할 길이 없다. 고서박물관에 있던 유물의 보존여부도 문화재청에서 소유권 이 조관장의 자녀들에게 넘어갔다는 것 이외에는 확인된 바가 없는 것으로 전한다.

36) 이창헌, 앞의 책, 1990, 343~344쪽 참조.

다음은 판각본의 특징에 대하여 살펴보자. 판각본은 경판, 완판, 안성판으로 나뉜다. 〈장풍운전〉 판각본의 현황은 다음과 같다.

▨ 고려대 육당본 〈장풍운전〉 27장

고려대학교 소장본으로 "戊午紅樹洞新刊"이라는 간기가 있다. 무오년은 1918년으로 추정되며, '홍수동(紅樹洞)'이라는 지역명까지 기재되어 있어서 경판 〈장풍운전〉의 유통 시기와 지역을 확인할 수 있다.

▨ 연세대본 〈쟝풍운뎐〉 27장

연세대학교 소장본으로 "戊午紅樹洞新刊"이라는 간기가 있다. 확인 결과 ▨ 고려대 육당본(27장)과 동일한 판본이다.

▨ 연세대본 〈쟝풍운뎐〉 29장

조희웅의『고전소설 이본목록』에는 연세대학교 소장본으로 정리되어 있으나,[37] 확인 결과 현재 연세대학교 도서관에서는 소장하고 있지 않다.

▨ 기메박물관본 〈장풍운전〉 29장, ▨ 대영박물관본 〈장풍운뎐〉 29장, ▨ 대영박물관본 〈쟝풍운전〉 31장, ▨ 동양어학교본 〈쟝풍운전〉 29장, ▨ 아스톤문고본 〈쟝풍운전〉 31장

▨~▨의 외국도서관 소장본은 김동욱『고소설판각본전집(古小說板刻本全集)』에 수록되어 있다. 판각본의 특성상 각 장수에 따른 이본 간

---

37) 조희웅, 앞의 책, 1999, 591쪽.

서사적 편폭 이외에는 내용적 특이 사항은 없다.

이상은 경판의 이본 현황과 특징이다. 목록에 제시된 8종의 경판 가운데, 실물을 확인할 수 있는 것은 고려대 육당본과 연세대 27장본으로, 그 외 다른 이본은 외국도서관에 소장되어 있거나 목록으로만 제시되어 있어서 실물을 확인할 수는 없었다. 다만, 🖪~🖫의 외국소장본의 경우는 김동욱『한국고전소설 판각본전집』2·5에 수록되어 있다. 경판 〈장풍운전〉은 27·29·31장본이 있으며, 이들은 31장본을 축약해서 판각한 것이기 때문에 26장까지의 기본 서사구조가 동일하여,[38] 이본 간 내용의 편차는 거의 없다. 경판 〈장풍운전〉 중에서 특히 고려대 육당본(27장)의 간기는 경판이 유통되던 시기와 장소를 확인할 수 있는 주요한 단서가 된다.

다음은 완판을 살펴보자.

🖬 영남대본 〈장풍운젼〉 39장

영남대학교 소장본으로 판권지가 붙어있다. 판권지에는 "大正五年十月七日印刷, 大正五年十月八日 發行"(1916년)과 "著作兼發行者梁珍泰, 印刷所兼印刷者梁珍泰"로 발행소는 다가서포(多佳書舖)라고 적혀 있다.

🖭 국립중앙도서관본 〈장풍운젼〉 39장

국입중앙도서관 소장본으로 권말에 "明治四十年八月二十二日發行"

---

38) 이창헌, 앞의 책, 1990, 342쪽.

이라고 적힌 판권지가 붙어있다. 판권지에는 저작(著作)과 발행자 탁종
길(卓鐘佶), 인쇄와 발행자는 양원중(梁元仲), 인쇄와 발행소는 "全州郡
府西四契 西溪書舖"라는 기록이 있어서, 완판본의 발행과 유통에 대한
보다 명확한 정보를 확인할 수 있다.

50 국립중앙도서관본 〈장풍운전〉 36장, 낙장

국립중앙도서관 소장본으로 49 국립중앙도서관본 〈장풍운전〉 39장
본과 판본이 같은 동일본이다.

51 국립중앙도서관본 〈張風雲傳〉 36장

국립중앙도서관 소장본으로 판권지가 붙어있다. 판권지에는 "大正
五年十月七日印刷, 大正五年十月八日 發行"(1916년)과 "著作兼發行者梁
珍泰, 印刷所兼印刷者梁珍泰"로 발행소는 "多佳書舖"라고 적혀 있다.

52 경상대본 〈쟝풍운젼〉 35장, 낙장

경상대학교 소장본으로 낙장이다.

53 박순호본 〈장풍운젼〉 35장, 낙장

박순호 개인 소장본으로 낙장이다. 소장처 외의 사항은 확인되지 않
는다.

54 단국대본 〈張風雲傳〉 34장, 낙장

단국대학교 소장본으로 낙장본이다. 판본은 앞장과 뒷장 그리고 10

장, 25면, 32면 등 중간 중간 훼손이 심하다. 하지만 단국대 34장본은
51 국립중앙도서관 36장본과 동일한 판본이다. 그렇기 때문에 낙장과
훼손된 본은 국립중앙도서관 36장본을 토대로 복원할 수 있다. 앞표지
에는 "林判鶴口風"이라고 적혀 있으며, 뒷표지에는 "林판익측이라"고 적
혀 있다.

　이상 완판본 〈장풍운전〉의 이본 현황과 특징에 대하여 살폈다. 확인
결과 완판본은 36장본과 39장본으로 나뉘며, 총 7종이 전한다. 국립중
앙도서관 49 39장과 50 36장(낙장), 51 국립중앙도서관본 36장과 54 단
국대본 〈張風雲傳〉 34장(낙장)은 각각 동일판본이다. 이로 볼 때, 완판
본도 36장과 39장이라는 장수에 따른 서사의 확대와 축소의 차이만 있
을 뿐 기본적인 서사구조와 동일 장(張)의 차이는 거의 없다.
　마지막 안성판을 살펴보자.

55 국립중앙도서관본 〈장풍운전〉 19장

　국립중앙도서관 소장본으로 두영이 부모와 처를 만나 황성으로 돌
아오는 부분까지만 있고, 후반부 사혼처 부분은 없다. "明治四十五年七
月十六日 印刷, 明治四十五年七月二十日 發行, 大正六年十一月二十一
日 發行 二板"이라고 적힌 판권지가 있다. 1912년 〈장풍운전〉 초판이
발행되었으며, 1917년 재판이 발행되었다. 이는 〈장풍운전〉의 대중적
인기를 확인할 수는 직접적인 단서가 된다는 점에서 의의가 있다. 또한
박성칠[朴星七書店]이 "京畿道安城郡寶蓋面其佐"에서 발행하였음을 확
인할 수 있다.
　국립중앙도서관 〈장풍운전〉 19장본은 안성판 〈장풍운전〉의 존재를

확인하였다는 점에서 의의가 있다. 그간 〈장풍운전〉의 판각본은 경판과 완판만 확인될 뿐, 안성판의 존재는 알 수 없었다.[39] 안성판 19장본으로 〈장풍운전〉은 경판, 완판, 안성판 세 판본으로 유통되었음을 알 수 있었다. 이처럼 다양한 판본이 존재한다는 것은 〈장풍운전〉이 대중적 독서물로 유통되었음을 의미한다. 또한 안성판은 풍운이 입신양명하여 가족과 재회하는 부분까지만 있고, 후반부 사혼처 부분은 생략되었다. 이는 구활자본 〈장풍운전〉과 같다. 구활자본 〈장풍운전〉의 사혼처 화소의 삭제는 단순히 편집자의 편집의도만이 아니라 안성판을 모본으로 출판했을 가능성도 제시한다.

다음은 구활자본의 특징에 대하여 살펴보자.

56 **한성서관(漢城書館) 〈장풍운전〉 56면**
한성서관에서 1916년에 발행되었으며, 국한자(國漢字)가 병기(倂記)되어 있다.

57 **한성서관(漢城書館)·유일서관(唯一書館) 〈장풍운전〉 43면**
국립중앙도서관 소장본으로 한성서관·유일서관에서 1918년(재판)에 발행됐다.

58 **대창서원(大昌書院)·보급서관(普及書館) 〈장풍운전〉 43면**
대전대학교 소장본으로 카츠키 료오키치[勝木良吉]가 대창서원·보

---

39) 이창헌, 앞의 책, 1990, 342쪽.

급서관에서 1920년에 발행했다.

☒ 조선도서주식회사(朝鮮圖書株式會社) 〈장풍운젼〉 43면

"著作兼發行者 朝鮮圖書株式會社, 右代表者 홍순필"이 大正 十二年
(1923년) 四月 十日에 7판을 발행했다.

☒ 박문서관(博文書館)·신구서림(新舊書林) 〈장풍운젼〉 43면

이능우의『고소설연구』에 소개된 본으로 노익형이 박문서관·신구
서림에서 大正 四十年(1925년) 十二月 五日에 발행했다.

☒ 영창서관(永昌書館)·한흥서관(韓興書館)·진흥서관(振興書
館) 〈쟝풍운젼〉 31면

유탁일 소장본으로 표제는 "쟝풍운젼"이고 내제는 "古代小說 張豊雲
傳"이다. 강의영(姜義永)이 영창서관·한흥서관·진흥서관에서 1925년
12월 25일 발행했다.

☒ 경성서적업조합(京城書籍業組合) 〈장풍운젼〉 43면

국립중앙도서관 소장본으로 홍순필이 경성서적업조합에서 1926년
12월 20일(8판)에 발행했다.

☒ 동양대학당(東洋大學堂) 〈장풍운젼〉 31면

국립중앙도서관 소장본으로 동양대학당에서 1929년에 발행했다.

<u>64</u> 세창서관(世昌書館) 〈古代小說 張豊雲傳〉 64면

국회도서관 소장본으로 신태삼(申泰三)이 세창서관에서 1951년에 발행했다.

<u>57</u> 한성서관·유일서관본과 <u>62</u> 경성서적업조합(홍순필)본은 한 두 글자 정도의 변이만 보일 뿐, 인쇄된 페이지 면까지 일치하는 동일판본이다. <u>60</u> 박문서관·신구서림(노익형)은 한성서관본과 동일본이다.

〈장풍운전〉은 필사본뿐만 아니라 판각본과 구활자본까지 다양한 이본이 존재한다. 이처럼 〈장풍운전〉이 다양한 유통방식으로 향유되었다는 것은 〈장풍운전〉의 대중적 인기를 대변한다. 그렇기 때문에 〈장풍운전〉을 통해서 영웅소설의 유통방식과 그에 따른 향유층과 주제의식의 변화까지도 함께 고찰해 볼 수 있다.

2) 필사본·판각본·구활자본의 이본 특징

한글본 계열인 〈장풍운전〉의 현전 이본들은 대체로 19세기 중후반 이후에 필사, 유통된 것들이다. 비록 『상서기문(象胥記聞)』(1794)에 〈장풍운전〉의 이름이 기재되어 있지만, 지금까지 확인된 64종의 한글본 〈장풍운전〉 가운데 필사 시기가 19세기 초나 그 이전의 것으로 추정되는 이본은 발견되지 않고 있다.

더욱이 한글본 〈장풍운전〉 계열은 경판을 중심으로 한 유통 양상을 보인다. 요컨대 경판이 나타난 후에 한글본 계열의 〈장풍운전〉 이본들이 대대적으로 유행했으며, 현전하는 한글본 〈장풍운전〉 이본은 주로 19세기 중후반 이후에 필사되었다고 하겠다.

이런 이유 때문인지 한글본 〈장풍운전〉 계열 내의 서사 변이의 편폭
은 크지 않다. 판각본을 그대로 베낀 것이거나 내용을 축소한 것 등이
대부분이다. 물론 이 가운데는 일부 내용상의 변개가 있기도 하지만
서사 전개상 큰 의미를 지니는 것은 사실상 없다. 이것은 경판, 완판,
안성판 등의 판각본 계열이 비교적 선명하게 드러난다는 것에서도 알
수 있다. 이창헌과 신해진이 지적한 것처럼[40] 경판 31장본이 한글본
〈장풍운전〉 계열에서는 서술이 가장 자세하다. 이런 경판을 토대로 완
판을 비롯한 다른 판본이 파생한 것으로 추정된다.

　이를 한글본 〈장풍운전〉 계열의 서두 비교를 통해 구체적으로 살펴
보겠다.

> 경판29張 : 　"화셜 대송 시졀의 금능ᄯᅵ히 일위 지상이 이스되 셩은
> 　　　　　　 장이오 일홈은 희니"
> 안성판19張 : "화셜 송 실졀이 금능 ᄯᅡ히 일위 지상이 이스니 셩은
> 　　　　　　 쟝이요 명은 회라"
> 완판36張 : 　"딕명 가졍 년간의 결강부 금능 ᄯᅡ의 흔 명환이 잇스되
> 　　　　　　 셩은 장이요 명은 회라"
> 필사본 : 　　"딕명 가졍 연간의 결강부 금능 ᄯᅡ의 흔 명환니 잇스되
> 　　　　　　 셩은 즁니요 명은 회라"

　〈장풍운전〉의 완판본에서는 "딕명 가졍년간의 결강부 금능 ᄯᅡ의"로
시작한다. 이는 〈금선각〉 계열의 "宋建寧"이 "딕명 가졍"으로 다르게

40) 이창헌, 앞의 책, 1990, 342쪽. ; 이창헌, 「京板坊刻小說 板本 硏究」, 서울대학교 박사
　　학위논문, 1995. ; 신해진, 「경판 27장본 〈張豊雲傳〉 해제 및 교주」, 『고전과 해석』
　　6, 고전문학한문학연구학회, 2009, 206쪽.

표기된 것이다. 그러나 경판과 안성판은 필사본이나 완판본과 달리 "딕숑 시졀의 금능 쏘히"로 시작한다. 이것은 '절강부'라는 지명에 대한 기록이 빠졌지만 〈금선각〉과 동일한 양상이다.

이와 같은 판본계열 사이의 상이함을 제외하면 경판과 완판의 거리도 그리 크지 않다. 기왕의 〈장풍운전〉 연구가 경판을 중심으로 이루어진 것이 경판 〈장풍운전〉이 선본(善本)으로서의 특징을 갖춘 것과 무관치 않다. 다만 필사본 가운데 일부가 완판과 다른 계통에 있는 것으로 보이는 경우도 있기는 하다. 특히 박순호 필사본 〈장풍운전〉 75장은[41] 시작 부분이 다른 이본과 다르다. 그리고 연세대 필사본 〈장풍운전〉 74장은[42] 풍운에 대한 서술이 차이를 보인다. 이런 점에서 이본의 계통을 확인하기 위해서 이들 이본에 대하여 살펴볼 필요가 있다.

"천황씨 목덕으로 왕하시미 인황씨와 지황씨 각각 일만팔천셰을 하시도다 그후의 유소씨 나시미 구목위소하시고 슈인씨 나시미 괴인화식하시고 복희씨 나시미 시획찰쾌흐야 괴인 예약하시니 그후의 도덕이 상젼하야 요순이 나시민 우탕이 나시도다 문무 주공 공자 안증 사밍이 상젼 천련후의 송나라의 이르러 경종 사연 간원도 숑의 한 사람이 잇시디 셩은 장이요 명은 회라"[43]

위의 박순호 75장본은 〈장풍운전〉의 일반적 서사에 앞서 "천황씨 목덕"으로 시작하여 작품의 배경이 되는 송시절에 이르기까지의 역사적

---

41) 이하 이 장에서는 '박순호 75張'본으로 통칭하여 사용하겠다.

42) 이하 이 장에서는 '연세대 74張'본으로 통칭하여 사용하겠다.

43) 박순호 75張本 〈장풍운전〉, 1면.(월촌문헌연구소, 『한글필사본고소설자료총서』 85, 보경문화사, 1986.)

변이에 대한 서술이 추가되어 있다. 이는 풍운의 어머니 양씨가 꿈에 해를 품고 풍운을 낳은 것과 절강부의 장진인이 풍운의 생시를 듣고 "두우성이 금능의 써러지민 기특한 영준이 낫도다"[44]고 했던 것과 같이 '장풍운'이란 인물의 탄생이 하늘의 뜻, 곧 하늘의 운수에 따른 것임을 강조하기 위한 것으로 볼 수 있다. 이런 박순호 75장은 〈금선각〉 계열과 같은 '송나라'를 배경으로 한다. 이른바 박순호 75장본은 〈금선각〉 계열과 〈장풍운전〉 계열 이본들 중에서 시작 부분이 가장 특이한 이본이다.

연세대 필사본 〈장풍운전〉 74장과 완판 36장본의 비교를 통해,[45] 장풍운에 대한 이본 간 서술의 차이를 확인해 보도록 하겠다.

> ① 연세대 필사본 〈장풍운전〉 74장
> 시랑이 급히 드러와 부인을 위로ᄒᆞ며 <u>아희을 살펴보니 진짓 쳔ᄒᆞ의 영웅쥰걸</u>이라 기븜을 이기지 못ᄒᆞ야 일홈을 풍운라ᄒᆞ고 자난 뇌셩이라 ᄒᆞ다 이 아희 졈졈 자라나 <u>오륙셰예 일으민 시셔빅가어을 무불통달ᄒᆞ고 셰상의 모로난 거시 업난지라 겸ᄒᆞ야 육도삼약과 쳔문지리며 손오병셔와 신명ᄒᆞᆫ 슐법을 무불통달</u>ᄒᆞ니 시랑이 그 웅장ᄒᆞᆷ을 보고 미양 써려금ᄒᆞᆫ디 풍운이 그 부친계 엿자오디 글을 잘ᄒᆞ오면 국가을 위ᄒᆞ야 쵸야 인싱을 다 살리옵고 활을 잘 ᄒᆞ오면 난을 당켸드면 시셕을 무릇시고 젹국을 쇼멸ᄒᆞ고 쳔즈을 도와 졔세안민ᄒᆞ고 활달장부 되오니 엇지 한갓ᄒᆞᆷ만 일삼으릿가 시랑이 쳥파의 부인을 도라보와 왈 장ᄒᆞ다 이 말이여 죡히 고인을 쏜바드리로다

---

44) 박순호 75張本 〈장풍운전〉, 5면.

45) 이미 지적한 것처럼 완판과 필사본 계열의 서두는 "디명 가졍 연간"으로 동일하다. 이는 필사본이 판각본 중에서도 완판에서 파생되었을 가능성을 말해주고 있다. 필사본 가운데 연세대 소장 74장본의 변이 양상은 완판 36장본과의 비교를 통해서 살펴 보겠다.

② 완판 〈장풍운전〉 36장

시랑이 급피 드러와 부인을 위로ᄒ며 <u>아히 샹을 보니 진짓 천하영준</u>이라 크게 긋거 일홈을 풍운이라 ᄒ고 ᄌᄂᆞᆫ 뇌셩이라 ᄒ다 졈졈 ᄌ라 <u>뉵셰예 이르ᄆᆡ 얼골리 관옥갓고 힝동거지 장조의 지닌ᄆᆡ 부모 ᄉ랑ᄒ미 비홀ᄃᆡ 업더라 팔셰의 이르ᄆᆡ 시셔을 통ᄒ며 궁마지지을 일삼으니</u> 시랑이 그 웅장ᄒ믈 쩌러 금흔ᄃᆡ 풍운이 엿ᄌᆞ오ᄃᆡ 글을 ᄒ오면 국가을 도와 평안ᄒ 시졀의 빅셩을 다사리옵고 활과 칼은 난셰을 당ᄒ와 젹국을 쇠멸ᄒ고 졔계안민ᄒ면 상장지지가 되오니 엇지 ᄒᆞᆫ갓 글만 일숨무릿ᄀ 시랑이 쳥파의 부인을 도라보와 왈 장ᄒ다 이 마ᄅᆡ여 족키 고인을 본바드리로다

위의 인용문은 풍운의 출생과 함께 그의 자질에 대한 서술이다. 먼저, 연세대 74장본을 보면, 장시랑이 "아히을 살펴보니 진짓 천하의 영웅준걸이라 기븜을 이기지 못"하였다고 서술되어 있다. 완판·필사본 〈장풍운전〉의 이본들은 완판 36장본과 같이 "아히 샹을 보니 진짓 천하영준이라 크게 긋거 일홈을 풍운이라 ᄒ고 ᄌᄂᆞᆫ 뇌셩이라 ᄒ다"로 동일하다. 일부 글자간 출입이 있기는 하지만 크게 다르지 않다. "샹을 보니"가 "살펴보니"나[46] "천하영준"이 "영웅준걸"로 표현되어 있을 뿐

---

46) 이는 서두가 가장 특이한 박순호 75張의 경우도 마찬가지다. 다음의 박순호본의 경우를 보자.
"시랑이 급피 드러와 부인을 위로ᄒ야 아히 상을 보니 진짓 **영준**이라 크게 짓거 일홈을 풍운이라 ᄒ고 자난 뇌셩이라 ᄒ다 졈졈 자라 <u>육셰의 이르ᄆᆡ 얼골이 관옥갓고 힝동범사가 장자의 지닌ᄆᆡ 부모 사랑ᄒ사 귀히녁이ᄆᆡ 비할ᄃᆡ 업더라 팔셰의 이르ᄆᆡ **시셔을 통ᄒ며 궁마지지을 일삼으니**</u> 시랑이 그 웅장홈을 쓰려 금흔ᄃᆡ 풍운이 엿자오되 글을 ᄒ오면 국가을 도와 평안한 시졀을 만나면 빅셩을 다살이압고 활과 말을 공부ᄒ오면 난셰의 당ᄒ야 젹국을 쇼탕ᄒ와 졔계안민ᄒ면 상장지지가 되오니 엇지 ᄒᆞᆫ갓 글만 일삼으릿가 시랑이 쳥파의 부인을 도라보와 왈 장ᄒ다 이말여 족키 고인을 본바들이로다"
(박순호 필사본 〈장풍운전〉 75張, 3〜4면.)

이다. 연세대 소장 74장본의 경우 풍운의 형상에 대한 표현이 미세하
게나마 변화되어 있음을 볼 수 있다. 앞서 〈장풍운전〉은 판각본을 중심
으로 이본이 파생되었기에, 이본간의 서사적 변이의 폭이 크지 않다고
하였다. 이와 같은 양상은 풍운의 상에 대한 서술이 달라진다고 할 수
있는 연세대 74장본의 경우도 그러한 양상에서 크게 벗어나지는 않는다.

연세대 74장본의 변이 양상은 풍운의 자질에 대한 서술에서 확연하
다. 연세대 74장본에서는 풍운이 "오륙셰예 일으미 시셔빅가어을 무불
통달ᄒ"여 세상의 모르는 것이 없고, 이에 "겸ᄒ야 육도삼약과 천문지
리며 숀오병셔와 신명ᄒ 슐법을 무불통달ᄒ"였다고 했다. 완판 36장본
에서 풍운의 나이를 6세와 8세로 나누어 서술했던 것과 달리 연세대
74장본에서는 "오륙셰"로 통칭하여 서술하였다. 실제 74장본의 서술을
보면, "시셔빅가"에 대한 서술은 유사하지만, "얼골리 관옥갓고 힝동거
지 장즈의 지닉미"라는 풍운의 용모와 태도에 대한 서술이 빠져 있다.
또한 "궁마지재"에 대한 서술은 "육도삼약과 천문지리며 숀오병셔와
신명ᄒ 슐법을 무불통달ᄒ니"로 확장·변이되어 있다. 연세대 74장본
의 이와 같은 서술은 풍운의 무력 영웅으로서의 기질이 더욱 부각되었
음을 알 수 있다. 이런 점에서 연세대 74장본은 이본간 새로운 계통
비교의 대상으로 삼을 만하다.

그렇다면 구활자본 〈장풍운전〉의 경우는[47] 어떠한가.

"대져 효즈의 도- 여러시라 혼졍신셩ᄒ야 부모의 몸을 봉양홈은 효
도의 쳐음이오 입신양명ᄒ야 부모의 일홈을 낫타님은 효도의 맛참이라

___
47) 구활자본은 송경환이 동양대학당(1929년)에서 펴낸 〈장풍운전〉을 제외하고는 한성서관
본과 인쇄면까지도 모두 동일하다. 동양대학당 본 역시 내용은 한성서관본과 동일하다.

<u>녯젹 송나라 금능 짜에 일위 지샹이 잇스니</u> 셩은 쟝이오 명은 희라"[48]

구활자본의 경우 앞서 〈금선각〉과 〈장풍운전〉의 필사본과 달리 "녯
젹 송나라 금능 짜에 일위 지샹이 잇스니"에 앞서 "대져 효즈의 도-"로
시작하고 있다. 작품의 시작이 부모 봉양과 입신양명을 통한 효도에
대해 서술한 것이다. 그리고 권말미에 "편즙자가로딕 세상시 효힝이
웃듬이라 졍셩이 지극흔즉 텬리 무심치 아니 흐느니 장풍운을 두고보
라"며 〈장풍운전〉의 말미에 효에 대한 하늘의 응보를 추가하고 있다.
효도에 대한 일관된 기술은 구활자본 장풍운전의 주제의식이 "효(孝)"
에 있음을 짐작하게 한다.

이는 구활자본의 편집자가 〈장풍운전〉을 통해서 가족의 재회를 위
한 노력의 과정을 효의 실천으로 이해하고자 하는 의도가 이본의 변이
에 반영된 결과라 하겠다. 구활자본의 이같은 특징은 〈장풍운전〉 주제
의식이 변주되는 방향을 가늠할 수 있는 바다. 영웅적 성취 과정이 서
사의 중심이 아닌 효의 자질과 실천이 더 중요한 의미를 가지는 방향으
로의 변주 가능성을 보여준다고 할 수 있다.

이런 구활자본은 경판과 같이 "송나라"를 배경으로 한다. 하지만 서
사의 구성적 측면에서 경판과 달리 두영이 군공을 세우고 가족과 재회
하는 부분까지만 제시되어 있으며, 후반부 사혼처 부분이 없다. 이것
은 효와 관련된 주제적 변주라는 점에서 일관된 변화인 셈이다. 사혼처
부분은 가문의 번성과 질서의 확립이란 측면에서 의미를 갖는다. 그러
므로 가족의 재회를 통해 효의 실천과 보응을 보인 이후의 내용은 별반

---

48) 〈장풍운전〉, 한성서관·유일서관, 1918년.

요긴치 않다고 간주한 것으로 볼 수 있다.

이는 안성판 〈장풍운전〉 19장본과도 같다. 다음은 구활자본과 안성판의 풍운이 탄생에 대한 서술이다.

　① 구활자본
　그달붓터 틱긔 잇셔 삽삭만에 일긔 옥동을 나흐니 소리 웅장ᄒ며 긔상이 쥰슈ᄒ야 은은흔 골격과 표표흔 화용이 짐짓 일디 영웅이오 세간에 긔남ᄌ라 시비 향낭이 올나와 신아를 씨셔 누이고 시랑께 알외니 시랑이 바야흐로 약을 다리다가 부인의 슌산흠을 듯고 디회ᄒ야 분망히 드러와 부인을 위로ᄒ며 아희를 보니 비록 강보의 싸엿스나 강산슈긔와 만고웅용이 미우에 소사나는지라 깃부믈 이긔지 못ᄒ야 일홈을 풍운이라 ᄒ고 ᄌ를 미셩이라하다.

　② 안성판 19장본
　그달부터 틱긔 잇셔 십삭만의 일긔 옥동을 나흐니 쇼리 웅쟝ᄒ며 긔상이 듄슈ᄒ여 은은흔 골격과 표표흔 화용이 진짓 일디 녕웅이오 세간의 긔남지라 시비 향탕을 ᄂ와 ᄋ희를 씻겨 누이고 시랑긔 알외니 시랑이 비야흐로 약을 드리다가 부인의 슌산흐믈 듯고 디회ᄒ여 연망이 드러가 부인을 위로ᄒ며 ᄋ희를 보니 비록 강보의 잇스나 강산슈긔와 만고홍망이 미우의 솟나ᄂ지라 깃부믈 이긔지 못ᄒ여 일홈을 풍운이라 ᄒ고 ᄌ를 뇌셩이라 ᄒ다

위의 예문을 보면, 구활자본과 안성판은 "향탕을 ᄂ와[안성판]"가 "향낭이 올나와[구활자본]"로 전사(傳寫) 과정에서 생긴 오독으로 인한 변화나 '듄슈'가 '쥰슈'로, "비야흐로"가 "바야흐로" 등과 같이 표기 방식의 변화에 따른 것을 제외하고는 기본적인 서사는 동일하다. 이로 볼 때,

구활자본은 안성판에서 파생된 것으로 보인다. 발행 연도만 보더라도 안성판은 1912년에 초판이 발행되어 1917년에 재판되었다. 반면, 구활자본은 1916년에 한성서관에서 나온 56면본이 가장 빠르다.

그런데 안성판은 경판을 근간으로 한다. 예컨대, 경판(29장)의[49] "십삭만의 일긔 옥동을 싱ᄒ니"라는 서술에 "쇼릭 웅쟝ᄒ며 긔상이 듄슈ᄒ여 골격풍과 표표흔 화용이 진짓 일ᄃᆡ 녕웅이오 셰간의 긔남᜔라"는 풍운의 탄생 당시의 상황과 용모에 대한 묘사가 확대되었다. 그리고 시비가 **"향탕을 ᄂᆞ와 ᄋ희를** 씻겨 누이고 시랑긔 알외"는 것과 양씨가 해산하는 동안 장시랑이 약을 다린다는 상황에 대한 구체적인 화소도 추가됨으로써 서사가 강화되어 가고 있음을 확인할 수 있다.

이와 같은 풍운의 탄생에 대한 서술은 완판본이나 필사본과는 확연히 다르다. 완판본(36장)을 보면, 두영의 탄생과 장시랑에게 알리는 과정이 "아히을 탄싱ᄒᄆᆡ 부인이 정신을 슈십ᄒ여 시량을 쳥"하는 것으로 매우 간략하다. 물론 완판은 경판보다 기본적으로 서사가 확장되어 있다. 안성판과 비교하면, 완판은 후반부의 사혼처 화소까지 더하여 그 분량은 2배 가까이 된다. 그럼에도 불구하고 안성판의 풍운의 탄생에 대한 서사를 확장하여 서사적 흥미성을 배가시킴과 동시에 안성판과 구활자본은 경판과 또 다른 이본 계통을 수립한 것이다.

요컨대 한글본 〈장풍운전〉 계열의 변화는 그리 크지 않다. 판각본의 경우, 경판에서 완판, 안성판으로의 계통이 이어져 있다. 그리고 필사본은 완판에서, 구활자본은 안성판에서 파생된 것으로 보인다. 다만 필사본 가운데 연세대 소장 74장본과 박순호본 75장본 등은 다소간의

---

49) "십삭만의 일긔옥동을 싱ᄒ니 시랑이 딕희ᄒ여 부인을 위로ᄒ며 ᄋ희를 본즉 비록 강보의 이시ᄂ 강산슈긔 미우의 어릐엿ᄂ지라"(경판 〈장풍운전〉 29張)

이본 변이가 있어 주목을 요한다. 특히 박순호 42장본은 필사기에 "이 책 번역하기 공부 즉지 안니"라는 서술이 있어서 한글본 〈장풍운전〉 계열의 한문본의 존재를 추측해 볼 수 있다.

3. 한문본 계열과 한글본 계열의 이본 관계

〈금선각(金仙覺)〉의 한문본 계열(14종)과 한글본 계열(64종)의 총 이본수는 78종이다. 그렇다면 한문본인 〈金仙覺〉과 한글본인 〈장풍운전〉의 차이는 무엇인가. 현재로서는 〈금선각〉과 〈장풍운전〉의 선후와 이본 관계가 명확하게 해명되지 않았다. 그러므로 본 항에서는 〈금선각〉과 〈장풍운전〉의 이본 거리를 확인하는 것을 우선적 과제로 삼겠다.

〈금선각〉 계열과 〈장풍운전〉 계열의 두드러진 차이는 제목이다. 제목을 붙이는 방식의 측면에서 본다면, 〈금선각〉과 〈장풍운전〉이란 작품명의 차이는 한문본과 한글본의 유통방식의 차이에서 기인하는 것으로 이해해도 무방하다. 예컨대 〈장두영전〉은 〈금선각〉을 번역하고, '장두영(張斗英)'이라는 주인공의 이름을 책 제목으로 삼은 경우이다. 하지만 〈장풍운전〉은 제목에서 한문본과의 관련성 자체를 찾을 수가 없다. 일반적으로, 이본간의 변이 양상은 표제어, 부차적 인물의 이름이나 지명, 화소의 축소나 확대 등의 방식으로 나타난다. 그렇지만 〈금선각〉과 〈장풍운전〉처럼 주인공의 이름이 특정한 이유 없이 바뀌는 경우는 거의 없다.

〈금선각〉의 '두영(斗英)'이 〈장풍운전〉에서 '풍운'으로 바뀌게 된 까닭을 알 수 있는 단서는 없다. 다만 〈금선각〉이 선행하는 이본 계열이라면, 장두영의 삶과 영웅적 성취 과정을 고려하여 '풍운(風雲)'으로 개명했을 가능성을 고려해 볼 수 있다. 물론 〈장풍운전〉의 '풍운'에서 〈금선각〉의 '두영'으로 바뀌었을 가능성 역시 배제할 수는 없다. 실제로 〈금선각〉과 〈장풍운전〉의 두영과 풍운의 탄생과 관련한 내용은 판이(判異)하다. 먼저, 〈금선각〉의 '두영'이란 이름을 가지게 된 소종래를 살펴보자.

> 음산했던 기운이 깨끗이 사라지더니 하늘에는 별과 달이 가득하고, 상서로운 기운이 총총(蔥蔥)하게 방안을 두르고, 기이한 향기는 은은하게 자리에 퍼지더니, 이내 아이의 울음소리가 났다. 시랑은 바야흐로 화로를 마주하여 약을 달이고 있다가 급히 나아가 보니 과연 사내아이를 낳았는데, 빼어난 품격과 기이한 골격이 범상치 아니하였다. 부부는 기쁨을 감추지 못해 아이를 어루만지고 서로 축하하며 말하였다. "가을 물은 정신이 되고 백옥은 뼈가 되었으니, <u>상제께서 보내신 바라! 북두성의 정령(精英)이로다![斗英]</u> 우리 문호를 창대케 할 자가 여기에 있을지라! 그리고 마침내 <u>이름을 두영(斗英)이라 하고, 자(字)를 천뢰(天賚)</u>라 하였다.[50]

위의 예문은 〈金仙覺〉의 '두영(斗英)'의 탄생과 아버지 장해가 아들의 이름을 짓는 부분이다. 〈금선각〉에서는 '두영(斗英)'이란 이름과 '천뢰(天賚)'라는 자(字)는 태몽 화소와 관련이 있다. 두영의 어머니 양씨는 꿈에 하늘에서 학을 탄 선관(仙官)이 내려와 "북두성의 제3성인 녹존성

---

50) 少頃, 陰祲淨盡, 星月滿天, 瑞氣蔥蔥而繞堂, 異香闇闇而擁簟, 兒乃呱呱而泣. 侍郎方對爐煎藥, 急就視之, 果生男子, 秀標異格, 逈出凡常. 夫妻喜動顏色, 撫兒相賀曰: "<u>秋水爲神, 白玉爲骨, 上帝之昌大吾門者, 其在斯歟!</u>" 遂名之曰<u>斗英</u>, 字之曰<u>天賚</u>. 〈金仙覺〉1회.

(祿存星)"이라며[51] 전해준 밝은 구슬을 받았다. '두영(斗英)'은 북두성에서 가장 빼어난 녹존성을 의미하고, 천뢰(天賚)란 자(字)는 하늘이 준 아이란 뜻이다. 두영이란 이름과 자에 합당한 이유가 제시되어 있다. 그렇다면 장풍운이란 이름의 소종래도 살펴보자.

> 천상 영주산 초지 선관으로 상졔게 득죄ᄒ와 진토의 너치시민 당문의 연분이 잇그로 부인게 의탁ᄒ오니 어엿비 네긔소셔 ᄒ고 문득 간더 업거날 놀너 ᄭᅵ다르니 남가일몽이라 부인이 즉시 시랑을 쳥ᄒ여 몽ᄉ을 담화ᄒ고 쳔힝으로 남ᄌᆞ을 나을가 ᄒ더니 과연 그 달붓팀 티긔잇셔 십삭이 당ᄒ민 양씨 긔운이 불평ᄒ여 침셕의 혼곤ᄒ더니 **뇌셩벽녁이 쳔지진동ᄒ며 젼의 뵈던 션관이 부인 침소로 드러와 늡거날** 부인이 놀너 소리을 크게 지르며 아히을 탄싱ᄒ민 부인이 졍신을 슈십ᄒ여 시랑을 쳥ᄒᆞ디 시랑이 급피 드러와 부인을 위로ᄒ며 아히 샹을 보니 진짓 쳔하영쥰이라 크게 긋거 **일홈을 풍운이라 ᄒ고 ᄌᆞᄂᆞᆫ 뇌셩이라** ᄒ다
> 〈장풍운전〉완판 36장[52]

위의 예문은 〈장풍운전〉의 '풍운'의 태몽과 탄생 부분이다. 그런데 〈장풍운전〉이 〈금선각〉과 같이 적강화소를 통해서 주인공의 타고난 혈통의 고귀함과 이인(異人)으로서의 비범함을 표출한 것은 동일하다. 다만 적강의 실체가 다르다. 풍운의 태몽은 북두성의 정령(精英)이 아닌 하늘에서 득죄한 선관이다. 심지어 풍운은 태어날 때, 태몽에 나왔

---

51) "此卽北斗第三祿存星. 爾其斂衽懷之."〈金仙覺〉1회. 슈星이라고 하니 재난과 해침을 막는다. 사람이 되고 오행으로 화(火)를 막는다. 이 별은 인간이 성취하는 만큼 상대적으로 禍와 害도 함께 받게 하는 별이다. 천기성이라고 하며 천선성과 함께 천체의 위치를 재는 천체의를 이룬다.

52) 본고는 완판 36장본 〈장풍운전〉을 연구 대상으로 삼았다.

던 "뇌성벽녁이 쳔지진동ᄒ며" 선관이 부인 침소로 들어와 누움으로써, 풍운이 태어났다. 이는 〈금선각〉의 두영이 태어날 때, "음산했던 기운이 깨끗이 사라지더니 하늘에는 별과 달이 가득하고, 상서로운 기운이 총총하게 방안을 두르고, 기이한 향기는 은은하게 자리에 펴"졌다는 설정과 사뭇 다르다. 오히려 풍운이라 이름 짓게 된 이유와 상관있는 뇌성벽력(雷聲霹靂)이 천지에 진동하며 태어나는 것으로 되어 있다. 이로써 보면 '풍운'이란 이름과 '뇌성'이란 자(字)의 내력에 대한 설명이 가능하다. 이와 같은 점에서 본다면, '두영(斗英)'과 '풍운', '천뢰(天賚)'와 '뇌성'의 명백한 상관성은 분명치 않다.

그런데 〈장풍운전〉에 북두성과 관련된 언급이 있어 주목을 요한다. 다음의 예문을 보자.

> 도스 왈 "수년 젼의 <u>두우셩이 금능의 쩌러지민 긔특ᄒ 영쥰이 나도다 ᄒ엿더니 샹공 덕의 나도소이다</u> 아히 샹을 보니 일홈이 스히에 진동ᄒ야 만종녹을 누를 거시로디 다만 십셰 젼의 부모을 일코 추풍낙엽 갓치 졍쳐 업시 단이다ᄀ 이십의 용문의 올나 영화부귀 일국의 읏듬되여 삼쳐일쳡의 뉵즈오녀을 두어 가장 길ᄒ도소이다."[53]

위의 예문은 지나치게 조숙한 풍운을 장도사에게 보이자 장도사가 한 말이다. 장도사는 풍운이 두우성(斗牛星)이 지상에 떨어졌다는 말로 풍운의 일생에 대해 말하기 시작한다. 두성(斗星)과 우성(牛星)을 함께 말하고 있다는 점에서 다소 모호하지만, 일반적으로 북쪽의 8번째와 9번째 별자리를 통칭하여 두우성이라고 한다는 사실에서 풍운을 북두

---

53) 〈장풍운전〉 3면.

성이라고 이해해도 될 것이다. 즉 〈금선각〉에서처럼 북두성 세 번째 별 녹존성을 명시하지는 않았지만, 장풍운을 북두성의 현신으로 본다는 것에서는 같다. 더욱이 풍운의 "일홈이 스히에 진동ᄒ야 만종녹을 누"릴 것이라는 것은 녹존성의 '복록(福祿)'을, "십셰 젼의 부모을 일코 추풍낙엽갓치 졍쳐 업시 단이"게 된다는 것은 녹존성이 받을 수밖에 없는 '화(禍)'와 '해(害)'를 의미한다고 하겠다. 이로 볼 때, 〈장풍운전〉의 풍운 역시 〈금선각〉의 두영과 동일하게 북두성의 기운을 받은 것으로 이해하고 있음을 알 수 있다. 이는 〈장풍운전〉이 〈금선각〉의 이본일 수 있음을 간접적으로 증거하는 것이다.

어떤 이유와 경로로 〈장풍운전〉에서는 동일한 작품의 주인공의 이름이 '두영(斗英)'이 아닌, '풍운'으로 변화되었는가는 지금 상황으로는 명확히 알 수 없다. 다만, 이들 이본들이 〈금선각〉 계열과 〈장풍운전〉 계열을 형성하여 각 텍스트의 지향에 맞춰 자신들만의 향유층을 중심으로 발전해 나갔음을 확인할 수 있다.

이것은 다음에서도 확인된다.

> 한문본 계열: "宋建寧年間"〈金仙覺〉
> "디송건영연간의 금능쌍"〈장두영전〉
> 한글본 계열: "디명 가졍연간"〈장풍운전〉완판36장

〈금선각〉의 한문본 계열과 한글본 계열의 서두 부분으로, 한문과 한글 계열간 작품내 시대적 배경이 다르다. 한문본 계열은 송나라를, 한글본 계열은 명나라를[54] 배경으로 한다. 그런데 이것은 단순히 작품의

---

54) 한글본 계열의 경우, 이본의 현황과 특징에서 확인하였듯이 경판과 안성판의 경우는

배경으로서의 차이만을 말하는 것은 아니다. 시대적 배경과 사혼처 화소와의 연계성을 의미하는 것으로, 작품 구성의 치밀함과 함께 향유층의 차이를 확인할 수 있는 단서이다.

예컨대 〈금선각〉의 한문본 계열과 한글본 계열의 사혼처의 성씨는 한문본 계열은 '조씨', 한글본 계열은 '뉴씨'다. 두영의 사혼처는 황제의 동생인 명현왕의 딸이기에 황실의 성을 따라서 각 계열간의 사혼처의 성씨가 다른 것은 당연하다. 송나라 황실의 성씨는 '조'이다. 한문본 계열에서 사혼처의 성씨가 '조'인 것은 비록 작품내의 가상의 설정이라 하더라도 기본적인 역사적 사실에 대한 이해가 있었음을 확인할 수 있다.

그런데, 명나라를 배경으로 하는 한글본 계열의 사혼처의 성씨는 황실의 성씨 '주'가 아닌, '뉴'이다. 또한 한글본 계열 중에서 송나라를 배경으로 하는 경판의 경우에도 사혼처의 성씨는 '뉴'이다. 이로 볼 때, 한글본 계열의 작가[필사자]는 기본적인 역사적 배경에 대한 이해와 작품 구성의 치밀함보다는 서사적 흥미에 집중하여 서술하였음을 알 수 있다. 물론 이것은 〈장풍운전〉이 〈금선각〉을 번역·수용하며 발생시킨 오류로 볼 수도 있다. 예컨대, '조'와 '쥬', '쥬'와 '뉴'는 한글 필사의 과정에서 발생하기 쉬운 오독의 예이다. 더욱이 한글본 계열의 서두인 "명나라 가정년간"은 한글소설 일반의 관습적 배경이었다는 점도 고려해야 한다. 이것은 작품의 배경이 달라졌음에도 후반부 사혼처의 이름이 동일하다는 것에서도 짐작 가능한 바다.

이상의 내용을 토대로 〈금선각〉 계열과 〈장풍운전〉 계열의 이본 관

한문본 계열과 같은 송나라를 배경으로 했다. 하지만 한글본 계열의 대부분의 이본이 명나라를 배경으로 이야기가 전개되기에 여기에서는 명나라를 한글본 계열의 대표적 배경 설정 방식으로 전제하겠다.

계를 정리하면 다음과 같다. 한문본 〈금선각〉 계열과 한글본 〈장풍운전〉 계열은 이본으로서 서사 구조에서 분명한 이본적 상관성을 지닌다. 이는 선행 연구에서 이미 충분히 밝힌 바로 재론의 여지가 없는 상황이다.[55] 이에 대하여 김준형은 "한문본 〈금선각〉이 소통되는 과정에서 국문본 〈장풍운전〉이 변형되어 나왔다고"[56] 보고, 다음의 〈금선각〉 이본의 관계도를 설정하였다.

하지만 현재로서는 한문본 〈金仙覺〉과 한글본 〈장풍운전〉의 이본 관계를 명확하게 밝힐 수 없다. 한문본 〈金仙覺〉을 번역한 것이 분명한 〈장두영전〉을 제외하고 한문본과 한글본의 선후 관계조차 확정하여 말할 수 없는 상황이다. 김준형은 한문본 〈金仙覺〉이 창작된 이후에 영웅소설의 향유층이 확대되는 과정에서 한글본 〈금선각[장두영전]〉이 국역되고, 이것이 다시 판각본 〈장풍운전〉으로 변형되었다고[57] 보았으며, 강문종[58] 역시 이와 같은 논의를 따른다.

그렇지만 한문본 〈金仙覺〉이 선행함을 증명할 명확한 이본이나 기록이 존재하는 것도 아니다. 다만, 한문본 〈金仙覺〉의 작가와 창작 연대를 신경원이 1782년에 창작한 것이라고 비정함으로써, 기존의 일본인 역관

55) 김준형, 「〈金仙覺〉의 발굴과 소설사적 의의」, 『고소설연구』 18, 한국고소설학회, 2004.
  ; 강문종, 「〈金仙覺〉 異本 연구」, 『정신문화연구』 28, 한국학중앙연구원, 2005.
56) 김준형, 앞의 논문, 2004, 141쪽.
57) 김준형, 앞의 논문, 2004, 140~142쪽.
58) 강문종, 앞의 논문, 2005, 223~226쪽.

오다 이쿠고로(小田畿五郎)의 『상서기문(象胥記聞)』(1794년)의 〈장풍운전〉 기록 보다 앞서기 때문에 한문본 〈金仙覺〉이 이보다 앞서 존재한다고 보았다.

이와 같은 논의는 다음의 가정이 성립함을 전제한다. 우선 1782년에 창작된 〈金仙覺〉과 1794년에 발행된 『상서기문』 간의 12년이라는 시간적 간극의 문제이다. 한문본 〈金仙覺〉이 선행할 경우, 12년 안에 '〈金仙覺〉 창작 → 국역〈장두영전〉 → 판각·필사 〈장풍운전〉 → 대중적 유행 → 일본인 역관'에 이르기까지 모든 것이 이루어져야 한다. 더욱이 이것이 가능하다 하더라도 『상서기문』 '조선소설조'에 기록되어 있는 작품명은 〈장두영전[금선각]〉이 아닌 〈장풍운전〉이라는 사실에 주목해야 한다. 〈장풍운전〉의 『상서기문』 기록 연대가 1794년일 뿐, 그것이 곧 창작 연대를 말하는 것은 아니다. 〈장풍운전〉은 사람들에게 친숙한 작품으로 거론되고, 또한 이것이 조선 사람이 아닌 일본인 역관이 인식할 수 있을 정도의 대중성을 획득한 작품이었다.[59] 즉, 〈장풍운전〉은 18세

---

59) 오다 이쿠고로(小田畿五郎)의 『象胥記聞』(1794)은 〈장풍운전〉이라는 제명이 보이는 최초의 문헌기록일 뿐이다. 〈장풍운전〉의 인기는 다음의 문헌 등을 통해서 더 명확하게 확인할 수 있다. 『진담록(陳談錄)』(1811년)의 다음의 기록을 통해서 〈장풍운전〉이 당시 대중들에게 얼마나 익숙한 작품이었던가를 확인할 수 있다.

"광대들이 놀이를 벌이자 남녀 구경군들이 우 몰렸다. 그중 한 사람이 유난히 높은 둔덕 위에 떡하니 앉아, 의관이 호사스럽고 용모도 관옥같이 우수한 품이 만좌중에 돌올해 보였다. 실로 일세의 기남자인가 싶었다. 모두들 흠모하여 우러러보고 감히 옆에 가서 말을 붙여볼 염도 못 가졌다. 그 사람은 모두들 자기를 우러러보는 줄 알고 "에헴!" 큰 기침을 한 번 하고는 광대놀음을 가리키면서 말했다. "옛날에도 이러한 일이 있었으렷다." 만좌가 바야흐로 존경하여 마지않던 차에 이런 말을 듣고 모두 반기어 장차 주옥 같은 말씀이 나오려니 기대하며 이구동성으로 말햇다. "그 고사를 들어볼 수 없겠습니까?" 그 사람은 배를 헤치고 부채를 흔들며 말을 시작했다. "옛적에 장풍운이…" 이야기가 끝나기도 전에 모두들 손을 내저었다. "잘못 봤구면, 잘못 봤어." 이렇게 말하며 돌아서는 것이었다. (優倡之方戲也, 男女傾城縱觀, 其中, 有一人, 特立於高邱上, 而好奢衣

기 말에서 19세기 초에 대중적 향유기반이 확고한 작품이었던 셈이다. 그렇기 때문에 〈金仙覺〉과 〈장풍운전〉의 보다 정확한 이본 관계는 〈장풍운전〉보다 선행하는 한문본이 발견되지 않은 현 상태에서는 한문본 〈金仙覺〉이 선행한다고 단정할 수는 없다.

또한 〈金仙覺〉의 작가는 陰城進士 申公景源이다. 하지만 〈金仙覺〉의 작가 신경원(申景源)이 영조39년(1763) 증광시(增廣試)에 합격한 고령 신씨 신경원(申景源, 1722~1797)과 동일 인물인가에 대해서도 아직 단정하여 말할 수 없다. 『사마방목』에 나와 있는 고령 신씨 신경원은 앞서 화순[同福]진사임을 확인하였다. 실제 고령 신씨는 전라남도 일대에서 세거했으며, 신경원은 그 중에서도 화순 지역에 살았던[60] 인물이다. 그

冠, 容貌如玉, 超出於衆會之中, 眞一世之奇男子也. 衆皆欽慕仰望, 而不敢接語矣. 其人, 見衆人之景仰, 偉然自得, 指優倡而言曰 : "古亦有此等矣." 就中諸人方不勝欽仰之際, 聞其說道, 並皆幸喜, 意以爲必將有珠玉之說, 同聲並應曰 : "古事, 可得聞歟?" 其人, 惟离腹搖扇錘(墜)日 : "昔者, 長風雲." 語未及終, 諸人, 皆揮而回立曰 : "誤矣誤矣.")

  광대에게 새로운 이야기를 기대했던 사람들이 '장풍운이'라는 말로 이야기를 시작하자, 모두들 그 이야기가 끝나기도 전에 "잘못 봤다"며 손을 내젓는다. 이처럼 〈장풍운전〉은 당시 대중들에게 지겨울만치 익숙한 작품이었다. 그도 그럴 것이 홍희복(1794~1859)의 『제일기언(第一奇諺)』 서문을 보면, "모든 쇼셜이 슈삼십 종의 권질이 호대ᄒᆞ야 혹 빅 권이 넘으며 쇼불하 슈십 권에 니르고 그 남아 십여 권 슈샴 권식 되ᄂᆞᆫ 오십 종의 지ᄂᆞ니 심지어 「슉향전」·「풍운젼」의 뇌 가항의 쳔호 말과 하류의 ᄂᆞ즌 글시고 판본에 ᄀᆡ간ᄒᆞ야 시상에 미민하니 대동 쇼이ᄒᆞ야 사ᄅᆞᆷ의 셩명을 고쳐시나 ᄉᆞ실은 흡ᄉᆞ히고 션악이 닉도ᄒᆞᄂᆞᆫ 계교는 흐ᄀᆡ지라"와 같은 기록에서 알 수 있듯이 판각본으로 널리 유통되었기 때문이다. 이처럼 〈장풍운전〉은 상업성을 갖춘 대중적 독서물이었다. 〈장풍운전〉의 대중성은 단순히 이야기 뿐만이 아니라, 〈사제가(思弟歌)〉와 같은 "忘懷나 하려 하고 옛책을 읽어 보니 趙雄傳·風雲傳 슬프고 장하도다 張伯傳·鳳凰傳 眞言인가 虛說인가 謝氏傳·淑香傳 굽이굽이 奇談일세." 가사에서도 확인할 수 있듯이 널리 확대되어 있었다.

60) "申景瑗 高靈人歸來公末舟后渚子癸未中司馬文章行誼累登褒 啓"(송긍면, 『同福誌』卷之二, 生進條, 1855.)라는 기록으로, 신경원이 동복(화순)현의 세거했던 인물임을 확인할 수 있다.

런데 〈金仙覺〉(김준형A본)의 "陰城進士申公景源著"라는 기록을 준신하다 보면, 〈金仙覺〉의 작가 신경원은 음성진사이다. 그리고 "申公"이라고 '公'을 부기한 것을 보면, 신경원 자신이 〈金仙覺〉의 작가임을 밝힌 것이 아니라 필사자가 기록한 것으로 보인다. 최근 김준형이 확인한 바와 같이 고령 신씨 신경원이 진사에 합격하던 당시에 청주 흥덕 지방에 거주했었기 때문에 합격지에 의거하여 자신을 음성진사라 칭할 수도 있다.[61] 하지만 그 이외의『동복지(同福誌)』등의 다양한 문헌에서처럼 음성을 중심으로 한 충북 일대의 문헌에서는 신경원에 대한 기록을 찾을 수 없다. 이는 신경원이 진사에 합격하던 당시에 흥덕 일대에 일시 거주했었다 하더라도 그는 화순을 기반으로 세거했던 인물로 보는 것이 합리적일 터이기 때문이다.

이런 모든 가정을 차치하더라도 〈金仙覺〉의 작가가 고령 신씨 신경원이 맞다면, 1782년에 창작된 작품을 계미(1823, 1883?)년에[62] 필사한 필사자가 〈金仙覺〉의 작가를 작가의 세거지[同福]가 아닌 '음성진사'로 인식했다는 것은 쉽게 이해되지 않는다. 그리고 확인 결과 충청북도 음성에 세거했던 신씨들은 고령 신씨가 아닌, 평산 신씨였다.[63]

요컨대 〈金仙覺〉의 작가 신경원을 고령 신씨 신경원으로 볼 수 있는 연결고리는 '신경원(申景源)'이 '진사(進仕)'였다는 것 이외에는 없다. 이

---

61) 김준형, 『국역 금선각』, 보고사, 2015, 21~22쪽.

62) 김준형, 앞의 논문, 2004, 143쪽.

63) 申崇謙의 22세손 申恒耉(1613~1674)가 제천현감을 지낸 이후에 음성군 감곡면 오궁리에 세거하기 시작한 이후에 집성촌을 이루고 살았으며, 현재는 소이면 대장리에 7가구가 세거하고 있다. 사실 충청도 뿌리를 내리기 시작한 것은 신항구에 앞서 忠憲公 申礏(1541~1609)이 진천군 이월면 노원리로 낙향하면서 세거하기 시작하여 충청북도 진천군의 대표적인 세거 성씨가 되었으며, 그 후손들이 진천을 중심으로 음성 일대까지 넓게 분포하여 세거하였던 것으로 보인다.

런 상황으로 미루어 볼 때, 〈金仙覺〉의 작가 '신경원(申景源)'이 동명이인 일 수도 있다는 가능성에 조금 더 무게가 실린다고 하겠다. 따라서 1782 (壬寅)년이라는 〈金仙覺〉의 창작시기 또한 현재로서는 유보될 수밖에 없다. 〈金仙覺〉의 창작 연대를 1782년으로 확정한[64] 준거(準據)는 고령 신씨 신경원(1722~1797년)일 때만 가능한 논리다.

다음은 유재영본 〈金仙覺〉의 작가발문 시작 부분이다.

> 임인년(壬寅年) 봄에 내가 행음초려(杏陰草廬)에 있을 때에 우연히 무릎과 정강이 부분에 마비 증세가 와서 평상의 거적 위에 널브러진 채 문을 단단히 닫아걸고서 사람들과 더불어 소창하지 못한 것이 한 달이 넘었다. 10여 세 된 어린 아들놈이 아버지의 적막함을 위로할 양으로 밤마다 베개 옆에 앉아 고담(古談)을 전송(傳誦)해 주었다. 안타까울 사! 그 놈의 재주는 이언에는 능하지만 글을 짓는 데에는 능하지 못하니, 만일 말을 구성하는 것을 그 능한 바로 인해 그를 이끌어 그 능하지 못한 곳에 자연히 이르게 하는 것과 같이 한다면 어떠할까? 주변에서 늘 쓰는 문자를 모아서 古談 한 부를 집성하고 그로 하여금 독서하는 겨를에 가끔씩 눈주어 보게 한다면 가히 글을 짓는 문법에 밝아지며 말을 구성하는 방도도 깨칠 수 있고, 세속에 보탬이 있을 것이다.[65]

위의 발문을 보면, 〈金仙覺〉은 임인(壬寅)년 봄에 집성(輯成)되었다. 기존의 논의대로 작가가 고령 신씨 신경원이라면, 〈金仙覺〉을 집성했

---

64) 김준형, 앞의 논문, 2004, 148~149쪽. ; 김준형, 앞의 책, 2015, 21~22쪽.

65) 壬寅春, 余在杏陰草廬, 偶得膝脛痿痺之病, 委頓狀簀, 緊閉戶牖, 不與人疏暢者, 月餘 矣. 兒子有十餘歲者, 爲乃爺慰寂之策, 夜坐枕邊, 傳誦古談, 皆從閭巷俚諺中出, 辭氣捷 給, 亦足可聽. 惜乎! 其才能於俚諺, 不能於綴文組語, 如欲因其所能而導之, 馴致於其所 不能處, 將何以哉? 拾取恒茶飯文字, 輯成古談一部, 使之往往寓目於讀書之暇, 則可以 曉綴文之法, 可以解組語之方, 庶幾有補於世俗. 유재영본 〈金仙覺〉 跋文.

을 당시의 신경원의 나이는 환갑이다. 생원시에 합격 후 20년 가까운
세월이 흘렀다. 이로 보면, 신경원 자신 역시 자신의 세거지가 아닌 합
격 당시의 거주했던 지명에 따라서 자신을 '음성진사'라 칭했다고 보기
어렵다. 더군다나 위의 발문과 김준형의 비정을 고려해 보면 신경원의
나이가 환갑임에도 불구하고 그의 아들은 고작 10여세에 불과한 어린
아이다. 물론 전혀 가능성이 없는 일은 아니지만 당시에 환갑의 나이에
십여 세의 어린 아들을 두었다는 것은 드문 일임에는 틀림없다.

또한 작가는 "행음초려(杏陰草廬)에 있을 때에 우연히 무릎과 정강이
부분에 마비 증세"가 왔다고 하였지만, 이 역시 환갑의 늙은이의 탄식
이라고 보기 어렵다. 환갑에 무릎과 정강이의 마비증세는 우연한 증세
로 치부할 수 없는 심각한 병이다. 하지만 위의 언사에 따른 정황을
보면, 무릎과 정강이의 마비 증세는 일시적인 질환으로 보인다. 늙음
에 대한 한탄이나 병에 대하여 근심하는 기색이 전혀 없다. 다만, 일시
적인 병환으로 "사람들과 더불어 소창하지 못"하여 적막하고 무료함을
걱정할 뿐이다. 그렇기 때문에 현재로서는 작가정보와 발문만으로 〈金
仙覺〉의 창작 연대를 확정하고, 한문본 〈금선각〉 계열이 한글본 〈장풍
운전〉 계열에 선행한다고 보는 것은 가능성 높은 추정의 하나일 뿐이
라고 할 수 있다.

기왕의 연구에서, 현전하는 한문본 〈金仙覺〉과는 다른 〈장풍운전〉
계열의 모본(母本)으로서 한문본의 존재를 상정하기도[66] 했다. 그러나
이 한글본의 모본(母本)으로서의 한문본의 존재를 가정하는 것은 역으
로, 다음과 같은 가정 역시 가능할 수 있다.

---

66) 강문종, 앞의 논문, 2005, 211~212쪽.

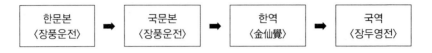

한문본과 국문본의 이본적 거리를 확인할 수 없는 것처럼, 한글본 〈장풍운전〉 계열의 출현 시기와 〈금선각〉 계열 출현 시기가 엇비슷하거나 국문본이 더 일찍 존재했을 가능성도 상존하는 상황이다.

이와 관련해서는 유재영본 〈金仙覺〉 발문에 주목할 필요가 있다. 작가 발문은 소설 일반에 대한 작가들의 이해정도와 소설의 창작동기나 의도, 창작물에 대한 작가의 의미부여 등 소설에 대한 작가의 인식과 가치평가를[67] 읽어낼 수 있는 단서를 제공한다. 가령, 〈일락정기(一樂亭記)〉 서문에서 "내가 이에 양자운(揚子雲)의 참람(僭濫)됨을 생각지 않고 서시(西施)의 찡그림을 본따 이 이야기를 꾸며 만드니 잠 못 드는 늙은이의 파적(破寂)의 거리"일[68] 뿐이라며, 자신의 작품에 대한 겸양의 표현을 담거나, 당시의 소설에 대한 부정적 인식으로 전언(傳言)이나 몽유 방식으로 창작 동기를 밝히기도 한다.

〈금선각〉의 발문(跋文)에서 작가는 "소설에 대한 적극적인 긍정"의 태도로 "자식의 문리를 틔우기 위해서 아비가 직접 소설을 지어 읽"히고자[69] "주변에서 늘 쓰는 문자를 모아서[拾取] 고담(古談) 한 부를 집성(輯成)했다"고[70] 밝혔다. 이로 볼 때, 〈금선각〉은 새로운 이야기를 창작

---

67) 장효현, 「조선 후기의 소설론 – 필사본 소설의 序·跋을 중심으로」, 『어문논집』 23(1), 안암어문학회, 1982, 576~577쪽.

68) 余於是乎, 不思子雲之僭, 竊效西隣之嚬, 構成是篇, 能不爲具眼者, 一晒之資耶. 〈一樂亭記〉 序.(장효현, 앞의 논문, 1982, 580쪽.)

69) 김준형, 앞의 논문, 2004, 146쪽.

70) **拾取**恒茶飯文字, **輯成古談一部**. 유재영본 〈金仙覺〉 跋文.

하였다기보다는 여항에 떠돌던 고담(古談) 중 하나를 다양한 문예문 양식을 활용하여 한문으로 엮어낸 것일 가능성을 남긴다. 한글본 〈장풍운전〉을 토대로 번안 수준으로 집성했을 수도 있다.

또한 한문본 〈金仙覺〉의 필사 및 유통시기가 19세기 후반에 집중되어 있는 것처럼, 한글본 〈장풍운전〉 계열의 필사 및 유통 시기 역시 19세기 후반에 집중적으로 이루어졌다. 이것은 한문본 계열이나 한글본 계열의 어느 이본이 전적으로 앞선다고 단정할 수 없으며 동시적으로 존재했을 가능성을 의미한다. 더욱이 현재 상태에서 한글본 〈장풍운전〉은 판각본이 선본이며, 필사본 중에서 판각본과 크게 다른 변이 양상을 보이는 경우도 없다. 즉 한글본은 판각본에서 출발하여 큰 변화 없이 재각(再刻)과 필사의 방식으로 유통되었다. 이것은 한문본의 경우에도 마찬가지여서, 한문본 계열의 이본적 변이 역시 그리 크지 않다.

이와 같은 상황은 다음의 자료를 통해서 확인할 수 있다. 아래의 사진은 〈金仙覺〉(강문종A본) 표지 안쪽의 낙서이다. 이 낙서들을 살펴보면, "金仙覺"이란 제명과 함께 "張斗英傳風雲"이라고 적혀 있다. 〈金仙覺〉의 국역본인 〈장두영전〉과 함께 '風雲'이란 이름을 함께 기록한 것을 보면, 〈장두영전〉과 〈장풍운전〉의 주인공 이름의 변이 원인과 그 경로는 알 수 없다 하더라도 당시 독자들에게 두 작품은 동일한 작품으로 향유되고

강문종A본 〈金仙覺〉 표지

있었음을 짐작할 수 있다. 이것은 현존하는 〈금선각〉 이본 전체에서 '두영'과 '풍운'에 대한 직접적인 상관 관계를 확인할 수 있는 유일한 단서로서 의미가 있다.

또한 〈금선각〉의 제명이 '金僊覺', '金僊覺傳' 등으로 적혀 있다는 것은 〈금선각〉이 당시 다양한 형태로 동시대에 유통되고 있었음을 보여준다. 더욱이 강문종A본은 표지의 "癸亥十二月"과 "甲子春書"라는 낙서와 함께 권말에 "甲子臘月念八日"이라는 간기가 적혀 있어서 1864년을[71] 전후하여 필사되었음을 확인할 수 있다. 이는 현존하는 한문본 〈金仙覺〉 이본들 중에서 비교적 이른 시기에 필사된 본으로, 한문본 〈금선각〉 계열과 한글본 〈장풍운전〉 계열이 19세기 중반에 이미 동시적으로 존재하여 유통되었음을 말한다.

이와 같은 〈금선각〉의 이본 현황을 종합해보면, 한문본 〈금선각〉 계열과 한글본 〈장풍운전〉 계열은 각기 나름의 독립성과 소통 영역을 가지고 있다. 이미 지적한 것처럼 한문본 〈金仙覺〉에서 한글본 〈장풍운전〉이 나왔다는 근거도, 그 역의 근거도 충분하지 않다. 한글본 〈장풍운전〉 계열은 한문본 〈金仙覺〉에 비해 무력 영웅의 지향 가치 획득을 서사성 중심의 서술을 통해 추구하고 있는 특징을 보인다. 즉 강한 서사 지향을 통해 독자의 흥미를 제고(提高)하려는 방향으로 이동하는 양상을 띤다. 물론 이는 판각본 영웅소설 계열의 일반적 특징이기도 하다. 반면에 한문본 〈금선각〉 계열은 문무를 겸전한 인물이 등장할 뿐만 아니라 문예 지향적 성향을 강하게 드러낸다.[72] 이는 한문본 〈金仙覺〉의 미의식에

---

71) 김준형, 「〈장풍운전〉 異本考-한문본 〈金仙覺〉을 중심으로」, 『우리어문연구』 45, 우리 어문학회, 2013, 87쪽.

72) 이와 관련해서는 이하의 장에서 집중적으로 논의하도록 하겠다. 즉 〈장풍운전〉이 아

공감하는 계층과 한글본 〈장풍운전〉의 미의식에 공감하는 계층이 독자
적으로 존재했음을 의미한다.

　요컨대 〈장풍운전〉 계열과 〈금선각〉 계열의 이본 관계가 분명하게
확인되지 않았다. 즉 한글본 〈장풍운전〉 계열과 한문본 〈금선각〉 계열
은 작품이 산생(産生)된 지 얼마 되지 않아 각자의 길을 걸었으며, 그
결과 중간적 이본의 특징을 지니는 이본 각편(各篇)은 보이지 않게 된
상태라고 하겠다. 이것은 본 연구의 대상이 〈금선각〉이라고 해서 〈장풍
운전〉 계열이 〈금선각〉에서 파생되었다거나 〈금선각〉에 종속적 이본
가치를 지녔다는 것을 의미하지는 않는다.

닌 〈金仙覺〉의 특징을 고찰함으로써 〈金仙覺〉과 〈장풍운전〉의 거리가 자연스럽게 조
망될 것이다.

Ⅲ. 〈금선각〉의 서사구성과 문예지향

1. 〈금선각〉의 서사구성과 특징

〈금선각〉의 이본인 〈장풍운전〉은 전반부와 후반부로 나뉘며, 전반부는 영웅성의 획득과 발휘라면 후반부는 사혼처에 의한 처처갈등으로 이루어졌다. 〈장풍운전〉의 이런 서사구성은 일반적인 영웅소설과 변별되는 것으로 후반부의 처처갈등은 가문소설의 화소라는 것이 특징적이다. 그렇기 때문에 "가문소설의 흥미소들이 잔존하면서 영웅소설의 면모가 그 중심축을 형성하고 있는 과도적 성격의"[1] 초기 영웅소설적 면모를 지닌 것으로 평가 받는다.

이런 서사구성상의 특징은 〈금선각〉에도 그대로 드러난다. 그러므로 여기서는 〈금선각〉의 서사구성을 재확인하는 것보다 기존 연구 성과를 받아들이면서 〈금선각〉의 서사구성 방식에서 드러나는 특징에 주목하겠다. 요컨대 한문소설 〈금선각〉에서 두드러지는 특징인 장회의 구성 방식, 꿈과 전대 화소 등과 같은 모티프의 활용 방식을 중심으로 살펴보겠다.

---

1) 강상순, 「영웅소설의 形成과 變貌 樣相 硏究」, 고려대학교 석사학위논문, 1991, 47쪽.

1) 장회 구성 방식

장회는 하나의 작품을 여러 회로 나누어 이야기를 서술하는 방식으로 주로 장편소설의 서술 방식으로 활용된다. 장회소설은 송대 화본소설을 설화(說話)의 대본으로서가 아닌 읽기 위한 문학 형식으로 만든 장편소설이다.[2] 이런 점에서 장회소설은 화본소설의 전통을 이어서 개별적이고 독립적인 짧은 이야기들을 각 회로 구성하여, 하나의 주제나 이야기의 맥락에 맞춰 재구성한 소설이다. 그렇기 때문에 기본적으로 장회소설의 각 회는 각각의 독립적인 이야기로 존립할 수 있으며, 하나의 이야기는 여러 회에 걸쳐 진행하지 않고, 각 회에서 마무리 된다.[3]

이런 장회소설의 기본적인 장회 구분 방식이자 특징은 다음과 같이 정리된다.

각 회의 형식은 화본(話本)을 따라서 각 회의 제목을 붙이고, 서두는 제시(題詩)로 하며, 회(回)의 마지막은 그 회의 내용을 시(詩)나 사(詞)로 압축하여 제시한다. 이때 다음 회의 이야기에 대한 간략한 소개와 함께 '下回分解' 또는 '且聽下回分解', '且看下回分解', '且聽下文分解' 등의 말로 다음 회의 이야기가 어떻게 전개될 것인지에 대한 암시와 권유로 그 회를 맺는다. 적절한 휴지(休止)와 분할을 활용한 이야기 전개 방식인 셈이다.

그렇다면 장회소설의 형식을 갖추고 있는 〈금선각〉의 장회 구분 방식은 어떠한지 살펴보자. 다음은 〈금선각〉의 장회명이다.

---

2) 김학주, 『중국문학사』, 신아사, 2009, 408쪽.
3) 서경호, 『중국소설사』, 서울대학교출판부, 2006, 332쪽.

第1回	楊夫人膺夢生男	蔣道士觀相占厄
第2回	金笒山母子相失	端元寺尼姑同居
第3回	神翁濟窮配淑女	僑客避禍別賢妻
第4回	遇金山僧捨施結緣	入延瓊寺去留分袂
第5回	覽父書奴主南征	證郎衣姑婦奇遇
第6回	入貴門倡優得所	睡花園龍虎入夢
第7回	登金榜擢玉署官	出錦衣結紅繩緣
第8回	討西羌元帥大捷	取南路老僧先導
第9回	入尼院母妻握手	歷舊舘胡氏喪膽
第10回	別金仙同氣相逢	證玉鞘天倫克正
第11回	凱還天門恩渥荐降	御賜新宮內外團聚
第12回	金枝惡緣妬妻煽禍	玉操瑕点孝婦呼冤
第13回	王夫人給馬通信	張丞相倍途還京
第14回	奉皇命讞鞫神明	臨通衢殺活快定
第15回	暮景益享無彊福	闔家同躋極樂界

　위의 장회명의 제시에서 알 수 있듯이 〈금선각〉은 총 15회의 장회로 구성되었다. 〈금선각〉의 장회명은 대부분 7자(字)씩 2구(句)로 이루어져 있다. 장회소설에서 흔히 보이는 칠언(七言)의 시(詩) 형식을 지니고 있다. 하지만 4회 遇金山僧捨施結緣, 入延瓊寺去留分袂, 11회 凱還天門恩渥荐降, 御賜新宮內外團聚, 12회 金枝惡緣妬妻煽禍, 玉操瑕点孝婦呼冤의 경우에는 8자(字) 2구(句)로 되어 있다.

　이와 같은 〈금선각〉 장회명의 불규칙한 글자수는 내용 소개에 따른 차이일 뿐 주제적 측면의 강화나 형식상의 특별한 이유는 없다. 그리고 이와 같은 장회 구분은 〈금선각〉의 국역본인 〈장두영전〉에서도[4] 보인다. 하지만 한글본 〈장풍운전〉은 장회의 구분이 없다. 장회 구분은 한문 장편소설의 일반적인 특징이기 때문으로 보인다.

앞서 지적한 것처럼 〈금선각〉의 각회의 장회명은 칠언(七言)의 시(詩) 형식을 띤다. 이런 장회명은 내용을 함축적으로 표현하기 때문에 본격적인 이야기에 앞서 독자에게 이번 회에서 전개된 내용에 대한 정보를 압축적으로 제공한다. 이런 점에서 장회명은 독자들의 궁금증을 유발하여 이야기에 대한 관심과 흥미를 더욱 증폭시키기도 한다. 예컨대 〈금선각〉 제8회의 장회명은 "서쪽 오랑캐를 토벌하니 원수는 크게 승리하고, 남쪽 길을 취하니 노승이 먼저 인도하다(討西羌元帥大捷, 取南路老僧先導)" 이다. 이처럼 제시(題詩)를 통해서 원수[두영]가 서쪽 오랑캐를 토벌하고 큰 승리를 거두게 됨을 짐작할 수 있다. 그런데, "남쪽 길을 취하니 노승이 먼저 인도하다"라는 제시(題詩)는 그 서술만으로는 본문의 내용을 이해하기가 어렵다. "取南路"에 대한 정보가 없기 때문이다. '取南路'의 의미는 두영의 꿈에 노승이 나타나 "가던 길을 남쪽으로 돌려 여남으로 가면 어머니와 부인을 만날 것"이라고 말했던 꿈의 내용을 함축적으로 미리 제시한 것이다.

---

4) 1회 양부인니아달날쑴을꾸고, 장도수가 상보와익운을졈친 것 ; 2회 금계산의모주서로 일코, 단원수의이고와갓치거흔 것 ; 3회 신옹이몸소건져숙여을짝호고, 교긱이화을폐호야현쳐올이별호다 4회 금산즁을맛나시조호고인연을맺고, 경연사의드러가고머물다 ; 5회 아비의글을보고종과즁인니남으로가, 수니의옷셜징거호야고부맛나고 ; 6회 귀혼문의더러가화?랑이가머물고, 화원의셔자다가용과호랑이쑴의어다 ; 7회 금방의올나옥셔관이되고, 비단옷셜니여불권노인연을믯다 ; 8회 셔역오랑키을쳐셔원수커게이고, 남경길을취호야노승이먼져인도호고 ; 9회 니완의드러가어?와안니의손을잡고, 옛거호던곳의지나미호씨의담을상호 ; 10회 금션을이별호고동긔가셔로맛나고, 옥쵸를징거호미쳔륜이극졍이라 ; 11회 황후계쳔문을도리키여은혜와윤틱호미가득내리고, 신궁니외가둥굴게모리다 ; 12회 금가지악흔인연맛난쳐가재화를승호계호고, 효부가원통호믈부러고 13회 왕부인이말를주어신롤통호고, 장승상이길를거덥호야셔울의도라오다 ; 14회 황명을밧드러신명을발키고, 널분거리의임호야살고죽이는거시증호다 ; 15회 겨문지경의더옥무궁흔복을누리고, 집과집이한긔극락세계의던지다

그런데 〈금선각〉 8회의 장회 구성은 다른 회와 다소간의 차이를 보인다. 앞서 장회 구분의 기본은 각 회마다 하나의 이야기로 마무리 된다고 하였다. 〈금선각〉의 모든 회들 역시 각각의 이야기로 마무리 되어 있다. 9회를 제외하고는 회말(回末)에 "畢竟厄運如何?"이나 "畢竟身世如何" 등과 같이 다음 회에 대한 암시와[5] 함께, 모든 회의 끝에 "且聽下回分解"라 하여 다음 회를 볼 것을 권유하는 말로 끝난다.

그런데 〈금선각〉 8회의 경우는 "畢竟冥佑如何"와 같은 다음 9회에 대한 소개뿐만이 아니라, 9회에서 전개될 사건을 두영의 꿈을 통해서 제시했다. 그리고 그 꿈이 8회의 제시(題詩)에까지 나타난다. 즉, 8회의 "取南路老僧先導"는 8회에서 서술될 사건에 대한 집약이 아닌, 9회에서 일어날 일에 대한 핵심 주제를 제시한 것이다. 왜냐하면 〈금선각〉의 보통의 장회명과 같은 경우라면 8회에서도 꿈에서 깬 두영이 노승의 말에 따라서 남쪽으로 가서 어머니와 부인 이씨를 만나는 부분까지 서술되었어야 한다. 하지만 8회는 노승이 두영의 꿈에 나타나서 남쪽으로 가면 어머니와 아내를 만날 수 있을 것이라는 말만 남기고는 사라지는 꿈까지만 서술되었다.

장회명이 다른 회에 비하여 내용을 함축적으로 제시되었던 것은 어쩌면 본문에서 '取南路'에 대한 본격적인 이야기가 서술되지 않았기 때문일 것이다. 사실 회말(回末)에 다음 회의 내용을 간략하게 제시하는 것은 장회소설의 일반적인 분회방식이다. 그렇기 때문에 〈금선각〉의

---

5) 1回 畢竟厄運如何 ; 2回 畢竟身世如何 ; 3回 畢竟止泊何處 ; 4回 其計如何 ; 5回 畢竟寄托誰家 ; 6回 畢竟會合如何 ; 7回 畢竟其肯舍諸 ; 8回 畢竟冥佑如何 ; (9回 且聽下回分解) ; 10回 畢竟異數如何 ; 11回 畢竟家禍如何 ; 12回 畢竟李氏性命何如 ; 13回 畢竟急難如何 ; 14回 畢竟陰報如何

8회가 장회소설의 분회 방식에서 어긋난 것은 아니다. 다만, 〈금선각〉의 일반적인 분회 방식과 조금 다른 방식을 선택했다는 데 주목을 끈다.

〈금선각〉의 4회의 경우에도 "且聽下回分解"와 함께 "其計如何"라는 말로 다음 회에 대한 암시에 앞서, 5회에서 일어날 사건에 대한 내용이 서술되어 있다. 이는 8회와 같다. 하지만 다음 회에 일어날 사건을 암시하는 내용이 회명으로까지 나타나지는 않았다. 5회는 이부인이 두영의 어머니 양부인과 단원사에서 만나게 되는 회다. 그래서 4회 말에는 이부인을 모해하려는 호씨의 계략에 대하여 암시하고 5회에서 호씨의 모해를 피해 단원사로 도망간 이부인은 양부인과 만나는 것으로 그려진다.

이처럼 5회는 〈금선각〉 내에서 이루어지는 첫 가족 상봉을 이야기한다. 물론, 이부인과 양부인은 두영을 통해 형성된 간접적인 가족관계이지만, 앞선 회에서 두영을 중심으로 가족의 분리를 보여주었다면, 5회에서 처음으로 가족의 만남이 시작된다.

이처럼 〈금선각〉의 4회와 8회 말(末)에는 다음 회에 대한 소개가 확대되어 있다. 그렇다면 8회에서 9회에 대한 소개가 회말(回末)을 비롯하여 제시(題詩)로까지 표출되었던 까닭은 무엇인가.

9회에서 두영은 그토록 그리워하던 어머니 양부인과 아내 이경파를 만난다. 앞서 5회에서 이부인과 양부인의 만남이 있었지만, 9회는 두영을 중심으로 가족의 재회가 본격적으로 시작된다는 점에서 〈금선각〉의 가족의 분리와 재회 서사에 전환점이라 할 수 있다 작가가 유독 9회에 독자들의 관심을 주목시킨 것은 작가 스스로 9회의 가족 재회가 작품에서 주요한 의미를 담고 있다고 생각했기 때문이다.

그런데 〈금선각〉의 12, 13회는 앞서 살펴본 4회나 8회와 같이 전략적으로 독자들의 시선을 끌기 위한 방식의 다음 회에 대한 소개가 없다.

양부인은 그 소식을 듣고 울며 노왕에게 말하였다. "이씨는 전생에 내 딸이었다가 지금에 내 며느리로 태어났습니다. 대왕은 사사로운 집안의 어두운 일에 스스로 사건의 실상을 자세히 살피지 못하고, 분한 마음에 황제께 주달하셔서, 해산 후에 형을 집행하겠다는 성교까지 내려졌습니다. 늙은 이 몸은 맹세코 이씨와 더불어 함께 죽을 것입니다." 노왕 또한 몹시 조급했음을 뉘우쳤다. (13회)이 날 양부인은 울며 음식을 갖춰 시비를 보내 이씨를 위문하니, 이씨는 시어머니의 은혜에 깊이 감동하여 울음을 머금으며 억지로 그것을 먹었다.[6]

위 예문은 노왕이, 궁옥(宮獄)에 가둔 이씨의 일을 자세히 알아보기도 전에 황제에게 주달함으로써 일이 더 커진 것에 대하여 양부인이 노왕을 책망하며 원통해 하는 부분이다. 12~14회는 사혼처에 의한 처처갈등이 일어나는 부분으로, 이씨는 조씨의 모해(謀害)로 곤액(困厄)을 치르게 된다. 그 중에서 위 예문은 12회 마지막의 "畢竟李氏性命何如? 且聽下回分解."만 삭제하고, 13회의 시작 부분을 이어서 나열한 것이다. 하지만 위 예문만을 놓고 보면 분해의 지점을 확인할 수 없다. 서사의 단절감 없이 문맥이 자연스럽게 연결되어 있기 때문이다.

일반적인 장회 구분 방식에서 각 회는 독립된 이야기로 마무리된다. 그런데 〈금선각〉의 12, 13회는 개별적인 이야기로 각 회가 마무리되지 못하였다. 이들은 분량상 회를 나누었을 뿐 실제 내용은 14회까지 연속하여 진행된다. 이는 장회소설의 분회 방식과 다른 양상이다. 물론 분회가 각 회를 하나의 이야기로 매듭짓지 않는 경우도 있다. 즉 하나의

---

6) 楊夫人聞這箇消息, 泣告魯王曰: "李氏卽我前世之女兒, 今生之子婦. 大王以私第晦昧之事, 不自究覈, 忿忿登聞, 至降産後正刑之聖敎, 老身誓及李氏, 偕亡矣." 王亦悔太燥. 是日楊夫人, 泣備饌物, 送婢慰問李氏. 李氏深感慈恩, 飮泣强食之. 〈金仙覺〉12·13회.

이야기가 끝나기 전이나 새로운 이야기의 시작점에서 회를 나누는 경우가 그렇다. 하지만 이것은 독자들의 흥미유발을 통해서 독자들의 시선을 이야기에 붙들어 놓기 위한 전략일 뿐이지 그것이 곧 서사의 연속성을 말하는 것은 아니다.

> 일찍이 사가(史家)의 여러 <u>연의서(演義書)</u>를 보니 그 말을 세우고 드리운 것이 모두 부과(浮誇)하여, 실제로는 거짓인데 이를 잘 다듬어서 없는 것을 가지고 늘였다. <u>그 일을 나누어 그 제목을 따로 붙이고, 앞의 일을 끝맺기 전에 다시 하회(下回)를 일으켰다. 이는 모두 사람의 눈을 끄는데 이롭게 하고 사람을 기쁘게 하는데 도움이 되게 하려는 것이다.</u>[7]

위의 예문은 정태제가 쓴 〈천군연의〉의 서문이다. 여기에서 정태제는 연의소설의 장회를 나누고 분회하는 방식에 대하여 설명했었다.[8] "그 일을 나누어 그 제목을 따로 붙"인다는 것은 곧 장회명을 말한다. 그리고 각 장회는 "앞의 일을 끝맺기 전에 다시 하회(下回)를 일으"킨다고 하였다. 즉 각 회는 하나의 사건으로 회를 마무리 하지 않고, 하나의 사건이 끝나는 시점에 새로운 사건을 제시한다. 이와 같은 분회의 방식은 "사람의 눈을 끄는데" 유리하기 때문에, 장편의 장회체 소설에서는 독자들의 흥미 유발과 함께 이야기에 대한 관심을 집중시키기 위해서 사용되었다. 그런데 〈금선각〉의 12, 13회는 독자의 관심을 유발하기 위한 분회 방식이 사용되지 않았다. 뿐만 아니라 각 회는 독립된 서사로서

---

7) "嘗見史家諸書演義, 其立言遺辭, 皆是浮誇, 實虛而修之, 有無而張之. 分其事而別其題, 未結於前, 尾而更起於下回, 盖欲利於引目而務於悅人也." 정태제, 〈천군연의 서〉.
8) 전성운, 『한중소설대비의 지평』, 보고사, 2005, 42쪽.

존재하지 못한 채, 내용상 연속성을 지닌다는 점에서 장회소설의 분회방식에서 벗어나 있다. 이것은 〈금선각〉의 장회 구성 방식이 형식적인 측면에서는 장회소설의 형식을 따르고 있지만, 실질적인 측면에서는 그 형식의 내적 의미를 파괴하였음을 뜻한다.

〈금선각〉은 외면적으로는 장회의 구성 방식을 지녔으면서도 내용적인 측면에서 보면 장회에 대한 명확한 인식과 구분에 대한 통일성은 보이지 않는다. 이는 〈금선각〉의 작가가 장회소설의 문학적 관습을 단순 차용하였을 뿐, 장회 구성방식의 필요성이나 의미를 충분히 이해하지 못한 것에서 기인한다. 〈금선각〉의 작가는 장회 구성 방식을 자신의 이야기를 제시하기 위한 방식으로 활용함으로써 서사성을 강화한 반면, 장회 구성 방식의 실질적 가치와 의미는 상대적으로 약화시켰다.

이것은 〈금선각〉의 각 회의 분량에서도 드러난다. 기실 장회소설에서 각 회의 분량의 편폭은 크지 않다. 일정한 분량을 독해한 후에 휴지를 제공하고, 이야기를 적절한 속도감으로 이끌어가기 위한 것이 장회의 기능 중 하나이기 때문이다. 이런 점에서 장회의 구분은 양적으로 어느 정도 균등하게 배분하는 것이 일반적이다. 하지만 〈금선각〉의 장회는 분량과는 무관하게 서사의 흐름을 중심으로 나뉜다.

〈금선각〉의 제목을 제외한 본문의 총 글자수는 36,910자이다. 그 중에서 1회 1,266자(3.4%), 2회 1,548자(4.2%), 3회 2,764자(7.5%), 4회 1,853자(5%), 5회 2,191자(5.9%), 6회 1,640자(4.4%), 7회 3,351자(9.1%), 8회 1,225자(3.3%), 9회 5,309자(14.4%), 10회 2,872자(7.8%), 11회 2,983자(8.1%), 12회 2,918자(7.9%), 13회 1,958자(5.3%), 14회 3,271자(8.9%), 15회 1,761자(4.8%)로 이루어졌다. 전체 분량을 평균적으로 나눠보면 회당 2,462자(6.7%)정도이다. 하지만 〈금선각〉의 회당 글자수는 최대

5,315자(14.4%)에서 최소 1,266자(3.4%)로 매우 가변적이다. 이로 볼 때, 〈금선각〉의 작가는 처음 작품을 창작함에 있어서, 미리 분량을 계산하거나 이야기의 단위를 정리했다고 볼 수 없다. 즉 〈금선각〉의 작가는 장회 구분의 기본 원리에 대한 이해를 바탕으로 이야기를 구성했다기보다는 서사전개를 중심으로 장회를 편의적으로 분할한 것이다.

이와 같은 〈금선각〉의 장회 구성 방식의 원인은 다음의 유재영본 〈금선각〉의 발문을 통해서도 어느 정도 추론이 가능하다.

> 안타깝도다! 자식의 재주는 이언(俚諺)에는 능하지만 철문조어(綴文組語)에는 능하지 못하니, 만일 그 능한 바에 인해서 그 아이를 이끌어 그 능하지 못한 바에 이르게 하려면 어떻게 해야 할까? 차 마시고 밥 먹는 사이에서 늘 쓰는 <u>문자를 모아서 고담(古談) 한 부를 집성(輯成)</u>하고 그로 하여금 독서하는 틈틈이 가끔씩 눈주어 보게 한다면 철문(綴文)의 법을 깨우치게 할 수 있을 것이며 조어(組語)의 방도도 알게 할 수 있고, 세속에 보탬이 있을까 한다.[9]

인용문을 보면 〈金仙覺〉의 장회 구성 방식에서 드러나는 특징을 가능할 수 있다. 〈金仙覺〉의 작가는 "주변에서 늘 쓰는 문자를 모아서[拾取]" 〈금선각〉을 "輯成"했다. '집성'은 모아서 만든 것으로 〈금선각〉의 화소는 새롭게 창작된[10] 이야기가 아닐 수 있다. 더욱이 '습취(拾取)'와

---

9) 惜乎! 其才能於俚諺, 不能於**綴文組語**, 如欲因其所能而導之, 馴致於其所不能處, 將何以哉? **拾取恒茶飯文字, 輯成古談一部**, 使之往往寓目於讀書之暇, **則可以曉綴文之法, 可以解組語之方**, 庶幾有補於世俗. 유재영본 〈金仙覺〉 跋文.

10) 〈金仙覺〉이 〈장풍운전〉의 한문본으로서 창작되었다는 것에 아무도 의의를 제기하지 않았다. 하지만 유재영본 〈金仙覺〉의 발문을 확인해 보면, 〈金仙覺〉은 새롭게 창작된 이야기가 아니라 아들[독자]에게 익숙한 고담(古談)을 하나의 주제 또는 이야기의 맥락

'집성(輯成)'은 장회소설에 적합한 구성 방식을 가리킨다. 또한 아들의 문장 학습을 위한 방향은 "글을 짓는 문법에 밝아지며 말을 구성하는 방도도 깨칠 수 있[綴文組語]"는 정도이다. '綴文'이라는 것은 기존에 있는 문구들을 토대로 문장을 짜깁는 것을 말하며, '組語' 역시 기존의 문장들을 배치하거나 늘어놓는 것이다. 이는 〈금선각〉이 완정한 형태의 한문 장회소설을 창작하는 것을 최우선의 목적으로 한 것이 아님을 뜻한다. 외형적으로나 실질적 의미의 차원에서 완정한 형태의 장회 구성 방식을 취하는 것보다 문장 학습을 위한 이야기의 구성에 더 주의를 기울였을 수 있음을 의미한다.

요컨대 〈금선각〉의 장회명이 불균정한 것이나 장회 구분의 지점과 방식에 일관성이 없는 것은 각 회를 이야기 중심으로 나누어 하나의 주제 맥락에 맞춰서 재구성했기 때문임을 알 수 있다. 이는 곧 〈금선각〉의 장회 구성 방식이 완정한 장회 구성 방식에서 벗어난 형태, 장회명이 없는 여타 소설로의 이행을 보여주는 구성 방식을 취하고 있음을 뜻한다. 이것은 또한 서사성이 강화되어 가는 한 양상으로 이해할 수도 있다.

2) 꿈의 서사적 기능

꿈은 이야기를 서술함에 있어서 일반적으로 많이 활용되는 화소다. 다만 꿈이 각 작품에서 어떤 방식으로 구성되고 전체 서사 속에서 어떻게 기능하는가는[11] 또다른 문제다. 여기에서는 〈금선각〉에 나타나는 꿈

에 맞춰서 집성(輯成)한 것일 수도 있음을 말하고 있다.

11) 작품 내 꿈의 기능과 관련해서는 〈옥루몽〉에 나타난 다양한 꿈의 기능과 의미를 자세하게 분석한 심치열의 논문을 참조할 수 있다. (심치열, 「고소설에 나타나는 꿈 - 〈옥루몽〉을 중심으로」, 『돈암어문학』 6, 돈암어문학회, 1994, 63~76쪽.)

의 양상과 그 꿈의 서사적 기능에 대하여 살펴보겠다. 〈금선각〉의 꿈의
서사적 기능은 꿈속 주체적 인물에 따라서 다음의 세 가지 측면으로
나뉜다.

① 가족의 재회

〈금선각〉의 꿈의 기능과 관련해서 주목해야 할 첫 번째는 금산사 화주
승의 현신과 가족 재회에 대한 이꿈이다. 먼저 금산사 화주승이 꿈속에
나타나서 했던 이야기는 무엇이고, 그것이 의미하는 바가 무엇인지 살펴
보자. 사실 금산사 화주승이 나타나는 꿈의 기능은 단순히 하나의 단위담
으로서의 역할을 넘어서, 전체 서사를 엮어주는 기능을 담당한다.

> 서천관에서 출발한 원수는 서평관에 이르러서 잠시 진을 머물렀다.
> 그러던 중 갑옷을 입은 채로 잠이 들었다. 그 때 홀연 흰 구름 한 조각
> 이 날아 와 군영 가운데에 가득하더니, 검은 옷을 입은 한 노승이 지팡
> 이를 끌며 앞으로 나아와 빙그레 웃으며 말하였다. "원수께서는 어버
> 이를 생각하고 아내를 추억하는 정리가 두터운데, 혹 왕사(王事)로 바
> 빠서 그 마음이 다소 느슨해지지 않았는지요? 그렇지 않았다면 황제
> 가 계신 도읍으로 직접 가는 길을 택하지 말고, 남방을 향해 가다가
> 오른쪽으로 꺾어 여남 지방을 찾아가시오. 반드시 모친과 낭자를 해후
> 하는 기쁨이 있을 것입니다.[12]

위의 예문은 두영이 첫 출전에서 서번의 난을 평정하고, 황성으로

---

12) 元帥自西川關, 行至西平關, 暫時留陳, 枕鎧而睡, 忽有白雲一片, 飛滿營中, 緇衣老僧,
携節而前, 莞爾而笑曰: "元帥思親憶妻之情, 或恐少弛於王事鞅掌之時耶? 不然則勿取
皇都直路, 向南方右轉, 訪汝南而行, 必有夫人娘子, 邂逅之便矣." 〈金仙覺〉8회.

돌아오는 길에 서평관에 잠시 머물며 쉴 때에 꾼 꿈이다. 두영이 어머니 양씨와 이씨, 그리고 아버지 장해를 만나기 전에 금산사 화주승이 두영의 꿈에 나타나 부모와 처자를 곧 만날 것을 예언하고 만날 방도를 알려주는 대목인 것이다.

두영이 서평관에서 잠깐 잠이 든 사이에 "한 노승이 지팡이를 끌며 앞으로 나아와 빙그레 웃으며" 두영에게 와서 "원수가 어버이를 생각하고 아내를 추억하는 정리가 두터운데, 혹 왕사(王事)로 바빠서 그 마음이 다소 느슨해지지 않았는지요?"라고 묻는다. 이는 두영이 과거에 급제한 이후, 왕상서의 딸 부용을 처로 맞이하는 동시에 원철의 딸 황화를 첩으로 맞이하고, 정사에 바쁜 나머지 부모와 처를 찾아 나서지 못한 것에 대한 경계이자 가르침이다.

이렇게 노승은 두영이 꿈에 나타나서 헤어진 부모와 아내를 상기(想起)시킨다. 그리고 노승은 두영에게 도성으로 가는 길을 돌려 여남으로 가라고 말한다. 그러면 "반드시 부인과 낭자를 해후하는 기쁨이 있을 것"이라고 알려준다. 당연히 두영은 노승의 말에 따라 도성으로 가던 군대를 돌려 여남으로 간다.

> 원수가 여남 지방에 들어가 객사에서 잠을 자다가 문득 꿈을 꾸었는데, 노승이 다시 와서는 '마음에 품고 있던 그 사람이 멀지 않은 곳에 있다.'고 했다.[13]

위의 예문은 여남에 도착한 두영이 객사에서 쉴 때, 지난 밤 노승이 두영에 꿈에 다시 나타나, "마음에 품고 있던 그 사람이 멀지 않은 곳에

---

13) 元帥入汝南, 宿於客舘, 午成一夢, 老僧又來言: "所懷伊人, 不遠而邇." 〈金仙覺〉 9회.

있다"고 말해준다. 이에 두영은 노승에게 어머니와 아내가 있는 곳을 알려달라고 부탁한다. 하지만 노승은 자신은 금산사의 화주승으로 우연히 부인과 낭자가 의탁한 곳을 알았을 뿐, 이별과 만남은 천운에 달렸고 이를 가볍게 누설할 수 없다고 말한다. 그러나 정성은 "금석도 뚫"으니,[14] 지성으로 구하면 어머니와 부인을 만날 수 있을 것이라고 말한다. 이 말을 듣고 잠에서 깬 두영은 어머니와 아내를 만나기 위해서 부처님께 정성을 드리기로 하고, 여남 태수에게 법계(法界)의 으뜸이라 일컫는 곳이 어딘지를 물어 단원사 이암으로 가게 된다. 그리고 그곳에서 두영은 그토록 그리던 어머니와 아내를 만난다.

> 꿈에 높이 솟아 금산사 백운대 위에 이르렀는데, 한 노승이 가부좌를 하고 寶塔에 앉아 원수를 보고 흔연히 물었다. "봄빛[春暉]이 수레에 가득하고, 琴瑟이 가마에 있으니, 인간세상의 즐거움이 족하신가?" 원수가 자세히 보니, 이미 보았던 얼굴이었다. … (중략) … "無碍菩薩께서 오셔서 지척 사이에 尊俯君을 부르셨으니 조만간에 만날 것입니다."[15]

위의 예문은 두영이 어머니 양부인과 아내 이씨를 만난 후, 함께 소흥부에 들러 경운을 데리고 도성으로 향하는 길에 운주에 들렀을 때 꾼 꿈이다. 두영은 전승과 그토록 그리던 가족과의 재회로 더할 나위 없이 기뻤다. 운주의 자사와 수령들은 이를 축하하기 위하여 축하연을 베풀었다. 축하연을 마친 두영이 잠깐 졸고 있을 때 두영의 꿈에 금산

---

14) "但誠之所到, 金石可透, 今元帥求之以至誠, 則何患乎不得見哉?"〈金仙覺〉9회.

15) 行到金山白雲臺上, 有老僧趺坐寶塔, 見元帥, 欣然問曰: "春暉滿車, 琴瑟在御, 人間之樂, 足乎?" 元帥孰視之, 乃宿面也. (中略) "已勅無碍菩薩, 要致尊俯君於咫尺之地, 惟在朝暮, 遇焉!"〈金仙覺〉10회.

사의 노승이 다시 나타났다. 그리고 그는 흔연히 두영에게 "봄빛[春暉]
이 수레에 가득하고, 금슬(琴瑟)이 가마에 있으니, 인간세상의 즐거움
이 족하"냐고 묻는다. 노승은 두영에게 아직 아버지를 만나지 못했음
을 다시 한 번 더 상기시킨 것이다.

"인간세상의 즐거움이 족하냐"는 노승의 질문에 두영은 헤어진 아버
지에 대한 안타까운 마음을 토로하며, 어머니와 아내가 있는 곳을 지시
해 주었던 것처럼 아버지가 계신 곳도 알려 주기를 청한다. 이에 노승
은 "무애보살(無碍菩薩)께서 오셔서 지척 사이에 존부군(尊府君)을 부르
셨으니 조만간에 만날 것"이라고만 말한다. 아버지가 지척에 있다는
노승의 말에 두영은 제후와 수령들은 물론 운주에 있는 남녀노소 모두
가 나아올 수 있도록 큰 잔치를 베푼다. 그리고 그 수령들과의 술자리
에서 두영은 마음속의 회포를 시를 통해서 확인해 보고자 했으나 성과
가 없었다. 이를 한탄한 두영이 아버지가 채워줬던 칼을 만지다가 마침
내 부남 태수로 있던 아버지를 만났다.

이상의 꿈에서 볼 수 있는 것처럼, 노승은 꿈을 통해서 두영과 가족
과의 재회를 돕는다. 두영의 꿈에 나타난 노승은 금산사의 화주승으로,
그는 두영에게 절박한 가족 재회의 문제를 해결해 주었다. 이는 앞서
〈금선각〉에서 가족 재회가 갖는 서사의 중요성을 떠올리게 한다. 금선
(金仙)으로 대비되는 금산사의 노승은 가족의 재회라는 핵심 맥락을 전
담하며 두영의 문제를 해결했다. 이것은 단순히 예지몽을 통한 앞날에
대한 예시를 넘어서는 것으로, 서사 구성간의 치밀한 계획과 함께 작품
의 지향 가치를 엿볼 수 있게 하는 바다. 즉 꿈을 통해서 서사의 동력을
확보하고 있는 것으로, 작품의 주제와 관련된 가족 재회에 꿈의 주된
서사적 기능이 있다고 할 것이다.

② 남녀결연

꿈의 두 번째 기능은 결연과 관련된다. 두영은 정실부인 이씨를 비롯하여 모두 4명의 처첩을 두었다. 다음은 두영이 이씨와의 이별 후에 왕상서의 딸 부용과 원철의 딸 황화와 결연하게 되는 부분이다.

> 이때 소저가 창에 의지하고 앉아 수를 놓다가 지루해 하던 중, 봄 햇볕에 곤하여 잠깐 침상에 의지해 있었다. 그런데 홀연 황룡이 후원 모란꽃 사이에서 서린 채로 꿈틀거리더니 잠깐 동안에 猛虎로 변하였다. 그 이마 위에는 얼룩무늬가 있는데, 완연히 글자 모양이었다. 그 글자 모양은 '南北元勳大將軍'이라 씌어 있었다.[16]

위의 예문은 왕상서의 딸 부용이 꾼 꿈이다. 부용은 "황룡이 후원 모란꽃 사이에서 서린 채로 꿈틀거리더니 잠깐 동안에 맹호로 변하"는 꿈을 꾸었다. 그런데 그 맹호의 이마에 얼룩무늬로 "南北元勳大將軍"이라고 적혀 있었다. 부용은 꿈이 하도 기이하여, 꿈의 내용을 확인해 보기 위해서 후원으로 나갔다. 그런데 마침 후원의 모란꽃 아래에서 자던 두영을 발견하게 된다. 부용은 자신의 꿈에 나타났던 황룡이 다름 아닌 두영이었음을 깨닫는다. 그러고는 "어진 임금이 어진 재상을 얻는 것과 숙녀가 좋은 짝을 만나는 것은 먼저 징험이 있다고 하던데, 하늘의 이치가 참으로 속이지 않는"다며,[17] 마음 속으로 두영을 하늘이 맺어준 자신의 배필로 생각한다. 그리고 그 징표로 자신이 입고 있던 봉황이

---

16) 此時, 少姐倚窓而坐, 繡刺支離, 爲春睡所惱, 乍憑枕上, 忽見黃龍, 蟠屈於後園牧丹花間, 須臾化爲猛虎, 額上班文, 完成字樣, 日南北元勳大將軍.〈金仙覺〉6회.
17) "賢君之得良弼, 淑女之遇好逑, 自有先徵, 天理固不誣矣."〈金仙覺〉6회.

그려진 비단 저고리를 벗어 두영의 머리 위에 덮어주고 두영이 깨기 전에 자리를 떠난다.

　부용과 두영의 만남을 꿈을 통해 고지하고, 그것이 필연적 운명임을 강조하였다. 이미 이씨와 결혼한 두영에게 부용과의 만남은 필연적인 것이 아니라면 불고이취(不告而娶)의 비례적(非禮的)인 행동에 불과하다. 그런 점에서 이들의 운명이 필연적인 힘에 이끌린 것으로 분식(粉飾)할 필요가 있다. 신이한 꿈의 예지에 이끌린 행동으로 인간적인 힘에 의한 것이 아니라고 강조한 것이다. 이것은 첩 황화와의 인연에 있어서도 마찬가지다.

　　하루는 황화가 꿈을 꾸었다. 오색 무늬를 가진 상서로운 구름이 방 위에 높이 펼쳐지더니, 홀연 황룡이 외당에서 공중으로 높이 날아올랐다. 그러더니 우뚝 솟은 머리에 난 뿔이 갑자기 절월(節鉞)로 변하여, 서쪽을 범하여 하늘을 가린 침침한 구름을 모두 쓸어내고, 북쪽을 휩쓸어 먼지를 털어냈다. 바람과 우레 소리에 두려워하다가 놀라 깼다. 일찍 일어나서 당에 올라 부모님께 자신이 꾼 꿈 이야기를 말하니, 원철은 그것을 몹시 이상히 여기면서 그 꿈을 기록해 두었다.[18]

　위의 예문은 황화의 꿈이다. 황화의 꿈에서도 부용의 꿈과 같이 황룡이 등장한다. 황화는 "황룡이 외당에서 공중으로 높이 날아올"라 "우뚝 솟은 머리에 난 뿔이 갑자기 절월(節鉞)로 변하여, 서쪽을 범하여 하늘을 가린 침침한 구름을 모두 쓸어내고, 북쪽을 휩쓸어 먼지를 털

---

18) 一日, 黃花做一夢, 五彩祥雲, 籠罩一室, 忽有黃龍, 自外堂, 飛騰而上, 嵯峨頭角, 化爲節鉞, 西觸而陰曀掃盡, 北麾而塵埃廓淸. 風雷之聲, 虩虩驚枕, 早起上堂, 說夢於父母, 元喆大異之, 書以記之. 〈金仙覺〉 7회.

어"내는 꿈을 꾸었다. 여기에서 절월은 왕이 장수에게 내려주던 절(節)과 부월(斧鉞)로, 부월은 왕이 생살권을 내어주는 장수의 상징이다. 그리고 그 절월이 서쪽을 침범한 구름을 쓸어내고, 북쪽의 먼지를 모두 털어냈다는 것은 전쟁의 승리를 뜻한다. 두영이 서번을 정벌하는 대장 군임을 꿈을 통해 황화에게 고지하고 이를 통해 두영과 황화의 결연을 이끌어낸 것이다.

이것을 보면 부용과 황화의 꿈에서 두영은 황룡으로 대변(代辯)된다. 이는 곧 두영의 타고난 능력과 자질의 비범함을 말하는 것임과 동시에, 훗날 두영이 입신양명할 것임을 예견하는 꿈이다. 부용과 황화가 꿈을 꾸던 당시 두영은 미천한 처지였다. 부용에게는 자기집 사환의 한 명이었고, 황화에게도 자기집으로 심부름을 온 왕상서 댁의 사환에 지나지 않았다. 그럼에도 불구하고 부용과 황화 두 사람은 꿈을 통해서 두영의 진면목을 알아보고, 두영을 하늘이 맺어준 자신의 천정배필로 여긴다. 그리고 부용은 봉황이 수놓아진 비단 저고리로, 황화는 아버지가 기록한 꿈을 각기 천정배필의 징표로 삼았다.

이처럼 〈금선각〉에서 꿈은 두영과 부용 그리고 황화를 결연시키는 매개체적 역할을 하는 동시에 이들의 결연이 개인의 욕망에 이끌린 비례적(非禮的) 만남이 아닌 운명적인 것으로 꾸몄다. 뿐만 아니라 꿈을 통한 예시를 통해 이들 결연의 필연성을 암시하는 서사적 긴밀성을 갖게 하였다. 한마디로 꿈은 두영의 미래를 예시(豫示)하고, 필연적 운명을 강조함으로써 서사의 흥미성을 제고하고 구성력을 강화하는 역할을 하고 있는 셈이다.

③ 위기 극복

〈금선각〉에서 꿈의 기능 가운데 하나는 예지적인 것이다. 이는 앞서 살핀 바, 가족의 재회나 운명적 결연의 실현을 위한 것과는 다소 다른 차원의 꿈이다. 주인공 장두영이 고난을 극복할 수 있는 방책을 제시하거나 문제를 해결하는 실마리를 제공하는 꿈으로써의 예지몽이다.

> 마음이 괴로워 힘없이 창에 기대 멍하니 앉아 근심스러운 듯 조는 듯이 하고 있던 중, 악장이 침대에 누워 신음 소리를 내는 것이 생시와 같더니, 이내 말하였다. "어진 사위는 내 말을 잊었느냐?" 장생이 홀연 깨달아 유서를 꺼내 보니, 그 글에서 말하길, '晨牝이 禍를 입에 물고 있고 毒蟲이 모래를 머금고 있다가 그림자를 보고 뱉을 기미를 엿보고 있으니, 뽕나무에 의탁한[桑寄] 사위[舊客]는 마치 창을 끼고 쌀 씻고 칼을 쥐고 밥 짓는 것처럼 조심하고, 갈대꽃을 넣은 겨울옷[蘆衣]을 입은 고아는 마치 빠질까 조심조심 얼음을 밟는 것처럼 아내와 이별하여 천금과 같은 두 몸을 보존하라. 급히 위험한 길을 버리고, 경운을 이끌고 한 가닥 이로운 길을 찾아가라. 아이가 절에 오르면 의탁할 스님이 있을 것이니, 자네는 禪門에서 나와서 과거에 합격하도록 해라. 어서 빨리 떠나라. 삼가고 힘쓸지어다.'[19]

위의 예문은 호씨의 핍박으로부터 두영을 구하기 위하여 이승상이 두영의 꿈에 나타나 말해주는 부분이다. 호씨는 이승상이 죽은 뒤에

---

19) 心緒煩惱, 頹然倚窓, 嗒然孤坐, 如愁如睡之間, 岳丈臥床吟病, 宛如常時. 仍曰: "賢郎 忘吾言乎?" 張生忽然惺悟, 出遺書看了, 其書曰: 晨牝屬吻, 毒蟲伺影, 桑寄舊客, 凜凜如 浙矛炊釖, 蘆衣孤兒, 蹙蹙然臨淵履氷, 霅別中閨, 宜保千金之二軀, 遄棄危方, 利往延瓊 之一路, 兒登祇園, 有可托之僧, 君出禪門, 作大闡之士, 旣亟只且, 尚愼旃哉. 〈金仙覺〉 3회.

한 집안의 가장이 되어, 자신의 권력을 마음대로 휘두르며 경패와 경운 남매를 핍박하고 급기야는 자객을 시켜 두영을 죽이려고 했다. 두영은 더이상 처가집에 머물 수 없었지만, 부인 이씨를 홀로 두고 떠날 수도 없었다. 이처럼 두영이 자신에게 다가온 위난(危難) 앞에서 어찌할 바를 몰라서 근심하고 있자 이승상이 직접 두영의 꿈에 나타나 "어진 사위는 내 말을 잊었느냐?"며, 자신이 준 유서를 볼 것을 암시한다.

승상은 임종시에 홀로 남게 될 자식들이 걱정이 되어 두영과 경파 내외에게 각각 유서 한 통씩을 주었다. 그 유서에는 "조만간에 집안에 반드시 위급한 변고가 있을 것이니, 그 때를 당하여 이것을 열어보라."고[20] 적혀 있었다. 그런데 두영이 위급한 상황에서도 자신이 준 유서를 미처 생각하지 못하고 있으므로 장인 이윤정이 직접 그의 꿈에 나타나서 유서를 보게 한 것이다.

이승상이 남긴 유서에는 "아내와 이별하여 천금과 같은 두 몸을 보존하라."고 적혀 있었다. 그래서 두영은 장인의 방책을 따라서 결국 경파를 승냥이 같은 호씨에게 남겨둔 채, 경운을 데리고 떠나기로 결심한다. 그것이 지금의 위험에서 벗어날 수 있는 유일한 길이고, 스스로를 보존하여 과거에 합격하는 길이다. 나아가 자신뿐만이 아니라 경파와 경운을 지키고, 나아가 자신에게 은혜를 베풀어준 장인의 은혜를 갚는 유일한 방법이기 때문이다. 결국 두영은 장인이 유서에 남긴 말을 따라서 훗날을 기약하며 경파와 이별하고 경운을 데리고 집을 떠난다. 이처럼 두영은 자신에게 닥친 위기를 장인의 현몽과 유서를 통해서 극복할 수 있었다. 주인공의 위기를 극복하게 해주는 예지몽으로서의 꿈이라

---

20) "早晩家內, 必有危難之變, 其時坼見之." 〈金仙覺〉 9회.

할 수 있다.

이런 꿈은 다만 위급한 상황에 대한 직접적인 해결책을 제시하는 것
은 아니다. 위급한 상황을 꿈을 통해서 알려 줌으로써 해결의 실마리를
풀어낸다. 다음의 경우도 이와 유사하다.

> 승상이 막사에서 잠을 자려고 누웠는데, 비몽사몽간에 금산사 노승
> 이 구름을 헤치고 삭풍을 타고 내려와 말하였다. "상공께서는 잠을 자
> 려 하시는가? 정렬부인의 목숨이 아침저녁에 있으니, 위태하고 위태하
> 도다!" 인하여 석장(錫杖)으로 땅을 쳤다. '탁탁' 하는 소리에 놀라 자
> 리에서 일어나니, 근심과 의심이 서로 넘나들며 오장(五臟)이 모두 불
> 에 타는 것 같았다.[21]

위의 예문은 금산사 노승이 두영에 꿈에 나타나 정렬부인[이경패]의
위급함을 말해주는 부분이다. 승상이 여진족[金狄]의 침범으로 적장으
로 출전한 사이에 이씨는 조씨의 모략으로 궁중에 갇혀서 죽게 되었다.
그러자 노승은 두영의 꿈에 나타나 "상공께서는 잠을 자려 하시는가?
정렬부인의 목숨이 아침저녁에 있으니, 위태하고 위태하도다!"라고 말
하며, 이씨가 위험에 빠져있음을 알려준다. 마침 두영이 놀라서 꿈에
서 깼을 때, 경운이 왕씨의 편지를 가지고 두영을 찾아온다. 이에 두영
은 비로소 조씨의 모략으로 이씨가 위급한 상황에 빠졌음을 알고, 이씨
를 구하기 위하여 군대는 부장에게 맡기고 즉시 경운과 함께 천리마를
타고 이씨가 있는 도성으로 간다.

---

21) 丞相垂幢, 就枕而臥, 似夢非夢之間, 金山老僧, 披塞雲, 乘朔風而下曰: "相公着枕否?
貞烈夫人, 命在朝暮, 危乎殆哉!" 仍以杖錫卓地, 橐橐之響, 驚枕而起, 憂疑交攻, 五情
如燬. 〈金仙覺〉13회.

　　정절을 훼손했다는 모해(謀害)를 받는 이씨를 죽음으로부터 구할 수
있는 사람은 두영뿐이다. 그렇기 때문에 노승은 두영의 꿈에 나타나
이씨의 위험을 알렸다. 앞서 노승은 분리된 가족과의 재회를 돕기 위하
여 두영의 꿈에 현몽했다. 여기서 다시 노승이 두영의 꿈에 나타난 것
은 표면적으로는 이씨를 위험으로부터 구하기 위함이지만, 궁극적으
로는 위기에 빠진 이씨를 구함으로써 가족의 분리를 막기 위함이다.
정실부인 이씨의 죽음은 곧 가문의 위기를 뜻하기 때문이다. 이처럼
노승은 가문의 위기로부터 가족이 분리될 수 있는 위급한 상황을 정비
하고 극복하기 위한 기제로써 두영의 꿈에 나타난 것이다.

　　〈금선각〉에서 꿈은 위급한 상황을 암시하거나 해결할 수 있는 단서
를 제공하는 예지몽으로서 작용한다. 다만 그것이 명시적으로 나타나
기보다 암시적 형태로 나타나 주인공의 침착하고 총명한 사고와 행동을
유발하는 경우가 더 많다. 이런 점에서 예지몽의 일종이라[22] 하겠다.

3) 전대 화소의 수용

　　〈금선각〉에서 가족과 분리되어 두영이 겪는 기아(棄兒)와 가족의 재
회는 영웅소설의 일반적인 화소이다. 군담 역시 영웅소설 일반의 화소
이다. 하지만 〈금선각〉에서는 군담화소가 매우 소략할 뿐만 아니라,
서사적 기능 또한 가족의 재회를 위한 것에 국한되어 있다. 이처럼 군
담화소의 약화라는 특징과는 상반되게 〈금선각〉에서는 유독 사혼처에
의한 처처갈등이 확대되어 있다. 이 때문에 〈금선각〉은 "가문소설의

---

22) 이와 관련해서는 다음 항에서 좀 더 자세히 논하도록 하겠다. 즉 꿈이나 암시를 통한
　　문제 해결 방식과 관련한 문자 유희적 성향은 다음 항에서 상론하겠다.

홍미소들이 잔존하면서 영웅소설의 면모가 그 중심축을 형성하고 있는 과도"기적[23) 작품으로 평가 받고 있다.

그러므로 여기에서는 가문소설과 같은 전대 소설의 화소가 〈금선각〉에서 어떻게 수용되고 변용되었는가를 서사 구성방식의 차원에서 살펴보도록 하겠다. 요컨대 가문소설의 사혼처 화소가 영웅소설인 〈금선각〉에 어떻게 수용되어 있으며, 그것의 작품 내적 의미는 무엇인지 살펴보자.

> 명현왕은 황제의 아우다. 딸이 하나 있는데, 이름은 경화고 나이는 16세였다. 자색이 몹시 빼어나 왕의 사랑함이 매우 극진하여 부마를 고르는 데에도 지극하였다. 장한림이 어질다는 말을 실컷 들었던 왕은 종실 춘원군에게 한림이 있는 곳에 찾아가 구혼하는 뜻을 내비치게 하였다. 이에 한림이 부복하고 사례하며 말하였다. "하방의 천한 사람이 거듭 천은을 입사와 분수에 넘어서는 고귀하고 저명한 지위에까지 뽑혔습니다. 오히려 복이 지나쳐 화가 생길까 두렵습니다. 뜻밖에 제왕의 사위에 관한 명령을 듣자오니, 참으로 뼈가 시리고 심장이 떨림을 이길 수 없습니다. 지난 번 서주에 갔을 때, 이미 왕굉렬의 딸과 사슴 가죽을 주고받으며 혼례를 정하였사오니, 비록 존귀하신 명령이 하늘에서부터 내려진 것이라 해도 다른 말로 논할 처지가 못 됩니다. 바라옵건대 이 말로써 주달해 주시옵소서." 춘원군이 돌아가 한림의 말을 아뢰자, 왕이 놀라 낙담하며 마치 무엇인가 잃어버린 것처럼 하였다.[24)

---

23) 강상순, 「영웅소설의 형성과 變貌 樣相 硏究」, 고려대학교 석사학위논문, 1991, 37쪽.

24) 却說. 明顯王, 皇帝之弟也. 有一女, 名慶和, 時年十六, 姿色絶美. 王鍾愛甚篤, 極選駙馬, 飽聞張翰林之賢, 使宗室春原君, 詣翰林直中, 備陳求婚之意. 翰林俯伏而謝曰: "遐方賤生, 荐被天恩, 分外華省之擢, 猶恐福過而灾生, 料表錦纘之命, 詎勝骨悚而心慄. 第頃往徐州, 與王宏烈女, 已行儷皮之禮, 雖尊命有隕自天, 無他辭可論之地. 請以此入奏焉." 春原君歸奏翰林之言, 王愕然喪膽, 如有所失. 〈金仙覺〉 7회.

위의 예문은 황제의 아우인 명현왕이 춘원군을 통해서 두영에게 구혼했다가 거절당하는 부분이다. 사혼처 화소는 장편 가문소설의 대표적인 것으로서, 가문의 번영과 절대적 권력을 상징하는 것이다. 〈금선각〉의 경우도 이와 유사한 특징을 보인다. 황제의 아우인 명현왕에게는 혼기가 찬 딸이 하나 있었다. 딸의 혼처를 구하던 중에 장한림의 어짊을 듣고, 이를 흠모하여 부마로 삼고자 춘원군을 시켜서 한림을 찾아가 구혼하였다. 하지만 한림은 "이미 왕굉렬의 딸과 사슴 가죽[儷皮]을 주고받으며 혼례를 정하는 예를 행하였"기에, 명현왕의 뜻을 받아들일 수 없다고 말한다.

이는 앞서 두영이 헤어져 있기는 하나, 이윤정의 딸 경파와 이미 혼인한 상황에서 왕굉렬과 원철로부터 연이은 구혼을 받았을 때와는 사뭇 태도가 다르다. 구혼에 대한 기뻐하는 기색이나 이미 취처(娶妻)하여 또다시 연을 맺을 수 없음에 대한 안타까움은 전혀 없다. "오히려 복이 지나쳐 화가 생길까 두려워" 했는데, "뜻밖의 제왕의 사위에 관한 명령을 헤아려 듣자오니, 참으로 뼈가 시리고 심장이 떨림을 이겨낼 수가 없"다고 말한다. 두영의 이와 같은 말은 과분한 은혜에 대한 겸사일 수도 있다. 하지만 앞서 왕굉렬과 원철의 구혼에 대한 장한림의 태도를 생각해 볼 때, 사혼처로 인한 갈등과 불행 등에 대한 염려가 더 깊게 드리워져 있다. 그래서 두영은 두 번 장가들 수 없음을 핑계로 명현왕의 사위되기를 거절한다. 이와 같은 사혼처 화소의 존재는 〈소현성록〉과 같은 장편 가문소설에서도 확인할 수 있다.

"신의 어린 ㅈ식이 본디 비혼 지죄 업고 무식소활ㅎ야 비록 취쳐롤 아냐셔 공쥬의 불감ㅎ거놀 ㅎ믈며 참졍 형옥의 녀로 결발ㅎ연 디 삼

년이라 이제 공쥬로뻐 하가혼즉 규합의 례면이 어긔여뎌 도강을 취홀
거시오 만일 그러티 아니면 지엽의 위롤 ᄂ초디 못홀 배오 몬져로뻐
후롤 밧드디 못ᄒ야 일당불평ᄒ미 ᄒ갓 공쥬의 해로울 ᄲᅮᆫ 아니라 풍화
의 관겨ᄒ니 봉망 셩샹은 ᄉᆞᆯ피쇼셔"[25]

위의 예문은 소운성과 명현공주의 혼인을 강요하는 황제에게 소현
성이 사혼의 불가함에 대하여 올린 상소이다. 명현공주는 황제와 함께
있는 소운성을 보고 첫 눈에 반하여, 황제에게 소운성의 조강지처를
폐출시키고 자신과 혼인시켜 달라고 말한다. 사혼을 감당할 수 없다며
사양하는 소운성의 말은 듣지 않은 채 황제는 흠천관(欽天官)에게 명하
여 혼례날을 정하고 혼인을 강요한다. 이에 소현성은 운성이 이미 "참
졍 형옥의 녀로 결발ᄒ연 디 삼 년"이기에 명현공주와의 혼사는 받아들
일 수 없다고 말한다. 이는 앞서 〈금선각〉의 장한림이 명현왕의 딸과의
혼사를 거절했던 이유와 같다.

무엇보다 소현성과 그의 아들 운성이 명현공주와의 혼사를 거절한
것은 이미 취처(娶妻)했기 때문이 아니다. 명현공주가 하가(下嫁)하였다
고 명현공주로 조강지처를 삼게 되면 "규합의 례면이 어긔여"지게 되
고, 그렇다고 명현공주가 "지엽의 위롤 ᄂ초"아 먼저 들어온 조강지처
를 받들 수도 없기 때문이다. 이런 질서의 어긋남은 곧 가문내적 혼란
을 의미하는 것으로 이에 대한 염려로 사혼을 거절한 것이다.

사실 이와 같은 소현성의 염려는 기우가 아니다. 명현공주는 황제에
게 소운성의 "조강을 폐출ᄒ고 신[명현공주]으로써 하가"[26] 달라고 했

25) 이대본 〈소현성록〉 卷之六, 9면.
26) 이대본 〈소현성록〉 卷之六, 4면.

던 것으로 미루어 보더라도 명현공주가 불화의 씨앗임은 자명하다. 소현성이 윤상(倫常)의 도리(道理)로서 운성과 명현공주의 혼사를 거절했던 이유도 〈금선각〉의 두영과 같이 사혼처로 인한 가정내의 갈등과 불화를 염려했기 때문이다.

두영의 염려는, 이씨에 대한 조씨의 투기(妬忌)로 가정 내 갈등이 발생하여 가문의 질서가 일시에 흔들리는 것을 통해서 현실화된다. 이처럼 〈금선각〉은 영웅소설이지만 군담이 아닌 사혼처와 그로 인한 처처갈등이 작품 후반부의 주요 서사를 담당한다. 즉 〈금선각〉은 사혼처 화소를 활용하여 후반부의 중심 서사를 처처갈등으로 배치함으로써 전반부는 영웅소설의 면모를, 후반부는 장편 가문소설의 특징이라는 이중적 구조를 갖는다. 이는 사혼처를 통해서 장편 가문소설과 영웅소설과의 장르 교섭 양상을 확인할 수 있는 것이라는 점에서 의미가 있다.

> 이때는 7월 既望이었다. 황화가 누각에 올라 달뜨기를 기다리다가, 마침 장생과 두 눈이 마주치고, 정면으로 얼굴을 마주하였는데, 홀로 화려한 난간에 기대어서 미인의 추파를 몰래 보내고, (장생은) 텅 빈 창에 우두커니 서서 고운 남자의 춘심을 몰래 보내니, 서로 아름다운 얼굴을 사모하여 물끄러미 바라보며 정을 보내고서 물러났다.[27]

위의 예문은 두영이 원철의 딸 황화와 처음 만나는 장면이다. 두영은 왕상서의 심부름으로 원철의 집에 갔다가 원철이 왕상서에게 갚을 돈을 마련하는 동안 원철의 집에 잠시 머물게 된다. 그런데 마침 기망(既望)이

---

27) 時則七月既望也. 黃花登樓待月矣, 適與張生兩眸相値, 直對正面, 獨倚朱欄, 暗注美人之秋波, 佇立虛牖, 黙送吉士之春心, 各慕容華, 孰視凝情而退. 〈金仙覺〉 6회.

라 황화가 달을 보기 위해 누각에 올라서 달뜨기를 기다리다가 우연히
장생과 눈이 마주치게 된다. 그런데 두 사람은 "정면으로 얼굴을 마주하"
고 나서 황화는 난간에 기대어 "추파를 몰래 보내고", 두영은 "텅 빈
창에 우두커니 서서 고운 남자의 춘심을 몰래 보내"게 된다. 아름다운
청춘 남녀의 춘심을 일으키는 데는 한 번의 눈 맞춤으로도 충분했다.

그런데 두영과 황화의 첫 만남은 익숙한 장면이기도 하다. 다음의
예문을 보자.

> 시를 읊는 소리가 맑고 기이하며 깨끗하고 밝아서 마치 금석 한 덩
> 어리에서 나는 듯하였다. 봄바람이 이를 거두어 누각으로 올리니, 누각
> 위의 미인이 한참 봄잠에 빠졌다가 시를 읊는 소리에 놀라 깨어 창문
> 을 열고 난간에 의지하여 두루 바라보다가 양생의 눈과 우연히 마주쳤
> 다. 그 미인의 구름 같은 머리가 귀밑까지 드리웠고 옥비녀는 반쯤 기
> 울어졌으며 아직 봄잠이 부족해 하는 모습이 하도 천연스럽게 아름다
> 워 이루 말로 형용할 수 없고 비슷하게조차 그릴 수 없었다.[28]

위의 예문은 〈구운몽〉에서 양소유와 진채봉이 처음 만나는 장면이
다. 그런데 앞서 〈금선각〉의 두영과 황화의 첫 만남과 유사하다. 〈구운
몽〉에서 양소유는 화음현에 당도하여 쉴 때, 그곳의 푸른 버드나무 줄
기가 바람에 나부끼는 모습을 그윽히 바라보다가 자연히 시흥이 일어
서 〈양류사〉 한 수를 지어 읊조렸다. 마침 누각에서 봄잠에 빠졌던 진
채봉이 양소유의 〈양류사〉 읊는 소리에 잠이 깨어 "창문을 열고 난간에

---

28) 詠詩之聲, 淸奇爽亮, 如出金石一團. 春風收拾上樓, 樓上玉人, 方惱春睡, 聽詩響而驚
覺, 開窓倚欄而周望, 與楊生目成, 如雲之髮, 垂于鬢邊, 玉釵半傾, 而春睡不足困惱之
狀, 天然秀麗, 語難形容, 畵難彷佛. 〈구운몽〉 2회.

의지하여 두루 바라보다가 양생의 눈과 우연히 마주쳤다."〈금선각〉에서 보았던 두영과 황화의 첫만남은 〈구운몽〉의 양소유와 진채봉이 창문을 사이에 두고 우연히 눈이 마주침으로 서로 춘심이 일어나는 장면에서 비롯되었다고 할 만하다. 차이가 있다면, 〈구운몽〉에서는 양류사가, 〈금선각〉에서는 기망의 달구경이 두 남녀의 만남의 매개가 되었다는 것이다. 물론 이와 유사한 화소는 〈구운몽〉만이 아니라 재자가인소설이나 장편 가문소설에서도 두루 보인다.

이로 볼 때, 〈금선각〉은 소설독자에게 익숙한 화소를 활용하여 서사를 구성하였음을 알 수 있다. 가령 두영이 아버지를 만나기 위해서 잔치를 베풀고 음악을 연주하게 함으로써, "남녀노소가 모두 이를 것"을 생각하여,[29] 두영이 아버지를 찾을 방도로 삼았던 것은 〈심청전〉에서 심청이가 황후가 된 이후에 심봉사를 찾기 위해 잔치를 베풀었던 것과도 유사하다. 물론, 이와 같은 화소의 차용을 작품들 간의 일대일의 관계로 이해할 수만은 없다. 다만, 익숙한 화소들이 다양한 작품 안에서 각각의 이야기로 활용됨으로써 서사의 흥미성을 강화하려 했음을 뜻한다.

또는 특정한 작품의 화소가 다른 작품의 서사 구성과 흐름에 동일한 의미 맥락으로 적극 활용되기도 한다.

> 승상이 이내 새로 지은 궁에 이르러 각각 거주할 곳을 정하였다. 동쪽에 있는 경희궁(慶喜宮)에는 노왕과 양부인이 머물렀다. 서쪽에 있는 경안궁(慶安宮)에는 왕상서와 정부인이 머물렀다. 경희궁 서쪽에 있는 효양당(孝養堂)에는 이부인이 머물렀다. 경안궁 동쪽에 있는 효봉당(孝奉堂)에는 왕부인이 머물렀다. 황화는 원앙각(鴛鴦閣)에 머물

---

29) 〈金仙覺〉 10회.

렀다. 원앙각 앞에는 네모진 연못이 있어 부들[靑蒲]과 지초[綠芷]가 맑은 물결 위에서 그림자처럼 흔들리는데, 한 쌍의 원앙이 오르내리곤 했다. 윤옥은 애련정(愛蓮亭)에 머물렀다. 애련정 아래에는 작은 연못이 있는데, 연꽃이 활짝 피어 그 빼어난 색채가 너무나 사람의 힘으로는 어떻게 할 수 없을 만큼 자연스러워, 가히 누정 위의 아리따운 사람과 더불어 그 고움을 견주게 하였다. 애련정 앞에 있는 봉황당(鳳凰堂)에는 승상이 머물렀다. 봉황당 앞에 있는 명학당(鳴鶴堂)은 손님을 맞이하는 장소로 삼았다. 당 아래에는 기화요초가 뜰에 가득하여 숲을 이루었고, 검은 학과 흰 학이 쌍쌍이 무리를 지어 놀다가 손님이 문에 이르면 맑고 청아한 소리를 끊이지 않은 채 춤을 추어 주위를 돌며 손님이 왔음을 알렸다. 명학당 서쪽에 있는 공옥헌(攻玉軒)은 경운이가 독서하는 장소로 삼았다. 궁의 사방으로는 곱게 분장한 담장과 화려한 성가퀴로 둘러쌓았다. 동서로 이십 리, 남북으로 십 리로 이어진 붉은 대문과 의장대가 매우 높고도 넓게 펼쳐져 황제가 거주하는 것과 조금도 차이가 없었다.[30]

위의 예문은 좌정 화소로, 장한림[두영]이 가문을 온전히 재건했음을 보여주는 동시에 가문의 번성함을 나타낸다. 남만의 침범으로 두영의 가족은 생사조차 알지 못한 채 모두 뿔뿔이 헤어졌다. 부모를 잃은 어린 두영은 유리걸식하다가 다행히 이윤정의 구원으로 그의 딸과 혼

---

30) 丞相仍至新宮, 各有定居. 東有慶喜宮, 魯王楊夫人居焉. 西有慶安宮, 王尙書鄭夫人居焉. 慶喜宮之西, 有孝養堂, 李夫人居焉. 慶安宮之東, 有孝奉堂, 王夫人居焉. 黃花居於鴛鴦閣, 閣前有方塘, 靑蒲綠芷, 搖影澄波中, 有一雙鴛鴦, 飛去飛來. 潤玉居於愛蓮亭, 亭下有小池, 荷花開滿, 秀色天然, 可與亭上玉人, 較其芳艶. 愛蓮亭之前, 有鳳凰堂, 丞相居焉. 鳳凰堂之前, 有鳴鶴堂, 爲延賓之所, 堂下有琪花瑤草, 滿階成林, 玄鶴白鶴, 雙雙成群, 有客踵門, 則嘹亮一聲, 蹁躚而來報矣. 鳴鶴堂之西, 有攻玉軒, 爲瓊雲讀書之所, 環一宮四方, 繚之以粉墻華堞. 東西二十里, 南北十餘里, 朱門榮戟, 呀然高開下, 皇居少參差矣. 〈金仙覺〉 11회.

인까지 했지만, 이내 이윤정의 죽음으로 두영은 또다시 경파의 계모 호씨의 핍박을 피해서 거리로 나왔다.

이런 고난 속에서 두영은 과거(科擧)를 통해서 비로소 입신양명(立身揚名)함으로써 가족과 재회할 수 있었다. 곧 두영의 가족이 신궁(新宮)에 입성한다는 것은 가문의 온전한 재건을 의미한다. 특히 신궁은 왕이 장한림의 공훈을 기리며 하사한 것으로 장한림의 권력과 가문의 영달(榮達)을 상징이다. 그 번성함은 궁의 크기에서 확인된다. 신궁의 크기는 "동서로 이십 리, 남북으로 십 리"이며, 이것은 붉은 대문으로 이어져 있다. 또한 "의장대가 매우 높고도 넓게 펼쳐져"서 "황제가 거주하는 것과 조금도 차이가 없"다. 이것은 장한림의 권력과 그 가문의 번성함이 황제와 버금갈 만큼 막강해졌음을 말해준다.

그런데 위의 예문에서 특히 주목할 것은 장한림이 궁에서 거주할 집안사람들의 각 처소를 정하는 것이다. 가령, "봉황당(鳳凰堂)에는 승상이 머물"며, 봉황당 앞에 있는 명학당(鳴鶴堂)은 손님을 맞이하는 장소로 사용한다. 그 외 가솔들은 "경희궁(慶喜宮)에는 노왕과 양부인", "경안궁(慶安宮)에는 왕상서와 정부인", "효양당(孝養堂)에는 이부인", "효봉당(孝奉堂)에는 왕부인", "황화는 원앙각(鴛鴦閣)", "윤옥은 애련정(愛蓮亭)", "공옥헌(攻玉軒)은 경운"이 각각 머물게 되었다. 앞서는 궁의 크기를 확인하였다면, 각 처소를 정하는 것을 통해서 궁의 배치를 확인할 수 있다. "동쪽에 있는 경희궁(慶喜宮)", "서쪽에 있는 경안궁(慶安宮)", 또는 "경희궁 서쪽에 있는 효양당(孝養堂)", "경안궁 동쪽에 있는 효봉당(孝奉堂)". 이런 식으로 궐내의 각 처소의 배치를 확인할 수 있다. 그런데 이와 같이 각 처소를 배정하는 화소는 〈구운몽〉을 읽었던 독자들에게는 매우 익숙한 장면이다.

경홍과 섬월이 들어온 후에 승상을 모시는 사람이 점점 많아졌기에 승상은 각기 거처를 정해주었다. 정당의 이름은 경복당(慶福堂)이니 유부인이 거처하는 곳이다. 그 앞 연희당(燕喜堂)에는 좌부인 영양공주가 살고, 경복당 서쪽 봉소궁(鳳簫宮)에는 우부인 난양공주가 산다. 연희당의 앞쪽 응향각(凝香閣)과 그 앞 청하루(淸霞樓), 이 두 채는 승상이 평소에 거처하면서 궁중 잔치를 여는 곳이다. 청하루 앞 최사당(催事堂)과 그 앞 외당인 예현당(禮賢堂), 이 두 채는 승상이 손을 접대하고 공무를 보는 곳이다. 봉소궁 앞에 희진원(希秦院)이 있는데 숙인 진채봉의 집이다. 연희당의 동남쪽으로 별당이 있으니 이름은 영춘각(迎春閣)이고 가춘운의 집이다. 청하루의 동서에 각각 소루(小樓)가 있는데 푸른 창에다 붉은 난간이 지극히 화려하고 행각(행각)이 청하루와 응향각에 잇따라 통해 있다. 동쪽을 산화루(山花樓)라 하고 서쪽을 대월루(待月樓)라 하니 계섬월과 적경홍의 거처이다.[31] 승상은, 요연과 능파 두 사람의 천성이 산수를 좋아하기 때문에 화원 가운데에 거처를 청해주었는데 맑은 물이 넓기가 호수 같았다. 그 가운데에 채색한 누각이 있으니 이름은 영아루(迎迓樓)라 하는데 능파의 거처로 삼게 하였다. 호수의 북쪽에 가산(假山)이 있는데 많은 옥돌들이 울쑥불쑥하고 늙은 소나무와 마른 대나무가 서로 그늘을 드리우고 있었다. 그 사이에 정자가 있으니 이름은 빙설각(氷雪閣)이라 하는데 요연의 거처로 삼게 하였다.[32]

---

31) 鴻月入來後, 丞相侍人漸多, 丞相各定居處. 正堂之名慶福堂, 柳夫人所處, 其前燕喜堂, 左夫人滎陽公主居, 慶福堂西鳳簫宮, 右夫人蘭陽公主居. 燕喜堂之前凝香閣, 其前淸霞樓此二室, 丞相常時居處, 宴宮中之所. 樓前催事堂, 其前外堂禮賢堂此二室, 丞相接賓客, 爲公事之所. 鳳簫宮之前, 有希秦院, 淑人秦彩鳳之室也. 燕喜堂東南, 有別堂名迎春閣, 賈春雲之室也. 淸霞樓之東西, 各有小樓, 綠窓朱闌極華麗, 行閣周統連於淸霞樓及凝香閣. 東曰山花樓, 西曰待月樓, 桂蟾月及狄驚鴻之所處也. 〈구운몽〉 14회.

32) 丞相以烟波兩人, 性好山水, 定居於花園之中, 淸潭廣如江湖. 其中有彩閣, 名迎迓樓, 使居凌波. 潭北有假山, 萬玉嵯峨, 老松瘦竹交陰, 而其間有亭子, 名氷雪軒, 使居裊烟. 〈구운몽〉 15회.

위의 예문의 〈구운몽〉의 좌정 화소로, 양승상[소유]은 가속들이 늘
어나자 각기 그 거처를 정해주고 있다. 먼저 어머니 유부인은 정당인
경복당(慶福堂)에 거처 하고, 승상 자신은 평소에는 "응향각(凝香閣)과
그 앞 청하루(淸霞樓)"에 거처하며 궁중잔치를 열고, "최사당(催事堂)과
그 앞 외당인 예현당(禮賢堂)"에서는 손님을 접대하거나 공무를 보았다.
그 외 가속은 "연희당(燕喜堂)에는 좌부인 영양공주", "봉소궁(鳳簫宮)에
는 우부인 난양공주", 희진원(希秦院)에는 숙인 진채봉, 영춘각(迎春閣)
에는 가춘운이 각기 거처한다. 그리고 "청하루의 동서에 각각 소루(小
樓)"가 있는데, "동쪽을 산화루(山花樓)라 하고 서쪽을 대월루(待月樓)라"
하여, 각각 계섬월과 적경홍이 거처하며, 화원 가운데에 있는 영아루
(迎迓樓)는 백능파, 빙설각(氷雪閣)은 심요연이 거처로 정했다. 이와 같
이 〈구운몽〉의 자리배정 화소는 앞서 〈금선각〉에서 두영이 신궁(新宮)
에 입성하며 가족들의 각 처소를 정해주는 것과 유사한 양상이다. 또한
처소를 배정함과 동시에 정당인 경복당(慶福堂)을 중심으로 "그 앞 연희
당(燕喜堂)", "서쪽 봉소궁(鳳簫宮)" 등으로, 각 처소의 배치를 보여주는
것까지도 방불(彷彿)하다.

화소의 차용은 때로는 단순 화소의 차용에서 나아가 〈금선각〉의 사
혼처 화소나 자리배정 화소와 같이 서사 전반의 주제의식으로까지 확
대되기도 한다. 화소의 차용과 그에 따른 서사적 기능을 차치하고라도
다양한 화소가 각기 다른 작품 속에서 활용되는 것은 '이야기' 자체에
초점을 맞췄기 때문이다. 독자들에게 익숙한 화소는 공감대 형성에 있
어서 용이할 뿐만 아니라, 이야기의 공감대와 흥미성 유발에 도움이
된다. 〈금선각〉이 다양한 화소를 활용하고 있다는 것은 〈금선각〉 역시
이야기의 흥미성을 기반으로 집성되었음을 뜻한다.

2. 〈금선각〉의 문예적 지향

〈금선각〉은 판각본 영웅소설로만 알려졌던 〈장풍운전〉과 일정한 차이를 지니고 있어, 창작 배경이나 향유층에 대한 재검토가 필요하다. 〈금선각〉은 일반적인 영웅소설에서는 보기 드물게『사기(史記)』,『논어(論語)』,『맹자(孟子)』,『시경(詩經)』,『주역(周易)』,『서경(書經)』 등의 다양한 전고(典故)를 활용하거나, "삽입시가를 비롯하여 사안(査案), 서간(書簡), 표(表), 제문(祭文), 상소문(上疏文) 등 다양한 문예문"이[33] 보인다. 지금까지 〈金仙覺〉의 문예적 지향에 대한 언급이[34] 부분적으로는 있었지만, 이에 대한 본격적인 논의는 없었다. 그러므로 본 항에서는 〈金仙覺〉의 문예적 특성에 대하여 살펴보겠다.

1) 전아(典雅)한 문장의 추구

장회소설에는 화본의 구술적 특징인 "운문, 대구, 상투어, 전형적인 수사 등"이[35] 그대로 남아 있다. 장회소설인 〈금선각〉에도 이와 같은 장회소설의 구술적인 특성이 나타나지만, 이와 같은 특징보다 더 두드러진 것은 문예 지향적 면모이다. 여기에서는 〈금선각〉의 문예 지향을 확인하기 위해 글자를 단련하는 양상에 주목해보도록 하겠다.

과거를 준비하기 위해서는 경서(經書)를 읽고 이해하는 것도 중요하

---

33) 김민정, 「〈金仙覺〉의 소설사적 전통과 〈구운몽〉」, 『순천향인문과학논총』 32(3), 2013, 26쪽.
34) 김준형, 「〈金仙覺〉의 발굴과 소설사적 의의」, 『고소설연구』 18, 한국고소설학회, 2004, 156~158쪽. ; 김민정, 앞의 논문, 2013, 10~12쪽.
35) 金明石, 「서사의 새로운 지평」, 『중국학논총』 16, 고려대학교 중국학연구소, 2003, 56쪽.

지만, 그보다 더 긴요한 것은 바로 제술(製述)이었다. 그렇다 보니 조선 중·후기 사대부가의 교육에서 특히 신경을 써 강조했던 부분도 바로 제술이다. 경서는 책이 정해져 있기 때문에 이를 제대로 읽고 이해한다면 시험에 크게 문제되지 않았다. 하지만 제술은 정해진 출제 범위가 없다는 것이 가장 큰 문제였다. "어떤 경우는 경서에서, 어떤 경우는 역사서에서, 어떤 경우는 문장이나 시구 가운데서 출제"되었다.[36] 그래서 문과를 보려는 사람들은 제술을 어떻게 준비하는가 하는 점이 당락에 결정적인 요인으로 작용했다. 이와 같이 제술의 범위가 방대하다 보니 결국은 평소의 독서 범위와 익숙한 문장을 적절하게 짜는 능력이 중요하게 된다. 요컨대 과거 시험 준비를 위해서는 다양한 글들을 읽고 써봄으로써, 문장(文章)을 잘 쓸 수 있도록 하는 것이 교육의 핵심이었다.

문장 학습의 초급자에 있어 본보기가 될 만한 문장, 쉽고 흥미로운 문장을 제시하는 것만큼 좋은 학습 방법은 없다. 〈金仙覺〉의 작가가 아들의 문장교육을 위해서, 소설을 활용하고 있는 것은 바로 이 때문이다. 이야기에 대한 관심과 언문으로 글을 구성할 수 있는 능력은 어느 정도 갖췄다고 판단했기 때문에, 이것을 적절한 문장의 형태로 표현해낼 수 있는 기본 틀을 잡아줌으로써, 자식의 문장 능력이 향상되기를 바랐다.

이와 같이 문장 교육을 위해서 〈金仙覺〉의 작가는 문장을 서술함에 있어서 단순히 내용 전달의 수단으로서가 아닌, 문장에 대한 이해를 바탕으로 문장의 자수(字數)를 맞추고 단어 또는 의미의 대(對)를 맞췄다.

---

36) 황위주, 「科擧試驗 硏究의 現況과 課題」, 『大東漢文學』 38, 대동한문학회, 2013, 35쪽.

> 가을 물은 정신이 되고 백옥은 뼈가 되었으니, 상제께서 보내신 바
> 라! 북두성의 정령이로다! 우리 문호를 창대케 할 자가 여기에 있을지
> 라!" 秋水爲神, 白玉爲骨, <u>上帝之抱送歟</u>! 斗樞之精英歟! 昌大吾門
> 者, 其在斯歟!"
> 〈금선각〉 1회

위의 예문은 장해 부부가 갓 태어난 아이의 기상을 보고, 서로 축하
하며 하는 말이다. 여느 소설에서 그러하듯 〈금선각〉의 두영 역시 북두
성의 정령으로서 천상에서 하강한 선동(仙童)이다. 이와 같은 적강화소
는 두영의 타고난 품격과 골격의 비범함을 부각시킨다.

그런데 그 문장이 잘 다듬어졌다는 점이 눈길을 끈다. '秋水'와 '白
玉'의 맑고 깨끗한 이미지의 대비는 물론이고, '神'의 가을 물처럼 맑고
투명하며 흩어졌다 모여드는 특성과 '骨'의 백옥과 같은 깨끗함과 단단
함을 대비시켰다. 이어지는 "上帝之抱送歟"와 "斗樞之精英歟" 역시 의
미상, 문장 구조상 분명한 대(對)를 이루고 있다. "上帝"와 "斗樞"의 의
미상 연결은 "抱送"과 "精英"으로 이어진다. 문장의 대비적 반복은 상
징적 의미의 연계 속에서 더욱 뚜렷하게 드러난다.

이와 같은 세심한 글자의 단련은 글자수에 대한 안배에서도 드러난
다. "秋水爲神"으로 시작된 문장의 글자수는 4·4, 6·6으로 연속된다.
반복하며 확대되는 글자로 이어지며 문장은 계속 이어질 것 같은 느낌
을 준다. 사륙문(四六文)의 형태를 띠면서 개방적 호흡을 느끼게 한다.
그러나 "昌大吾門者"와 "其在斯歟"로 이어지는 5·4의 글자수는 앞선
반복 확장과 역전의 형태이다. 즉 길고5, 짧게4 배치함으로써 문장이
끝나가고 있음을 느끼게 한다.

이처럼 〈금선각〉의 글자의 정밀한 선택과 글자수의 섬세한 배열은

작가가 문장을 쓰는데 공을 들였음을 의미한다. 다음의 경우도 이와 비슷하다. 번역은 생략하고 문장과 글자의 공교(工巧)한 선택만 보기로 하자.

秋冬敎以子史經傳, 春夏習以擧子文體. 盖斗英已自學語, 了了於文理者也. 及遇明師, 沈潛承誨, 歷覽該博, 製作神奇, 聘藻宏濶, 有掣鯨之氣, 揮毫捷疾, 成倚馬之才   <金仙覺> 3회

장두영의 타고난 문(文)에 대한 자질을 칭찬하는 부분이다. "秋冬敎以子史經傳, 春夏習以擧子文體."의 8·8이란 유장한 호흡의 대구로 시작되는 문장은 "盖斗英已自學語, 了了於文理者也."처럼 7·7의 산문투로 이어지다가 갑자기 4·4, 4·4로 글자수가 줄어든다. 급변하면서 함축적 의미를 지닌 짧고 화려한 문장으로 이어지고, 이것은 다시 4·5, 4·5로 변화하며 맺고 있다. 그렇다고 단순히 글자의 변화만 있는 것은 아니다. "秋冬"과 "春夏", "子史經傳"과 "擧子文體"의 대비는 물론이고 "明師"와 "承誨"의 수직적 대비와 "歷覽該博"과 "製作神奇"의 대비, 즉 보는 것의 넓음과 짓는 것의 신묘함을 말하고 있다. 또한 "掣鯨"과 "倚馬"의 대비를 통한 육지와 바다를 대비하면서 이들이 "지녔고[有]"와 "이루었다[成]"로 변화되어 표현됐다. 이와 같은 문장의 대비와 글자의 단련으로 문장 자체의 아름다움을 보여주고자 했다. 이 때문에 더러는 상투적인 표현이 쓰이기도 한다.

[가] 골짜기[峽口]에 이르러서는 한가닥 돌길을 취하여 나아가는데, 산봉우리는 밝게 뛰어나고, 계곡의 흐르는 물은 푸르도록 깨끗한 것이

분명한 별세계였다. "行至峽口, 取一線石逕而進, 峰巒明秀, 溪磵綠淨 朗然別一世界也."　　　　　　　　　　　　　　　　　〈금선각〉 4회

[나] 청규(青閨)에서 지내던 사대부의 딸이 백년 보살 되었으니, 어 진 낭군의 아내가 되려던 맹세도 일장춘몽이 되었구나! "青閨士夫女, 百年菩薩, 白晢賢郎妻, 一場春夢."　　　　　　　　　　〈금선각〉 5회

[개는 두영이 경운과 함께 집을 떠난 지 한 달 남짓 만에 소흥부(紹興 府)에 이르러 연경사로 들어가는 길목에 대한 묘사이다. 그런데 그 표 현이 다소 투식적(套式的)이다. 첩첩한 산봉우리에 대한 묘사나 푸르게 흐르는 계곡 물의 묘사, 그리고 이어지는 별천지라는 표현은 기시감(旣 視感)을 갖게 할 정도로 익숙한 표현이다.

이것은 [나]의 경우에서도 그러하다. 이부인이 시비 자란과 호씨의 위협으로부터 도망하여, 단원사 이암에 들어가 삭발위승(削髮爲僧)을 한 후에 자신의 신세를 한탄한다. 청규(清閨)로 시작하여 일장춘몽(一場春 夢)으로 끝나는 표현은 4·5로 대가 되는 문장의 격식에 비춰 상투성이 두드러져 보인다. 청규(清閨)와 일장춘몽(一場春夢)은 젊은 여인과 인생 의 덧없음을 한탄하는 장면에서 으레 동원되는 수사적 표현이다. 이른 바 "소설의 구기(口氣)"라[37] 할 수 있다. 물론 아래의 예와 같은 일상적 인 대화에서 우아한 문어투를 지향하기도 있다.

무릇 경사(京師)는 인재의 부고(府庫)라. 과거 시험은 선택받는 사 람을 고르는 척도이니, 당세의 홍유(鴻儒)나 석사(碩士)라면 반드시

---

37) 如原本湘靈之瑟聲微矣, 洛浦之仙步杳然者等, 嫌於小說口氣, 故謹刪之. (〈번언남정기 범례〉, 김만중 지음, 이래종 옮김, 『사씨남정기』, 태학사, 1999, 9~12쪽.)

이번 과거 방(榜)에 빠지지 않았을 것이오. 여아의 아름다운 짝도 여기
에 있을 것이니, 어찌 가서 보지 않을 수 있겠소? 盖京師人才之府庫,
科擧簡拔之權衡, 當世之鴻儒碩士, 必不漏於今科榜中, 女兒佳耦, 宜
在於此, 盍往觀之?   〈금선각〉 7회

"경사(京師)는 인재의 부고(府庫)라. 과거 시험은 선택받는 사람을 고
르는 척도[京師人才之府庫, 科擧簡拔之權衡]"라면서 과거시험장으로 가서
어진 사위를 얻고자 계획하는 왕상서와 부인의 대화이다. 이처럼 일상
적인 대화에서도 7·7자로 자수를 맞춰서 대구를 이루며 문장을 구성하
였다. 이는 왕상서의 지위에 어울리는 어법을 구사하기 위한 우아한
표현일 수 있다. 그러나 일상적 대화의 차원이라면 다소 부자연스럽거
나 억지스러운 느낌은 줄 수 있다.

  이상의 예문들을 보면 〈금선각〉의 기본 문체는 소설의 문장이라기
보다는 문장쓰기를 위한 형식에 맞춘 글쓰기를 지향하고 있음을 확인
할 수 있다. 그러다보니 작품의 내용보다 문장의 형식이 우선시 되어
불필요한 단어를 삽입하여 자수를 맞추는 경우도 있다.

  다음은 〈금선각〉의 5회 중에서 호씨가 경파에게 자신의 조카 호천
과의 결혼을 권하는 것에 대한 경파의 대답이다. 여기에서 보면, "이제
부터 정신을 다잡고, 며칠 동안 용모를 다스린 후에 좋은 상태로 화촉
을 밝히는 예를 갖추어도 또한 늦지 않을 듯합니다.[久廢盥櫛, 形貌醜
矣. 自今抖擻精神, 數日理容然後, **好成花燭之禮,** 亦未晩也]"라고 말한
다. 그런데, 이 문장에서 "好成花燭之禮"는 "好成"이라는 단어가 빠지
고 "花燭之禮"라고만 해도 충분히 의미가 통한다. 그럼에도 불구하고
작가가 "好成"이라고 하는 단어를 삽입한 것은 앞서와 같이 문장의 자

수를 6·6·6으로 맞추기 위함이다. 즉, 글자수를 4·4·6·6·6·4와 같은 변려문의 형식적 글쓰기 체제에 맞춤으로써 독서의 리듬감과 함께 글자수의 확대에 따른 서사의 점층성과 확대를 보여준 후에 마무리는 다시 4로 돌아옴으로써 매듭을 지은 것이다. 이처럼 작가는 내용과 함께 문장 자체의 아름다움을 십분 드러내고자 글자 하나하나까지 공들여 단련했음을 알 수 있다.

소설은 형식적인 글쓰기를 지향하는 공문서와 달리 기본적인 서술이 장황하기 때문에 작가의 의도대로 명확하게 자수를 맞추는 것이 쉽지만은 않다. 그럼에도 불구하고 작가는 자구(字句)의 단련을 통해서 아름다운 문장을 구사하려 했다. 〈金仙覺〉의 작가로 비정되는 음성 진사 신경원의 경우를 생각해 볼 때, 신경원이 진사출신이었다는 사실을 간과할 수 없다. 또한 〈金仙覺〉에서 활용된 시(詩), 표(表), 소(疏) 등은 실제 진사과 제술에 필요한 주요 시험 과목이었다. 이것은 〈金仙覺〉이 과문(科文)을 준비하는 아들의 교육용으로 집성되었다는 것을 뒷받침할 수 있는 예다.

또한 〈金仙覺〉에서 문장을 짜는 방식이나 글자의 단련과 함께 주목할 만한 면모는 전아(典雅)한 문체를 지향한다는 것이다. 사실 통속적 한문소설의 경우 구어적인 특성이 보일 것으로 추단하기 쉽다. 그러나 실제로는 통속적인 소설이면서도 외면적으로는 전아한 문장을 다수 차용하는 성향이 보인다. 실제로 중국 통속소설에서 의고문 지향이 특징으로 지적된 것은 일찍부터이다.

종래의 야사(野史)들은 모두 똑같은 전철을 답습하고 있어서, 가장 좋기로는 나처럼 이러한 구투(舊套)를 빌려 쓰지 않은 것이 도리어 신선하고 별취(別趣)가 있을 것입니다. 그래서 나는 다만 그 사체정리(事體情理)를 취할 따름입니다. …(중략)… 재자(才子) 가인(佳人) 등의 책에 이르러서는 또 천 부면 천 부가 모두 한 투로 나오고 또 그 내용은 결국 음람(淫濫)에 섭급(涉及)하지 않을 수 없었으며, 이리하여 만지(滿紙)에 '번안(潘安)·자건(子建)' '서자(西子)·문군(文君)'을 이르게 되었지요. …(중략)… 또 시비(侍婢)라도 입을 떼기만 하면 곧 '자야지호(者也之乎)' 등의 문자(文字)를 사용하고, 문언(文言)이 아니면 험을 잡았습니다. 그러므로 하나씩 보아 나가면 모두가 저절로 서로 모순이 되어, 사리와는 아주 먼 문장입니다.[38]

〈홍루몽〉은 1회에서 〈석두기[홍루몽; 필자주]〉가 어떻게 쓰여졌으며, 등장 인물은 누구인가에 대한 작가의 소개로 시작된다. 이는 작품에 대한 전반적 이해를 통해서 독자들과 공감대를 형성하여 소통하고자 했던 작가의 배려이다. 그런데 이는 소설에 대한 인식의 변화를 확인할 수 있는 부분이기도 하다. 특히, 위의 예문은 〈석두기〉를 세상 사람들이 즐겨 읽지 않을까 걱정하는 공공도인에게 석두가 〈석두기〉의 소설문학적 가치와 의미에 대하여 말하는 것이다. 〈홍루몽〉의 작가 조설근(曹雪芹 : 1715~1763)이 석두의 입을 빌어 당시 소설에 대한 인식을 드러낸 것이라 하겠다.

조설근은 청대의 소설들이 "모두 똑같은 전철을 답습"하여 내용과

---

38) 但我想歷來野史, 皆蹈一轍; 莫如我不借此套, 反倒新奇別致, 不過只取其事體情理罷了. (又何必拘拘于朝代年紀哉 ! 再者, 市井俗人喜看理治之書者甚少, 愛適趣閑文者特多) 歷來野史, 或訕謗君相, 或貶人妻女, 姦淫凶惡, 不可勝數. 更有一種風月筆墨, 其淫穢汚臭, 屠毒筆墨, 壞人子弟, 又不可勝數) 至若才子佳人等書, 則又千部共出一套, 且其中終不能不涉于淫濫, 以至滿紙 '潘安子建' '西子文君'; 且環婢開口, 卽 '者也之乎', 非文卽理, 故逐一看去, 悉皆自想矛盾, 大不近情理之說. 〈紅樓夢〉 1回.(노신, 정범진 역, 『중국소설사략』, 학연사, 1987, 269~270쪽 참조.)

등장인물들에 있어 독창성이 배제되어 있음을 지적한다. 그리고는 〈석두기〉가 "사체정리(事體情理)를 취할" 뿐 기존의 "야사(野史)"들을 답습하지 않고, "구투(舊套)를 빌려 쓰지 않은 것이라 도리어 신선하고 별취(別趣)가 있을 것"이라고 주장한다.

조설근의 말을 빌자면 청대 소설은 내용뿐만 아니라 문체까지도 천편일률적이어서, "시비(侍婢)라도 입을 떼기만 하면 곧 '자야지호(者·也·之·乎)' 등의 문자(文字)를 사용하고, 문언(文言)이 아니면 험을 잡"을 정도라고 말한다. 즉 '지(之), 호(乎), 자(者), 야(也), 재(哉), 의(矣), 언(焉)'과 같은 허사의 빈출(頻出)이 보이는 의고적 말투를 사용함을 말한다.

이것은 〈홍루몽〉의 작가 조설근이 청대 통속소설의 의고적 글쓰기에 대하여, "之·者·也"만 남발하면서 고문을 흉내 내는 글쓰기의 천박함을 비난한 것이다. 물론, 조설근이 지적한 청대소설의 의고적 글쓰기를 조선의 문학적 환경에 그대로 대비시킬 수는 없다. 하지만 〈삼국지연의(三國志演義)〉와 같은 연의소설로부터 장편 국문소설과 영웅소설에 이르기까지 한중 소설 사이의 영향관계는 간과할 수 없다. 이런 점에서 의고적 글쓰기의 가능성은 양국이 공존했을 수 있다. 물론 조설근이 지적한 청대소설의 의고적 글쓰기는 오히려 대중적 글쓰기의 소설문학의 발달을 이끌고 있다는 점에서 긍정적으로 볼 수도 있다.

그리고 대중화된 소설적 글쓰기의 한 방식으로서 의고적 글쓰기는 〈金仙覺〉에서도 마찬가지로 드러난다. 문장의 흐름과 전혀 상관없는 '者'나, 자수를 맞추기 위한 '之'의 빈번한 사용이 그것이다. 이는 실제 고문의 전아함과, 고아함이 묻어나는 문체라기보다는 때로는 관습적인 소설 문투를 차용한 것이라 할 수 있다.

5~6세가 되매, 심규(心窺)가 찬연히 열리니 문사(文思)가 저절로
이루어져 육예(六藝)의 과목을 마치 새가 날갯짓을 배우듯이 학습하
고, 오언시 짓기를 마치 개미가 흙 나르기를 익히듯이 게을리 하지 않
았다. 책을 보면 눈길이 간 곳마다 곧바로 이해하고, 꽃과 달을 읊으면
입에서 뱉어내는 것이 문장이 되었다. 五六齡, 心竅烔開, 文思天成,
鳥習於六藝之科, 蛾述於五言之詩. 閱簡編而過眼輒解, 詠花月而吐
口成章.　　　　　　　　　　　　　　　　　　　　　〈금선각〉 1회

　두영의 문사(文思)에 대한 천부적 자질을 묘사하는 부분이다. 두영
은 어릴 적부터 "타고난 문사(文思)가 이루어져 육예(六藝)의 과목"과 오
언시(五言詩) 등을 새가 날개짓을 배우기 위해 연습하는 것처럼 혹은
개미가 흙을 나르는 것처럼 게으르지 않는 것처럼 학습하였다. 그래서
책을 보면 곧 해석을 하고, 꽃이나 달과 같은 자연의 경치를 보고 읊으
면 그것이 곧 문장이 되었다.

　그런데 두영의 문사적 자질에 대해서 서술한 이 문장을 보면 자수와
의미의 대(對)를 맞추기 위하여 '之'를 사용한다. 예문의 밑줄친 부분에
서, "之科"나 "之詩"는 문장에서 빠져도 그 의미는 통하는 일종의 사족
(蛇足)이다. 그렇지만 '之'를 넣음으로써 율독성을 배가(倍加)하고 우아
한 문장처럼 보이게 하였다. 사실 "閱簡編而過眼輒解, 詠花月而吐口成
章"이란 문장은 "閱簡編而輒解, 詠花月而成章"으로 표현해도 된다. 그
럼에도 불구하고 의도적으로 "過眼"과 "吐口"를 첨가하여 글자수를 확
장하고 만연체의 유려(流麗)하고 전아(典雅)한 느낌이 들도록 했다. 이
는 다음의 문장과 비교해 보면 더욱 뚜렷이 드러난다.

소유가 열네 살에 이르러 용모는 반악(潘岳) 같고, 기상은 청련(靑蓮) 같으며, 문장은 연허(燕許)와 같고, 필법은 종요(鍾繇)와 왕희지(王羲之) 같아서 제자백가(諸子百家)와 구류삼교(九流三敎)와 천문지리(天文地理)와 육도삼략(六韜三略)과 활쏘기와 칼쓰기 등에 정통치 않음이 없으니, 진실로 전생부터 수행한 사람으로서 세상의 속된 사람에 비할 바가 아니었다. 至十四歲, 容貌似潘岳, 氣像似靑蓮, <u>文章似燕許, 筆法似鍾王</u>, 諸子百家, 九流三敎, 天文地理 六韜三略, 釖訣射法, 無不精通, 誠以前世修行之人, 非世上俗子之所比也.

〈구운몽〉 2회

앞서 두영의 천부적인 문사(文思)적 자질에 대한 서술과 같이 위의 예문은 〈구운몽〉의 양소유의 용모와 자질에 대하여 서술한 부분이다. 유사한 화소에 대한 서술 방식을 비교하여 살펴봄으로써 각기 작품에서 지향하는 문예적 특징이 더욱 부각될 수 있다. 앞서 〈金仙覺〉은 자수를 맞추기 위하여 '之'를 활용했던 것과 달리 〈구운몽〉에서는 "文章似燕許, 筆法似鍾王"과 같이 쓰고 있다. 〈金仙覺〉에 비해 〈구운몽〉의 문체는 부화(浮華)하기 보다는 담박하다.

이처럼 동일한 화소에 대한 서술임에도 불구하고 〈구운몽〉에서는 '之'를 활용하여 글자수를 맞춤으로써 운율의 리듬감이나 의미의 대구를 맞추고자 한 흔적은 볼 수 없다. 특히 "名之曰斗英, 字之曰天資"와[39] "名曰少遊, 字曰千里"라는[40] 두 문장을 통해서 〈金仙覺〉의 '之'자를 번번하게 활용하는 특징이 명확하게 드러난다. 두 문장은 '두영(斗英)'과 '소유(少遊)', '천뢰(天資)'와 '천리(千里)'라는 명명만 바뀌었을 뿐 동일한

---

39) 〈金仙覺〉 1회.
40) 〈구운몽〉 1회.

의미의 문장이다. 그럼에도 불구하고 〈金仙覺〉은 '名之日'과 '字之日'
과 같이 '之'자를 사용했다. 이것은 두 작품의 문체가 지향하는 바가
다름을 이야기한다. 〈金仙覺〉은 문장 학습을 위한 전아(典雅)하고 유려
(流麗)한 문장쓰기 자체를 지향한 반면에, 〈구운몽〉은 문장자체의 미감
이나 학습보다는 서사적 흥미성을 강화하기 위한 방식으로 문장을 서
술했던 것에 기인한다.

> 여남에 표질이 있는데, 평소 서로 가까이 지냈기에 자기 한 몸을 의
> 탁할 만했다. 옥매와 더불어 여러 고을을 지나 산을 넘고 강을 건너갔
> 다. 음식은 구걸해서 먹고, 밤을 빌려 잠을 자면서 한 달여 만에 어렵
> 사리 여남 지방에 이르렀다. 표질을 방문하나 집은 텅 비고 사람은 아
> 무도 없었다. 汝南有表侄, 素相親睦, 足以依庇者也. 與玉梅轉展跋涉,
> 乞飯而食, 僦屋而宿, 月餘, 艱至汝南, 訪表侄, 家虛無人矣.
>
> <금선각> 2회

위의 예문을 보면 양씨는 전란 중에 두영을 잃고 홀로 남겨져 시비
옥매와 함께 겨우 옛집으로 돌아갔지만, 이미 마을은 폐허로 변하고
가산도 모두 불에 타 더 이상 의지할 곳이 없었다. 마침 평소 가까이
지내던 여남 지방의 표질(表姪)을 찾아가 의탁하고자 했지만, 이 역시
여의치 않았다. 양씨의 표질은 이미 여러 해 전에 다른 곳으로 부임해
가고 빈 집만이 남았기 때문이다. 위 예문은 양씨의 궁박하고 절박한
상황을 보여준다. 특히 원문을 보면, "足以依庇者也"와 같이 표현했다.
이는"足以依庇"라고만 해도 의미가 충분히 전달된다. 하지만 원문을
보면, "者也"를 덧붙여 율독성을 증진하고 문장의 멋스러움을 강조하
고자 한 것이다.

다행히 弘濟의 덕을 입사와 물 뿌리고 마당 쓰는 역할이라도 맡겨주
신다면, 비록 어린아이가 자애로운 어머니를 만난 것도 이보다 더할
수는 없을 것입니다. "幸荷弘濟之德, 許添灑掃之役, 雖小兒之遇慈
母, 蔑以加矣"   〈금선각〉 5회

경파는 호씨의 간계를 피하여 우연히 양씨 부인이 있는 단원사 이암
으로 가게 된다. 그곳에서 경파는 양씨와 사제 관계를 맺게 되는데, 이
에 대한 경파의 소회를 말하는 장면이다. 경파의 발화가 우아하면서도
예스럽고 점잖은 그의 인물됨을 나타낸 것이다. 이런 특징은 "蔑以加
矣"라고 하며, '矣'를 덧붙여 말함으로써 어투에서도 고아(高雅)하고 부
드러움을 드러낸다.

이처럼 〈金仙覺〉에서는 고문투의 표현을 쓰기 위한 '之', '者', '也',
'矣' 등을 활용함으로써 때로는 일상적 대화에서는 어울리지 않는 양상
이 보이기도 한다.

"석사(碩士)는 어디에 계셨기에, 어찌하여 우리 만남이 이리 더디었
소? 옥과 같은 모습과 맑은 풍채는 생각건대 지금 세상의 큰 그릇으로,
위에 밝으신 천자가 계시니 가히 나아가 출사할 것이오. 어찌하여 풍
진 세상에 떨어진 보잘 것 없는 사람을 좇아 예속에 얽매이지 않는 무
리가 되려 하시오. 만약 당신이 연(燕)·조(趙) 저자에서 슬픈 노래를
부르는 선비가 아니라면, 동방삭처럼 골계를 하는 무리임이 분명하도
다. 하늘이 기이한 만남을 주선하시었고, 벗이 멀리서부터 찾아왔으니
한 번 보고서도 옛 친구를 만난 듯하여 늦은 때에 사귄다고 무슨 방해
가 되겠소? 청컨대 한 번의 기예를 보여 모든 무리의 눈을 상쾌하게
해주시구려." 碩士安在, 何相見之晚也? 玉儀晶采, 想是今世之環器,
明天子在上, 可以出而仕矣. 何必願從於落魄風塵, 放曠自奇之羣

　　<u>乎?</u> 若非燕趙市悲歌之士, 正是東方朔滑稽之流, 天借奇會, 有朋自
　遠, 一見如舊, 晚交何妨? 請爲一技, 以快群瞻焉. 　　　〈금선각〉 5회

　　위의 예문의 앞부분만을 본다면 숨어 사는 어진 이와 그의 재주를
알아보는 사람 간의 만남과 대화처럼 보인다. 형가(荊軻)는 방약무인한
태도로 저자 거리에서 노래를 해서 자신의 웅지를 드러냈고, 동방삭은
조정(朝廷)에 숨어 골계를 일삼았다. 웅대한 뜻을 숨긴 채 살아가는 일
사(逸士)나 은사(隱士)에 대한 언급으로 보인다.

　　그런데 실상은 창우 무리가 두영에게 하는 말이다. 두영이 경운을
연경사 노승에게 맡기고, 홀로 길을 떠나서 유리걸식하다가 마침 창우
10여 명이 놀이판을 벌이고 노는 것을 보고 "이 재주는 비록 천한 것이
나, 오히려 구학(溝壑)에서 굶어죽는 것보다 나으니 내 마땅히 그들과
짝을 맺어 몸을 보존하는 계책으로 삼으리라"는 생각으로 창우 무리와
함께 하고자 하는 뜻을 밝히자, 이에 대한 창우의 대답이다.

　　그런데 이것은 조설근이 말한 "시비(侍婢)라도 입을 떼기만 하면 곧
'者也之乎' 등의 문자(文字)를 사용"하는 격이라고 한 것과 유사한 면모
다. 일상에서 상대의 발화 방식과 내용은 대부분 예견되기 마련이다.
특히 화자의 계급성과 발화 방식은 일치할 것으로 기대한다. 예컨대
"당신이 연(燕)·조(趙) 저자에서 슬픈 노래를 부르는 선비가 아니라면,
동방삭처럼 골계를 하는 무리임이 분명하도다."와 같은 발화라면 지감
(知鑑) 있는 사람의 것으로 받아들여진다. 더욱이 "어찌하여 풍진 세상
에 떨어진 보잘 것 없는 사람을 좇아 예속에 얽매이지 않는 무리가 되
려 하는가?"와 같은 발화가 이어진다면 고아(高雅)한 인물들의 만남임
을 확신하게 된다. 뜻이 높고 웅지를 품은 영웅이나 이를 알아본 지사

(志士)의 만남에서 발생할 대화로 받아들이게 된다.

그런데 실상은 창우가 되려는 두영과 창우 무리 사이의 대화일 따름이다. 떠돌이 두영이나 창우 무리 사이의 대화 상황에서 적합한 문장이 아니다. 창우의 언술로 보기에는 문장 자체의 화려함을 차치하더라도 내용적 측면에서도 소설적 상황에 잘 맞는다고 보기 어렵다. 판소리계 소설에서 흔히 보이는 발화자와 발화 방식의 불일치가 보이는 해학처럼 보인다. 다만 서술자는 이와 같은 발화 자체를 웃음이나 놀람으로 이끌려고 한 것은 아니라는 점이 더욱 특징적이다.

이상과 같은 특징은 내용 서술을 위한 문장의 표현을 넘어서, 문장 자체의 꾸밈에 대한 수사(修辭)로 작중 상황과 서술의 불일치로 이어질 수 있다. 그렇다고 작품의 모든 상황이 이와 같은 것은 아니다. 황제와 두영의 대화는 자연스러울 뿐만 아니라 우아하기도 하다.

> 다음 날 한림이 황제 앞에 나아가 엎드려 주(奏)하여 말하기를, "신은 여섯 살 때에 난리를 만나 부모를 이별하고 길거리에서 구걸하며 다녔습니다. 고독한 신세에 떠돌이 종적이 되었지요. 나이가 들어서 요행히 전임 상서 왕굉렬의 집에서 기식할 수 있었습니다. 소신은 마치 친아비와 어미같이 그들을 우러러 보았고, 굉렬은 친자식처럼 소신을 사랑하였습니다. 정히 아비가 없으나 아비가 있고, 아들이 없으나 아들이 있게 된 것입니다. 지금에 성상 폐하의 미천한 것을 들어 올리는 커다란 은혜를 입었기에, 뜻밖에 크게 나아간 영광을 돌아가 자랑한즉, 떠돌이와 같았던 종적에게는 광채가 지극할 것이고 양육한 집안에서는 기쁨이 많을 것입니다. 엎드려 바라옵건대 폐하께서는 하늘과 땅과 같은 어짊을 드리우시어 특별히 며칠 동안의 휴가를 허락해 주시옵소서." 翰林趨進天陛, 伏奏曰: "臣在六歲, 遭亂分離, 行乞道路, 身世零

丁, 蹤跡飄轉. 及壯, 幸得寄食於前尙書王宏烈家, <u>小臣仰之如爺孃,</u>
<u>宏烈愛之如親子, 正是無父而有父, 無子而有子也.</u> 今蒙聖上拂拭之
鴻恩, 歸詫分外驟進之殊榮, 則旅遊之踪, 光色極矣, 養育之家, 慰悅
多矣. 伏乞陛下, 益垂天地之仁, 特許日月之暇."   〈금선각〉 7회

　위의 문장은 두영이 한림학사가 된 후에 황제에게 휴가를 청하는 부
분이다. 한림학사가 된 두영이 왕에게 올리는 주(奏)이기에 그 문장과
내용의 화려함과 장황함은 극에 달한다. 여기에서 두영은 어렸을 때부
터 장성하여 홍은(鴻恩)을 입기까지의 정황에 대하여 황제에게 주달한
다. 그 내용은 전쟁으로 부모를 잃고 유리걸식하며 고독한 신세가 된
자신을 왕상서가 친아비와 같이 사랑으로 보살펴준 은혜로 오늘날 자
신이 황은을 입을 수 있었음을 말한다. 그리고 지금의 영광을 왕상서에게
돌아가 갚기 위해서 휴가를 청하게 되었음을 말한다. 여기에서 사용된
문장의 화려함은 앞서 창우의 언술과 달리 소설적 상황과도 부합한다.
　주(奏)를 보면 기본적으로는 4자(字)에 맞춰서 서술하다가 이후 글자
수를 점층적으로 확장하여 7자에 맞췄다가 다시 4자로 맞추어 쓰고 있
다. 이는 문장을 쓸 때 문장 내의 변화를 주는 것으로, 문장이 담박하기
보다는 자수의 확대와 축소를 통해서 문장의 이완과 긴장을 도모하고,
나아가 글의 화려하고 장황함을 느낄 수 있게 한다. 이와 같은 문체의
화려함은 황제와 한림이라는 신분에 비춰보면 적절하다.
　이런 점에서 〈金仙覺〉은 전반적으로 전아(典雅)하고 수식적이면서
도 고아(古雅)한 문투를 지향한다는 특징을 보인다. 다만 그것이 발화
자나 발화 상황에 적합한 방식으로 이루어졌다기보다, 거의 모든 장면
에서 이와 같은 지향성을 보임으로써 상황과 발화 방식 및 내용의 불일

치를 보이는 경우가 있기도 하다. 이런 점에서 〈金仙覺〉은 소설적 서사 내용 전달만을 목적으로 한 작품으로 볼 수는 없다.

2) 전고(典故)와 지식의 활용

〈金仙覺〉의 문예지향적 성향은 다양한 방향에서 고찰할 수 있다. 자구의 단련이나 문장의 수식뿐만 아니라 전고(典故)의 활용이나 다양한 형태의 지식 제시에 대한 고찰 역시 요구된다. 이런 고찰은 문예적 지향을 구명할 수 있는 방안이 될 것이다. 여기서는 〈金仙覺〉을 전고의 활용이란 측면과 다양한 지식의 제시란 측면에서 살펴보도록 하겠다.

다양한 전고의 활용의 양상과 그 의미를 살피는 것은 작가의 문예적 소양은 물론이고, 작품의 지향까지 밝혀줄 수 있는 단서가 된다. 〈金仙覺〉의 전고의 활용 방식은 어떠하며, 그것이 표상하는 의미는 무엇인지 구체적으로 살펴보겠다.

> "슬프다, 우리 막내여! 네가 장차 어디로 가려느냐? 외로운 우리 둘이 서로 의지하고 지내더니 하루아침에 갑자기 헤어지게 되었구나. 살아 생전에 만약 다시 보지 못한다면 죽은 후에라도 다시 남매가 되어서 아버님 어머님을 모시고 영원히 이별하지 말고, 아가위나무[常棣]의 즐거움을 마치는 것이 내 소망이란다."[41]

위의 예문은 경파가 동생 경운과 이별하는 장면으로, 이별에 대한 안타까운 심사가 담겨있다. 경운은 경파의 하나뿐인 혈육이다. 어머니

---

41) "嗟, 余季兮! 汝將焉往? 兩孤相依, 一朝忽散. 生前若不得重見, 則死後更爲兄弟, 永不 相離於春萱堂下, 以了常棣之樂, 是吾望也." 〈金仙覺〉 3회.

를 일찍 여의고, 아버지마저 돌아가신 후에 경운은 경파에게 유일하게
남은 혈육으로서 비록 어린아이일지라도 심적으로 큰 위안이 되었을
것이다. 그런 경운마저 떠나고 홀로 남겨지게 되는 상황을 받아들이는
것이 경파에게는 힘들고 어려운 일이다. 경파는 혈혈단신(孑孑單身)의
몸으로 다시 만날 기약을 할 여력도 없어 했다. 그저 다음 생(生)에서는
"아버님 어머님을 모시고 영원히 이별하지 말고, 아가위나무의 즐거움
을" 나누기를 소망할 뿐이다. 곧 경파는 경운과의 이별의 아픔을 다음
생(生)에서라도 헤어지지 말고, 형제간의 즐거움을 함께 나눌 것을 기
약하며 위로한다.

여기에서 경파는 경운과의 이별에 대한 안타까운 마음을 "아가위나무
의 즐거움[常棣]"에 빗대어 이야기한다. 아가위나무의 즐거움이란『시경
(詩經)』소아(小雅)〈상체(常棣)〉의 '상체지화(常棣之華)'에서[42] 나온 말이
다. 상체지화(常棣之華)는 아가위나무의 꽃을 말하는 것으로 수많은 형
제를 비유하고 있다. 곧 형제가 많고, 집안의 번성함을 의미한다. 이는
『시경』의 고사를 그대로 차용하여 등장인물의 심경을 표현한 것으로,
『시경』에 대한 지식을 기반으로 적절한 고사를 활용한 경우라 하겠다.

"부친의 남기신 가르침은 도참서에 실린 오묘한 비법과 같도다. 처
음에는 호씨의 음흉한 계교를 부친께서 미리 엿보아 그것을 간파했음
을 이른다. 장호(張弧)는 곧 장랑을 이른다. 야균(野囷)은 억세고 사나
움[强暴]을 지칭한 말이다. 마지막은 나로 하여금 남방으로 달아날 것
을 가르치시니, 가르친 말씀이 밝고도 분명하여 마치 얼굴을 마주하고

42) "**常棣之華,** 鄂不韡韡, 凡今之人, 莫如兄弟." 小雅〈常棣〉.(朝鮮圖書株式會社 編輯部,
『原本備旨 詩傳集註』, 二以會, 1982, 435쪽.)

귀로 듣는 듯하다. 이제야 <u>내가 벗어날 수 있겠도다![吾知免夫]</u>"[43]

위의 예문은 경파가 호씨의 모략으로부터 벗어나기 위하여 위급한 상황이 닥칠 때 펼쳐 보라고 주셨던 아버지를 유서를 보고 난 뒤의 감회와 관련된 부분이다. 경파는 죽음을 목전에 두고 어린 자식의 앞날을 걱정하며 지켜주려고 했던 아버지의 사랑에 감격하여 울며 읊조린다. 기실 아버지의 유서에는 지금 경파에게 닥친 위난을 미리 짐작하고 그 것에 대처할 방도가 적혀 있었다. 경파는 유서를 통해서 비로소 살 길을 찾고, "내가 벗어날 수 있겠도다[吾知免夫]"라고 말한 것이다. "吾知免夫"는 표면적으로는 위험으로부터 벗어날 수 있겠다는 안도의 표현으로 보인다. 물론, 궁극적으로는 위험으로부터 자신을 지킬 수 있음을 뜻한다.

여기서 "吾知免夫"는[44] 증자(曾子)가 병에 들어 죽음을 앞두고서야 부모에게 받은 몸을 훼상시키면 안 된다는 조바심에서 벗어나게 되었음을 말하는 대목의 활용이다. 『논어(論語)』〈태백편(泰伯) 편(編)의 내용을 전고로 활용한 것이다. 경파는 아버지 유서의 도움으로 위난에서 벗어나 부모로부터 받은 귀한 몸을 보존할 수 있게 됨을 "吾知免夫"로 표현하였다. 호씨로 인해 어떤 어려움에 부닥치게 될까 전전긍긍하던

---

43) "父親遺戒, 便同圖讖之靈秘. 首段, 言胡氏陰計, 父親先已覰破之謂也. 張弧卽張郞之謂也. 野靡指强暴而言也. 末端, 使我指南方逃走也. 訓語昭昭, 若面命耳聞, <u>今而後, 吾知免夫</u>."〈金仙覺〉5회.

44) "증자가 병이 위중하여, 제자들을 불러 말하기를. "(이불을 걷고) 나의 발과 손을 보아라. 시경에 이르기를 '두려워하고 조심하여 깊은 못에 임한 듯이 하고, 살얼음을 밟듯이 하라'하였으니, 이제야 나는 (이 몸을 훼상시킬까하는 근심에서) 면한 것을 알겠구나, 제자들아!"曾子有疾 召門弟子曰 啓予足, 啓予手. 詩云戰戰兢兢, 如臨深淵, 如履薄氷, 而 <u>今而後, 吾知免夫</u>. 小子(金赫濟 校閱, 『論語集註』〈泰伯〉編, 明文堂, 1988, 148~149쪽.)

경파의 심경(心境)이 한마디로 요약된 어구이다. 증자의 발화를 원용한 것은 적절하면서도 격조 있는 전고의 활용이라 하겠다.

　　이 박명한 사람은 집에 있으면 재앙에서 벗어날 수 없고, 문 밖을 나서면 의탁할 곳이 없었습니다. '백주(柏舟)의 죽을지언정 다른 곳에 시집가지 않으리라[遂誦栢舟之矢死]'를 읊조리며, 감히 절[蘭若]에서 구제되는 중생이 되기를 바랐습니다. 그윽이 생각하건대, 모든 스님께서 석문(釋門)에 의탁하심은 전세의 연업(緣業)이 있고, 속가에서는 今生의 고통스런 삶이 있는 분들이십니다. 『주역(周易)』에는 '비슷한 처지에 있는 것들은 서로 구한다.[同類相求]'라고 하였는데, 박명한 이 사람도 스님들과 같은 무리이옵니다. 옛말에는 또한 '궁한 새가 숲으로 들어간다[궁조투림(窮鳥投林)]'라고 하였으니, 모든 스님들은 박명한 사람에게는 곧 숲입니다. 엎드려 바라옵건대 대자대비께서는 저를 구하고, 저를 살리소서."[45]

　　위의 예문은 경파가 아버지 유서의 지시대로 단원사(端元寺) 이암(尼庵)에 도착하여 뭇 스님들에게 자신의 처지를 말하고 머물게 해주기를 간청하는 부분이다. 그런데 경파의 발화는 여러 종류의 고사의 수식으로 장식되어 있다. 시작은 『시경(詩經)』이다. 『시경』 용풍(鄘風) 〈백주(柏舟)〉의 시구(詩句)인[46] "之死矢靡他"이나 "之死矢靡慝"과 같은 표현

---

45) 哀此薄命, 在家而無遠害之策, 出門而無寄跡之所, 遂誦栢舟之矢死, 敢祈蘭若之濟生. 窃惟僉師, 皆於釋門, 有前世之緣業, 俗家有今生之苦行者也. 易之文, 言曰; '同類相求' 薄命乃僉師之類. 古語又曰; '窮鳥投林.' 僉師乃薄命之林也. 伏乞大慈大悲, 救我活我." 〈金仙覺〉5회.

46) "汎彼栢舟, 在彼中河, 髧彼兩髦, 實維我儀, **之死矢靡他**, 母也天只, 不諒人只. 汎彼栢舟, 在彼河側, 髧彼兩髦, 實維我特, **之死矢靡慝**, 母也天只, 不諒人只." 鄘風〈柏舟〉.(朝鮮圖書株式會社編輯部 編, 『原本備旨詩傳集註』, 二以會, 1982, 161~162쪽.)

을 살짝 바꾸어 활용한 형태다. 〈백주〉는 여인이 개가(改嫁)하지 않겠다는 맹세의 시다. 호씨의 개가 강요를 피해서 집을 나온 경파의 처지에서 보면 정말 잘 어울리는 전고의 활용인 것이다.

그런데 이것은 자신의 처지에 대해 고백함과 동시에 은근한 협박이기도 하다. 즉 난야(蘭若)에서 머물기를 허락하지 않는다면 자신은 죽을 수밖에 없는 처지라는 것을 『시경』의 시구와 전고의 활용을 통해 말하고 있다. 그리고 이것은 절에서 고난에 처한 중생을 구하기를 바란다는 기원의 말과 대구를 이루고 있다. 이들을 7·7의 대구로 표현하기 위해 전고를 활용하면서 "之死"를 "之矢死"로 바꾸어 원래 시구(詩句)의 의미를 강조한 것으로 보인다. 이는 암자를 '단원사' 혹은 '이암(尼庵)'이라고 하지 않고 '(阿)蘭若'라고 고상하게 표현한 것에서도 알 수 있다. '蘭若'는[47] 원래 왕유(王維)의 〈投道一師蘭若宿〉, 〈過乘如禪師蕭居士嵩丘蘭若〉와 두보(杜甫)의 〈謁眞諦寺禪師〉 등과 같은 시(詩)를 통해서 절이나 암자를 이르는 일반적인 의미로 사용되었다.

이런 경파의 애원은 『주역』의 인용한 발화로 이어진다. 『주역』 건괘(乾卦)의 계사(繫辭) 구오(九五)에서는 "同聲相應 同氣相求"라고[48] 했다. 그리고 『사기(史記)』 〈백이전(伯夷傳)〉에서 "同類相求"라고[49] 했다. 물론

---

47) 楚語"阿蘭若"的省称. 兰若山高処,烟霞障几重. 唐杜甫〈謁真谛寺禅师〉詩: "蘭若山高處, 煙霞嶂幾重."(漢語大詞典偏執委員會, 『漢語大詞典』 9, 漢語大詞典出版社, 1992, 628쪽.)

48) "九五曰飛龍在天利見大人, 何謂也. 子曰同聲相應, 同氣相求, 水流濕, 火就燥, 雲從龍, 風從虎. 聖人作而萬物覩, 本乎天者, 親上本乎地者, 親下, 則各從其類也(金赫濟 校閱, 『原本集註 周易』, 明文堂, 1987, 12쪽.)

49) 君子疾沒世而名不稱焉. 賈子曰貪夫徇財, 烈士徇名, 夸者死權, 衆庶馮生. 同明相照, 同類相求. 雲從龍, 風從虎, 聖人作而萬物覩. 伯夷叔齊雖賢, 得夫子而名益彰. 顏淵雖篤學, 附驥尾而行益顯.(司馬遷, 〈伯夷列傳〉, 『史記』 7, 中華書局, 2008, 2127쪽.)

이 둘의 의미는 사실상 같다. 즉 자신과 스님은 고난한 삶을 사는 존재라는 점에서 '동류(同類)'이니 당연히 구해야 한다며, 『안씨가훈(顔氏家訓)』의 "궁조입회(窮鳥入懷)"라는[50] 전고를 살짝 바꾸어 활용하였다. 즉 궁조투림(窮鳥投林)이라고 함으로써 자신처럼 어려운 지경에 있는 사람이 와서 의지하고자 할 경우 어떤 상황이더라도 받아들여야 한다는 것을 비유적으로 이르고 있다. 다양한 분야의 지식을 배경으로 여러 전고가 동시적으로 활용되고 있음을 알 수 있다. 다음은 『예기(禮記)』를 활용한 경우이다.

> "임종할 때의 약속은 귀신이 곁에서 듣는다 했으니, 죽는 자가 마음에 담아둔 것을 산 자가 어떻게 잊으리오. 뒷날 죽어 하늘의 영혼이 되면 때때로 바람을 타고 내려와 부인이 나의 진솔한 마음을 기망하지 않은 것에 대하여 사례하리다. 『예기』에 이르기를 '남자는 부인의 손 아래에서 죽지 않는다'고 하였으니, 청컨대 부인께서는 나가서 기다려 주시오."[51]

위의 예문에서 이윤정은 "역책의 날이 되었다"면서 부인 호씨를 불러서 아직 장성하지 못한 전처 소생의 경파와 경운, 그리고 사위인 두영이 의지할 곳은 이제 호씨밖에 없으니 잘 보살펴 줄 것을 부탁한다. 뒤이어 두영과 경파를 부르기 전에 호씨에게 『예기』를 인용하여, "남자는 부인의 손 아래에서 죽지 않는다"며[52] 자리를 피해줄 것을 부탁한

---

50) "凡損於物, 皆無與焉. 然而窮鳥入懷, 仁人所憫, 況死士歸我, 當棄之乎? 伍員之託漁舟, 季布之入廣柳, 孔融之藏張儉, 孫嵩之匿趙岐, 前代之所貴, 而吾之所行也."(顔之推 著, 김종완 譯, 『안씨가훈』, 푸른역사, 2007, 252쪽.)

51) "臨終一約, 鬼神旁聽, 死者結懷, 生者何忘? 他日在天之魂, 有時乘風而下, 以謝夫人 不欺我之誠心也. **禮男子不絶於夫人之手**, 請夫人出而俟之."〈金仙覺〉3회.

다. 물론, 예법에 따라서 호씨를 물리는 것은 호씨에게도 이윤정의 입장에서도 거리낄 것이 없다. 그러면서도 이윤정은 호씨의 눈을 피해서 두영과 경파에게 자신의 속내를 솔직히 드러낼 수 있는 자리를 마련함으로써, 두영과 경파에게 장차 닥칠 호씨의 위협으로부터 이들을 도울 방책이 적힌 유서를 전달할 수 있었다. 이처럼 〈금선각〉에서는 고사의 내용뿐만이 아니라 경서(經書)가 가지는 권위를 활용하여 특정 사건이나 서사 전개의 흐름에 있어서 상황의 정당성을 확보하기도 한다.

그런데 이런 전고의 활용은 경전이나 권위 있는 서적에만 국한하지 않는다. 초학자 익힐 만한 익숙한 학습서를 인용한 경우도 있다.

> "악장께서 두영을 사랑하시는 은혜가 지금에 이르러서도 없어지지 아니하여, 뒷날에 환란을 경계하는 지혜가 또한 뚫을 듯이 밝고 분명하오. 어린 딸과의 석별도 생각하지 않고 이처럼 이익에 따라 유훈을 드리웠으니, 이는 시인이 이른바 '채찍을 휘두르며 만 리 먼 길 떠나가니, 어찌 아내를 생각하라[揮鞭萬里去 安得念香閨]'라는 뜻과 완전히 들어맞는구려. 마땅히 덕음(德音)을 공경하며 받들어 급히 길을 떠날 때지만, 여비가 없으니 장차 어떻게 할까?"[53]

위의 글은 두영을 위해서 남긴 이윤정의 유서를 읽고 난 뒤에 자신을 위해주는 장인의 마음에 감복하고, 장인의 뜻을 따라서 떠날 뜻을 부인 경파에게 전하는 대목이다. 두영은 장인의 뜻에 따라 떠나야 하는

---

52) **"男子不死於婦人之手,** 婦人不死於男子之手"(李民樹, 『禮記』 下, 成均書館, 1979, 7쪽.)

53) "岳丈愛斗英之恩, 迄今不泯, 慮後患之智, 亦孔之昭, 不念所嬌之惜別, 垂此利往之遺戒, **正合於詩人所謂'揮鞭萬里去, 安得念香閨'之意也.** 今當敬佩德音, 急時登道, 而行費缺乏, 將如之何?"〈金仙覺〉 3회.

자신의 심정을 『고문진보(古文眞寶)』를 인용하여 전한다. 두영이 인용한 "채찍을 휘두르며 만 리 먼 길 떠나가니, 어찌 아내를 생각하랴[揮鞭萬里去, 安得念香閨]"라는 싯구는 이백의 〈자류마(紫騮馬)〉에서[54] 차용한 것이다. 이는 '집을 떠나 변방을 지키러 온 자가 어찌 집에 두고 온 부인을 그리워 하겠는가'라는 의미로, 두영과 경파의 이별이 자명한 일임을 뜻한다. 또한 이미 결정된 일에 대하여 사사로운 감정에 얽매일 수도 없음을 말한다. 이처럼 두영은 부인을 두고 떠날 수밖에 없는 상황과 자신의 안타까운 심정을 이백의 〈자류마〉로 대변한다. 구구 절절히 이별의 상황과 심정을 서술하는 것보다 고사를 활용하여 간략하게 제시함으로써 소설적 감성의 극적효과를 증가시킨 것이다.

이처럼 〈金仙覺〉에 등장하는 고사는 작품 내에서 등장인물들의 입을 통해서 자연스럽게 자신들의 상황이나 심정을 토로하는 일상어의 수준에서 활용되고 있음을 알 수 있다. 작품의 인물이나 상황에 대한 몰입을 돕는 소설적 장치를 넘어서 실제 다양한 고사를 실생활 속에서 활용하는 용례에 해당된다고 하겠다. 한마디로 〈금선각〉의 작가는 『역경』, 『시경』, 『논어』, 『예기』 등에 나오는 다양한 고사를 활용하여 서사의 전개를 돕는다. 그리고 고사의 활용 방식은 단순히 전고의 일대일 차용이 아니라, 인물의 자질이나 성품을 구축하기 위한 기저로 활용되거나, 서사의 전개에 따른 인물의 감정, 상황의 묘사 등을 보다 확장시킬 수 있는 바로 활용되고 있다.

요컨대 〈金仙覺〉에서는 유가 경전만이 아니라 유명한 시인의 작품까지도 활용하고 있다. 기본적으로 〈金仙覺〉은 한문의 능숙한 구사에

---

54) 紫騮行且嘶, 雙翻碧玉蹄. 臨流不肯渡, 似惜錦障泥. 白雪關山遠, 黃雲海戍迷. **揮鞭萬里去, 安得念香閨**. 李白, 〈紫騮馬〉.(黃堅 編, 『原本備旨 古文眞寶』前, 명문당, 1986, 17쪽.)

요구되는 전고의 활용을 토대로 씌여진 작품이다. 물론 이와 같은 전고의 활용은 단순한 학습 목적을 넘어서 서사의 다양한 화소를 확대해 가는 하나의 방편이 되기도 한다. 뿐만 아니라 이것은 한문소설로서의 문예 지향적 특성의 한 양상이다.

다음은 지식의 활용에 대하여 살펴보자. 지식의 활용에 대한 고찰은 전고의 활용과 실질적으로는 크게 다르지 않다. 다만 전고의 배경이 되는 해당 서적의 지적 토대에 대한 고찰을 포함한다. 그렇기 때문에 전고보다는 다소 확대된 개념으로 지식의 활용이란 측면을 주목하려는 것이다.

다음은 『사기』 〈항우본기(項羽本紀)〉와 관련된 내용이다.

> 일찍이 『사기』를 읽다가 '항적(項籍)이 만인(萬人)을 대적하는 일을 배우겠다고 청하는 대목에 이르자, 흔연히 책을 덮고 일어나 동네의 아이들을 불러 모아 오(伍)를 짜고 대(隊)를 나누어 지휘하고 조종하는데, 마치 기율(紀律)이 있는 듯하였다. 시랑이 아이가 너무 빨리 나아감을 꺼려 종종 그가 익히는 바를 금하면, 두영이 아뢰었다. "문장은 지략을 넓히기 위함이요, 무예는 환난에 방어하기 위함이옵니다. 남아가 세상에 태어나면 마땅히 국가의 간성(干城)이 되어야 할진대, 어린 시절에 이를 익혀두지 아니하면 다시 어느 날을 기대할 수 있겠습니까?" 시랑이 듣고 더 더욱 두영의 그릇됨이 큰 줄을 알았다.[55]

위의 예문은 두영의 어릴 때의 모습을 보여주는 부분이다. 여기에서

---

55) 嘗讀史, 至項籍請學萬人敵, 便欣然掩卷而起, 招集街童, 編伍分隊, 指揮操縱, 如有紀律. 侍郎嫌其進就之太早, 往往禁其所習, 則斗英告曰: "文章所以長智略, 武備所以禦患難. 男兒生世, 當作國家之干城, 少時不講, 更待何日?" 侍郎聞益器之. 〈金仙覺〉 1회.

는 두영의 무인으로서의 자질이 부각되어 있다. 특히 『사기』의 〈항우본기〉는 두영이 무인으로서의 자질을 키워 나가게 되는 계기가 되었다. 두영은 "항적(項籍)이 만인(萬人)을 대적하는 일을 배우겠다고 청하는 대목에 이르자" 기뻐하며 "책을 덮고 일어나 동네의 아이들을 불러 모아 오(伍)를 짜고 대(隊)를 나누어 지휘하고 조종하"는 전쟁놀이에 집중한다. 그리고 비록 어린 아이의 놀이에 지나지 않는다 하더라도 두영의 행동에는 나름의 '기율(紀律)'까지 엿보였다. 이에 두영의 아버지는 아들이 책은 멀리한 채 무인의 진취적인 성향이 도드라지는 것을 경계하여, 두영에게 전쟁놀이를 금했다. 그러나 두영이 가지고 있는 무인의 진취적인 성향은 아버지도 막을 수 없었다.

학문은 게을리 하고 무예에만 힘쓰는 아들을 경계하는 아버지에게 두영은 "문장은 지략을 넓히기 위함이요, 무예는 환난에 방어하기 위함"이라고 말한다. 이것은 단순히 무예만을 중시하고, 문(文)은 멀리하겠다는 것이 아니다. 우선, 두영의 지향점이 어디인가를 확인해야 한다. 두영은 장차 "국가의 간성"이 되고자 하며, 그러기 위해서는 어린 시절 미리 무예를 익혀야 함을 말한다. 그리고 문(文)은 지략을 넓히기 위한 토대로서, 간성으로서의 제 역할을 다하기 위해서는 반드시 필요한 것임을 명확히 알고 있다. 이처럼 비록 어린 아들이지만 그 뜻이 크고, 의지가 확고하니 아버지로서도 더 이상 두영의 행동을 막을 도리가 없었던 것이다.

그런데 두영이 자신의 생각을 굳힌 것은 앞서 두영이 보고 즐거워했다는 〈항우본기〉의 항우의 행적을 따른 것이다. 다음은 〈항우본기〉의 일부이다.

항적은 어렸을 때 글을 배웠으나 다 마치지 못한 채 포기하고는 검술을 배웠는데 이 또한 다 마치지 못했다. 항량이 노하니 항적은 말하기를 "글은 성명을 기록하는 것으로 족할 따름이며, 검은 한 사람만을 대적할 뿐으로 배울 만하지 못하니, 만인을 대적하는 일을 배우겠습니다."라 했다. 이에 항량은 항적에게 병법을 가르치니 항적은 크게 기뻐했으되 대략 그 뜻만을 알고는 또한 끝까지 배우고자 하지는 않았다.[56]

위 예문은 항적이 만인을 대적하는 일을 배우겠다고 청하는 대목으로, 두영이 『사기』의 〈항우본기〉를 읽다가 "흔연히 책을 덮고 일어"났던 바로 그 부분이다. 이 글을 보면 항량[항적의 숙부; 필자주]은 글과 검술을 끝까지 배우지 않고, 중도에 포기한 항우를 나무란다. 그러자 항우는 "글은 성명을 기록하는 것으로 족할 따름이며, 검은 한 사람만을 대적할 뿐으로 배울 만하지 못하니, 만인을 대적하는 일을 배우겠"다고 말한다. 항우의 말을 들은 항량은 항우의 타고난 기상이 크고 넓음을 알고, 항우에게 병법을 가르쳤지만, 항우는 병법에 대한 뜻만을 대강 알고 끝까지 배우려하지는 않았다.

위의 항우와 항적의 대화는 두영이 무예에만 힘쓰는 자신을 걱정하는 아버지에게 "문은 지략을 넓히기 위함"일 뿐이라며, 무예를 익혀야 하는 필요성에 대하여 말하던 것과 흡사하다. 물론, 두영이 무예 수련의 필요성에 대한 감발을 받은 것은 바로 위의 항우와 항량의 대화부분일 터이기에 유사한 뜻과 기능을 지니고 있는 것은 어쩌면 당연한 일이다. 하지만 두영이 〈항우본기〉에서 감발을 받았다는 것은 그것이 곧 두영의 뜻과

---

56) 項籍少時, 學書不成, 去學劍, 又不成. 項梁怒之. 籍曰: "書足以記名姓而已. 劍一人敵, 不足學, 學萬人敵." 於是項梁乃教籍兵法, 籍大喜, 略知其意, 又不肯竟學.(司馬遷, 〈項羽本紀〉, 『史記』1, 中華書局, 2008, 295~296쪽.)

합치되는 것이고, 작가는 이와 같은 두영이 가지고 있는 무인의 진취적인 성향을 『사기』〈항우본기〉의 내용을 차용하여 서술한 것이다.

〈금선각〉의 작가는 두영의 인물됨을 일반의 영웅소설과 같이 직접적으로 기술하지 않고, 『사기』의 내용을 활용하여 표현했다. 이는 이야기를 좋아하는 어린 아들이 『사기』〈항우본기〉의 항우를 〈금선각〉의 두영과 같은 이야기속의 인물로 흥미롭게 받아들임으로써 〈항우본기〉의 내용을 습득하게 하도록 배려한 것일 수 있다. 물론 지식의 활용에 대한 층위가 다음과 같이 다른 경우도 있다.

> '신빈(晨牝)이 화(禍)를 입에 물고 있고 독역(毒蜮)이 모래를 머금고 있다가 그림자를 보고 뱉을 기미를 엿보고 있으니, 뽕나무에 의탁한[桑寄] 사위[舊客]는 마치 창을 끼고 쌀 씻고 칼을 쥐고 밥 짓는 것처럼 조심하고, 갈대꽃을 넣은 겨울옷[蘆衣]을 입은 고아는 마치 빠질까 조심조심 얼음을 밟는 것처럼 아내와 이별하여 천금과 같은 두 몸을 보존하라. 급히 위험한 길을 버리고, 경운을 이끌고 한 가닥 이로운 길을 찾아가라. 아이가 절에 오르면 의탁할 스님이 있을 것이니, 자네는 선문(禪門)에서 나와서 과거에 합격하도록 해라. 어서 빨리 떠나라. 삼가고 힘쓸지어다.'[57]

위의 예문은 이윤정이 사위 두영에게 남긴 유서의 내용이다. 유서의 시작 부분은 다소 어려운 전고로 이루어져 있다. 신빈(晨牝), 독역(毒蜮), 상기(桑寄), 노의(蘆衣)가 그것이다. 이들을 전고의 측면에서 보면

---

57) 晨牝厲吻, 毒蜮伺影, 桑寄舊客, 凜凜如浙矛炊釰, 蘆衣孤兒, 蹙蹙然臨淵履氷, 霍別中閨, 宜保千金之二軀, 遄棄危方, 利往延瓊之一路, 兒登祇園, 有可托之僧, 君出禪門, 作大闡之士, 旣亟只且, 尙愼旃哉. 〈金仙覺〉 3회.

'신빈(晨牝)'은 『상서(尚書)』의 「주서(周書)」〈목서(牧誓)〉 편에서[58] 나온 말이다. 독역(毒蛾)은 『설문해자(說文解字)』〈훼부(虺部)〉에 나온 전설 중의 괴물을 뜻하는 역(蛾)을 해설하는 것에서 유래했다. 상기(桑寄)는 『본초강목(本草纲目)』의 "桑上寄生"에서[59] 나온 말이다. 그리고 노의(蘆衣)는 『논어』〈선진(先進)〉 편의[60] 효자(孝子) 민자건(閔子騫) 관련 고사에서 나온 말이다.

신빈(晨牝)은 '신빈지흉(晨牝之凶)'의 줄임말로 '암탉이 울면 집안이 망한다.'는 속담과 관련된 말이다. 즉 여성의 정치 간여가 일으킬 화를 경계한 말로, 〈금선각〉에서는 호씨가 일으킬 풍파를 빗댄 의미이다. 신빈(晨牝)이란 말은 『상서(尚書)』의 전고 활용 측면에서보다는, 서사적 내용에 적합한 어구의 활용이라 할 수 있다. 이것은 독약(毒蛾)이나 상기(桑寄) 역시 마찬가지다.

독약(毒蛾)은 『설문해자(說文解字)』를 위시하여 『수신기(搜神記)』나 『포박자(抱朴子)』 등과 같은 책에서는 물론이고, 『삼국지연의(三國志演義)』와 같은 연의소설에서도 나오는 어구로, 함사사영(含沙射影)이란 고사성어의 주체가 되는 독충이다. 상기(桑寄)에 있어서도 크게 다를 바 없다. 상기(桑寄)는 각종 나무에 휘감기어 살아가는 뽕나무 겨우살이[桑寄生]의 줄임말로서, 집에서 나와 처갓집에 의탁한 두영[舊客]을 말한다.

---

58) "王曰古人有言曰, 牝鷄無晨, 牝鷄之晨, 惟家之索. 索蕭索也, 鷄牝而晨, 則陰陽反常, 是爲妖孽, 而家道索矣. 將言紂, 惟婦言是用, 故先發此."(朝鮮圖書株式會社 編, 『原本備旨 書傳集註』〈牧誓〉編, 太山文化社, 1984, 432~433쪽.)

59) "桑上寄生 桑耳"(李時珍 著, 杏林出版社 編輯部 編譯, 『新註校定 國譯本草綱目』1, 杏林出版社, 1974, 266쪽.)

60) "子曰孝哉 閔子騫 人不間於其父母昆弟之言"(金赫濟 校閱, 『論語集註』〈先進〉編, 明文堂, 1988, 209쪽.)

애초 뽕나무 겨우살이의 치병효능과 관련하여 널리 사용되기에 이른 의학적 용어이다. 그러므로 굳이『본초강목』에 언급되었던 바, "桑上寄生"에서 유래했음을 기억하여 말할 필요는 없다.

노의(蘆衣) 역시 민자건의 효성스런 마음을 가리킨 "蘆衣順母"에서[61] 왔다. 그러니 굳이『논어』를 떠올리지 않아도 효심과 관련된 고사로써 노의(蘆衣)를 떠올렸을 것이다. 물론『논어』가 모든 한문 학습자에게 반복적으로 읽혀야 하는 경전이었다는 것을 염두에 둔 전고의 활용으로 볼 수도 있다.

이런 점에서 위와 같은 어구(語句)의 사용은 또다른 층위에서 작가의 지적 배경에 대한 설명이기도 하다. 다음과 같은 어구의 사용 역시 이와 같은 점을 확인할 수 있다.

> "중생의 바탕이 어두우니, 부처님의 덕으로써 정히 깨우치게 해주십시오. 부처님의 가르침이 아니면 단지 긴 밤만 있을 뿐입니다. 아! 일찍이 부모를 잃은 어린아이와 같은 내 어리석음이여! 일찍이 속세의 그물에 얽혀 있으면서 어머니와 아내의 소식에 어둡기가 마치 잠을 자고 있는 것과 같습니다. 다행히 존사(尊師)께서 의지할 곳 없는 사람에게 큰 자비를 베푸시어 미도(迷途)한 저를 불러서 깨우치시니, 이는 이른바 황금색 나뭇잎[黃葉]으로 우는 아이를 그치게 하는 것이라 하겠습니다."[62]

---

61) "韓詩外傳云, 閔子早喪母, 父再娶生二子, 繼母獨以蘆花衣子騫, 父覺之欲逐其妻, 子騫曰母在一子寒, 母去三子單, 母得免逐, 其母聞之, 待之均平, 遂成慈母. 案孝哉一語 蓋在其母底豫之後"(『論語古今注』先進4章, 성균관대학교 존경각.)

62) "衆生以昏闇爲質, 佛靈以正覺爲德, 人非佛敎, 只一長夜而已. 咨我孤蒙, 早落塵網, 母妻消息, 昏黑如寢. 何幸尊師大悲惸獨, 喚惺迷塗, 正所謂黃葉止兒啼者也."〈金仙覺〉9회.

　두영이 꿈속에서 만난 노승에게 어머니와 아내를 만날 길을 구하는
장면이다. 두영이 말한 바는 "누런 나뭇잎으로 우는 아이를 그치게 하는
것[黃葉止兒啼]"이다. 그렇다면 黃葉止兒啼는 무엇을 의미하는가. 그것
은『보적경(寶積經)』의 부처님이 외도(外道)를 만나고 난 후, 아란(阿蘭)이
이에 대해 질문한 것을 화두로 해서 대홍(大洪) 스님이 송(頌)을 붙인
것으로『선문염송(禪門拈頌)』에 나온다. 대홍은 부처님의 49년간의 설법
(說法)에 대해 "四十九年人不識 空拈**黃葉**金錢"이라고[63] 말하였다. 부처
님이 우는 아이와 같은 중생을 달래기 위해서 황금색 나뭇잎[黃葉=貝葉
經; 佛經]을 금으로 만든 돈이라고 말해서 울음을 그치게 했다는 것을
인용한 말이다. 즉, 어머니와 아내가 의탁한 곳을 몰라 답답하고 울적한
두영은 우매한 중생에 비유되며, 존사는 그런 두영에게 임시방편적 깨우
침으로 비유되는 황엽(黃葉)을 주었던 부처님에 비유되는 것이다.

　이는 〈金仙覺〉의 작가가 어떤 경위로든『보적경』이나『선문염송』과
관계된 지식 세계에 접했음을 드러낸다. 물론 작가가『선문염송』에 있
는 대홍의 말을 제대로 이해한 것으로 보이지는 않는다. 부처님의 49
년의 설법은 우는 아이를 달래려고 황금색 나뭇잎을 금으로 만든 돈이
라고 함으로써 울음을 그치게 하려 했던 것처럼 임시방편일 뿐이지 깨
달음의 본질은 아님을 말한 것이다. 그러나 〈金仙覺〉의 작가는 이와
같은 뜻을 온전히 드러내지 않는다. 한문의 상투적인 글쓰기 방법으로
오직 문면에 나타난 의미를 그대로 받아들여 "우는 아이를 그치게 하
려"고 했다는 말로만 활용하였다. 요컨대 이 부분은 작가의 지적 배경
이『선문염송』에까지 이르고 있지만, 그 이해의 폭은 그리 깊지 않음을

---

63) 혜심·각원 저, 김월운 옮김, 『선문염송·염송설화』 1, 동국대학교부설 동국역경원,
　　2009, 115~116쪽.

보여주는 경우라 하겠다.

　그렇다면 유가 경전에 대한 이해는 어떠했는가? 유가 경전 가운데 난해하다는『역경(易經)』을 예로 하여 살펴보자.

　　"어느 때인지 소녀는 꿈에서 꽃밭에 있는 용과 호랑이를 보았습니다. 꿈에서 깨어 시초(蓍草)를 가지고 그것을 세며 점을 쳐보니 건(乾)괘가 변하여 혁(革)이 되니, 용이 밭에 나타나는 괘요, 호랑이가 변하여 그 무늬를 빛내는 상(象)이었습니다. 마음에 기뻐 그 곳을 찾았지요. 그랬더니 과연 기이한 남자가 꽃 수풀 사이에 누워 잠들어 있는데, 가만히 보니 용의 자태와 호랑이의 기질이 있었습니다. 무릇 대몽(大夢)을 얻으면 반드시 신물을 남겨두어야만 그에 상응하는 이치가 있을 것이라고 여겨, 소녀는 곧바로 비단옷을 벗어 그의 머리 위에 덮어주고 돌아왔습니다. 지금 장한림이 혹시라도 비단옷을 징표로 가지고 있다면, 이는 분명히 붉은 실의 인연을 맺으라고 하늘이 앞서 정하신 것일 터이니, 사람의 힘으로는 가히 어기지 못할 것입니다. 그렇다면 소녀는 그의 부실이 된다 해도 혐의치 않겠습니다. 아버님은 깊이 살피시옵소서."[64]

　위의 예문은 왕굉렬이 한림학사가 된 두영을 사위 삼고자 하나 그가 이미 취처(娶妻)함을 근심하는 것을 듣고, 부용이 지난날 꾸었던 꿈과 점괘를 말하며 두영이 자신의 천정배필임을 말하는 대목이다. 그런데 설득의 방식이 자못 흥미롭다. 부용이 자신의 꿈과『역경』의 내용을

---

64)"女兒配匹, 無出於張翰林, 而曾聞爲李通判女壻, 不幸分離矣. 世俗或有羞再聘, 而失賢才者, 此吾所以窃笑也. 未知夫人意見,則如何?"夫人方沉吟商量, 少姐在傍, 告曰:"某時, 小女夢見花園龍虎. 覺來撰蓍占之, **乾變爲革, 見龍在田之卦, 虎變炳文之象**, 心欣然索之, 果有奇男, 睡臥花間, 看是龍姿虎質也. 凡得大夢者, 必以信物相遺, 然後有恊膺之理, 故即解錦衣, 投其頭上而回矣. 今張翰林, 如有錦衣之證, 正是紅繩之結, 天有前定, 人不可違, 小女不嫌其爲副矣. 爺爺幸熟察焉."〈金仙覺〉7회.

근거로 아버지를 설득하고 있기 때문이다. 사대부가의 여성이 꿈에 근거하여『역경』으로 점을 쳤다는 것은 현실적으로는 있을 수 없는 일이다.『역경』의 난해함은 차치하더라도, 현실에서 여성이『역경』을 읽었던 경우는 거의 없기 때문이다. 이런 점에서『역경』의 내용이 나타난다는 것은 작가의 지식을 적합한 소설적 상황에 제시한 것이거나 작가의 지식 성향을 드러낸 것이라 하겠다.

그렇다면 부용의 발화를 빌어서 표현되는『역경』에 대한 작가의 지식 제시 양상은 어떠한가. 부용은 자신의 꿈이 기이하여 시초(蓍草)를 가지고 점을 쳤는데, "건(乾)괘가 변하여 혁(革)"이 되는 점괘가 나왔다고 했다. 또한 이에 대한 풀이로, "용이 밭에 나타나는 괘요, 호랑이가 변하여 그 무늬를 빛내는 상(象)"이기에 부용이 점괘가 나온 대로 후원에 나가보니, "과연 기이한 남자가 꽃 수풀 사이에 누워 잠들어 있는데 가만히 보니 용의 자태와 호랑이의 기질"이 있었다는 것이다. 그가 곧 두영이다.

꿈은 신이(神異)한 현상이다. 현대인에게도 꿈의 현상은 명확히 해명되지 않는다. 이런 점에서 꿈은 현실 세계의 사건과 현상을 미리 고지하는 기미(機微)라고 할 수 있다. 이런 기미는 누구나 다 알아챌 수 있는 것은 아니다. 그러므로 그 기미를 판단할 특별한 방법이 요구된다. 그것이 바로『역경』이다.『역경』은 점치는 책에서 출발했다. 불확실한 현실과 미래에 대한 명확한 판단을 함으로써 현명하게 대처하기 위한 것이다. 부용이 신이한 꿈에 근거하여 시초(蓍草)를 가지고 점을 친 후『역경』의 풀이를 본 것도 그런 까닭이다.

부용이 친 점은 대성괘(大成卦)가 중건천(重建天)인 건괘(乾卦), 변괘(變卦)가 택화혁(澤火革)인 혁괘(革卦)가 나온다. 그리고 건(乾)[䷀]의 구이(九二)와 구육(九六)이 변하여 혁(革)[䷰]이 되었으며, "見龍在田"이라 했으니 건괘(乾卦)의 구이(九二)를 두고 말한 것이고 "虎變炳文之象"이라고 한 것은 혁괘(革卦)의 구오(九五)에 대한 기술인 것이다. 실제로 건괘(乾卦)의 구이(九二)는 "見龍在田 利見大人"이고,[65] 혁괘(革卦)의 구오(九五)는 "大人虎變 其文炳也"이다.[66] 부용이 왕상서에게 한 말은 모두 『역경』에 근거한 것으로 효(爻)의 변화까지도 제대로 이해하고 있다. 물론 대성괘(大成卦)나 소성괘(小成卦), 각 효(爻)에 대한 구체적 해석의 경우 그 의미가 달라질 수 있으므로 『역경』에 근거하지 않는 해석이 존재하지 않는 한 오류라고 단정짓기 어렵다.

결국 부용의 점괘에 대한 진술에서 최소한 다음과 같은 점을 확인할 수 있다. 먼저, 작가가 『역경』의 내용에 대한 상당한 지식을 축적했다는 점이다. 『역경』의 내용을 암송할 정도로 익숙하지 않으면 서사 전개의 특정한 상황에서 『역경』의 특정 괘효와 그 변괘를 적절하게 제시할 수 없기 때문이다. 다음으로 작가는 문제가 되는 현실 상황에 대한 판단을 『역경』에 의지해서 하고자 했다는 점이다. 왕상서와 부용의 소설적 상황이 서사 전개를 위해 설정된 것임은 주지의 또한 허구적 상황에서나마 『역경』을 활용하여 문제 해결을 모색했다는 점에서 『역경』에 대한 믿음이 드러난다고 하겠다.

이상과 같은 점에 비춰볼 때, 〈金仙覺〉은 『논어』나 『맹자』, 『시경』이나 『역경』과 같은 유가 경전의 지식뿐만 아니라 불교의 『선문염송』과 같은 서적의 지식을 활용하여 창작되었다고 하겠다. 이것은 해당

---

65) 金赫濟 校閱, 『原本集註 周易』, 明文堂, 1987, 2쪽.
66) 金赫濟 校閱, 『原本集註 周易』, 明文堂, 1987, 276쪽.

분야 지식의 소종래를 단순화할 수 있는가의 문제가 남았음에도 불구하고, 〈金仙覺〉의 배경 지식에 대한 이해의 지침을 제공한다. 요컨대 상기와 같은 지식 취향을 보이는 계층에 의해 〈金仙覺〉이 창작, 향유되었음을 의미한다.

3) 다양한 문예문(文藝文)의 수용

자구의 단련과 같이 글자 하나하나의 의미에서부터 전고 등을 활용한 문장쓰기에 이르기까지 앞서 살폈던 〈금선각〉의 문예지향성은 다음의 다양한 문예문으로 완성된다.

〈金仙覺〉에는 다양한 형식의 문예문이 보인다. 시(詩) 9편, 유서(遺書) 2편, 서간(書簡) 2편, 발원문(發願文), 제문(祭文) 각 1편씩과 공적(公的) 글쓰기라고 할 수 있는 새서(璽書), 장계(狀啓), 주소(奏疏), 표(表), 안(案), 판사(判辭), 비답(批答)에 이르기까지 총 22편의 문예문이 실려 있다. 서사전개에 따른 문예문의 수용 양상과 기능을 정리하면 다음과 같다.

장회	문예문의 종류	서사맥락	기능
2	발원문 (發願文)	양씨가 전쟁[남만의 난]중에 남편과 아들을 잃고 비구니가 되어 如來大佛의 탄신일에 공양과 함께 남편[장해]과 아들[두영]의 안위와 문호(門戶)의 재건을 발원(發願)하며 올린 축문	발원문의 염원을 통해서 주제의식을 드러냄
3	새서 (璽書)	남만의 난을 평정하고 돌아온 장해의 공적을 치하하는 글	
3	유서 (遺書)	이윤정이 두영에게 경운을 데리고 집을 떠나서 위험을 피할 것을 당부	위난 극복을 위한 방책
4	사운시	연경사를 선계에 비유하여 자신의 고단한 삶과 연	두영의 현실을 보여줌

장회	문예문의 종류	서사맥락	기능
	(四韻詩)	경사를 떠나는 심정을 이야기 하면서 다시 만날 날을 기약함	
〃	사운시 (四韻詩)	두영의 전생과 미래에 대한 암시	두영의 미래를 암시
5	유서 (遺書)	이윤정이 경파에게 호씨의 흉계를 피해서 밤에 도망할 것을 말함	〃
8	장계 (狀啓)	서번의 난을 알리는 글	두영이 군공을 쌓을 기회(첫 출정)
9	칠언절구 (七言絕句)	헤어진 어머니와 아내의 소식을 그림	어머니와 아내를 만나는 계기
9	주소(奏疏) (尺疏)	황제에게 전쟁의 승리와 함께 헤어졌던 어머니와 아내를 만난 것에 대하여 아뢰며, 노모의 건강을 위하여 황성으로 돌아가는 기한을 늦춰줄 것을 간청함	두영의 입공과 가족의 재회를 공고히 함
9	제문(祭文)	전공을 세우고 이씨와 해후한 후 함께 황성으로 돌아가는 길에 녹림원에 있는 장인 이윤정의 묘소에 들러서 제를 올림	장인의 지인지감에 대한 감사와 가문의 회복
10	칠언율시 (七言律詩)	전쟁으로 고아가 되었던 자신의 어린 시절과 장성하여 입신양명하였어도 헤어진 아버지에 대한 그리움으로 슬픔을 말함	아버지를 만나기 위한 장치
11	사운시 (四韻詩)	노왕[두영의 아버지]이 가문의 재건에 대한 기쁨을 노래	가문의 재건과 번성
〃	〃	왕상서의 차운. 장씨 가문의 번성과 이를 함께 누림에 대한 기쁨	〃
〃	〃	승상[두영]의 차운. 가문의 재건과 가족과 헤어져 떠돌던 지난날의 회상	〃
〃	〃	이씨, 왕씨, 황화, 윤옥의 차운. 결연과 가문의 복록(福祿)을 노래	〃
〃	〃	경운의 차운. 두영에 대한 감사와 자신의 가문에 대한 걱정	〃

장회	문예문의 종류	서사맥락	기능
12	안(案)	조씨의 모해에 대한 이씨[경파]의 진술	가문 내 갈등을 고조
13	서간(書簡)	왕씨가 옥중에 있는 이씨에게 보낸 편지	여성의 부덕(婦德) (가문유지)
13	서간(書簡)	이씨가 왕씨에게 보낸 답장	〃
14	표(表)	북벌의 평정을 고하고, 황제에게 허락을 받기 전에 시세(時勢)가 급하여 이씨의 처형을 먼저 막고 이를 나중에 알리게 된 것에 대한 용납과 사건의 재조사를 청함	가문의 내적 갈등 해결
〃	비답(批答)	승상의 표에 대한 황제의 답	〃
14	판사(判辭)	조씨의 흉계에 대한 처벌	가문의 내적 갈등 해소

위의 표를 통해서 알 수 있듯이, 이렇게 다양한 종류의 문예문이 수용되었다는 것만으로도 〈金仙覺〉의 성향이 확인된다. 〈金仙覺〉에 실린 다양한 문예문들의 실체에 대하여 살펴보도록 하겠다. 먼저 〈金仙覺〉에 실린 시(詩)의 특징을 살펴보겠다.

　

1

풍광을 둘러보며 동천(洞天)에 들어오니
청산(靑山)과 백일(白日)이 진선(眞仙)에게 읍하는 듯.
발길은 낙엽을 따르는 서러운 가을날의 나그네
하안거(夏安居) 결좌하던 때는 포화(泡花)처럼 눈앞을 지났네.
고해(苦海)의 중생은 자비의 배[자방(慈舫)]를 근심스레 바라보고
미혹한 속인은 지혜의 등 밝힐 수 있을지 묻네.
호계(虎溪)를 한 번 지나면 항하(恒河)처럼 넓은 세상인데
어느 날 여산 봉우리에서 숙연을 이야기할까.[67]

②
북두칠성의 밝은 빛이 하늘에서 내려오니,
금사귀객(金沙歸客)은 옥경(玉京)의 신선이라.
전정(前程)은 이미 양응(揚鷹)의 날을 점지하고 있으니
궁핍한 길에서도 소년의 나이는 좋기만 하여라.
떠도는 길에 풍상(風霜)은 때때로 기다리고 있겠지만
선가연월(禪家烟月)의 즐거움은 끝이 없겠지
경거(瓊琚)는 계곡과 산에 크게 울리고
금은(金銀)처럼 다투어 화연(化緣)을 맺으리라.[68]

위의 예문은 두영이 경운을 연경사의 노승에게 맡겨 놓고, 떠나기 전에 노승의 은혜에 감사하면서 노승과 함께 주고 받은 사운시(四韻詩)이다. ①은 두영이 노승에게, ②는 노승이 두영에게 답한 시이다. ①의 예문에서 두영은 연경사를 "풍광을 둘러보며 동천(洞天)에 들어오니 청산(靑山)과 백일(白日)이 진선(眞仙)에게 읍하는 듯"이라며 마치 선계에 존재하는 것처럼 묘사하고 있다. 그리고 자신은 "가을날의 나그네"로 칭하면서, 처지의 고단함을 말하고 있다. 더불어 "虎溪三笑"의 고사를 원용하여 연경사를 떠나야만 하는 심정을 말하고, 다시 만날 날에 대한 기약에 대하여 이야기하며 시를 마무리하고 있다. 떠돌이 신세와 떠나는 심경이 감상적으로 잘 드러났다고 하겠다.

이런 두영의 시에 대하여 노승은 "이백의 '맑은 물에서 연꽃이 피어

---

67) 收拾風烟入洞天, 靑山白日揖眞仙, 踅隨落葉悲秋客, 眼閒泡花結夏年, 苦海愁瞻慈舫外, 迷津欲問慧燈邊, 虎溪一過恒河瀾, 何日廬岑講宿緣. 〈金仙覺〉 4회.

68) 星斗晶光降自天, 金沙歸客玉京仙, 前程已占揚鷹日, 窮道堪憐舞象年, 逆旅風霜時有待, 禪家烟月樂無邊, 瓊琚大放溪山響, 爭似金銀結化緣. 〈金仙覺〉 4회.

나는[淸水芙蓉]'시와 두보의 '난초 핀 곳에 비취새를 보는[翡翠蘭笤]'시
와 비교해도 백중(伯仲)을 다투겠"다고[69] 시평을 덧붙였다. '청수부용
(淸水芙蓉)'은 이백이 〈經亂離後天恩流放夜郞憶舊游書懷贈江夏韋太守
良宰〉란 작품에서 "淸水出芙蓉 天然去雕飾"이란 시구를 통해 위태수의
시문(詩文)이 청신(淸新)하고 자연스러워 일부러 꾸밈이 없음을 칭찬한
것을 말한 것이다. 그러나 위태수에 대한 이백의 시평(詩評)은 곧 이백
자신의 시적 경지를 드러낸 것으로 이해된다. 즉 이백의 청신과 인위적
인 꾸밈이 없는 시적 경지를 가리키는 표현으로 사용됐다. '비취란소
(翡翠蘭笤)'또한 마찬가지로 두보의 〈희위육절(戱爲六絶)〉의 넷째 작품
에 "或看翡翠蘭笤上 未掣鯨魚碧海中"라는 표현에서 가지고 온 말이다.
장난삼아 지은 절구 여섯 수에서 보인 두보의 표현은 그의 시가 섬세하
고 아름다운 것이 아닌 웅장한 시격(詩格)을 지향함을 드러낸다.

　그런데 두영은 안거(安居)에 들어서 불가의 수행을 한 적도 없고, 수
행 정진을 위해 호계(虎溪)를 건너지 않겠다는 맹세를 한 적도 없다.
선불교에 대한 지식과 호계삼소(虎溪三笑) 고사를 원용하여 연경사를
떠나는 심경을 과장적으로 그린 것이다. 이런 점에서 〈금선각〉의 내용
과는 다소 거리가 있는 과장된 시적 표현이라 하겠다. 또한 두영의 시
자체는 나름의 의경을 획득했다고 할 수 있지만, 이백의 청신함이나
꾸밈없는 자연스러움 혹은 두보의 웅장함의 지향과는 무관하다. 그저
이별의 심경을 낭만적이고 과장적으로 노래했을 뿐이다. 시와 시평의
어긋남은 결국 작가의 시적 능력과 시에 대한 안목이 상투적인 수준에
머물러 있음을 보여준다.

---

69) 李靑蓮之淸水芙蓉, 杜工部之翡翠蘭笤, 可以較伯仲矣. 〈金仙覺〉 4회.

이에 반해 예문 ②의 노승의 시는 작품성이나 시의 성취를 보여주는 것과는 다소 무관하다. 노승의 시는 작품의 서사 전개를 압축적이고 암시적으로 제시하고 있다. 노승의 시는 두영을 "북두칠성의 밝은 빛"에 비유하는 것으로 시작한다. 이것은 두영이 "북두성의 제3성인 녹존성(祿存星)"의[70] 현신이기 때문이다. 즉 두영의 전생은 금사귀객(金沙歸客)으로, 하늘나라 신선(神仙)임을 말하였다. 이처럼 두영의 전생에서 시작한 시는 두영의 미래로 이어진다. 그는 "전정(前程)은 이미 양응(揚鷹)의 날을 점지하고 있"다고 말함으로써 지금의 고난은 빛난 미래에 대한 기다림의 시간일 뿐이라 말한다.

그리고 "선가연월(禪家烟月)의 즐거움"이 끝없다고 말한다. 이는 언뜻 보면, 두영이 이후에 불가(佛家)에 귀의(歸依)하는 것을 예비하는 말일 듯하다. 하지만 이는 금선에 의한 깨우침으로 고단한 몸이 가족을 만날 길을 열어줌으로써, 가족의 재회가 이루어짐을 이야기한 것이다. 그렇기 때문에 "경거(瓊琚)는 계곡과 산에 크게 울리고 금은(金銀)처럼 다투어 화연(化緣)을 맺으리라."고 하였다. 이것은 두영이 전공을 크게 세우고, 이 후에 가족들과 산사에서 재회할 것임을 암시한 말이다. 문학적 성취로서의 시가 아닌 셈이다.

이에 대해 두영은 "신선과 같은 풍모(風貌)와 일향(逸響)은 속인의 진금(塵襟)을 모두 씻어버리니, 상쾌하기가 하늘을 나는 신선[飛仙]처럼 하늘 꼭대기까지 오른 듯한 마음"이라고[71] 칭송하며 감사해한다. 두영은 노승이 시를 통해, 멀지 않은 때에 출세해서 전공을 세우고 가족을

---

70) "此卽北斗第三祿存星. 爾其斂衽懷之."〈金仙覺〉1회.

71) 仙風逸響, 洗盡俗子塵襟, 爽然有挾飛仙, 登天底意思.〈金仙覺〉4회.

만나고 많은 인연을 맺을 것이라고 말한 것에 대해 만족해하며 감사의 마음을 드러낸다. 그가 "양응(揚鷹) 두 글자는 생각건대 한미한 사람을 지나치게 포장"한 것이라 말하는 것도 이런 까닭 때문이다. 노승이 두 영에게 전전긍긍해하며 원하는 것들을 모두 성취할 것이라고 말해주자 "진금(塵襟)"을 씻어버리는 것과 같고 "하늘 꼭대기"에 오른 것 같다고 말한 것이다. 작품 자체의 문학적 의경은 높지 않지만 두영의 전정(前程)을 말하며 축복한다는 점에서는 적절한 작품이라 할 수 있다.

〈金仙覺〉에는 이외에도 7편의 한시가 더 있다. 7편의 한시 중에서 〈金仙覺〉 10회의 두영이 아버지를 찾기 위해서 베푼 연회에서 썼던 시를 제외하고는 8편의 시에는 모두 간략하게나마 각각의 시평이 함께 붙어 있다. 〈金仙覺〉에 제시된 한시는 압운(押韻)을 맞추고 고사(故事)를 기반으로 창작했다. 이것은 삽입시를 장식적으로 활용하고 다양한 문예문을 보여주는 한 예로 활용됨으로써, 〈金仙覺〉 향유층의 문예 지향적 태도를 분명히 해주는 요소다.[72]

한시 이외에도 〈金仙覺〉에는 상소(上疏)나 발원문(發願文)을 비롯하여, 표(表), 사안(査案), 서간(書簡), 제문(祭文) 등과 같은 다양한 문예문이 수용되어 있다. 여기서는 상소(上疏)와 발원문(發願文)을 통해 〈金仙覺〉의 문예 지향적 특성을 살펴보기로 하겠다.

  '한림학사 겸 대사마대장군 신 장두영은 참으로 황공하여 머리를 조아리고 조아리옵니다. 삼가 백 번 절하여 황제 폐하께 아룁니다. 복(伏)은 신하로서 요행히 폐하께 신임을 얻었지만 다른 어떤 지혜가 없

---

72) 김민정, 「〈金仙覺〉의 소설사적 전통과 〈구운몽〉」, 『순천향 인문과학논총』 32(3), 순천향대학교 인문과학연구소, 2013, 12쪽 참조.

는데도 떼를 지은 무리가 황제가 계신 곳을 어지럽히는 때를 당해 삼군을 이끌고 오랑캐를 막으라는 명령을 받았습니다. 그러나 참으로 모기나 등에가 산을 짊어지는 것과 같아 살아서 제 부모를 잡아먹는다는 짐승[梟獍]의 소굴을 쓸어버릴 수 있을 것이라고 기대하지 못했습니다. 다행히 하늘이 돌보아주심이 돈독하고 진실되며, 황령이 멀리 펼쳐져 있어 흉악한 도적놈들이 풍문으로 듣고 무기를 거두기를 도모하였습니다. 변방에서 오래지 않아 전쟁의 먼지를 쓸어낸 데에는 실로 미약한 신(臣)이 털끝만한 보탬도 더하지 못했습니다. 오직 종묘와 종실[磐石]의 큰 복을 하례할 뿐입니다. 또한 신에게는 뜻밖에 세상에서 보기 드문 개인적인 경사가 있었습니다. 마침 황제 폐하께서 마음에 기뻐하시는 즈음에 나온 것이니, 이로써 성대(聖代)가 태평하고 사해(四海)가 영원히 맑은 즉 태화(太和) 원기가 충만하여 사방으로 흘러넘치고, 심산궁곡(深山窮谷)에까지도 그 기운을 얻지 못하는 사물이 없음을 알겠습니다. 이제 전쟁에서 승리하여 얻은 포로와 전리품을 바친 후, 개인적으로 쌓인 속마음을 품달하옵니다. 엎드려 바라옵건대 마음에 두시고 밝게 살펴 주시옵소서. 예전에 주(周)나라 왕실이 성했을 때에는 정역(征役)이 끝나면 장수와 군졸이 함께 축하하였습니다. 그런 까닭에 '건장한 네 필의 수말을 타고 노모를 모시고 와 아뢴다'는 효자가 부모를 봉양하는 시가 있었고, '풀벌레 요란히 울고 군자를 보면 내 마음 곧 편안해지네'라는 전쟁에 나갔다가 아내와 서로 만남을 노래하는 시가 있었습니다. 지금 신은 한 방울 이슬과 같은 인생에 홀아비 처지의 고단한 운명이온데, 멀리 떨어진 지역[絶域]에서 군대를 이끌고 돌아오는 날에 우연히 깊은 산속에 있는 비구니 절에서 노모와 아내[寡妻]를 만났습니다. 아! 노모의 노래가 어찌 예전의 정벌에서만 있으며, 남편을 만나는 즐거움이 또한 어찌 신하의 아내에게서만 있었겠습니까? 사사로이 마음에 경사를 얻으니, 천지신명께 감사를 드립니다. 대개 신의 어미 양씨와는 오랑캐의 난리로 이별하였고, 아내 이씨와는 규방의 재앙으로 헤어졌습니다. 정해진 곳이 없이 떠돌아다닐 즈음에,

시어머니와 며느리가 뜻하지 않게 만나 함께 절[총림(叢林)]에 머물며 맵고 신 맛을 두루 맛보면서, 아들을 부르고 남편을 부르며 세월을 보냈습니다. 만약 폐하의 권애가 아니라면, 미약한 신에게 주어진 큰 은혜와 무성한 덕택이 하늘과 땅의 신령에게까지 이르지 않았다면 어찌 오늘의 기이한 만남을 얻었겠습니까? 신은 이에 더욱 태평성대의 화락한 기운이 모든 신하들에게 아름다운 상서를 불러왔음을 믿게 되었습니다. 기뻐 춤을 추며 은혜를 송축함에 어떠한 말로 꾸며도 그 여지가 없습니다. 바야흐로 노모를 모셔 아내를 데리고 함께 도성으로 들어가려고 생각하오나, 신의 어미는 객지에서 슬피 지내다보니 고질병이 오랫동안 낫지 않고, 산속에서 야채만 먹고 지내다보니 원기가 모두 사라졌습니다. 비록 몇 걸음 안되는 규방에 있으면서도 도리어 반드시 다른 사람의 도움을 기다려 기거하시거늘, 하물며 이런 만리장정(萬里長程)의 행역에 어찌 날을 헤아려가며 급히 나아갈 것을 바라겠습니까? 좋고 기쁜 나머지가 매우 애타고 급한 것으로 이어졌습니다. 지금 변방의 삼변(三邊)을 돌아보니, 문치(文治)의 덕[舞干]에 의한 교화가 바르게 다스려짐을 송축하옵고, 군대와 관련한 일[戎務]이 한가로워지고, 궁궐에서도 북소리를 듣는 근심이 없어졌으니 반드시 군대의 행렬을 급히 재촉할 필요는 없을 듯합니다. 엎드려 바라옵건대 인(仁)이 뒤덮인 천하에 특별히 며칠 동안의 휴가를 내려주시어 신으로 하여금 노모를 모시고 올라가되, 기일을 늦춰 경성에 도착할 수 있도록 해주십시오. 신은 삼가 두려워하며 간절히 바랍니다.'[73]

---

73) 翰林學士兼大司馬大將軍, 臣張斗英, 誠惶誠恐, 頓首頓首, 謹百拜, 上言于皇帝陛下. 伏以臣有幸遭逢, 無一籌策, 當郡醜猾夏之辰, 荷三軍防秋之命, 誠同蚊蝱之負山, 無望梟獍之掃窟. 何幸天眷篤棐皇靈遠暢, 兜酋聞風而戢圖, 邊陲指日而淸塵, 實非微臣絲毫之有補, 只賀宗祊磐石之洪祚而已. 且臣之意外, 稀世之私慶, 適出於宸情悅豫之際, 是知聖代昇平, 四海永淸, 則太和元氣, 洋溢充滿, 於深山窮谷之中, 無一物不得其所, 而玆因獻捷之後, 繼達私衷之蘊, 伏乞留神澄省焉. 在昔姬周盛時, 征役旣畢, 士卒同慶, 故四牡騤騤, 將老母而來諗者, 孝子歸養之詩也. 草蟲喓喓, 見君子而卽夷者, 征婦相逢之詠也. 今臣以孤露餘生, 鰥苦畸命, 自絶域班師之日, 偶逢老母寡妻於絶峽尼院. 噫! 將老母之詠,

위의 예문은 두영이 서번을 평정하고 금선의 가르침대로 우회하여 여남 지방을 거쳐 상경하다가 단원사에서 어머니와 아내를 만난 후에 올린 상소이다. 상소는 어머니를 급하게 모시고 갈 수 없기에 기일을 늦춰 천천히 경성으로 올라가기를 희망한다는 내용이다. 상소는 일반적으로 신하가 황제에게 아뢰는 고상(告狀)의 문서이다. 이와 같은 상행(上行)의 글은 엄격한 요건을 지닌 것으로, 한대(漢代) 이후에는 소(疎)·서(書)·봉사(奉事)·대책(大策) 등이 나왔으며, 그것들을 개괄하여 주장(奏章), 장표(章表), 주소(奏疏)라 칭하기도 했다.[74]

이런 주소(奏疏)는 당송 이후에 사륙문(四六文)으로 많이 쓰였다. 그 체제는 기본적으로 '파제(破題)−해제(解題)−송성(頌聖)−술의(述意)'로 구성된다. 위의 예문 역시 주소(奏疏)의 기본적인 형식을 갖추고 있다. "한림학사 겸 대사마대장군 신 장두영"시작하는 파제(破題)와 "복(伏)은 신하로서 요행히 폐하께 신임을 얻었지만"으로 송성(頌聖), 그리고 자신의 집안에 경사가 있었음을 말하고 군대의 행진을 늦추겠다고 말하는 술의(述意)로 전개된다. 더욱이 상소는 구성뿐만이 아니라 문장도 아름답게 꾸며져 있다. 완곡하고 겸손하며 다양한 전고의 활용을 통해 술의(述意)의 전제를 세우고, 자수의 변화를 통한 완급의 조절과 대구

豈獨在於古之征戎? 見君子之樂, 亦可見於臣之家室, 私心慶幸感祝天地, 盖臣之母楊氏, 分散於蠻夷之亂, 妻李氏, 睽離於蕭墻之禍, 漂泊無定之餘, 姑婦不期而會, 一隅叢林, 百味辛酸, 呼兒憶夫, 經歲經年, 如非陛下眷愛, 微臣之洪恩盛德, 有格于上下神祇, 則安得有今日之奇遇哉? 臣於此益信其昇平和氣, 召集群下之休祥也. 歡蹈頌賀, 措辭無地. 方擬輦母携妻, 共入都下, 而臣之母, 客寓悲號, 疾恙沉綿, 山廚蔬糲, 眞元耗盡, 雖在房闈, 數步之內, 尚必須人起居, 況此長程萬里之役, 豈望計日遄邁? 慶幸之餘, 繼之以焦迫, 顧今三邊, 頌舞干之化正, 當戎務之休閑, 九重弛聽聾之憂, 不必師行之疾馳. 伏乞仁覆之下, 特賜時日之暇, 使臣將老登程, 緩望上京之地, 臣無任屛營顓祝. 〈金仙覺〉9회.

74) 심경호, 『한문산문의 미학』, 고려대학교출판부, 2005, 386~391쪽.

의 적절한 사용은 이상적인 상소문의 모습을 보여준다.

그런데 위의 상소의 구성과 형식이 내용과는 조화를 이루지 못하고 있다. 상소의 목적과 내용은 국가적 차원에서 보면 그리 긴요치 않은 일이다. 긴요한 것은 승리한 80만 정병이 경사로 무사히 귀환하는 것이다. 그런데 두영은 가족의 문제를 위해서 모든 일정을 늦춰버린다. 개인적인 일로 회군 여정을 멀리 여남 지방으로 바꾼 것은 차치하고, 노모의 건강과 장인의 제사, 처남과의 재회를 위해 80만 대병의 귀환을 지체시킨다. 더욱이 단순히 귀환의 지체를 청하는 상소치고는 끝없이 길고 장황하다. 두영 자신의 말로 "先奏尺疏"라고 했음에도 불구하고 작품 전체에서 가장 긴 문예문이다. 아마도 가족의 재회라는 작품의 주제와 관련된 사항이므로 길게 서술된 것으로 보인다.

이런 점에서 보면 두영의 상소는 서사적 필요성에 의해서라기보다 상소문을 보여주는 것 자체를 목적으로 하고 있다고 하겠다. 요컨대 두영 가족의 재회가 이루어졌음을 황제와 국가적 차원에서 추인받기 위한 장치로 상소가 활용되었음을 의미한다. 이것은 작가가 상소에 대해 일정한 수준의 이해를 갖추고 있었음에도 불구하고, 그러한 글이 서사전개의 어떤 의미 차원에서 활용되어야 하는지는 고려하지 않았음을 뜻한다. 문예문의 제시와 가족의 재회만 강조되고 있지, 상소문의 적절성은 고려하지 않았다.

그런데 발원문의 경우는 위의 경우와 또 다르다. 일반적인 발원문의 구성과 형식에 대한 이해가 다소 부족하다. 다음을 보겠다.

'제자 계은은 목욕재계하고 머리를 조아려 삼가 나무석가모니부처님께 아룁니다. 가만히 생각하건대, 제자가 지은 전생의 죄악이 지극히

무거워 지금 세상에서도 마장(魔障)이 사라지지 아니하여 지아비는
적진에 나아가 돌아오지 아니하였고, 어린 아들은 난리를 당해 서로
이별하였습니다. 지아비는 만리 떨어진 전쟁터에 나아갔으니 반드시
칼과 화살의 위태로움에서 벗어나기 어렵고, 이제 막 부모 품에서 떨
어진 어린아이는 어지러운 세상에서 어떻게 삶을 온전히 할 수 있겠습
니까? 불쌍하도다! 짝을 잃고 대를 이을 자식까지 없는 이 사람은 홀
로 살며 구차하게 목숨을 이어갈 생각이 없습니다. 그러나 한 목숨이
모질어 없애고자 하나 그렇게 하지 못하였습니다. 갖고 있던 모든 생
각도 모두 사라져버려 돌아가고자 해도 돌아가 발붙일 곳이 없습니다.
마침내 법계(法界)에 들어와 대자대비(大慈大悲)하신 부처님 아래에
의탁하여 몸을 깨끗이 하고 도를 닦고, 불경을 외고 타나니(陀羅尼)를
읊조리며 지난날에 저지른 잘못을 없애면서 남은 세월을 마치려는 게
제자의 지극한 소원입니다. 불가의 인연에 따라 이미 영원한 맺음을
가졌으면 속세에서의 연업(緣業)은 다시 생각하지 않는 것이 마땅합
니다. 그러나 제자의 사정은 어릴 때에 출가한 다른 스님들과 비교하
면 확연히 다릅니다. 부부가 해로한 은의(恩義)는 삼생(三生)을 지나
도 없어지지 아니하고, 어미가 자식을 사랑으로 기른 윤상(倫常)은 천
겁(千劫)에 펼쳐진대도 남는다고 했습니다. 지금은 비록 속세를 버리
고 산으로 들어왔다고는 하지만 어떻게 전쟁 중에 이별을 당한 사람의
마음까지 사라지겠습니까? 오직 마니대주(摩尼大珠)의 빛으로 멀리
절역(絶域) 밖에까지 비추어 주신즉, 장해 부자의 안위와 생사는 이미
부처님의 굽어 살피심에 있게 될 것입니다. 엎드려 바라옵건대 이 고
단한 사람의 간절한 기도를 불쌍히 여기시고, 저 두 사람이 여기저기
로 흩어진 것을 가엾게 여기시어 임금님의 명령을 받들어 남만에 들어
간 사람에게는 승첩(勝捷)을 올려 돌아오게 하시고, 도적에게 붙잡혀
간 사람에게는 몸을 보존하고 돌아와 골육이 다시 만나 문호를 거듭
일으키게 해주십시오. 또한 즉시 풍도에 공문을 보내 저승을 관장하는
명사(冥司)에게 제자를 맡겨 극락세계에 다시 태어날 수 있게 해 주시

기를 바랍니다.'[75]

위의 예문은 두영의 어머니 양씨가 사월 초파일을 당해 공양을 올리
며 쓴 발원문이다. 양씨는 과거 자신이 입었던 옷을 팔아 공양물을 마
련하고 부처님께 간절히 발원한다. 자신의 처지를 곡진하게 말하고 부
처님의 제자로 살아가기를 맹세하며, 또 다른 한편으로는 헤어진 아들
장두영과의 재회를 축원하고 있다. 양씨가 직접 쓴 이 발원문은 간절하
고 애처로우면서도 아름답다. 불교 용어를 적절하게 제시하였을 뿐만
아니라 발원문의 글자수를 호흡에 따라 조절하고, 대구도 적절히 활용
하였다.

그렇지만 이와 같이 간절하고 아름답게 씌었다고 해서 발원문의 형
식에 맞는 것은 아니다. 종교적 신앙행위로서의 발원문은 4자씩 48구
로 쓰여진다. 간결하면서도 유장한 4자로 불가의 48대원을 상징하는
48구를 갖추어야 한다. 이런 점에서 〈金仙覺〉에 쓰여진 발원문은 원칙
상 발원문의 형식에 정확하게 맞춰져 있지는 않다. 하지만 〈金仙覺〉의
작가가 서사의 진행에 맞춰서 발원문에 이르기까지 다양한 형식의 글
을 써보려고 노력했음을 확인할 수 있다. 그리고 이런 글은 대부분 가

---

75) '子戒言, 齋沐頓首, 謹告于南無釋迦牟尼佛. 窃以弟子前生之罪惡至重, 今世之魔障未
祛, 夫壻赴敵而未還, 稚子當亂而相失. 負羽萬里, 必難脫危於鋒鏑之所, 免懷孤孩, 安知
全生於腥塵之間乎? 哀此失侶絕嗣之人, 宜無獨活苟延之義, 而一命頑然, 欲滅不得, 萬
念俱灰, 欲歸無地. 逐投法界之中, 要依大慈之下, 潔躬修行, 念佛誦呪, 以消旣往之愆尤,
以畢未盡之歲月者, 弟子之至願也. 釋門之因果, 旣以永結, 則俗家之緣業, 宜不更念, 而
弟子情事, 較他幼時出家者, 截然不同. 夫婦偕老之恩義, 閱三生而不泯, 母子慈育之倫
常, 亙千劫而長存. 今雖謝世入山, 烏得無心於干戈中乖離之人乎? 窃惟摩尼大珠之光,
遠照於絕域之外, 則張楷父子之安危死生, 已在佛聖之俯燭矣. 伏乞諒此孤生之祈懇, 矜
彼兩人之分散, 使奉命入蠻者, 獻捷而返, 爲盜所劫者, 保躬而歸, 骨肉更合, 門戶重成.
又卽移牒於豐都, 遄付弟子於冥司, 還生樂地之願.' 〈金仙覺〉 2회.

족의 재회에 대한 희구로 이루어졌다. 실제로 발원문은 모부인 양씨가 전란 중에 남편과 하나뿐인 자식을 잃고 머리를 깎고 중이 되어, 부처님 앞에 처음으로 발원문을 올리는 상황의 처량함과 그에 담긴 헤어진 가족의 안녕을 비는 양부인의 곡진한 마음을 가장 잘 드러낸다.

그렇다면 서간을 비롯한 기타 문예문은 어떤 특징을 지녔는가. 이윤정의 유서(遺書)의 경우를 보자.

> 옛 달[古月]의 음산한 달무리가 보이거든 진나라 거울로 음해로운 마음을 비춰보라. 줄을 메운 활[張弧]이 문을 나서니, 들에 사는 노루[野麕]가 당(堂)을 엿보는구나. 주옥(珠玉)이 밤에 달아나니 누런 수레를 끄는 사람[黃車]이 길을 지시하리라. 古月陰暈, 秦鏡照膽, 長弧出門, 野麕窺堂, 珠玉夜走, 黃車指路云.   〈금선각〉 5회

위의 예문은 이윤정이 딸 경파에게 남긴 유서이다. 두영이 경운을 데리고 집을 떠난 뒤, 호씨는 경파를 자신의 조카 호천과 맺어줌으로써 경파와 두영과의 연을 완전히 끊어 놓으려는 간악한 흉계를 꾸몄다. 경파는 호씨의 간계를 알고, 피할 방도를 고민하다가 문득 위급한 상황이 닥치면 꺼내보라고 했던 아버지의 유서를 생각해낸다. 유서에는 위와 같은 글귀가 적혀 있었다. 그런데 글의 내용은 마치 수수께끼처럼 글의 뜻이 문면에 드러나지 않아서, 그 뜻을 하나하나 풀어나가야 했다.

'고월(古月)'은 호씨(胡氏)를 가리키고, '장호(長弧)'는 장랑(張郞)을 가리킨다. 진경(秦鏡)은 중국 진나라의 시황제가 사람의 선악(善惡)이나 사정(邪正)을 비춰 보았다는 거울의 이름이다. 여기에서는 호씨의 음해로운 마음을 비춰보라는 뜻으로 쓰였다. 또한 "野麕"은 '호천(胡阡)'을 가리키는 것으로, 호천이 경파를 취하려 하는 상황에 대한 암시다. '야

균(野麕)'은 『시경(詩經)』 소남(召南)의 〈野有死麕〉이란[76] 시의 첫장인 "들이라 죽은 노루 흰 띠풀로 싸는데 봄바람 그 아가씨를 길사가 유혹 하네[野有死麕, 白茅包之, 有女懷春, 吉士誘之.]"라는 시구에서 가져온 말 이다. 즉, 여인은 스스로 정결(貞潔)을 지키려고 하는데 남자는 흰 띠풀 로 유혹한다는 의미다. 이런 점에서 '야균(野麕)'은 호천을 비유적으로 표현한 것이다. "주옥(珠玉)"은 '경파(瓊葩)'를 가리키는 것으로 밤을 타 호씨와 호천의 위험으로부터 도망갈[夜走] 것을 말한다.

이 글은 이윤정이 딸의 위험을 예견하고, 위험으로부터 벗어날 방책 을 담은 글이라는 특성에 맞춰 작가는 유서의 형식적이고 일반적인 문 체를 사용하여 내용을 표면화시키지 않았다. 위기를 극복할 수 있는 방책을 적은 글이니만큼 파자(破字)나 미자(迷字)와 같이 그 뜻을 표면 적으로 알 수 없도록 내용을 암호화하여 서술했다. 즉, 한자 수수께끼 인 '파자(破字)'와 '미자(迷字)'를 활용하여 사건의 주체들을 명시하거나, 다양한 전고를 활용하여 내용을 함축적으로 전달함으로써 실제 유서가 갖는 밀서로서의 기능이 잘 부각되었다. 파자(破字)는 한자 수수께끼로 한자에 대한 문식이 있는 독자들에게 흥미소로서의 역할을 담당할 수 있다. 〈金仙覺〉이 문장 연습을 위한 텍스트라 하더라도 그 역시 하나의 이야기이기에 소설적 흥미를 간과할 수는 없다. 이와 같은 파자(破字) 와 미자(迷字)의 활용은 이야기에 대한 흥미와 함께 애초의 〈金仙覺〉 창작 동인인 문장 연습과도 연결되며 작가의 학문적 관심과 지향을 보 여주는 것이기도 하다.

---

76) "野有死麕, 白茅包之, 有女懷春, 吉士誘之. 林有樸樕, 野有死鹿, 白茅純束, 有女如玉. 舒而脫脫兮, 無感我帨兮, 無使尨也吠." 召南 〈野有死麕〉.(朝鮮圖書株式會社編輯部 編, 『原本備旨詩傳集註』, 二以會, 1982, 97~98쪽.)

실제로 다음 미자(迷字)의 경우는 문자의 유희적인 측면을 주제의식
과 연결시키고 있음을 볼 수 있다.

> 전후 꿈에서 보았던 스님은 과연 소흥 길에서 만났던 스님이라. 그
> 가 이른바 금산(金山)은 금선(金仙)이라는 글자와 서로 부합하니, 이
> 상하구나! 前後夢見之僧, 果是紹興路上所遇也. 其所謂<u>金山</u>, 適與<u>金
> 仙</u>字相符, 異哉.."   〈금선각〉 9회

두영이 전공을 세우고 돌아오는 길에 금산사 노승은 두영의 꿈에 나
타나 두영의 헤어졌던 가족과의 재회를 돕는다. 이에 대하여 두영은
자신의 꿈에 현몽했던 노승의 존재에 대하여 의문을 갖는다. 노승은
누구이며, 그가 왜 자신을 도와주는지에 대하여 생각한다. 그리고 꿈
에서 보았던 노승이 지난날 "소흥길에서 만났던 스님이"었다는 것을 깨
닫는다. 그리고 "금산(金山)은 금선(金仙)이라는 글자와 서로 부합"하다
며, 노승을 부처의 현신으로 이해했다. '선(仙)'은 사람(人)이 산(山)에
있는 글자다. 그렇기 때문에 금선(金仙)은 곧 산에 사는 사람을 뜻한다.
이것은 곧 한자 수수께끼인 미자(迷字)이다.

이처럼 〈金仙覺〉은 문예 지향적 특성을 나타내는 시재(詩才)의 과시
와 주소체(奏疏體) 등과 같은 공문서 양식에 이르기까지 다양한 문예문
을 수용하였다. 또한 단순한 문예문의 형식적 차용에 그치지 않고, 파
자(破字)와 미자(迷字)와 같은 문자유희를 활용하여 다양한 방식의 문예
미를 극대화하였음을 볼 수 있다.

IV. 〈금선각〉의 주제의식과 변주

1. 〈금선각〉의 인물형상과 지향 가치

〈금선각〉의 이본인 〈장풍운전〉이 기왕의 연구에서 여타 영웅소설과 달리[1] "과도적 성격"을[2] 지녔음은 누차 지적된 바다. 이는 〈장풍운전〉이 영웅적 가치 지향의 특성과 함께 혼사갈등의 양상도 동시에 지녔음을 말한 것이다. 그리고 이런 특징은 〈장풍운전〉과 동일한 서사 구성을 보이는 〈금선각〉의 경우에도 그대로 적용될 수 있다. 그러므로 여기서는 〈금선각〉이 가지는 〈장풍운전〉과 다른 주제적 면모에 대해 주목하고자 한다. 특히 〈금선각〉의 인물 형상과 지향 가치에 대한 주목을 통해 기왕의 연구 성과를 고찰하고자 한다. 그리고 이를 기반으로 〈금선각〉의 주제의식적인 면모를 선명하게 드러낼 수 있을 것이다.

1) 가문의식 지향형 인물

〈금선각〉에는 다양한 인물이 등장한다. 이런 인물들을 낱낱이 살필 수는 없다. 여기서는 두영과 경파, 장해, 양씨의 인물 형상과 그것이

---

1) 김태준, 박희병 교주, 『증보 조선소설사』, 한길사, 1990, 180~181쪽. ; 설성경, 『한국소설의 구조와 실상』, 영남대 출판부, 1981, 263쪽.
2) 강상순, 「영웅소설의 형성과 변모 양상 연구」, 고려대학교 석사학위논문, 1991, 46~48쪽.

의미하는 바를 살핌으로써 〈금선각〉의 지향하는 바를 확인해 보고자 한다. 특히 두영과 아버지 장해의 인물 형상을 고찰하는 것은 〈금선각〉의 소설적 유형과 관련이 깊다. 영웅소설의 경우, 남성이 무력 영웅의 면모를 지닌다고 보는 것이 일반적인 견해다. 또한 남성 일개인의 중심 서사로 인식되기 일쑤다. 하지만 〈금선각〉에서 경파는 일반적인 영웅소설의 여성인물들과 달리, 서사의 한 축을 담당한다. 그렇기 때문에 두영과 경파의 인물 형상을 살펴봄으로써 〈금선각〉의 영웅소설적 면모와 가치 지향을 확인해 보겠다.

> 황제는 얼굴빛을 온화하게 하고 다정하게 명령을 내렸다. "네가 쓴 대책(對策)을 보니 문장은 여사(餘事)일 뿐이더구나. 경제(經濟)의 높은 재주와 정간(楨幹)의 큰 줄기를 평소 마음속에 쌓아 놓았다가 찬란하게 오늘 문장에 드러냈구나. 그물을 제하고 밧줄을 이끌 듯 착한 것을 드려 임금을 밝은 곳으로 이끄는 격언을 제시하지 않음이 없고, 옛것을 받아 오늘을 이야기하는 것은 덕에 힘쓰고 재앙을 막는 아름다운 계책을 다한 것이다. 무릇 문(文)이라는 것은 도(道)를 싣는 그릇이요, 도(道)라는 것은 국가를 다스리는 근본이라. 네 문장이 이러할진대 도(道)와 치(治)는 진실로 얻었다고 말할 수 있겠구나. 상천(上天)께서 짐을 두텁게 도우시어 이러한 어질고 충성스러운 신하를 주셨으니, 이는 단지 짐에게만 다행일 뿐 아니라 또한 천하의 복이 될지니, 너를 어찌 공경하지 않겠느냐? 특별히 한림학사(翰林學士)를 제수하노라."[3]

---

3) 皇帝玉色春溫, 諄諄下諭曰: "覽爾對策, 文章盖餘事耳. 經濟之高才, 楨幹之大畧, 素所蓄積於中, 而煥然畢露於今日章奏之間, 提綱挈維, 固非陳善納牖之格言, 援古譚今, 儘爲懋德弭灾之嘉謨. 夫文者, 載道之器, 道者, 出治之本也. 其文如此, 道與治, 固可得而言矣. 上天篤棐朕躬, 賚玆碩輔, 匪直爲朕躬之幸, 抑亦爲天下之福, 汝其欽哉? 特除翰林學士"〈金仙覺〉 7회.

위의 예문은 두영이 과거에 장원급제했을 때, 황제가 두영에게 말한
것이다. 두영의 책문(策文)이 범상한 문사의 것이 아님을 말하고 있다.
황제는 두영의 책문이 경제(經濟)의 재주와 정간(楨幹)의 대로(大路)를
문장으로 표현한 것이라고 극찬한다. 또한 문장의 도(道)와 국가를 다
스리는 요체인 치(治)를 모두 갖추었다고 하며, 천하의 복임을 말하고
두영을 한림학사(翰林學士)에 제수한다.

문인으로서의 두영에 대한 황제의 극찬은 차치하고, 한림학사란 직
(職) 자체가 두영이 문인의 전형임을 보여주는 것이다. 이와 같은 문인
의 자질과 과거 시험의 측면에서 보면 〈금선각〉의 두영은 문인의 전형
으로 치부되기 십상이다. 그러나 다음과 같은 사실들은 두영을 단순한
문인으로 이해하는 것을 방해한다.

　　양씨가 정신이 피로하여 침상에 엎드려 잠깐 조는데, 학을 탄 선관
(仙官)이 흰 구름 같은 옷을 입고 은하수와 같은 띠[帶]를 차고 하늘로
부터 내려와 말하였다. "덕을 쌓은 집안에서 오랫동안 대를 이을 자손
[嗣續]이 없어 현사(賢士)와 숙녀(淑女)께서 밤낮으로 상심하시니, 이
는 착한 사람이 복을 받고 악한 사람이 화를 받는다는 하늘의 이치에
어긋나옵니다. 그런 까닭에 상제께서 측은히 여기시어 저로 하여금 특
별히 은전(恩典)을 내려 어진 자손을 점지토록 하셨습니다." 인하여
소맷자락에서 밝은 구슬 하나를 꺼내 주며 말하였다. "이것은 곧 북두
성의 제3성인 녹존성(祿存星)이니, 너는 예를 갖춰 옷을 단정히 하고
그것을 품어라." 양씨가 꿇어앉아 구슬을 받아서 삼키고 하늘을 우러
러 두 번 절하고 일어섰다. 또한 선관에게도 예를 갖춰 사례하였다.[4]

---

4) 楊氏神思惱倦, 伏枕而睡, 有騎鶴仙官, 被白雲之衣, 垂明河之帶, 從天而降曰: "種德之
家, 久無嗣續, 賢士淑女, 日夜疚懷, 有乖於福善之天理, 故上帝惻然, 使我特奉恩旨, 錫

위의 예문은 두영의 탄생과 관련된 전형적인 태몽(胎夢) 화소이다. 이런 태몽 화소는 주인공의 삶과 가치 지향의 복선(伏線) 기능을 한다. 〈금선각〉의 태몽 역시 그러하다. 적선지가(積善之家)에 자손이 없을 수 없으므로 옥황상제가 자손을 점지했다는 것이다. 이와 같은 태몽 화소의 내용은 여타 소설에서 보이는 태몽화소와 크게 다를 바 없다. 다만 선녀가 건넨 구슬이 북두성의 제3성인 녹존성으로 칭해졌다는 점이 다소 특이하다. 사실 녹존성은 고소설의 태몽 화소에서 그리 자주 등장하는 별이 아니다. 북두와 관련될 경우 대개 문(文)을 주관하는 문곡성(文曲星)이나 무위(武威)를 떨치는 무곡성(武曲星)이 등장한다. 그리고 야심찬 인물의 형상으로 탐랑성(貪狼星)이, 개창(開倉)을 주관하는 파군성(破軍星)이 등장하는 경우도 더러 있다.

그런데 〈금선각〉에서는 흔치 않은 녹존성이 두영의 전신(前身)으로 등장하였다. 녹존성은 천록성이라고도 하며 재물(財物)과 지위(地位)를 관장하는 별이다. 특히 전생(前生) 초액(初厄)을 지낸 후 무(武)를 통해 귀(貴)하게 되고 문(文)을 기반으로 군(軍)을 관장한다는 별이다. 태몽 화소로 녹존성을 받았기에 아버지 장해는 북두성 가운데서 가장 빼어나다는 의미의 두영(斗英)이라고 이름 붙인다. 그리고 녹존성의 상징 그대로 두영은 초액(初厄)을 치룬 후 무위(武威)를 통해 부귀(富貴)를 겸전하는 인물로 거듭난다.

녹존성이 지닌 상징에 대한 의미는 절강성의 장도사에 의해 반복된다. 절강성 장도사는 두영이 "제후의 작위를 받고 후왕(侯王)에 봉(封)해질 격(格)"이라며, 인신(人臣)으로서 지극히 귀한 지위에 오름을 말했

爾賢胤." 仍自袖中, 出一顆明珠曰: "此卽北斗第三祿存星. 爾其斂衽懷之." 楊氏跪受吞下, 仰天再拜而起. 又向仙官, 叙禮致謝. 〈金仙覺〉1회.

다. 즉 두영을 두고 "귀(貴)하기는 말로 할 수 없을 정도고, 부(富)하기
는 헤아릴 수 없을 정도"라고 한다. 또한 "어린 나이에 용문(龍門)에 올
라 호월(虎鉞)을 잡을 상(相)"이라고 했다. 더욱이 "사주(四柱)는 아이 때
가 몹시 나빠"서 "고신과숙(孤辰寡宿)이 초운(初運)에 조응"하여 몇 년에
걸쳐 죽을 위기[沖克關煞]를 겪을 것이라고[5] 한다. 한마디로 녹존성의
상징적 의미를 그대로 거듭 진술하고 있다. 이런 점에서 두영은 녹존성
으로서의 삶과 인물 형상을 지녔다고 하겠다. 그리고 그것은 문무(文
武)를 겸전한 부귀(富貴)한 삶인 것이다.

 5~6세가 되매, 심규(心竅)가 밝게 열리고 문사(文思)가 저절로 이
루어져 육예(六藝)의 과목을 마치 새가 날갯짓을 배우듯이 꾸준히 학
습하고, 오언시(五言詩) 짓기를 마치 개미가 흙 나르기를 익히듯이 게
을리 하지 않았다. 서적[簡編]을 보면 눈길이 간 곳마다 문득 해석을
해내고, 꽃과 달을 읊으면 입에서 뱉어내는 것이 문장이 되었다. 마을
사람들도 놀라며 칭찬하지 않는 자가 없었다. 일찍이 『사기』를 읽다가
항적(項籍)이 만인(萬人)을 대적하는 일을 배우겠다고 청하는 대목에

---

[5] "그 상(相)을 보오니 봉(鳳))의 눈에 용의 코요, 제비의 턱에 호랑이의 머리니 어린
나이에 용문(龍門)에 올라 호월(虎鉞)을 잡을 상입니다. 복서(伏犀)가 정수리로 이어졌
고, 붉은 솔개는 어깨에 솟을 듯하니 만년에는 제후의 작위를 받고 후왕(侯王)에 봉(封)
해질 격(格)입니다. 귀(貴)하기는 말로 할 수 없을 정도고, 부(富)하기는 헤아릴 수 없을
정도입니다. 그러나 흰 빛이 천정(天庭)에까지 비치고, 맺힌 기운이 인당(印堂)에 뒤섞
여 있으니 멀지 않은 근심이 눈앞에 있습니다. 또한 사주(四柱)는 아이 때 한하여 몹시
나쁩니다. 고신과숙(孤辰寡宿)이 초운(初運)에 조응하고, 몇 년에 걸쳐 죽을 위기를 겪
으며 떠도는 해가 겹쳐져 있어서, 칠세 전에 몸은 떨어진 낙엽과 같고, 자취는 뜬구름과
같아서, 부모를 이별하여 의지할 데 없는 재앙이 반드시 금년 하반기에 있을 것입니다."
"觀其相, 鳳眼龍準, 燕頷虎頭, 早歲登龍門, 握虎鉞之象. 伏犀貫頂, 朱鳶聳肩, 晚年分茅
土封侯王之格, 貴不可言, 富不可量. 然白色侵于天庭, 滯氣雜于印堂, 乃目前不遠之憂.
且其四柱, 兒限甚惡, 孤辰寡宿, 照應於初運, 冲克關煞, 重疊於流年, 七歲前, 身如落葉,
跡似浮雲. 離親失所之厄, 必在於今年之下半矣." 〈金仙覺〉 1회.

이르자, 흔연(欣然)히 책을 덮고 일어나 동네의 아이들을 불러 모아 오(伍)를 짜고 대(隊)를 나누어 지휘하고 조종하는데, 마치 기율(紀律)이 있는 듯하였다. 시랑이 아이가 너무 빨리 나아감을 꺼려 종종 그가 익히는 바를 금하면, 두영이 아뢰었다. "문장은 지략을 넓히기 위함이요, 무예는 환난에 방어하기 위함이옵니다. 남아가 세상에 태어나면 마땅히 국가의 간성(干城)이 되어야 할진대, 어린 시절에 이를 익혀두지 아니하면 다시 어느 날을 기대할 수 있겠습니까?" 시랑이 듣고 더 더욱 두영의 그릇됨이 큰 줄을 알았다.[6]

위의 예문은 두영의 어렸을 적 인물됨에 대한 기술이다. 그런데 두영의 인물됨이 자못 이채롭다. 문인의 경향을 보이는 듯하면서도 무인의 면모를 동시에 가지고 있다. 전반은 그의 문사적 재능을 묘사했다면 후반은 그가 무인적 기질도 다분함을 서술하고 있다. 두영은 문장에만 매달리는 문사가 아니며, 그렇다고 저돌적인 무인의 형상만 보이는 것도 아니다. 문무를 겸전한 인물로 그려진다. 두영이 육예를 익히고, 오언시를 지으며, 책을 대하면 곧바로 이해하고 문장을 짓는 것에 보이는 뛰어난 재주와 함께 대오를 짜고 군사를 지휘하는 모습도 그려진다. 문에도 뛰어나고 무에도 뛰어난 무인의 모습이다. 그래서 그런지 조숙(早熟)하여 일찍 죽을까 염려하는 아버지에게 두영은, "지략을 넓히기 위한 문"과 "환난에 대비하기 위한 무"를 일찍부터 익히지 않으면 언제 익히겠냐고 말한다. 문과 무에 치우치지 않고 있는 모습, 나아가 무(武)

---

6) 五六齡, 心竅烔開, 文思天成, 鳥習於六藝之科, 蛾述於五言之詩. 閱簡編, 而過眼輒解, 詠花月, 而吐口成章, 鄕里莫不驚嘆. 嘗讀史, 至項籍請學萬人敵, 便欣然掩卷而起, 招集街童, 編伍分隊, 指揮操縱, 如有紀律. 侍郞嫌其進就之太早, 往往禁其所習, 則斗英告曰: "文章所以長智略, 武備所以禦患難. 男兒生世, 當作國家之干城, 少時不講, 更待何日?" 侍郞聞益器之. 〈金仙覺〉 1회.

를 통한 현달(顯達)과 문(文)을 바탕으로 한 병권 장악의 무인적 자질을 그대로 보여주고 있다.

이와 같은 두영의 인물 형상은 다음의 예문에서도 그대로 드러난다. 두영이 재사(才士)의 면모와 함께 무력(武力) 영웅(英雄)의 형상도 아울러 지녔음을 알 수 있다.

> 무릇 두영은 말을 배울 때부터 문리에 밝았던 아이였다. 현명한 스승을 만나매 깊이 탐구하며 가르침을 받아들이고, 지나치는 것마다 모두 해박하게 이해하며, 짓고 쓰는 것이 신기할 정도였다. 문장을 지극하게 구사함이 호방하고, 제법 크고도 웅장한 재주와 기운을 가지며, 붓을 휘두름도 몹시 빨라 순식간에 문장을 만들어내는 재주를 보였다. 통판은 항상 말하기를, "나라에서 만약 아이들에게도 과거 시험장에 가는 것을 허락해 준다면 천하에 이 아이의 적수가 될 사람은 없으리라."[7]

위의 예문은 도적떼가 버리고 간 두영을 이윤정이 구해다가 집에 머물게 하고 아들 경운과 함께 수학할 때 두영을 두고 평가한 부분이다. 두영의 문사적 인물됨은 이윤정의 집안에 머물 때도 분명히 드러난다. 두영은 글을 이해하고 쓰는 것이 호방(豪放)하고 웅장(雄壯)하여, 구구한 선비의 모습만을 보이지는 않는다. 그렇기에 두영의 재주는 천하에서 그의 적수를 찾을 수 없을 것이라는 평가를 받기에 이른다. 한마디로 두영은 문사면서도 문약한 서생이나 단엄한 군자가 아니라 웅장한 재주를 품고 있는 다재(多才)한 면모를 보이는 인물이다.

---

7) 蓋斗英已自學語, 了了於文理者也. 及遇明師, 沈潛承誨, 歷覽該博, 製作神奇, 聘藻宏瀾, 有掣鯨之氣, 揮毫捷疾, 成倚馬之才. 通判常謂國家若使童蒙, 許赴場屋, 則此兒當無敵於天下矣. 〈金仙覺〉 3회.

장생은 원래 귀신의 재주를 따르고 조화옹의 솜씨를 빼앗는 재주를
가지고 있었다. 보잘 것 없는 잡희(雜戱)를 함에 어찌 그저 효빈(效嚬)
하는 데에 그치겠는가? 이에 옷을 떨치고 나아가 부채를 잡고 서서 장
대 위에 높이 솟아오르니 모여 있는 모든 사람들 가운데서도 빼어났다.
몇 마디 빼어난 소리를 하는데, 그 신기한 변화와 신기한 기교는 비록
스스로 칠면곽랑(七面郭郞)이라 하는 자들도 능히 그 끝을 엿볼 수 없
을 정도였다. 창우들은 몹시 감탄하여 기뻐 복종하며, 두영을 추대하여
모임의 우두머리로 삼았다. 인하여 그와 더불어 동행하니, 먹고 입는
것이 풍족하여 더할 게 없었다.[8]

위의 예문은 두영이 굶주림을 이기지 못하여 광대의 무리에 참여하
기 위해 재주를 보이는 장면이다. 두영은 창우 무리의 요구에 따라 자
신의 재능을 보여준다. 그런데 부채를 들고 장대 위에 올라 재주를 부
리는 두영의 모습은 단순한 백면서생의 모습이 아니다. 더욱이 노래하
며 기교를 부리는 모습이 희극 배우의 대명사였던 곽랑(郭郞)보다 뛰어
났다고 했다. 두영은 광대패가 보이는 여러 기예를 못하는 것이 없는
인물로 그려진다.

두영의 이런 능란한 모습은 왕상서의 집안에서도 그대로 드러난다.
창우 무리에서 재주를 팔던 두영이 왕성서의 눈에 띄어 그의 집으로
간다. 왕상서의 집에서 두영이 하던 일은 실로 다양하다. "물 뿌리며
청소하고 손님을 응대하는 규칙과 빈객을 맞이하고 배웅하는 예절과
다른 사람에게 보내는 편지를 대신 쓰는 수고로움"까지 도맡아 한다.

---

8) 張生原來倻神功奪造化之才也. 區區雜戱, 奚但效嚬而止. 遂振衣而出, 披箑而立, 偃蹇
儵幹, 卓拔人叢, 數聲絕唱, 神變奇巧, 雖自謂七面郭郞, 不能窺其涯涘矣. 倡優輩欽歎悅
服, 推讓爲一會之盟主. 仍與之同行, 衣食之節, 豊裕而不匱矣. 〈金仙覺〉 5회.

머슴이 하는 일에서부터 빈객 접대의 수행 업무는 물론이고 편지를 대
신 쓰는 서사(書士)의 일까지 하는 것이다 한다. 그럼에도 불구하고 두
영이 못하거나 처리에 미숙한 바는 없다. 두영은 모든 "일을 물 흐르듯
이 처리"함으로써 다른 종복들의 질투를 사기까지[9] 한다. 두영의 이런
성향은 여성을 대할 때에도 그대로 드러난다.

> 장생이 수마(睡魔)에서 비로소 깨어 눈을 번쩍 뜨니, 어떤 소저가
> 꽃을 헤치며 나무 사이로 가고 있었다. 걸음걸이는 평안하고 태도가
> 단정하며 정숙하였다. 그 빼어난 아름다움을 보자면 피부는 눈과 같고
> 용모는 꽃과 같고, 그 존귀한 몸가짐을 말하자면 산과 같고 강과 같았
> 다. 바로 대야(大爺)의 따님임을 알겠더라. 장생은 놀랍고 두려움을 이
> 기지 못해 급히 자세를 고쳐 일어나 앉는데, 뜻밖에 비단 옷이 머리
> 위에서부터 아래로 떨어졌다. 곰곰이 생각해보니 소저의 마음을 알 것
> 같아, 마음속으로 홀로 기뻐하며 스스로 뿌듯해 하였다. 마침내 품에
> 넣고 그것을 항상 입는 옷처럼 가지고 다녔다.[10]

위의 예문은 두영이 왕소저를 만났을 때의 장면이다. 왕소저는 꿈에
서 본 바가 현실과 일치함을 보고, 자신의 비단 저고리를 두영에게 덮
어준다. 자다 깬 두영은 왕소저의 아름다움에 놀라며 자세를 바로하려
다 비단 옷이 있음을 보고 소저의 마음을 짐작한다. 그리고 마음에 뿌

---

9) 張生在尙書左右, 灑掃應對之節, 賓客迎送之禮, 及夫華翰代勞, 隨事如流, 尙書寵愛, 視
若手足之捍頭目. 奴隸輩大猜其失寵, 嫉之如仇讎. 〈金仙覺〉 6회.

10) 張生睡魔初醒, 眼睫忽開, 何許少姐, 披花穿林而去. 步履安重, 態度端肅, 觀其絶艶之
色, 則雪膚花容, 語其尊貴之儀, 則如山如河, 認是大爺所嬌. 不勝驚怖, 幡然起坐, 料外
錦衣, 自頭上墮地. 黙揣少姐之一點靈犀, 心獨喜自負. 遂貼身着裡, 尙之以常服. 〈金仙
覺〉 6회.

듯해 하며 왕소저의 저고리를 옷 속에 입고 다닌다. 왕소저에 대한 이와 같은 두영의 행동은, 단엄한 군자의 그것과는 거리가 멀다. 오히려 풍유로운 재자나 활달한 영웅의 기상을 띠고 있는 면모라 해야 정확하다. 왕소저와의 만남은 음분한 행동이며, 부모께 고한 후 중매를 내세우는 혼사가 아닌 한 야합(野合)이다. 그러나 두영은 왕소저와의 만남을 야합(野合)이라고 생각하지 않으며, 또한 음란한 행실이라고 여기지도 않는다. 그저 "기뻐하며 스스로 뿌듯해"할 따름이었다.[11] 영웅의 활달하고 자유분방한 면모가 드러난다.

이를 장편 가문소설에 나타나는 단엄한 군자상과 비교해 보자.

처시 됴뎡의 가기를 긋고 곡듕의 한가히 이셔 학을 춤추고 오현금을 어루만져 만승을 헌신 보듯 하며 혹 나귀를 트고 텬하를 렴관하며 혹 쇼션을 지어 슈희예 듕뉴하니 깁흔 산듕의 모진 즘승을 만나미 여러번이로디 처시 혼 곡됴 가스를 브르면 호표싀랑의 뉘 스스로 신히 육회하야 즐겨 도라가고 해티 못하며 만니 창파의 풍셰 불일하여 쥬즙이 업칠 듯하다가도 쳐시 글을 지어 음영하면 믈결이 기름 스손 듯하고 교룡이 귀를 기우려 글을 항복하니 문장과 지혜 이러툿 하고 쏘혼 용미 관옥곳고 풍치 츄월굿트며 톄되 쥰엄하여 사롬가온대 신션이오, 오쟉듕 봉황굿트야 진속 듯글이 업스니 진짓 쳥졍혼 산인이오 긔이혼 쳐시러라 일즉 부인을 동낙 십여년의 부인이 쳐스의 희롱하며 노호오믈 보디 못하엿고 쳐시 부인의 크게 우스며 뎐도히 말하며 불연히 셩내여 소리 놉히믈 듯디 못하니 냥인은 믁믁하고 슉녀는 졍뎡하며 냥인은 슌견하고 슉녀는 유화하야 이려를 두리고 녜이를 공경하야 부뷔 츌입의

11) 두영이 〈구운몽〉의 양소유처럼 풍류적이고 재사적 인물 형상을 일정 부분 지니고 있음은 다음의 논문을 참조할 수 있다. (김민정, 앞의 논문, 2013, 16~20쪽.)

반ᄃᆞ시 서ᄅᆞ 니러 보내고 니러 마ᄌᆞ며 방석을 피ᄒᆞ니 가인복부와 일개 일즉 뎌 부부의 갓가이도 안자시믈 보디 못ᄒᆞ니 이 졍히 공경ᄒᆞᄂᆞᆫ 손과 ᄒᆞᆫ가지러라[12]

위의 예문은 〈소현성록〉에 등장하는 소담의 인물됨을 묘사한 글이다. 그는 처사(處士)로서 공명을 헌신 보듯 하고, 천하를 유람하며 지낸다. 그의 인물됨이 지극히 정대(正大)하여 산짐승이나 시랑(豺狼)이 저절로 물러나고, 심지어 만경창파(萬頃蒼波)의 물결이 불순하다가도 그가 글을 지어 읊게 되면 잔잔해진다. 또한 문장(文章)과 덕행(德行)이 이처럼 뛰어나고 용모도 일월(日月)같고 예모(禮貌)가 준엄하다고 한다. 그런데 더욱 심한 것은 부인과 10년을 살았어도 부인이 처사의 "희롱ᄒᆞ며 노"는 것을 보지 못하였을 뿐만 아니라 소담 또한 양부인이 "크게 우스며 뎐도히 말ᄒᆞ며 불연히 셩내여 소ᄅᆡ 놉히"는 것을 듣지 못했다고 기술하고 있다. 요컨대 군자는 묵묵(黙黙)하여 말이 없고, 숙녀는 정정(貞貞)하여 출입하게 되면 서로 자리에서 일어나 맞고, 방석을 피하여 앉아 가까이 앉는 것을 볼 수 없었다고 한다.

이처럼 소담과 양부인의 인물 형상과 행동은 두영이나 왕소저의 그것과는 판이하다. 소담이나 양부인이 모든 장편 가문소설의 인물을 대변한다고 할 수는 없다. 하지만 뛰어난 문장과 정대한 도학군자(道學君子)와 그에 걸맞는 현숙한 양부인의 인물형상은 문인과 무인의 양면을 동시에 지닌 두영이나 재녀의 형상을 지닌 왕소저와는 현격히 다른 것만은 분명하다. 그렇다고 두영이 〈소대성전〉의 소대성과[13] 같은 저돌

---

12) 이대본 〈소현성록〉 卷之一, 5~6면.
13) 소대성은 한 말의 밥과 열 근의 고기를 한 자리에서 먹고도 배부른 기색이 없는 인물이

적 무력 영웅의 형상만을 지녔다고 볼 수도 없다.

　이런 두영의 인물 형상은 아버지 장해와 연관지을 때 보다 분명하게
이해된다.

　　　금릉(金陵) 지방에 장해(張楷)라는 명사(名士)가 있었다. 장해는 도
　　학(道學)이 깊고 넓었으며, 대대로 재상을 배출한 가문의 후예였다. 어
　　렸을 때부터 타고난 바탕이 밝았고, 지혜와 용기도 겸비하였다. 그는
　　온갖 책을 두루 섭렵했는데, 그 중에도 특히 <포상기(苞桑記)> 읽기
　　를 더욱 좋아하였다. 벼슬길에 처음 나아가서는 사헌부에 뽑혀 들어갔
　　는데, 성품이 몹시 강직하여 다른 사람들과 투합되는 것이 적었다. 권
　　력을 가지고 농간하는 간신을 탄핵하는데, 그 문장이나 발언이 풍파를
　　일으켰다. 그런 까닭에 장해의 명성이 무성하고 날마다 빛을 발해 당
　　시 모든 사람들이 그의 풍채를 사모하며 우러러 보았다.[14]

　위의 예문은 장해의 인물됨을 묘사한 글이다. 장해를 묘사하는 핵심
적 단어는 "도학(道學)"으로, '지용(智勇)의 겸비'와 '항직(亢直)' 등으로
요약된다. 도학(道學)을 바탕으로 자신을 수양한 학문적 배경과 간신(奸
臣)을 배척하는 강직한 성품을 지닌 인물임을 알 수 있다. 그의 관직

　며, 문장을 이루는 정도의 공부를 마친 후에는 학문에 별 관심을 두지 않고 孫吳兵書와
　八陣遁甲術에만 관심을 두는 무인형 인물이다. 그러므로 소대성은 漢高祖나 唐太宗의
　위풍과 기상을 지닌 인물로 평가되며, 이들처럼 무력으로 천하를 평정할 호걸형 영웅으
　로 묘사된다.(飯則一斗之米, 饌則十斤之肉矣. 生心訝之, 似有羞澁蹜踖之色. 丞相曰:
　"吾已料其食量與他人絶異, 豈庸辭哉!" 生泰然而受之食盡, 未有飽餕之狀. …(中略)…
　生旣成文章, 別無究學之事, 而時或潛心於孫吳兵書及八陣遁甲之術 …(中略)… 必天下
　之有意者也. 不然, 豈有漢高祖之威風, 唐太宗之氣像乎. 〈大鳳記〉 2회.)
14) 金陵名士有曰張楷. 盖道學淵源, 宰輔世家也. 自少姿稟文明, 智勇兼備, 汎濫群書, 尤
　喜讀苞桑記. 釋葛之初, 選入霜臺, 性甚亢直, 與世寡合. 彈駁權奸, 筆舌風生, 令聞蔚然
　日彰, 天下想望其風采. 〈金仙覺〉 1회.

이력도 비리와 감찰, 탄핵(彈劾)을 위주로 하는 사헌부에서 시작하였으며, 조정에서 그의 발언은 격한 논쟁을 일으키기도 했다. 도학이 깊은 문인이면서도 강직함을 지닌 인물이었다. 그의 이같은 강직함 때문인지 융만의 침입이 있자 황제는 장해로 하여금 적을 유인하는 장수가 되어 출전토록 한다. 그리고 군공을 세운 후에는 남만을 제압할 부남의 제후가 되도록 한다.

두영의 인물 형상만을 두고 보면, 문인의 면모를 다대(多大)하게 지녔으면서도 행위에 있어서는 무인의 모습을 보임을 알 수 있다. 두영의 이와 같은 인물 형상에 있어서의 특징은 아버지 장해의 형상과도 일정하게 연결된다. 장해는 도학이 깊은 문인이면서도 그 강개한 성품으로 이름을 떨쳤고, 종국에는 장수가 되어 적병을 유인, 부남의 제후가 된다. 장두영 역시 문인이면서도 군공(軍功)으로 제후의 반열에 올라 외적을 물리치는 공로를 세우는 것과 유사하다.

그렇다면, 경파의 모습은 어떠한지 살펴보자.

> "지금 세상에는 위(衛)나라의 공강(共姜)과 송(宋)나라의 백희(伯姬)가 없으니, 나는 누구와 더불어 회포를 말하겠느냐? 맹세코 스스로 목을 찔러 죽음으로써 저승[泉臺]에서나마 열부의 혼을 따르리라. 너는 곧바로 내 간을 내고, 내장을 꺼내 사거리 길가 위에 내걸어서 이 세상 모든 사람들의 눈으로 보게 하여라. 내 바탕 상 천지간에 스스로 부끄러운 마음이 없도다."[15]

---

15) "今之世, 無衛共姜宋伯姬, 吾誰與說懷乎? 誓將自刎, 下從於泉臺烈婦之魂, 汝即披吾肝, 出吾腸, 懸暴於十字街上, 使一世萬目覩了. 我質天地無自愧之心事." 〈金仙覺〉 12회.

위의 예문은 경파가 명현왕의 딸인 조씨의 모해로 궁옥에 갇히게 되
자 통곡하며 하는 말이다. 경파는 자신을 "위(衛)나라의 공강(共姜)과 송
(宋)나라의 백희(伯姬)"와 동렬에서 이야기 한다. 공강과 백희는 모두 정
순한 여인의 표상으로 경파는 이들에 빗대어 자신의 절개와 결백함을
이야기 한다. 또한 경파는 "스스로 목을 찔러 죽음으로써 저승[泉臺]에
서나마 열부의 혼을 따르"겠다고 말하며, 세상 사람들에게 자신의 "간
과 내장을 꺼내 사거리 길가 위에 내걸어" 보여줌으로써 자신의 결백함
을 보여주라고 한다. 이처럼 경파는 추호도 "천지간에 스스로 부끄러
운 마음이 없"다고 말한다. 여기에서 경파의 굳은 절개와 강직한 성품
을 확인할 수 있다. 다음을 보자.

> "어찌 육년 사이에 갑자기 옥서(玉署)의 맑고 높은 곳에 오르고, 철
> 벽(鐵壁)과 같은 큰 공을 세울 것을 뜻하였겠습니까? 또한 새로 좋은
> 짝과 혼인하여 금슬(琴瑟)의 벗이 되고, 예쁘고 아름다운 여인과 희미
> 한 별빛을 밝게 하시었으니, 장부의 쾌활한 즐거움이 아님이 없습니다.
> 화(禍)를 입었던 집안을 다시 일으킨 경사를 그윽이 축하드립니다."[16]

위의 예문은 두영과 재회한 경파가 두영에게 하는 말이다. 두영은
어머니와 아내인 경파를 만난 후에 경운과 함께 이윤정의 집을 나와
겪었던 그간의 사정과 과거에 급제하여 한림원에 들어간 뒤 아내와 첩
을 얻게 된 일에[17] 대하여 말한다. 이를 듣고, 경파는 두영의 현달(顯達)

---

16) "豈意六載之間, 驟登於玉署之淸揄, 鐵壁之膚功也哉? 且新婚好逑, 有琴瑟之友, 婉孌
佳姬, 有嘒星之明, 無非丈夫快活之樂, 窃賀禍家重興之慶."〈金仙覺〉9회.

17) 원수가 먼저 연경사에서 경운과 이별했던 말을 아뢰고, 이어서 구계촌에서 창우(倡優)
들을 따라다녔던 일을 말하였다. 부인과 낭자는 이야기의 주제가 바뀔 때마다 눈물을

함을 감격스러워 한다. 그리고 새로 얻은 부인과 첩에 대해서 "새로 좋은 짝과 혼인하여 금슬(琴瑟)의 벗이 되고, 예쁘고 아름다운 여인과 희미한 별빛을 밝게 하시었으니, 장부의 쾌활한 즐거움"이라고 말한다. 남편과 이별 후에 정절을 지키며 홀로 어머니를 지극히 모셨음에도[18] 남편의 취처(娶妻)함에 대하여 조금도 섭섭해 하거나 투기의 빛을 보이지 않는다. 오히려 두영의 현달로 새 부인과 첩을 얻은 것이 "화(禍)를 입었던 집안을 다시 일으킨 경사"라 말한다. 이는 경파가 두영의 축첩을 가문의 재건과 번성의 상징으로 인식했음을 뜻한다.

축첩은 장편 가문소설에서는 가문 내 갈등의 원인이 되기도 하지만, 영웅소설에서는 영웅성을 드러내는[19] 요소가 된다. 부모와 이별하고 고아가 되었던 두영 역시 입신양명을 통해서 가문을 다시 일으키고, 축첩의 과정을 통해서 가문을 번성할 수 있는 토대를 마련했다. 이로 볼 때, 두영이 가문의 외적 창달에 힘썼다면, 경파는 가문의 내적 정비와 유지에 힘쓰는 인물이다. 경파가 자신의 입장보다는 가문의 안위와

흘렸다. 원수가 이내 과거에 일등[甲科]으로 급제하여 한림원[翰苑]에 들어간 경사스러운 말을 아뢰니, …(중략)…원수는 이내 아내를 얻고 첩을 둔 사연과 서번을 평정하고 남쪽으로 내려온 전후사연의 대강을 차례로 아뢰었다. "元帥先告延瓊寺別瓊雲之說, 次敍九溪村隨倡優之事, 夫人娘子, 隨聽隨淚, 更端輟哭. 元帥乃陳登甲科, 入翰苑之慶, …(中略)… 元帥仍將娶妻卜妾, 西捿南行之前後梗槪, 次苐盡白." 〈金仙覺〉 9회.

18) "기이하고도 이상하구나! 하늘의 이치[天理]와 사람의 정리[人情]가 서로 화합하고 감응하여서 기약함이 없었는데도 자연스레 그리 되었도다! 여러 해 동안 한적한 암자에서 지성으로 효양하여 마침내 늙으신 어머님을 무양케 하고, 까마귀가 반포(反哺)하는 지경이 있었으니, 비록 내 이가 다 없어지고 내 쓸개가 빠진다 해도 어찌 이 은혜의 만분의 일이라도 갚을 수 있겠소?" "奇哉, 異哉! 天理人情, 絪縕相感, 有不期然而然者矣. 積年孤庵, 至誠孝養, 遂使鶴髮無恙, 鳥哺有地, 雖沒吾齒, 而瀝吾膽, 何能報此恩之萬一哉." 〈金仙覺〉 9회.

19) 강상순, 「영웅소설의 형성과 변모 양상 연구」, 고려대학교 석사학위논문, 1991, 38∼39쪽.

번성을 먼저 생각하는 태도는 바로 현숙한 부인으로서의 모습을 잘 보여준다.

이와 같은 현숙한 부인으로서의 면모는 두영과의 결연 과정을 통해서도 확인할 수 있다.

> "옛말에 하였으되, 충신은 두 임금을 섬기지 아니하고, 열녀는 두 지아비를 섬기지 아니한다 하였습니다. 일찍이 장두영과 비록 우사(藕絲)는 서로 이어지지 않았지만, 이미 쓸모없는 나무를 가공하려는 매파가 이미 오고 갔고, 말도 이미 통했습니다. 소녀의 뜻을 버려둔 채 고쳐 새로 짝을 구한다면 차라리 공규(空閨)에서 늙어 죽는 것이 오히려 상쾌할 것입니다."[20]

위의 예문은 명현왕의 딸 경화가 자신의 혼처에 대하여 직접 나서서 발언하는 부분이다. 명현왕은 딸의 혼기가 차자 춘원군을 시켜 두영에게 청혼하였으나, 두영은 이미 취처했음을 핑계로 거절한다. 이에 명현왕이 경화의 다른 혼처를 알아보자, 경화는 화를 내며 "忠臣不事二君, 烈女不更二夫"라 하였는데, 자신은 "일찍이 장두영과 비록 우사[藕絲]는 서로 이어지지 않았지만, 이미 쓸모없는 나무를 가공하려는 매파가 이미 오고갔고, 말도 이미 통했"기에 "새로 짝을 구한다면 차라리 공규(空閨)에서 늙어 죽"겠다고 말한다. 두영에 대한 경화의 태도만 놓고 본다면 절개를 지키는 열녀의 모습이라 칭찬할 수도 있다. 하지만 경화의 태도는 결코 현숙한 여인의 모습이라 기대할 수 없다.

---

20) "古語云: '忠臣不事二君, 烈女不更二夫.' 曾於張斗英, 雖無藕絲之相連, 已有蟠木之先容, 媒已行矣, 言已通矣. 小女之意, 與其違棄改求, 無寧老死空閨之爲, 快也." 〈金仙覺〉 11회.

우선, 경화는 자신의 "뜻을 버려둔 채" 자신의 혼사를 부모가 결정하는 것에 대하여 화를 낸다. 이는 부모에 대한 불경한 태도인 동시에 혼례에도 어긋난다. 원래 혼사는 부모가 주관하여 매파를 통해서 치르게 된다. 그런데 경화는 왕가의 여자임에도 불구하고 예법에 따르지 않고, 두영의 다른 처첩과 같이 자신의 배필에 대한 바람을 적극적으로 피력하는 태도를 보인다. 이와 같은 태도는 승상 왕굉렬의 딸 부용과 거상 원철의 딸 황화뿐만 아니라 명현왕의 딸 경화에 이르기까지 경파를 제외한 모든 처첩에게서 동일한 양상이 보인다.

두영 역시 부용과 황화와의 결연에 있어서 적극적인 태도를 보임과 동시에 이들의 결연은 매파를 통하지도 않고, 부모에게 허락을 구하기 전의 남녀 간의 직접적인 만남을 가진다. 이런 점에서 이들의 결연은 야합에 해당한다. 그러나 이들과의 결연은 부용과 황화는 천정배필의 운명적 만남이며, 처의 지위가 아니라는 점에서 야합의 혐의를 피할 수 있었다.

반면 경파는 애초에 이윤정이 어린 두영을 사윗감으로 데리고 왔을 때부터 자신의 혼처인 두영에 대하여 단 한마디의 말도 덧붙이지 않았다. 이것은 두영에 대한 경파의 마음과는 상관없다. 아버지의 뜻에 따르는 것은 자식으로서 너무나 당연한 것이기 때문이다. 이처럼 경파는 두영의 다른 처첩들과 달리 현숙함과 부덕이 강조되는 인물임을 알 수 있다.

그렇다고 해서 경파의 성품이 봉건 도덕윤리에 교고(膠固)하게 굴지 않는다. 다음을 보자.

'흉계는 헤아릴 수 없고, 음기는 이미 다급해진지라. 지금 만약 이치에
맞는 말로 쉽게 거절해버리면 욕됨과 재앙이 바로 눈앞에서 벌어질 것
이니, 일단은 고식지계(姑息之計)로 속여 위기에서 벗어날 계책을 천천
히 도모하는 것만 같지 못하리라.' 이때에 얼굴색을 온화하게 하고, 목소
리를 부드럽게 하여 대답하였다. "어머니는 하늘이신지라! 양육하신 은
혜가 깊습니다. 아버지를 잃고 의지할 데 없는 고단한 여생이 오직 어머
니께 의지하였사온데, 어떤 일이든 듣지 않고, 무슨 말인들 따르지 않겠
습니까? 다만 먹고 마시는 일을 계속 그만두고 있었던 터라 병이 많고,
얼굴을 씻고 머리를 빗는 일을 오랫동안 폐하고 있어서 모양새가 추합
니다. 이제부터 정신을 다잡고, 며칠 동안 용모를 다스린 후에 좋은 상태
로 화촉을 밝히는 예를 갖추어도 또한 늦지 않을 듯합니다."[21]

위의 예문은 호씨의 위협을 피해 두영이 집을 나간 뒤, 홀로 남겨진
경파가 자신을 음해하려는 호씨의 간계로부터 벗어나기 위해 기지(奇
智)를 발휘하는 부분이다. 호씨는 두영이 없는 틈을 타 경파를 자신의
조카 호천에게 개가시키려 했다. 이에 경파는 임시방편으로 위기를 모
면하기 위해서 태연하게, "어머니는 하늘이신지라, 양육하신 은혜가"
크기에 "어떤 일이든 듣지 않고, 무슨 말인들 따르지 않겠습니까?"라고
거짓말하며 어머니의 뜻에 따를 것임을 말한다. 다만 당장은 "먹고 마
시는 일을 계속 그만두고 있었던 터라 병이 많고, 얼굴을 씻고 머리를
빗는 일을 오랫동안 폐하고 있어서 모양새가 추"하니, "며칠 동안 용모
를 다스린 후에" 어머니의 뜻에 따르겠다고 한다.

---

21) '凶計回測, 陰機已急. 今若顯言輕絶, 則駭辱禍色, 在於目前. 莫如姑息設詭, 徐圖脫
危之策也.' 於是和色柔聲而對曰: "母也 天只 恩深鞠育, 孤露餘生, 惟偏親是依 何事
不聽, 何令不從? 但連輟飮食, 疾恙多矣, 久廢盥櫛, 形貌醜矣. 自今抖擻精神, 數日理容
然後, 好成花燭之禮, 亦未晚也." 〈金仙覺〉 5회.

이를 보면, 앞서 현숙하고 부덕한 규방여성의 연약한 모습보다는 신중하게 눈앞의 위기를 극복해 나가려는 의연(毅然)한 모습을 확인할 수 있다. 그리고 "만방으로 생각해도 다른 계책이 없"자 "오직 스스로 목숨을 끊음으로써" 두영에 대한 절의를 맹세하려고 했다.[22] 그때 마침 위급한 상황에 열어보라던 아버지의 유서를 생각하고 이를 통해서 위기를 극복할 방도를 생각해냈다.

> 이씨는 즉시 베와 비단으로 재단하여 순식간에 옷을 만들었다. 각각 그 옷을 입고 서니, 의연한 모습이 마치 고운 석사(碩士)가 서동(書童)을 데리고 있는 것과 같았다. 이 날 밤 삼경(三更)에 둘은 가벼이 행장을 수습하여 남쪽을 향해 달아났다.[23]

위이 예문은 경파가 아버지가 남긴 유서에 "주옥(珠玉)이 밤에 달아나니 누런 수레를 끄는 사람[黃車]이 길을 지시하리라."는[24] 말에 따라서 달아나는 부분이다. 경파는 아버지가 유서에 남긴 '달아나라'는 한마디 말에 조금의 망설임도 없이, "즉시 베와 비단으로 재단하여 순식간에 옷을 만들"어 시비 자란과 함께 그 날 밤으로 "가벼이 행장을 수습하여 남쪽을 향해 달아"나는 결연한 모습을 보인다. 물론, 아버지의 말에 순종하여 따르는 것은 당연한 도리다. 하지만 아버지와 남편이 부재한 상황에서 경파가 믿고 따라야 할 사람은 계모 호씨이다. 호씨가 비록 간악한 계모이지만 경파를 길러준 어머니이다. 그렇기 때문에 경파

---

22) 李氏萬方思量, 計策無階, 惟以自絕爲誓. 〈金仙覺〉 5회.

23) 李氏卽剪布帛, 頃刻製了, 各服其服而立, 依然若美碩士之携書童. 是夜三更, 收拾輕裝, 向南而走. 〈金仙覺〉 5회.

24) 珠玉夜走, 黃車指路. 〈金仙覺〉 5회.

가 말했듯이 길러준 어머니에 대한 도리로써 어머니의 뜻에 순종하고
따라야 했다. 하지만 경파는 어머니를 거역하고 집을 나갔다. 이런 경
파의 행동은 아버지의 유지(遺志)를 따랐다는 명분으로 용납 받음으로
써, 경파는 끝까지 두영에 대한 절의를 지킬 수 있었다.

이처럼 경파가 목숨과 도덕적 윤리를 저버리면서까지 지켰던 두영
에 대한 절의는 단순히 부덕(婦德)으로서의 절개에 있지 않다. 그것이
곧 흩어졌던 가족이 재회하고, 가문을 재건할 수 있는 토대였다. 경파
는 현숙하고 부덕한 여성으로서 가문의 질서를 유지한다. 하지만 가문
에 닥친 위기 앞에서는 신중하고 결연한 태도로 위기를 극복하여 가문
을 바로 세우고 지키는 인물이다.

이는 두영의 모부인 양씨도 마찬가지다.

> 이 때 양씨는 금계산에 있었는데, 두영이가 떠난 후 그림자조차 없
> 고, 노복들도 모두 흩어져 남은 자가 없었다. 다만 옥매와 함께 옛집으
> 로 찾아오니, 마을은 이미 폐허로 변하고, 집은 모두 잿더미가 되어 있
> 었다. 양씨는 살 마음이 전혀 없어 스스로 목숨을 끊는 것이 의(義)인
> 줄 아나, 그래도 요행히 다시 만날 바람이 있기에 마침내 구차하지만
> 목숨을 보존하기로 마음을 다잡았다.[25]

위의 예문에서 전쟁중에 남편과 하나밖에 없는 아들을 잃은 양씨가
삶의 의지를 다시 다지는 부분이다. 예문을 보면, 양씨는 더 이상 "구차
하게 목숨을 보존"하며 "살 마음이 전혀 없어 스스로 목숨을 끊는 것이

---

25) 此時, 楊氏在金筓山, 斗英去無影矣, 奴僕散無餘矣. 只與玉梅, 來訪故宅, 村閭已成丘
　　墟, 屋宇盡入灰燼. 楊氏頓無生意, 自知自絕之爲義, 而猶有僥倖會合之望, 遂決苟全性命
　　之志. 〈金仙覺〉 2회.

의(義)"라고 생각한다. 하지만 이런 양씨가 다시 살아갈 수 있는 결의(決意)를 다지게 되는 것은 결국 가족과의 재회이다. 양씨는 가족과 "요행히 다시 만날 바람"을 가지고 "구차하지만 목숨을 보존하기로 마음을 다잡"는다. 경파와 양씨는 두영과 장해처럼 과거에 급제하거나 군공을 세워 가문의 외적 재건과 창달을 꾀할 수는 없다. 다만 부녀자인 경파와 양씨가 할 수 있는 최선은 헤어진 가족과의 재회를 통해서 가정을 바로 세움으로써 가문 재건의 기반을 마련하는 것이다.

〈금선각〉에서 두영과 경파는 일반적인 영웅소설의 인물형과 거리를 보인다. 두영은 단순히 무력 영웅의 모습이 아닌, 강개한 도학적 문인이었던 아버지 장해의 영향으로 "지략을 넓히기 위한" 문(文)과 "환난에 방어하기 위한"[26] 무예를 겸비한 인물이다. 경파 역시 비록 여성이지만 수동적으로 운명을 받아들이고 따르기보다는 적극적으로 위기를 극복하는 결연하고 능동적인 인물이다. 그리고 두영의 영웅성과 경파의 결연함이 지향하는 바는 결국 가문의 재건과 창달이었다.

2) 가문의 재건과 창달

그렇다면 〈금선각〉의 장두영은 무엇을 위해 살아가는 인물인가. 즉 문무(文武)를 겸전하고 부귀(富貴)를 이룰 귀한 운명을 가지고 태어난 두영의 삶을 이끌어가는 힘은 무엇인가. 두영은 〈구운몽〉의 양소유와 같이 호한한 삶을 풍유로운 모습으로 살아가는가, 아니면 〈소현성록〉의 소현성처럼 도학(道學) 가문의 명성(名聲)을 회복하려는 삶을 살아가는가. 결론적으로 말하자면, 장두영의 형상은 양소유와 가깝지만 그에

---

26) "文章所以長智略. 武備所以禦患難." 〈金仙覺〉 1회.

게는 '가족의 재회'와 '가문의 재건'은 그 무엇보다 중요한 삶의 과업이었다. 그것은 그가 삶을 살아가는 까닭이자 삶의 절대적 가치였다.

> "한 번 죽고 사는 것은 사람의 당연한 이치라. 만약에 부모님을 모시다가 천명을 마치고 저승으로 돌아가셨다면 고금의 인간에서 누가 이처럼 비통하겠소. 그러나 난리를 만나 서로 헤어진 후, 생사조차 모르오. 호천망극(昊天罔極)함은 시간이 오래되면 오래될수록 더욱 더 깊어집니다."[27]

위의 예문은 두영이 전쟁 중에 헤어진 부모를 그리는 마음의 절절함이 담겨 있다. 두영은 어머니와 부인 이씨를 만나기 위해서 단원사에 정성을 드리러 갔다가 우연히 선방으로부터 들리는 울음소리를 들으며 자신도 모르게 눈물을 흘렸다. 선방에서 들려온 울음소리의 애절함이 곧 부모를 잃고 헤매고 있는 자신의 마음과 같게 느꼈던 것이다. 두영의 부모에 대한 그리움은 폐부까지 파고들었다. 특히 두영은 부모의 생사조차 알 길이 없으니 그야말로 비통할 따름이다. 그리고 그 비통함은 시간이 지날수록 점점 더 깊어진다. 지금 두영이 단원사까지 오게 된 것도 오로지 부모를 만나고자 하는 의지에서 비롯되었다.

두영은 전공(戰功)을 세우고 황성으로 돌아가는 길에 어느 날 꿈에 노승이 나타나 여남으로 가면 어머니와 아내를 만날 수 있다는 말 한마디에 추호의 의심도 없이 가던 길을 돌려 여남으로 갔다. 그리고 두영이 여남의 한 객사에서 쉬고 있을 때, 전에 현몽(現夢)했던 노승이

---

27) 一死一生, 人之常理. 倘使終養天年, 下歸泉壤, 則古今人間, 孰無此痛, 而遭亂相失, 不知存沒, 窮天罔極, 愈久愈深. 〈金仙覺〉 9회.

다시 두영에 꿈에 와서 "마음에 품고 있던 그 분이 멀지 않은 곳에 있다."고[28] 말해주었다. 이에 두영은 노승의 가르침에 탄복하며 노승의 자비에 감사하였다.

> 양씨 부인은 원수의 손을 잡고 통곡하며 말하였다. "내 아들, 두영아! 이게 꿈이냐, 생시냐?" 낭자는 무릎이 닿을 정도로 가까이 앉아 부르짖었다. "우리 집 낭군이시여! 이게 하늘의 도움인가, 신명의 도움인가?" 원수가 이씨 쪽을 바라보니, 분명한 이씨 부인이었다. 또 모친 쪽을 바라보니, 심신이 황홀하여 마치 어리석은 것 같기도 하고 미친 것 같기도 했다. 대개 처음에 비구니와 더불어 문답할 때에는 모든 것이 이씨와 관련된 이야기여서 모친이 갑자기 이를 것은 생각지도 못하고 있었기 때문이다. 머리를 들어 우러러보니 놀라움과 의아함을 진정할 수 없었다. 눈을 씻고 자주 대면하니 슬픔과 기쁨이 서로 교집하였다.[29]

두영이 헤어졌던 어머니와 아내 이씨를 만나는 장면이다. 두영은 노승이 현몽하여 여남으로 가면 "어머니와 낭자를 해후하는 기쁨이 있을 것"이라는[30] 한 마디 말에 황성으로 가던 길을 돌려 여남에 이르렀다. 하지만 여남에 도착한 이후에도 두영은 여남 땅의 어디로 가야 어머니의 행방을 찾을 수 있는 것인지 도무지 그 갈 바조차 알 수 없었다. 이에 부모를 만날 방도를 구하기 위해서 두영은 불공을 드릴 마음으로

---

28) 所懷伊人, 不遠而邇. 〈金仙覺〉 9회.

29) 夫人握手而哭曰: "吾兒斗英! 夢耶? 眞耶?" 娘子促膝而叫曰: "吾家郎君! 天耶? 神耶?" 元帥向李氏看來, 明是李氏. 向母親看來, 心神怳惚, 如痴如狂. 盖始與尼姑, 酬酢問答, 都是李氏談話, 而不圖母親忽然至矣. 舉手仰瞻, 驚訝難定, 拭目頻對, 悲喜交集. 〈金仙覺〉 9회.

30) "必有夫人娘子, 邂逅之便矣." 〈金仙覺〉 8회.

단원사를 찾았다가 그곳에서 어머니와 아내 이씨를 만나게 되었다.

두영의 발원(發願)의 주된 내용은 가족의 재회이다. 그렇기 때문에 두영은 비록 꿈일지라도 가족을 만날 수 있다는 노승의 말 한 마디도 허투루 듣지 않고 기꺼이 가던 길을 돌려 노승의 말을 따를 수 있었다. 두영이 어머니와 아내를 만나던 날도 부처님의 도움으로 가족의 재회를 바라며 자신의 갈 바에 대한 가르침을 얻고자 불공을 드리러 온 길이었다. 그런데 그곳에서 우연치 않게 단원사 이암에 있던 비구니와 이야기를 나누던 중에 두영은 가지고 있던 단삼(單衫)과 옥지환(玉指環)의 확인 과정을 통해서 그토록 그리워하던 어머니와 아내를 만났다.

두영에게 '가족의 재회'와 '가족의 재구성'이란 측면의 절박함은 작품 분량의 특징만 보더라도 〈금선각〉의 주제의 초점이 어디에 있는지 확인할 수 있다.

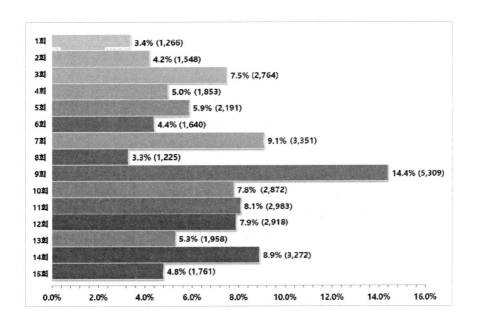

위의 그래프는 〈금선각〉의 각 회의 분량을 도식화한 것이다. 위의
표를 보면 9회의 분량이 다른 부분에 비해 압도적으로 많다. 특히 8회
는 상대적으로 분량이 가장 적다. 〈금선각〉의 각 회의 분량은 전체적으
로 불균형적이다. 이는 앞서 〈금선각〉의 작가가 장회의 형식을 서사를
제시하는 방식으로 활용한 것에서 기인했다. 그럼에도 불구하고 특히
8회와 9회의 분량은 심한 불균형을 보인다. 이런 분량의 불균형은 곧
작품에 담겨있는 작가의 의식적 혹은 무의식적 의도, 또는 지향 가치를
확인할 수 있는 중요한 단서가 된다.

9회는 바로 두영이 헤어졌던 어머니 윤씨와 아내 이씨를 만나는 장
이다. 이에 반해 상대적으로 분량이 적은 8회는 두영이 전장에 나가
무공을 세우는 부분이다. 이로 볼 때, 〈금선각〉의 작가가 지향하는 바
는 일반의 영웅소설에서 지향하는 일개인의 무공이나 영웅성에 있다.

> "중생의 바탕이 어두우니, 부처님의 덕으로써 정히 깨우치게 해주십
> 시오. 부처님의 가르침이 아니면 단지 긴 밤만 있을 뿐입니다. 아! 일
> 찍이 부모를 잃은 어린아이와 같은 내 어리석음이여! 일찍이 속세의
> 그물에 얽혀 있으면서 어머니와 아내의 소식에 어둡기가 마치 잠을 자
> 고 있는 것과 같습니다. 다행히 존사께서 의지할 곳 없는 사람에게 큰
> 자비를 베푸시어 길을 잃고 있던 제게 순간의 일깨움을 주시었으니,
> 이는 이른바 누런 나뭇잎[黃葉]으로 우는 아이를 그치게 하는 것이라
> 하겠습니다. 지금 우리 성천자[徽宗]께옵서 부처님을 존경하사, 다시
> 이름을 지어 '大覺金仙'이라고 하시였으니, 존사께서 참으로 그리 하
> 신 것입니까? 엎드려 바라옵건대 부처님께옵서 큰 깨우침의 덕음(德
> 音)을 더욱 드리우시어 어머님과 아내가 의탁하고 있는 곳을 쾌히 보
> 여주시옵소서."[31]

위의 인용문을 보면, 표면적으로는 두영이 불가의 가르침을 바라는 것처럼 보인다. 하지만 불가의 가르침의 간절함은 불가의 깨우침을 의미하는 것이 아니다. 부처님의 "큰 깨우침의 덕음(德音)을" 통해서 "어머님과 아내가 의탁하고 있는 곳을 쾌히 보"기 위함이다. 두영에게 있어 전쟁 중에 헤어진 부모의 존몰(存沒)과 행방은 언제나 앞이 보이지 않는 어두움과 같다. 부모의 행방을 찾고자 하여도, 부모와 헤어질 당시의 두영의 나이가 겨우 6세로 너무 어렸다. 그렇기 때문에 자신의 이름을 제외하고는 부모의 이름조차 알지 못했다. 이 때문에 두영은 성장한 후, 부모의 행방을 찾고자 하여도 찾을 길이 없었다. 단지, 두영이 부모를 그릴 수 있는 유일한 단서는 자신이 몸에 지니고 있었던 단삼과 청평검뿐이었다. 그런데 어느 날 노승이 두영의 꿈에 나타나 헤어진 부모와 아내를 찾아갈 곳을 일러주었다. 이는 곧 두영의 고백처럼 중생의 어두운 바탕을 밝혀주는 부처님의 덕이요, 부처님의 가르침에 의한 깨달음이다.

이런 점에서 〈구운몽〉에서의 깨달음과는 다르다. 〈구운몽〉은 성진으로 시작하여 양소유로 인간의 욕망 추구와 그것이 지닌 의미의 탐구에 초점이 맞춰져 있다. 양소유는 당시 사대부 남성들이 바라던 외적 지위와 내적 욕망을 모두 이룬 인물형으로 사대부 남성의 판타지이다. 하지만 이 모든 것이 결국은 부질없는 것에 대한 인식으로 이어짐으로써 인간의 욕망에 대한 성찰에 주제의 초점이 맞춰져 있다.[32]

---

31) "衆生以昏闇爲質, 佛靈以正覺爲德, 人非佛敎, 只一長夜而已. 咨我孤蒙, 早落塵網, 母妻消息, 昏黑如寢. 何幸尊師大悲惇獨, 喚惺迷途, 正所謂黃葉止兒啼者也. 今我聖天子(徽宗)尊佛, 更號曰: '大覺金仙' 師眞是耶? 伏乞金仙, 益垂正覺之德音, 快示母妻之寄處." 〈金仙覺〉 9회.

32) 〈구운몽〉을 욕망의 성찰과 응시란 측면에서 주목한 강상순의 논문을 참조할 수 있다.

〈금선각〉이 표면적으로는 불교적 색채를 띠고 있는 것도 〈구운몽〉의 불교적 깨달음에 영향 하에 있었던 것으로 보인다. 하지만 깨달음의 초점이 〈구운몽〉은 인간의 욕망과 성찰에 있다면, 〈금선각〉은 '부모와의 재회'에 있다 하겠다. 실제로 〈금선각〉의 서사는 가족의 재회를 중심으로 진행된다. 작품 전반에 가족의 재회와 재건이 서사의 중심축이 되는 것은 '가족'이 곧 가문의 근간이 되기 때문이다.

〈금선각〉의 서두에 두영의 아버지 장해의 성품이나 내력을 서술하는 자리에서 장해가 〈포상기(苞桑記)〉를 즐겨 읽었다는[33] 언급이 있다. 이것은 〈금선각〉 서사의 중심축이 어디에 있는지를 암시하는 복선적 기능을 한다. 〈포상기〉에서 '포상(苞桑)'이라는 것은 『주역』 〈부괘(否卦)〉의 구오(九五)에 대한 기술처럼, '망할까 망할까 하여 뽕나무 밑동에 매듯 한다[其亡其亡 繫于苞桑].'는[34] 뜻이다. 언제 비운(否運)이 다시 이르러 망하지나 않을까 염려하면서 단단한 뽕나무에 잡아매듯 미리 철저한 대비를 한다는 경계이다. 즉 '포상(苞桑)'이란 뽕나무 뿌리에 얽어매듯 '근본을 확고하게 다진다'는 뜻을 내포한다. 여기서의 근본은 수신에 있어서의 완벽함이나 일처리에 있어서의 완전함을 의미하기도 하지만, 〈금선각〉의 '포상(苞桑)'은 근본으로서의 가족이다. '포상(苞桑)'은 뿔뿔이 흩어진 가족의 굳건한 재결합을 상징한다.

이처럼 〈금선각〉에서 가족의 재회를 문제의식의 중심에 둔 것은 그것이 곧 가문 번성의 근간이며, 현실의 문제를 해결해 나갈 수 있는

(강상순, 「구운몽의 상상적 형식과 욕망에 대한 연구」, 고려대 박사학위논문, 1999.)

33) 어렸을 때부터 타고난 바탕이 밝았고, 지혜와 용기도 겸비하였다. 그는 온갖 책을 두루 섭렵했는데, 그 중에도 특히 〈苞桑記〉 읽기를 더욱 좋아하였다. 自少姿稟文明, 智勇兼備, 汎濫群書, 尤喜讀苞桑記. 〈金仙覺〉 1회.

34) 金赫濟 校閱, 『原本集註 周易』, 明文堂, 1987, 87쪽.

기저가 되기 때문이다. 〈금선각〉은 헤어진 가족과의 재회를 근간으로
가문의 번화함을 추구하는 것이다. 다음을 보자.

> 승상이 공무를 마치고 부친을 모시기 위해 당에 올라 곁에서 돌보
> 니, 노왕이 원림(園林)의 누각을 둘러보고 탄식하며 말하였다. "아름답
> 구나, 궁실의 높음이여! 이것은 국가의 크고도 아름다운 은혜로다. 백
> 척 높은 누각과 천 칸 큰 창고의 조성(造成)이 며칠 걸리지 않고 이루
> 어졌으니, 복을 받음이 하늘과 같구나. 향연과 노래로 건물의 완성을
> 즐김으로써 조금이나마 성상께서 내려주신 덕음(德音)에 화답함을 어
> 찌 생각하지 않을 수 있겠느냐?" 이에 비단 장막을 설치하여 노왕 내
> 외가 나누어 앉고, 화려한 자리를 깔아 노소의 순서대로 자리를 정하
> 였다. 술잔이 서로 오가고, 음악은 계속해서 연주되었다. 이때는 봄바
> 람이 화창하고 봄빛도 밝았다. 뜰 앞의 온갖 꽃은 향기를 내뿜으며 아
> 름다움을 다투고, 수풀 사이에서 갖가지 새들은 봄을 노래하며 소리에
> 화답하였다. 그것이 족히 사람으로 하여금 시정(詩情)을 불러일으키
> 고, 기이한 생각을 용솟음치게 하여 스스로 금할 수가 없었다.[35]

위 인용문은 화창한 봄날에 노왕(魯王)이 가족들과 원림(園林)에 모
여서 유락하는 부분이다. 노왕과 그 가족은 지난날의 고통은 잊은 채,
지금의 편안함과 기쁨을 온 가족이 모여 함께 시로써 토로하며 즐긴다.
"백 척 높은 누각과 천 칸 큰 창고의 조성이 며칠 걸리지 않고 이루어졌
으니, 복을 받음이 하늘과 같"다는 노왕의 기쁨에 찬 탄식을 통해서 두

---

35) 丞相自公退食, 上堂侍側, 魯王顧園林臺樹而歎曰: "美哉, 宮室之崇! 此國家弘庥之恩.
高樓百尺, 大廈千間, 告成不日, 受賜如天. 盍思所以宴饗歌頌以落之, 少答聖上眷注之德
意乎?" 於是, 設錦帷, 而內外分坐, 鋪綺席, 而老少列序, 罍觴交錯, 笙簧迭奏. 于時,
惠風和昶, 淑景宣朗, 庭前萬葩, 吐芬而爭艶, 林間百鳥, 鳴春而和聲, 足令人鼓吹詩腸,
湧出奇思, 自不能禁也. 〈金仙覺〉 11회.

영의 가문의 영화를 확인할 수 있다. 전쟁으로 부모를 잃고 유리걸식하던 6살의 두영이 과거급제를 하여 새로운 가족을 맞이하고, 군공을 쌓음으로써 헤어졌던 가족을 다시 만나고 가문을 재건하였다. 그리고 그러한 가문의 영화와 번성을 원림과 누각의 건립을 통해서 다시 한 번 더 보여준다. 이로써 그간의 두영과 그의 가족들이 겪었던 고난은 오히려 영광을 위한 초석이 되었고, 현재는 번성한 가문만이 있을 뿐이다.

"봄바람이 화창하고 봄빛도 밝았"으며, "뜰 앞의 온갖 꽃은 향기를 내뿜으며 아름다움을 다투고, 수풀 사이에서 갖가지 새들은 봄을 노래하며 소리에 화답"하고 있다. 이때에 비단 장막을 설치하여 노소가 자리를 정해서 술잔을 주고받고 음악이 계속되는 가운데 흥취가 올라서 서로 시정(詩情)에 따라 한 수씩 읊었다. 여기에서는 더 이상 가족을 만나기 위한 두영의 절박한 몸부림은 없다. 다만 지난날의 고단한 삶에 대한 보상인 듯이 여유로운 삶의 행복함만이 가득 그려져 있다.

그런데 위의 장면은 〈구운몽〉에서 양소유가 이룩한 가문의 번성을 보여주는 낙유원 잔치와 흡사하다.

> 승상이 날을 잡아 유부인을 모시고 나라에서 내려준 새 집으로 들어갔다. 정부인과 난양공주가 진숙인을 거느리고 폐백을 받들어 신부의 예를 행하니 위의의 훌륭함과 부인의 기쁨은 말로 형용할 길 없었다. 승상이 두 궁에서 내린 금은으로 삼 일 동안 계속 장수 비는 잔치를 열었다. 천자가 음악을 내려 주고 내외 빈객은 조정이 모두 옮겨온 듯 하였다. 승상이 채색 옷을 입고 두 공주와 차례대로 일어나 옥 술잔을 받들어 유부인께 장수를 빌자, 부인이 크게 기뻐하고 온자리가 모두 축하하였다.[36]

위의 예문에서 양소유는 고향에 계신 어머니를 도읍으로 모시고 와서 비로소 취처한 예를 갖추고, 어머니의 장수를 기원하는 잔치를 3일에 걸쳐 최대한 화려하고 성대히 치른다. 〈금선각〉의 녹림원 잔치에서 가문의 번영을 보여주려고 했던 것처럼, 〈구운몽〉의 경우도 화려한 잔치를 통해 번성한 가문의 여유로움을 보여준다. 특히, '낙유원 놀이'에서 양소유와 월왕은 풍류의 극한을 서로 겨룬다. 물론 이런 유사한 모티브에도 불구하고 각각의 작품이 지향하는 바가 다르다. 〈구운몽〉에서는 〈금선각〉의 두영이 보였던 삶의 절박함이나 진지함은 없다.

요컨대 〈금선각〉은 가족의 재구성과 그 번성함을 그리는 것을 목표로 하고 있다. 그 가운데서도 특히 흩어진 가족을 재구성하는 것에 대한 절절한 염원을 금선(金仙)의 일깨움으로 달성하고, 그를 기반으로 가문의 번성을 이룩하고, 그 영화로움을 누리는 양상을 보인다. 이것은 기존 연구에서 〈장풍운전〉의 후반부에 나타나는 사혼처로 인한 처처갈등이 장편 가문소설적인 전통과 관련이 있음을 지적한 것도 이와 같은 맥락이라 할 수 있다.

2. 〈금선각〉과 〈장풍운전〉의 주제적 거리

〈금선각〉의 주제의식이나 지향 가치에 대한 이해는 양방향에서 가능하다. 그 첫째 방향은 〈구운몽〉이나 〈소현성록〉과 같은 전대 소설의

---

36) 丞相擇日奉柳氏, 入國賜新舍. 牽鄭夫人及蘭陽公主秦淑人, 奉幣行新婦之禮, 威儀之盛, 夫人之喜, 不可以言語形容矣. 丞相以兩宮所賜金銀, 連三日設壽宴. 天子賜樂, 內外賓客傾朝廷. 丞相治彩衣, 與兩公主次第而起, 奉玉杯獻壽于柳夫人, 夫人大歡, 四座稱賀矣. 〈구운몽〉 13회.

전통과 어떻게 차별되는가와 관련된 측면이다. 다른 한 방향은 이본인 〈장풍운전〉과의 주제적 거리를 확인하는 것이다. 여기서는 〈장풍운전〉과의 주제적 거리를 확인하기 위해서 결연, 과거와 군담, 가족의 재회 등으로 나누어 고찰하겠다.

1) 결연을 통한 가문의 재건

〈금선각〉에서 두영은 이윤정의 지인지감(知人知鑑)으로 구원을 받은 뒤, 이윤정의 딸 경파와 혼인을 한다. 하지만 두영의 장모 호씨의 핍박으로 처가를 떠난 뒤에, 두영은 부용과 황화와도 결연하게 된다. 이와 같이 두영이 부용과 황화와 결연하게 되는 결연양상은 〈장풍운전〉에서도 동일하게 나타난다.

> ①
>
> 상서와 부인 정씨가 일찍이 사위를 고를 것을 의논하는데, 소저가 곁에 있다가 나지막하게 아뢰었다. "남녀의 혼인은 인간의 대사입니다. 하늘이 정한 인연에 있는 것으로, 사람의 힘으로는 용납할 수 없습니다. 그러니 양친께옵서는 과도히 근심하지 마시고, 다만 때를 기다리는 것이 마땅하옵니다. 소녀의 배필은 다른 데에 있지 않습니다. 나아가서는 상장군의 절월(節鉞)을 세우고, 들어와서는 대승상의 인수(印綬)를 차는 사람과 가히 결혼할 것입니다. 그렇지 않다면 비록 심규(深閨)에서 늙어 죽는다 하더라도 맹세코 가시덤불[蓬蓽] 아래에 사는 가난하고 청빈한 선비[窮措大]의 아내가 되지는 않겠습니다." 그러자 상서가 웃으며 말하였다. "출장입상(出將入相)한다는 것은 세상에 드문 영준(英儁)이니, 내 어진 딸과 함께 한 세상에 태어나기가 어려울 것이다. 네가 스스로 기약하는 바가 너무 지나치지 않으냐?" 소저는 수줍음을 머금은 채 대답도 하지 않고 물러났다.[37] 〈金仙覺〉 6회

②

　연장 육순의 아들리 업고 다만 일녀을 두어시니 일홈은 부용이라 용
모 결식이요 녀공 지질리 셰상의 쌍이 업스미 부모 극키 스랑ᄒ여 퇵
셔ᄒ긔을 근심ᄒ더니 풍운이 상셔딕의 잇셔 스환ᄒ미

<장풍운전> 36장본

　위의 예문은 장두영과 왕굉렬의 딸 부용의 결연담으로, 〈금선각〉에
서는 부용이 과년한 딸을 걱정하는 부모에게 자신의 배필에 대한 생각
을 이야기한다. 그런데 〈장풍운전〉에는 "부모 극키 스랑ᄒ여 퇵셔ᄒ긔
을 근심"할 뿐, 부용이 자신의 배필에 대하여 말하는 내용이 없다.

　실제 〈금선각〉과 〈장풍운전〉은 분량의 편차가 있다. 하지만 두 이본
간의 화소별 비율을 살펴보면 큰 차이가 없다. 예컨대, 위의 두영과 부
용의 결연담의 경우도 〈금선각〉 468자(1.3%), 〈장풍운전〉 413자(1.2%)
로 두 이본간의 화소의 비율이 유사함을[38] 알 수 있다. 즉, 두 이본 간
의 분량에 따른 내용의 비례적 확대·축소는 있을 수 있지만, 기본적인
화소의 유무에는 큰 차이가 없다. 그럼에도 불구하고, 두 이본 간에 특
정한 내용의 출입은 보이다. 이처럼 내용의 출입은 두 이본의 지향점의
차이를 나타낸다.

　위의 예문 ①을 보면, 왕승상과 그의 부인 정씨가 딸의 사윗감을 놓
고 고민하고 있을 때 딸 부용이 스스로 자신의 배필에 대한 뜻을 명확

---

37) 尙書與夫人鄭氏, 常論擇壻, 少姐在傍, 低聲告曰: "男女婚姻, 人間大事, 在於天緣, 不
　容人力. 兩親不必過慮, 但宜俟時而已. 小女配匹, 不在於他, 出建上將軍節鉞, 入佩大丞
　相印綬者, 可以結婚. 不然則雖老死深閨, 誓不作蓬蓽下窮措大之妻也." 尙書笑曰: "出
　將入相, 自是希世之英儁. 與我賢女, 生並一世難矣. 汝之所自期者, 無已太過乎?" 少姐
　含羞不答而退. 〈金仙覺〉 6회.

38) 황화의 결연담 역시 〈金仙覺〉 431자(1.2%), 〈장풍운전〉 336자(1%)로 거의 유사하다.

하게 밝힌다. 부용의 말을 빌어보면, 남녀의 혼인은 "하늘이 정한 인연에 있는 것으로, 사람의 힘으로는 용납할 수 없"다고 말한다. 부용의 이런 생각은 천정배필에 대한 것으로, 이후 두영과의 만남이 하늘에서 맺어준 필연적인 것임을 강조한다. 특히, 부용은 "나아가서는 상장군의 절월(節鉞)을 세우고, 들어와서는 대승상의 인수(印綬)를 차는 사람과 가히 결혼할 것"이라고 말함으로써, 자신의 배필에 대한 바람을 뚜렷하게 드러낸다. 이와 같은 배필감에 대한 부용의 생각은 "심규(深閨)에서 늙어 죽는다 하더라도 맹세코 가시덤불[蓬蓽] 아래에 사는 가난하고 청빈한 선비[窮措大]의 아내가 되지는 않겠"고 하는 말에서 얼마나 확고한 것인지를 짐작할 수 있다.

〈장풍운전〉의 부용과 두영의 결연담은 왕상서의 딸 부용에 대한 소개와 아래 예문의 부용의 꿈으로 간략하게 그려졌다.

　　　이날 낭즈 수질ᄒ다ᄀ 긔운이 곤ᄒ여 침셕의 으지ᄒ엿더니 춘풍이 몸을 인도ᄒ여 후원 화게로 드러가니 모란화 밋틔 황용이 셔렷거날 보니 그 이미 우희 시겨시되 디원수겸 상장군이라 ᄒ여시미 놀너 ᄭᅵ다르니 남가일몽이라 홀노 동산의 올나 가니 모란화 밋틔 ᄒ 소년이 누어 좀을 드러거날 놀너 보니 황용이 장희에 셔려ᄂᆞᆫ 듯 션풍도골리 진셰스롭갓지 아니 ᄒ거날 ᄆᆞ음의 크게 긋거 가만니 송금단 져고리을 버셔 소년의 머리을 덥고 나오더니 이쩌 풍운이 잠을 ᄭᅢ여 보니 표표졍졍ᄒᆞᆫ 틱도와 아름다온 거동이 ᄉᆞ롭의 졍신을 놀너더라 풍운이 ᄆᆞ음의 흡모ᄒ여 이러나려 ᄒ더니 머리에 업덧 의복이 잇거날 살펴보니 송금단 져고리라 심중의 디희하여 옷속의 입고 나오니 노복의 곤ᄒ미 층양 업더라.
　　　　　　　　　　　　　　　　　　　　　　　　　　〈장풍운전〉

위의 예문은 부용의 몽사(夢事)다. 앞서 〈금선각〉에서는 부용이 배 필감에 대한 자신의 생각을 표출하던 것과 달리, 〈장풍운전〉에서는 부 용에 대한 간단한 소개와 함께 부용과 두영의 결연의 연결고리가 되는 부용의 몽사(夢事)만 서술되어 있다.

부용은 꿈에 "모란화 밋틔 황용이 셔렷거날 보니 그 이믜 우희 싀겨 시되 듸원수겸 상장군이라" 씌어져 있는 꿈을 꾸었다. 이것은 〈금선각〉 에서 부용이 "나아가서는 상장군의 절월(節鉞)을 세우고, 들어와서는 대승상의 인수(印綬)를 차는 사람과 가히 결혼할 것"이라고 밝혔던 것 에 부합한다. 이와 같은 부용의 꿈은 서사의 확대에 따른 차이는 있지 만, 내용은 동일하다.

다만 꿈을 꾼 후의 부용의 반응에서 차이가 있다. 〈장풍운전〉에서는 "놀니 씨다르니 남가일몽이라"고 일컬으며, 동산에 올라서 모란화 밑 에 누워있는 두영을 발견하고, 그런 두영의 모습이 "황용이 장희에 셔 려는 듯 션풍도골리 진셰 스룸갓지 아니"함을 기뻐하며, 자신의 송금 단 저고리를 벗어 소년의 머리에 덮어 주었다.

그런데 〈금선각〉에서는 꿈에서 깬 부용이 "이는 심상한 꿈자리가 아 니니 가서 봐 보리라"며 자신의 꿈을 확인하기 위해 후원으로 간다. 이 는 〈장풍운전〉에서 잠에서 깬 부용이 '남가일몽'으로 생각했던 것과 다 른 반응이다. 그리고 후원으로 간 부용이 모란꽃 아래에 누워있는 두영 의 모습이 꿈속과 같음을 보고, "어진 임금이 어진 재상을 얻는 것과 숙녀가 좋은 짝을 만나는 것은 먼저 징험이 있다고 하던데, 하늘의 이 치가 참으로 무고하지 않구나."라고 말하는 부분이 첨가 되어 있다. 이 는 앞서, 배필에 대한 부용의 적극적인 생각을 드러내는 서술이라는 점에서는 동일한 맥락으로 이해할 수 있다.

이와 같이 동일화소간 〈금선각〉과 〈장풍운전〉의 내용의 출입양상은 두영과 황화의 결연에서도 나타난다. 〈장풍운전〉의 황화에 대한 소개는 "일홈은 황화라 용모긔졀이 쌍이 업"다고만 간략하게 제시되어있다. 그런데 〈금선각〉에서는 "모습은 옥을 깎아놓은 것과 같고, 얼굴은 순화(舜華)와 같아 이른바 경국지색이라 할 만"하며, "행동거지와 언어는 모두 규구(規矩)에 따라 재상가에서 자란 현숙한 규수 아래에 놓이지 않았다. 심지어 여공(女工)과 글을 짓는 것 모두에도 지극히 정묘하였다."고[39] 장황히 설명한다. 물론 이것은 〈금선각〉과 〈장풍운전〉의 분량의 차이에서 비롯된 서술의 확대·축소에 의한 것일 수도 있다. 하지만 서술의 장황함을 차치하고도 그 내용을 살펴보면 작가의 의도를 확인할 수 있다. 황화는 원철의 딸로서 원철은 상인에 불과하다. 그런데 황화에 대한 용모와 재질에 대한 묘사는 여느 재상가의 현숙한 숙녀와 방불하다.

"아버님! 이 무슨 말씀이십니까? 단지 때를 잃었다는 것만 근심하시고, 사람을 택한다는 말씀은 전혀 없으시니 사랑하는 딸의 사정에 어긋날까 두렵습니다. 만약 우리와 같은 부류의 집안에서 남자를 구해 시집보내려고 하신다면 어느 곳 어느 집안에 그럴만한 사람이 없겠습니까? 그러나 소녀의 소원은 아버님의 생각과 크게 다릅니다. 이 시대의 남자 중에서 손자(孫子)나 오자(吳子)와 같은 신비한 책략을 갖고 겸하여 방현령(房玄齡)과 두여회(杜如晦)의 명망을 갖추면서, 곤외(閫外)를 나가면 삼군을 다스리고, 조정에 들어가면 백관을 총솔하는 사람입니다. 어려서 이미 아내를 맞이했다면, 소녀는 희첩이 된다 하더라도 어찌 족히 사양하겠습니까? 발자취를 따른다 해도 도리어 영광이

<hr>

39) 名曰黃花, 形如削玉, 顔如舜花, 眞所謂傾國絕色. 雖生長於閭閻商家, 而動止言笑, 皆循規矩, 不下於卿相家閨英. 至於女工筆翰, 俱極精妙. 〈金仙覺〉 6회.

될 것입니다. 그렇지 아니한즉 비록 이백(李白)과 두보(杜甫)의 문장
이라든가 왕도(王導)와 사안(謝安)의 풍채라 하더라도 한 번도 안 보
겠습니다. 차라리 저 월전(月殿)에 올라 항아(嫦娥)와 더불어 만고(萬
古)의 상혼(孀魂)이 되는 것만 못할 것입니다."[40]

　위의 예문은 〈금선각〉에서 황화가 부모님께 자신이 원하는 배필에
대하여 말하는 대목이다. 황화 역시 배필에 대한 소망은 〈금선각〉에서
만 나타난다. 황화는 혼기를 놓친 자신을 걱정하는 부모님께, "단지 때
를 잃었다는 것만 근심하시고, 사람을 택한다는 말씀은 전혀 없으시니
사랑하는 딸의 사정에 어긋날까 두렵"다며 혼기의 때를 놓친 것이 문제
가 아니라 어떤 사람을 만날 것인지가 중요함을 이야기한다. 곧 황화가
자신의 배필에 대한 명확한 생각을 가지고 있음을 알 수 있다.
　황화가 원하는 배필은 "이 시대의 남자 중에서 손자(孫子)나 오자(吳
子)와 같은 신비한 책략을 갖고 겸하여 방현령(房玄齡)과 두여회(杜如晦)
의 명망[令望]을 갖추면서, 곤외(閫外)를 나가면 삼군을 다스리고, 조정
에 들어가면 백관을 총솔하는 사람"이다. 그리고 황화는 이런 사람이
라면, "희첩이 된다 하더라도" 기꺼이 따르겠다고 말한다. 또한 황화는
"이백(李白)과 두보(杜甫)의 문장이라든가 왕도(王導)와 사안(謝安)의 풍
채"도 싫다고 말한다. 그리고 손자나 오자의 책략을 겸비하고, 방현령
과 두여회와 같은 명망을 갖춰서 삼군을 통솔하고, 조정의 백관을 총솔

---

40) "爺爺, 是何言也? 只有失時之慮, 絶無擇人之言, 恐欠於愛重女兒之至情也. 若取同儕
之家, 求得男子之身, 則何處何門, 無其人乎? 小女之所願, 大異於爺爺之意, 當世男子
中, 早抱孫吳之神韜, 兼負房杜之令望, 出閫外而管轄三軍, 入朝端而總率百揆者. 早已
娶聘, 則小女爲其姬妾, 何足辭也? 獲奉履綦, 還爲榮矣. 不然則雖李杜之文章, 王謝之風
采, 不足以一顧. 寧不如登彼月殿, 與嫦娥共作萬古之孀魂也." 〈金仙覺〉 6회.

하는 사람이 아니라면, "월전(月殿)에 올라 항아(嫦娥)와 더불어 만고(萬古)의 상혼(孀魂)이 되는 것만 못할 것"이라고 말함으로써, 자신의 결심의 단호함을 말한다. 여기서 황화가 꿈꾸는 배필은 문사적 자질만을 갖춘 사람이 아니라, 천하를 호령하고, 조정에 나아가서는 모든 백관들까지도 총솔할 수 있는 문무를 두루 겸비한 영웅임 알 수 있다. 그리고 황화가 제시한 배필감은 〈금선각〉의 두영의 모습과 합치된다.

이처럼 〈금선각〉의 부용과 황화는 〈장풍운전〉과 달리 자신의 배필에 대한 소망을 명확하게 제시한다. 부용과 황화의 입을 빌린 배필에 대한 소망은 곧 두영의 미래에 대한 정보가 된다. 두 사람이 흠모하는 배필의 타고난 기상과 자질은 문무(文武)를 두루 갖춘 두영의 모습이다.

〈장풍운전〉과 달리 〈금선각〉은 두영의 자질과 미래의 모습에 대하여 명확하게 제시한 되어 있다. 그것은 두영이 흩어졌던 가족과 재회하고 가문을 재건하기 위한 삶의 목표와도 연관된다. 〈금선각〉에서 남녀의 결연은 〈장풍운전〉에서처럼 단순히 영웅성을 획득해 가는 과정의 흥미소가 아니다. 남녀의 결연은 곧 성가(成家)를 뜻하고, 그것은 가문을 이루기 위한 토대이다.

그렇기 때문에 〈금선각〉과 〈장풍운전〉의 부용과 황화의 결연담이 화소의 비율적인 측면에서는 별반 다르지 않다 하더라도, 두 이본 간의 배필감에 대한 직접적 언급의 유무는 작품의 주제의식과 연결된다. 즉 〈장풍운전〉이 가문의 형성을 통해 영웅성을 획득해 간다면, 〈금선각〉의 영웅성의 지향은 가족의 재회와 가문의 재건에 있다.

2) 과거(科擧)·군공(軍功)을 통한 영웅성의 성취

〈금선각〉에서 두영은 과거급제와 두 번의 전쟁을 통해서 자신의 능력을 인정받고, 영웅적 면모를 갖춤으로써, 가문의 내적 결속력을 더욱 견고히 한다. 여기에서는 두영의 입신양명의 기저인 과거와 군담 화소를 중심으로 〈금선각〉과 〈장풍운전〉을 비교·고찰해 보겠다. 먼저 두영의 과거급제 부분부터 보자.

> 네가 쓴 대책(對策)을 보니 문장은 여사(餘事)일 뿐이더구나. 경제(經濟)의 높은 재주와 정간(楨幹)의 큰 줄기를 평소 마음속에 쌓아 놓았다가 찬란하게 오늘 문장에 드러냈구나. 그물을 제하고 밧줄을 이끌듯 착한 것을 드리워 임금을 밝은 곳으로 이끄는 격언을 제시하지 않음이 없고, 옛것을 받아 오늘을 이야기하는 것은 덕에 힘쓰고 재앙을 막는 아름다운 계책을 다한 것이다. 무릇 문(文)이라는 것은 도(道)를 싣는 그릇이요, 도(道)라는 것은 국가를 다스리는 근본이라. 네 문장이 이러할진대 도(道)와 치(治)는 진실로 얻었다고 말할 수 있겠구나. 상천(上天)께서 짐을 두텁게 도우시어 이러한 어질고 충성스러운 신하를 주셨으니, 이는 단지 짐에게만 다행일 뿐 아니라 또한 천하의 복이 될지니, 너를 어찌 공경하지 않겠느냐? 특별히 한림학사(翰林學士)를 제수하노라.[41]

위의 예문은 두영이 과거에 급제하여 한림학사를 제수 받는 부분이다. 여기에서 황제는 두영의 대책(對策)에 대하여 직접 평을 하고 있다.

---

41) 覽爾對策, 文章盖餘事耳. 經濟之高才, 楨幹之大畧, 素所蓄積於中, 而煥然畢露於今日章奏之間, 提綱挈維, 罔非陳善納牖之格言, 授古譚今, 儘爲懋德弭灾之嘉謨. 夫文者, 載道之器, 道者, 出治之本也. 其文如此, 道與治, 固可得而言矣. 上天篤棐朕躬, 賚玆碩輔, 匪直爲朕躬之幸, 抑亦爲天下之福, 汝其欽哉? 特除翰林學士. 〈金仙覺〉7회.

황제는 두영의 문장이 "옛것을 받아 오늘을 이야기하는 것은 덕에 힘쓰고 재앙을 막는 아름다운 계책을 다한 것"이라며 그의 뛰어난 문장을 칭찬한다. 그리고 "무릇 문(文)이라는 것은 도(道)를 싣는 그릇이요, 도(道)라는 것은 국가를 다스리는 근본이"라면서 문(文)에 대한 인식까지도 드러낸다.

그런데, 위의 예문과 같은 두영의 문장에 대한 황제의 평은 〈장풍운전〉에는 없다. 〈장풍운전〉에서는 "하날리 이 스름을 뉘여 짐을 주시도다"라고[42] 간략하게 제시될 뿐이다. 이는 위의 예문에서 "상천(上天)께서 짐을 두텁게 도우시어 이러한 어질고 충성스러운 신하를 주셨"다고 하는 부분과 동일한 것이다. 즉, 〈장풍운전〉에서 과거(科擧)는 풍운의 영웅성을 획득하기 위한 수단에 불과하다. 〈장풍운전〉에서는 황제에게 인정을 받는 것만으로 족했기 때문에 더 이상의 서술은 필요치 않다.

앞서 결연담에서는 〈금선각〉과 〈장풍운전〉이 작품내의 비중이 비율적인 면에서는 차이가 없었다. 하지만 여기에서는 〈금선각〉 417자(1.1%), 〈장풍운전〉 216자(0.6%)로 두 이본간의 차이는 앞서 결연부분과 달리 2배 가까이 난다. 또한 자수 비교이기에 한문과 한글의 표기체제에 따른 차이까지 감안한다면 분량상의 비중을 확연히 확인할 수 있다. 이처럼 〈금선각〉에서 유독 〈장풍운전〉과 달리 두영의 문장에 대하여 서술하는 것은 곧 문(文)에 대한 관심의 표명이다. 그리고 문(文)에 대한 관심은 〈장풍운전〉에서는 찾아볼 수 없는 〈금선각〉만의 특징이고, 두영을 영웅성에도 영향을 미친다. 앞서 부용과 황화는 그들의 배필감으로 문무를 모두 겸비한 인물을 원했고, 바로 과거는 두영의 문재(文才)를 인정받는

---

42) 완판 36장본 〈장풍운전〉

일차적 관문인 것이다. 그렇기 때문에 유독 〈금선각〉에서는 두영의 문
(文)에 대하여 황제의 입을 빌려 칭찬했던 것이다.

　그렇다면 군담의 경우는 어떠한가. 군담은 영웅소설의 가장 큰 특징
이다. 그럼에도 불구하고 〈금선각〉과 〈장풍운전〉에서는 군담이 매우
소략하다. 〈금선각〉에서는 군담이 총 3번이 나온다. 처음은 아버지 장
시랑이 남만의 침입으로 황제의 부름을 받고 떠나는 것으로, 가족 이산
(離散)의 계기가 된다. 다음은 서번의 난이며, 두영이 첫 출정하게 된
다. 여기에서 두영은 큰 군공을 세우고, 가족의 재회와 함께 가문을 재
건하는 계기를 마련한다. 마지막 군담은 여진족[金狄]의 침범으로 두영
이 두 번째 출정이다. 그런데, 마지막 군담은 앞서의 두 군담에 비하여
더욱 소략하다. 실제 두영이 출정한 후에, "황막한 땅[不毛]에 깊이 들
어가 병사를 귀신같이 써서 북을 한 번 울림에 여진족이 두려워하며
모두 굴복하였다."는[43] 것으로 두영이 여진족을 제압하고 승리했다는
것만 제시될 뿐이다. 이처럼 마지막 군담의 서술이 더욱 소략했던 것은
마지막 군담은 군담 자체를 흥미소로 활용한 것이 아니라, 조씨와 이씨
의 처처갈등을 진행하기 위한 보조적 장치에 불과했기 때문이다. 〈금
선각〉의 군담 화소를 살펴봄으로써, 〈금선각〉에서 군담이 가지는 의미
를 확인해 보겠다.

　〈금선각〉의 군담은 장시랑 176자(0.5%), 두영의 첫 출정 1,096자
(3%), 두영의 두 번째 출정 185자(0.5%)로, 전체 내용의 4%(1,457자)이
다. 이는 〈장풍운전〉의 경우도 크게 다르지 않다. 〈장풍운전〉은 장시
랑 147자(0.4%), 풍운의 첫 출정 1,408자(4.1%), 풍운의 두 번째 출정

---

43) 丞相深入不毛, 用兵如神, 桴鼓一響, 金狄慴服. 〈金仙覺〉 13회.

195자(0.6%)로 전체 내용의 5.1%(1,750자)로 〈금선각〉보다 조금 높은 비중을 차지한다. 이는 앞서 〈장풍운전〉에서 두영의 문(文)에 대한 관심이 없었던 것과는 달리, 두영의 군담을 보다 확장했다는 것은 〈장풍운전〉이 〈금선각〉보다는 군담을 중심으로 영웅적 가치를 획득해 가는 화소에 더욱 관심을 기울였음을 알 수 있다.

〈금선각〉에서 핵심적 군담화소인 두영의 첫 출정을 보자.

> "한림 장두영이 육도(六韜)를 통달하고 흉중(胸中)에는 만갑(萬甲)을 가슴에 품었으며 천지조화의 이치와 일월성신의 운세에 요연하니, 기회에 따라 분명하게 변통하고, 전술의 변칙과 원칙을 변환시키는 술법 및 성문을 열고 닫으며 적을 농락하는 분별력이 있어 지혜를 활용함이 기막히게 하니, 참으로 한(漢)나라의 신하 장량과 제갈량 이후 유일한 사람이라 하겠습니다. 폐하께옵서는 단(壇)을 마련하여 대장의 벼슬을 내리시고, 절월(節鉞)을 하사하시며, 민첩하면서도 예리한 군사를 발하여 곤외(閫外)의 책임을 오롯이 하게 한 즉 반드시 한 달에 세 번 승리하여 승전 소식을 폐하께 아뢴 후 전쟁을 끝내서 돌아올 것입니다.[44]

위의 예문은 서번의 난이 일자 조정의 신하들이 황제에게 두영을 추천하는 대목이다. 그런데 군담의 화소가 〈금선각〉보다 조금 더 확장되어 있는 〈장풍운전〉에는 이 대목이 "할님학ᄉ 댱풍운 지략을 겸ᄒᆞ야 족키 당ᄒᆞ올 거시니 명초ᄒᆞ옵소셔"로 매우 소략하다. 반면, 〈금선각〉

---

44) "翰林張斗英, 心通六韜, 胸藏萬甲, 天地造化之理, 日月星辰之運, 瞭然於應機之際, 奇正變化之術, 闔闢籠絡之權, 悅惚於運知之間, 眞漢臣張良諸葛亮後一人也. 陛下設壇, 拜大將, 賜節鉞, 發輕銳, 使專閫外之責, 則必一月三捷, 奏凱振旅而還矣." 〈金仙覺〉 8회.

에서는 전쟁에 대하여 황제와 제신들이 모여 논하고, 또 장수를 추천하는 부분이 구체적으로 서술되어 있다. 또한 장두영을 추천하는 신하들의 언술을 보면, 두영을 "한(漢)나라의 신하 장량과 제갈량"에 비하며, 그가 출정해야 함을 주달(奏達)한다. 그런데, 한나라의 장량이나 제갈량은 모두 전쟁에 나아가 무(武)의 기량(技倆)을 발휘하여 전투에 임하는 무장이 아니라, 지략과 전술로서 전쟁을 승리로 이끄는 사람들이다. 즉, 〈금선각〉에서는 무장(武將)의 조건을 단순히 용(勇)에 두는 것이 아니라, 지략(智略)을 함께 겸비한 사람을 군대의 통솔자로 인정하고 있음을 알 수 있다.

또한, "폐하께옵서는 단(壇)을 마련하여 대장의 벼슬을 내리시고, 절월(節鉞)을 하사하시며, 민첩하면서도 예리한 군사를 발하여 곤외(閫外)의 책임을 오롯이 하게한즉 반드시 한 달에 세 번 승리하여 승전 소식을 폐하께 아뢴 후 전쟁을 끝내서 돌아올 것"이라고 한다. 이는 매우 관용적이고 상투적인 표현이다. 이것 역시, 앞서 문(文)을 중시하는 〈금선각〉의 특성을 생각할 때, 소설적 상황에 대한 보다 정형화되고 형식화된 서술이라고 생각된다.

3) 가족의 재회 중심의 가족서사

〈금선각〉은 영웅의 지향 가치와 가문의 재건과 유지로 나뉘어진 서사구조를 갖고 있다. 그리고 〈금선각〉이 여타의 영웅소설에 비하여 군담이 약화되어 있는 것과 대비하여, 가족서사는 확대되어 있다. 〈금선각〉에서 두영이 서번의 난을 평정하고, 몽사를 통해서 어머니와 부인 이씨를 만나기까지의 화소는 2,683자로 전체 작품의 7.3%를 차지한다. 〈장풍운전〉의 경우에도 3,116자로 전체의 9.2%를 차지한다. 〈금선각〉

과 〈장풍운전〉 두 이본에서 가족의 재회는 작품의 주제와 관련하여 매우 중요하다. 이처럼 작품 내적 비율로만 본다면, 〈장풍운전〉이 〈금선각〉에 비하여 훨씬 확대되어 있다.

그럼에도 불구하고, 〈금선각〉에서 〈장풍운전〉보다 확대된 내용이 있다. 바로 꿈을 통해서 모부인 양씨와 부인 이씨와의 만남을 예비하는 부분이다. 이 부분은 〈금선각〉 488자(1.3%), 〈장풍운전〉 424자(1.2%)로 서술되었다. 동일한 화소로 한글의 장황한 표기에도 불구하고 〈금선각〉의 내용이 더욱 확대되어 있다는 것은 주목할 필요가 있다.

> ①
> 서천관에서 출발한 원수는 서평관에 이르러서 잠시 진을 머물렀다. 그러던 중 갑옷을 입은 채로 잠이 들었다. 그때 홀연 흰 구름 한 조각이 날려 와 군영 가운데에 가득히 뿌려지더니, 검은 옷을 입은 한 노승이 지팡이를 끌며 앞으로 나아와 빙그레 웃으며 말하였다. "원수가 어버이를 생각하고 아내를 추억하는 정리가 두터운데, 혹 왕사(王事)로 바빠서 그 마음이 다소 느슨해지지 않았는지요? 그렇지 않다면 황제가 계신 도읍으로 직접 가는 길을 택하지 말고, 남방을 향해 오른쪽으로 돌아서 가다가 여남(汝南) 지방으로 방문해서 가면 반드시 부인과 낭자를 해후하는 기쁨이 있을 것입니다." 말을 마치기도 전에 놀라 깨달아 눈을 뜨니, 이미 노승은 보이지 않았다.[45]

---

45) 元帥自西川關, 行至西平關, 暫時留陳, 枕鎧而睡, 忽有白雲一片, 飛滿營中, 緇衣老僧, 携節而前, 莞爾而笑曰: "元帥思親憶妻之情, 或恐少弛於王事鞅掌之時耶? 不然則勿取皇都直路, 向南方右轉, 訪汝南而行, 必有夫人娘子, 邂逅之便矣." 言未已, 驚悟開睡, 已不可見. 〈金仙覺〉 8회.

②

　여러 날만의 평셔관의 나와 쉴시 긔운이 곤ᄒ여 침석의 의지ᄒ여더니 ᄒᆫ 노승이 육환장을 잡고 와 이로디 "원슈 딩공을 일위고 오시니 질겁습건이와 부모을 ᄎᆞ즈려ᄒᆞ거던 녀남 소로로 ᄀᆞ시면 낭ᄌᆞ와 맛ᄂᆞ리다" 간디 업거날 놀ᄂᆡ ᄭᆡ다르니 남가일몽이라[46]

　예문 ①은 두영이 서번의 난을 평정하고 서평관에 머물 때, 꿈에 노승이 나타나 모부인 양씨와 부인 이씨의 만남을 예비하는 장면이다. 노승은 두영의 꿈에 나타나, 왕사(王事)에 바빠서 잃어버린 부모와 처에 대한 생각을 잊은 것은 아닌가 하고 두영의 현실을 깨우친다. 입신양명을 하기 전에 두영은 "금계산에서 겪은 이별의 고통은 세월이 갈수록 깊어지고, 옥지환을 나누던 이별은 이르는 곳마다 생각이 솟구"쳐[47] 매양 헤어진 부모와 아내 생각에 마음 편안할 날이 없었다. 노사가 "추억하던 정리가 두텁다던 말은" 바로 이를 두고 하는 말이다. 그런 그가 왕굉렬의 구원으로 그 집 사환이 되면서 몸은 고단해도 더 이상 떠돌지 않고 한 곳에 머물 수 있어서 다행이었다.

　그리고 원철의 집으로 심부름을 간 후에는 그의 몸은 왕상서댁에서 사환을 할 때 보다 더욱 편안해졌다. 이에 원철에 집에서 기거하는 동안 두영은 과거에 응시할 수 있었고, 한림학사가 되어 이제는 높은 군공까지 세웠다. 삶이 고단할 때는 그 고단한 몸으로 마음까지도 더욱 약해졌을 것이다. 가족과 헤어진 자신의 신세는 고단한 몸의 무게만큼이나 더욱 큰 아픔이고 한이었다. 이제 두영은 과거급제와 군공을 통해

---

46) 〈장풍운전〉 완판 36장본.

47) 張生金笄之痛, 與歲俱深, 玉環之別, 隨處興思. 〈金仙覺〉 6회.

서 지난 날의 자신의 한을 풀 차례였다. 이를 노승은 두영을 꿈을 통해
서 다시금 일깨워 준 것이다.

하지만 예문 ②〈장풍운전〉에서 노승은 "원슈 딕공을 일위고 오시니
질겁습건이와 부모을 츠즈려ᄒ거던 녀남 소로로 ᄀ시면 낭즈와 맛ᄂ리"
라고만 말한다. 앞서 〈금선각〉의 예문 ①에서 나타났던 두영의 헤어진
가족에 대한 마음을 헤아리는 언술은 없다. 다만, "딕공을 일위"었기에
자신의 힘의 기반을 닦은 풍운이 이제는 그에 헤어진 가족을 찾을 차례
임을 이야기하는 것이다. 즉, 가족에게서 분리되었던 풍운이 입신양명
을 통해서 힘을 기르고, 헤어졌던 가족을 다시 만나는 것으로 그려진다.
풍운 일개인의 영웅지향성을 보여주고 있는 것이다. 〈장풍운전〉의 가족
재회는 군담이 확대되어 있으나, 이것이 곧 가족 재회의 지향을 나타내
는 것은 아니다. 〈장풍운전〉의 가족 재회 서사가 〈금선각〉에 비하여
확대된 것은 모부인 양씨와 부인 이씨의 만남의 서술을 극화시켜 독자의
감정적 호소를 통한 이야기의 흥미를 극대화하기 위한 것이다.

〈금선각〉에서 가족과의 재회를 절실히 바라는 두영의 마음은 다음
예문에서도 드러난다.

> 원수가 여남(汝南) 지방에 들어가 객사에서 잠을 자다가 문득 꿈을
> 꾸었는데, 노승이 다시 와서는 '마음에 품고 있던 그 분이 멀지 않은
> 곳에 있다.'고 말해주었다. 그러자 원수가 일어나 절하며 말하였다. "중
> 생의 바탕이 어두우니, 부처님의 덕으로써 정히 깨우치게 해주십시오.
> 부처님의 가르침이 아니면 단지 긴 밤만 있을 뿐입니다. 아! 일찍이
> 부모를 잃은 어린아이와 같은 내 어리석음이여! 일찍이 속세의 그물에
> 얽혀 있으면서 어머니와 아내의 소식에 어둡기가 마치 잠을 자고 있는
> 것과 같습니다. 다행히 존사께서 의지할 곳 없는 사람에게 큰 자비를

베푸시어 <u>미도(迷途)한 저를 불러서 깨우치시니</u>, 이는 이른바 누런 나
뭇잎[황엽(黃葉)]으로 우는 아이를 그치게 하는 것이라 하겠습니다.
지금 우리 성천자(聖天子)[휘종(徽宗)]께옵서 부처님을 존경하사, 다
시 이름을 지어 '<u>대각금선(大覺金仙)</u>'이라고 하였는데, 존사께서 정말
그분이십니까? 엎드려 바라옵건대 부처님께옵서 큰 깨우침의 덕음(德
<u>音</u>)을 더욱 드리우시어 어머님과 아내가 의탁하고 있는 곳을 쾌히 보
여주십시오."[48]

두영은 어머니와 부인 이씨를 만나기 위해서 꿈에 노승이 알려준 여
남으로 갔다. 그리고 그곳 객사에서 쉴 때, 노승이 다시 두영에 꿈에
나타나서 "마음에 품고 있던 그분이 멀지 않은 곳에 있다."고 알려준다.
그러자 두영은 "어머니와 아내의 소식에 어둡기가 마치 잠을 자고 있는
것과 같"다 말하며, "어머님과 아내가 의탁하고 있는 곳을 쾌히 보여"
줄 것을 간청한다. 여기에서 두영의 가족에 대한 간절함을 확인할 수
있다. 두영에게 있어서 가족의 재회는 바탕이 어두운 중생이 "부처님
의 덕으로써 정히 깨우"침을 얻는 것과 같다. "일찍이 부모를 잃은 어린
아이와 같은 내 어리석음이여! 일찍이 속세의 그물에 얽혀 있으면서
어머니와 아내의 소식에 어둡기가 마치 잠을 자고 있는 것과 같습니
다."라고 말하는 그의 고백에서, 두영은 홀로 부귀영화를 누린다 하더
라도 헤어진 가족을 만나지 못한다면 언제까지나 어둠속에 갇혀 있는 것
과 같다. 그렇기 때문에 두영은 부처님의 가르침을 통해서 깨우침을 받고

---

48) 元帥入汝南, 宿於客舘, 乍成一夢, 老僧又來言:"所懷伊人, 不遠而邇." 元帥起拜曰:
"衆生以昏闇爲質, 佛靈以正覺爲德, 人非佛敎, 只一長夜而已. 咨我孤蒙, 早落塵網, 母
妻消息, 昏黑如寢. 何幸尊師大悲悍獨, 喚惺迷途, 正所謂黃葉止兒啼者也. 今我聖天子
(徽宗)尊佛, 更號曰:'大覺金仙' 師眞是耶. 伏乞金仙, 益垂正覺之德音, 快示母妻之寄
處."〈金仙覺〉9회.

자 했던 것이고 그 깨우침은 바로 가족과의 재회를 가능케 한 것이다.

이것은 곧 〈금선각〉의 가치지향이 가족재회에 있음을 말한다. 〈금선각〉은 두영을 통해서 영웅 일개인의 영웅성을 획득해 가는 과정에 초점을 맞춘 것이 아니라, 가족의 재회에 초점이 맞춰져 있다. 이와 같은 가족에 대한 간절함은 〈장풍운전〉의 풍운에게는 없다. 다만 "부모와 낭ᄌ난 어딘"에 있는지 묻고, 찾을 뿐이다.

두영의 간절한 부탁에도 노승은 자신은 "금산사(金山寺) 화주승에 불과할 뿐"이며, "우연히 부인과 낭자가 의탁한 곳을 알았을 뿐"이라고 말한다. 그리고 "이별과 만남은 천운(天運)과 관계되지 않는 것이 없"기에, "가벼이 누설하지는 못"한다며, "다만 정성이 이르면 금석(金石)도 뚫는지라" 정성을 다하면 곧 만날 수 있을 것이라는[49] 말만 남기고 홀연히 또 사라진다.

> 원슈 평셔관의 쩌ᄂ 여러 날만의 여남의 이르러 밤을 지니더니 노승이 쏘와 이로디 "부모와 이씨을 보고져 ᄒ거든 지성으로 ᄎᄌ면 만나 보려니와 그러치 아니면 어려올지라" 원슈 반겨 문 왈 "노승은 뉘시며 부모와 낭ᄌ난 어디 게시닛ᄀ" 노승 왈 "졍셩이 잇ᄉ오면 무슴 못ᄎᆯ 잇ᄀ 녀남 쏘의셔 만나리다" 원슈 쏘 문 왈 "노승은 뉘시닛ᄀ" 노승 왈 "금산ᄉ 화쥬로소이다" ᄒ고 간디 업거날 ᄭᆷ을 ᄭᅵ여 싱각ᄒ니 '노승이 은혜을 ᄀᆸ노라 ᄒ고 지시ᄒ도다' ᄒ고 마음을 진졍치 못ᄒ여 싱각ᄒ되 '졍셰ᄒᆫ 산당의 나아ᄀ 불젼의 졍셩으로 비리라'[50]

---

49) "不過爲金山寺化主僧, 而偶認夫人娘子之寄於寄處. 然人生離合, 不關天運. 天運幽夐, 不可以輕洩. 但誠之所到, 金石可透"〈金仙覺〉9회.

50) 〈장풍운전〉완판 36장본.

〈장풍운전〉에서 노승은 다시 풍운의 꿈에 나타나서, "부모와 이씨을 보고져 흐거든 지성으로 츠즈면 만나 보려니와 그러치 아니면 어려"울 것이라고 말한다. 이에 대하여 풍운도 "노승은 뉘시며 부모와 낭즈난 어딕 게시닛マ"라고 묻고 있지만, 앞서 〈금선각〉의 예문에서 보았던 어머니와 아내가 의탁한 곳을 찾고자 하던 간절한 마음은 나타나지 않는다. 그리고 노승이 "정성이 잇스오면 무슴 못츠즐잇マ 녀남 쓰의셔 만나리다"라며, 자신은 "금산ㅅ 화쥬로소이다"라고 말하고는 또다시 간데 없이 사라진다. 그런데 꿈에서 깬 풍운은 지난날 자신이 시주를 하였던 금산사 화주승이 "은혜을 굽노라"고 생각한다. 이는 풍운이 금산사 화주승의 현몽(現夢)을 불교적 응보(應報)로[51] 이해한 것이다.

하지만 〈금선각〉의 두영은 〈장풍운전〉의 풍운과 같이 금산사 화주승의 현몽(現夢)을 불교적(佛敎的) 응보(應報)로 이해하지 않는다.

> '전후 꿈에서 보았던 스님은 과연 소홍 길에서 만났던 스님이라. 그가 이른 바 금산(金山)은 금선(金仙)이라는 글자와 서로 부합하니, 이상하구나! 그 때에는 스스로 화주승이라 하기에 나도 또한 그저 한 노스님으로만 인식했을 따름이었지. 그런데 오늘은 누워 자는 동안에 두세 번이나 와서 보이니, 이는 고단한 인생의 맹인이 지팡이로 땅을 짚으면서 길을 찾는 것을 불쌍히 여기시어 방거사의 딸 영조가 문을 열도록 깨우쳐 주심이라'[52]

---

51) 김준형은 "〈金仙覺〉이 철저하게 불교적 응보관에 기초한다."고 보았다.(김준형, 「〈金仙覺〉의 발굴과 소설사적 의의」, 『고소설연구』 18, 한국고소설학회, 2004, 160쪽.)

52) 前後夢見之僧, 果是紹興路上所遇也. **其所謂金山, 適與金仙字相符, 異哉.** 當時, 自稱化主, 故吾亦認之以一老僧而止矣, 今於寢寐之間, 再三現相而來, 知是憐孤生之冥塘, 闢靈照之門路也.〈金仙覺〉 9회.

　두영은 자신의 꿈에 연이어 나타나서 어머니와 아내를 만날 것을 암시해 주는 금산사 화주승을 〈장풍운전〉과 같이 노승이 지난날의 은혜를 갚기 위해서 "지시ㅎ"는 것으로 이해하지 않는다. 두영 역시 풍운과 같이 "전후 꿈에서 보았던 스님"이 "소흥 길에서 만났던 스님이라"는 것을 깨닫는다. 하지만 〈장풍운전〉의 풍운과 같이 화주승의 연이은 현몽(現夢)이 자신의 어머니와 부인의 재회를 응보에 따른 "지시"라고 생각하지 않는다. 노승의 현몽은 곧, "고단한 인생의 맹인이 지팡이로 땅을 짚으면서 길을 찾는 것"과 같이 자신이 가족을 잃고 헤매는 것을 부처님이 "불쌍히 여기시어 방거사의 딸 영조가 문을 열도록 깨우쳐 주"는 것과 같이 가족과 재회할 길을 깨우쳐 주는 것이라고 생각한다. 즉, 〈금선각〉의 가족재회는 금선의 깨달음의 결과라 하겠다. 이로 볼 때, 〈금선각〉에서 가족의 재회는 영웅 일개인의 영웅성을 획득해 가는 보조적 서사가 아니라 금선의 깨달음을 통해서만 얻을 수 있는 서사의 핵임을 알 수 있다.

　그리고 이와 같은 〈금선각〉의 주제의식은 '금선각(金仙覺)'이라고 하는 제명에서도 확인할 수 있다. 앞서 두영은 여남의 객사에서 연이은 노승의 현몽에 대하여 "미도(迷途)한 저를 불러서 깨우"침으로 가족과의 재회의 길을 열어주었다고 생각했다. 그리고 자신으로부터 가족을 만날 수 있는 깨달음을 주는 금산사 화주승이야말로 "성천자(聖天子)[徽宗]께옵서 부처님을 존경하사, 다시 이름을 지어 '대각금선(大覺金仙)'이라고 하였는데" 노승이 바로 '대각금선이 아닌가' 하고 반문하다.

　여기에서는 〈금선각〉과 〈장풍운전〉의 주제의식의 거리를 확인하기 위하여 결연, 과거(科擧)와 군담(軍談), 가족의 재회의 화소로 나누어 각각의 이본간의 특징을 비교 고찰하였다. 〈금선각〉과 〈장풍운전〉처럼 동일한 서사구조를 가지고 있는 두 이본이 지향하는 바는 단순히 화소 간의 비교로는 확인할 수 없었다. 동일한 화소라 하더라도, 초점을 어디에 두었는가에 따라서 작품이 지향하는 바가 달라진다.

〈금선각〉은 〈장풍운전〉에서는 없는 부용과 황화가 자신의 배필감에 대한 생각을 밝히는 부분이 첨가되어 있다. 그리고 부용과 황화의 이상 적인 배필은 곧 두영임을 확인할 수 있었다. 〈장풍운전〉에서 남녀의 결연은 풍운의 영웅성을 획득해 나가는 과정의 일부이기에 〈금선각〉과 같이 서로의 배필에 대한 생각은 중요하지 않다. 〈금선각〉은 남녀의 결연이 이후 가문을 형성하고 유지하는 기반이 된다는 점에서 〈장풍운 전〉과 달리 여성 인물 개개인으로 나누어 세부적이고 구체적으로 서술 되었다.

과거(科擧)와 군공(軍功) 화소에서도 두 이본간의 차이를 보였다. 〈금선각〉은 문(文)에 중점을 두고, 의식 절차 등과 같은 형식에 치중한 반면, 〈장풍운전〉은 영웅소설의 일반적인 형식에 따라서 과거와 군담 화소를 가족과 분리되어 유리걸식하던 풍운이 입신양명하는 수단으로 활용했음을 확인할 수 있었다. 이것은 〈장풍운전〉이 〈금선각〉과 동일 하게 영웅의 지향 가치와 사혼처에 의한 혼사갈등이라는 동일한 구조 를 가지고 있다는 것이다. 하지만 〈장풍운전〉은 영웅의 일생 구조에 초점을 맞추었다. 〈장풍운전〉 후반부의 혼사갈등도 풍운의 영웅성을 확대하기 위한 장치였을 뿐이다.

이와 같은 〈금선각〉과 〈장풍운전〉의 화소간의 차이는 가족의 재회 를 통해서 더욱 명확하게 드러난다. 〈금선각〉은 금선의 깨달음을 통해 서 가족과의 재회를 염원하는 반면, 〈장풍운전〉은 풍운이 영웅성을 획 득해 가는 과정의 결과물이었다. 즉, 〈금선각〉의 경우는 군담과 대등한 차원에서 남녀의 결연 서사가 가족의 재회와 가문의 형성이라는 동일한 지향 가치로 구현된다. 하지만 〈장풍운전〉의 경우는 군담과 남녀의 결연은 대등한 관계 속에 있지 않다. 〈장풍운전〉의 남녀의 결연은 군담을 통해 획득한 영웅성을 더욱 확대시킬 수 있는 부차적인 것이기 때문이다.

V. 초기 영웅소설로서의 〈금선각〉의 의미

1. 〈금선각〉의 표기 체계와 장회

〈金仙覺〉은 〈장풍운전〉의 한문본으로 초기 영웅소설 가운데 하나이다. 그런데 최근 〈금선각〉과 함께 초기 영웅소설의 범주에 드는 〈소대성전 역시 〈대봉기(大鳳記)〉라는 제목의 한문본이 발견되었다.[1] 〈금선각〉, 〈소대성전〉, 〈최현전〉의 한문본이 확인된 것이다. 초기 영웅소설의 국·한문 공존 형태의 존재 방식은 초기 영웅소설이 형성되던 당시의 문학적 배경에 기인한 것이다. 이런 점에서 〈금선각〉은 초기 영웅소설의 형성과 존재 양상, 향유층의 특징을 해명하는 준거(準據) 작품이 될 수 있으며, 조선 후기 소설의 변동을 가늠할 수 있게 한다.

여기에서는 초기 영웅소설로서 〈금선각〉의 형식적 특징이 지닌 소설사적 의미에 주목하여 살펴보겠다. 특히 〈금선각〉과 그 이본인 〈장풍운전〉의 표기 체계가 지니는 특징과 장편화 경향을 중심으로 〈금선

---

1) 〈大鳳記〉를 처음 소개한 이대형은 작품 말미에 덧붙여진 시의 내용을 주된 근거로 하여 한역되었다고 판단하였다. 즉 "文拙事奇語不全 看來難以此謄傳 要令首尾相通脉 削筆詩人**附一篇**"의 詩 마지막 구에 "附一篇"을 "한 回"를 더한 것으로 해석하였다. 실제로 〈大鳳記〉는 〈소대성전〉의 내용에 비해 한 회의 내용이 添加되어 있다. 그러나 이에 대한 해석은 재론의 여지가 충분하다. "附一篇"을 작품 한 편을 새로 지었다고 해석할 수도 있기 때문이다. 이런 점에서 〈大鳳記〉의 한역 여부는 이어지는 연구를 통해서 심화될 필요가 있다.(이대형, 「〈소대성전〉의 한문본 大鳳記 연구」, 『열상고전연구』 34, 열상고전연구학회, 2011 참조.)

각〉의 문학적 전통을 확인해 보도록 하겠다.

초기 영웅소설의 존재는 다음의『상서기문(象胥記聞)』(1794년)의 기록으로 가늠할 수 있다.

朝鮮小說 〈張風雲傳〉·〈九雲夢〉·〈崔賢傳〉·〈蘇大成傳〉·〈張朴傳〉·〈林將軍忠烈傳〉·〈蘇雲傳〉·〈崔忠傳〉 外 〈泗氏傳〉·〈淑香傳〉·〈玉橋黎〉·〈李白慶傳〉類 其外 〈三國志〉類 諺文書本有"[2]

위의 예문에서 제시된 작품들은 모두 한글로 표기된 작품들이다. 또한 〈임장군전(林將軍傳)〉과 관련된 이덕무(李德懋; 1741-1793)의 〈은애전〉 말미의 기록을[3] 보더라도, 영웅소설은 한글의 형태로 유통되었을 것이란 추정을 당연한 것으로 받아들이게 했다. 그리고 일찍부터 한문본 영웅소설의 존재가 확인되었던 〈최현전〉의 경우에도 한글로 표기된 작품을 한역(漢譯)한 것에[4] 불과한 것으로 여겼다.

초기 영웅소설이 국문의 형태로 유행되었다는 것은 판각본 소설의 일대 유행과도 관계된다. 소설의 판각은 대중성을 지닌 소설의 유행이라는 점에서 문학사적으로 의의를 가진다. 즉 국문으로 표기된 소설의

---

2) 小田幾五郎 著, 栗田英二 譯註, 『象胥記聞』下, 이회, 2005, 186쪽.

3) "옛날에, 어떤 남자가 종로 거리의 담배 가게에서 소설책 읽는 것을 듣다가, 영웅이 크게 실의하는 곳에 이르자 홀연히 눈이 찢어질 듯이 거품을 북적거리며 담배 써는 칼을 들어 소설책 읽는 사람을 쳐서 그 자리에서 죽였다. 대저 이따금 이처럼 맹랑하게 죽는 일이 있으니 우스운 일이다."古有一男子, 鍾街烟肆, 聽人讀稗史, 至英雄最失意處, 忽裂眦噴沫, 提截烟刀, 擊讀史人, 立斃之. 大抵往往有孟浪死."(이덕무, 〈은애전〉, 『靑莊館全書』20, 민족문화추진회, 1978.)

4) 소재영, 「崔鉉傳 論考」, 『어문논집』14·15, 민족어문학회, 1973. ; 이지영, 「〈최현전〉연구」, 『韓國 古典小說과 敍事文學』上, 집문당, 1998. ; 김도환, 「〈최현전〉 연구」, 고려대학교 석사학위논문, 2001.

대량 유통은 소설의 대중성 획득으로[5] 적극 평가될 수 있었다. 그런데 〈금선각〉은 한문으로 창작되었으면서도, 이본 계열로서 〈장풍운전〉이란 이름의 국문 표기로 판각, 유통되기도 하였다. 한문본 계열은 필사로, 한글본 〈장풍운전〉 계열은 필사와 판각으로 유통됨으로써 각기 다른 향유기반을 갖고 있는 것이다.

이런 점에서 〈금선각〉은 여러 측면에서 소설사적 의미를 가진다. 즉 초기 영웅소설은 국문으로 창작된 작품과 한문으로 창작된 작품이 동시에 소통되었거나, 오히려 한문본이 선행했을 가능성을 내포한다. 현재까지의 연구 성과를[6] 그대로 인정한다면, 〈금선각〉은 한문으로 창작되었다. 〈금선각〉만으로 모든 영웅소설의 초기작들이 한문으로 창작되었다고 주장하기는 어렵다. 〈소대성전〉의 한문본이 존재할 뿐만 아니라 〈조웅전〉 역시 "원 텍스트는 한문으로 기록되었거나 한문소설과 근친적 특징을 지닌 작품이며, 어느 정도 한문 문식이 있는 계층에 의해 창작되었을 개연성이 크다"고[7] 했다. 초기 영웅소설의 한문본 선행 가능성이 조심스럽게 제기되고 있는 상황이다. 이런 점에서 〈금선각〉의 존재는 초기 영웅소설이 한문으로 존재했을 가능성, 혹은 한문과 국문으로 표기된 작품이 공존했을 가능성을 적극 제시한다.

고전소설사에서 국문과 한문의 이중적 소통은 이례적인 특징만은 아니다. 일반적으로 한글로 표기된 소설은 규방의 부녀자나 평민 남성 향유층을 가지며, 한문으로 표기된 소설은 사대부 남성의 문예물로 존

---

5) 임성래, 『조선후기의 대중소설』, 태학사, 1995.

6) 김준형, 「〈金仙覺〉의 발굴과 소설사적 의의」, 『고소설연구』 18, 한국고소설학회, 2004. ; 강문종, 「〈金仙覺〉 異本 연구」, 『정신문화연구』 28, 한국학중앙연구원, 2005.

7) 전성운, 「〈조웅전〉 형성의 기저와 영웅의 형성」, 『語文研究』 74, 어문연구학회, 2012, 352쪽.

재했다고 인식되어 왔다. 요컨대 한글소설과 한문소설은 표기 체계에
따른 향유층의 차이를 보인다. 하지만 그것이 곧 독서층의 완전한 계층
분리를 말하는 것은 아니다. 한글이 창제된 이후에도 한문이 가진 문자
권력에 의하여 한글은 한문의 견제 속에서 두 문자가 길항해 왔던 것처
럼, 고소설에서도 한글소설과 한문소설은 "연계와 길항 관계"에[8] 있었
던 것이 분명하다. 그리고 그런 징후 가운데 하나가 바로 〈금선각〉이라
할 수 있다.

　낙서거사(洛西居士)의 〈오륜전전(五倫全傳)〉 서문(序文)(1531)을[9] 통해
서 "16세기에 이미 적지 않은 국문/국문본 소설이 유통되고 있었으"며,
"여항의 평민남성을 비롯한 부녀자들이 언문소설류에 친숙"했음을[10] 알
수 있다. 특히, 천상종가본(川上宗家本) 〈오륜전전〉 앞뒤에 실린 서발문
은[11] 16세기 한글과 한문이 개별적인 작품군을 형성하는 폐쇄적인 표기

---

8) 정출헌, 「17세기 국문소설과 한문소설의 대비적 위상」, 『韓國漢文學硏究』 22, 한국한
　　문학회, 1998, 44쪽.
9) (밑줄은 필자주) "민간의 무식쟁이들이 언자(諺字)를 배워 노인들이 전하는 이야기를
　　베껴 밤낮 떠들고 있는데, 이석단(李石端) 취취(翠翠)의 이야기같은 것은 음설망탄하여
　　도무지 볼 게 없다. 유독 오륜전 형제의 일은 자식으로서 효를 다하고 신하로서 충을
　　다하며, 지아비에게는 예를 지키고 형에게는 순하였으며, 벗에 대해서는 믿고 은혜를
　　끼쳤다. 이것을 읽으면 선뜩 측은 애통하게 되니, 본연지성이 느껴 그런 것이 아니겠는
　　가. 이 책은 지금 다투어 전해 집집마다 두고 너나 없이 읽고 있으니, 그들이 밝히 아는
　　바에 인하고 그들이 본디 지닌 바에 따른다면, 이끌고 부추기는 방도가 어찌 쉽지 않겠
　　는가. …(중략)… <u>언자(諺字)로 번역해 부인네처럼 문자를 모르는 사람들도 읽기만 해도</u>
　　<u>또렷이 알 수 있게 하였다.</u> 余觀閭巷無識之人, 習傳諺字謄書, 古老相傳之語, 日夜談論,
　　如李石端翠翠之說, 淫褻妄誕, 固不足親視, 獨五倫全兄弟事, 爲子而克孝, 爲臣而克忠,
　　夫與婦有禮, 兄與弟甚順, 又能與朋友信而有恩. 讀之令人凜然惻怛, 豈非本然之性, 有所
　　感歟. 是書, 時方爭相傳習, 家藏而人誦, 若因其所明, 就其所好, 則其開導勸誘之方, 豈
　　不易耶! 故又以諺字飜譯, 雖不識字如婦人輩, 寓目而無不洞曉, 然豈欲傳於衆也."(심경
　　호, 「오륜전전에 대한 고찰」, 『애산학보』 8, 애산학회, 1989, 115~118쪽 참조.)
10) 정출헌, 앞의 논문, 47~48쪽.

체제가 아닌, 한글과 한문의 향유 방식의 차이를 극복하기 위한 수단으로 국한문이 혼용되고 있었음을 말해준다. 중종년간에 유행하던 〈오륜전전〉을 1531년 낙서거사가 윤색·번역하고, 이를 1550년에 유언우가 낙서거사의 한글본 〈오륜전전〉을 충주에서 간행했다. 그리고 재령의 손정준이 한글본 〈오륜전전〉을 한역한 것을 한희설이 1665년 목판으로 간행했다.[12)]

이처럼 〈오륜전전〉은 한글 또는 한문이라는 단일한 표기체제로 존재한 것이 아니라 국한문이 동시대에 함께 공존하였음을 보여준다. 이는 앞서 낙서거사가 〈오륜전전〉의 서문에 밝혔듯이, "오륜전 형제의 일은 자식으로서 효를 다하고 신하로서 충을 다하며, 지아비에게는 예를 지키고 형에게는 순하였으며, 벗에 대해서는 믿고 은혜"를 끼치는 이야기로, 당시 사람들의 귀감을 삼기 위해서 "언자(諺字)로 번역해 부인네처럼 문자를 모르는 사람들도 읽기만 해도 또렷이 알 수 있게 하였"던 것이다. 동시에 한글에 익숙하지 않은 한문 독자들에게는 한문 표기를 통해서 모두가 공유할 수 있는 독서물로 삼았다.

이와 같은 국문과 한문 표기 소설의 공존은 이후에도 계속되었던 것으로 보인다. 다음의 경우를 보자.

> 내가 근래 질병(疾病)으로 정양(靜養)을 하느라 누워 있으면서 부인네들을 시켜 여항간의 언서소설(諺書小說)을 읽게 하고 들었다. 그 가

---

11) ① 嘉靖 辛卯 孟冬 ; 1531년(중종26) 5월 하순, 洛西居士 서문. ② 가정 29년 庚戌 5월 下澣 ; 1550년(명종5) 5월 하순, 豐城 柳彦遇가 충주 自警堂에서 쓴 발문. ③ 保庵散人 沈守慶 발문 ④ 乙巳 菊秋 ; 1665년(현종6) 9월, 載寧郡守 韓希卨 발문.(심경호, 앞의 논문, 112쪽.)
12) 심경호, 앞의 논문, 112쪽.

운데 〈원감록(冤感錄)〉이란 것이 있었는데, 그 원한과 응보가 서로 엇물려서 마음이 아프고 뼛골이 시렸다. 그러나 선한 자는 창성하고 악한 자는 파멸하는 것이 사람을 감동시켜 선을 권장하고 악을 징계할 만하였다.[13]

〈창선감의록(彰善感義錄)〉 서(序)를 통해, 〈원감록〉이란 국문소설의 존재를 확인할 수 있다. 그리고 이런 〈원감록〉이 〈창선감의록〉과 밀접한 관련이 있음을 짐작할 수 있다. 동일한 작품이 국문과 한문으로 소통되었던 것이다. 이런 특징은 〈사씨남정기〉와 〈번언남정기(飜諺南征記)〉의 관계에서도 드러난다. 국문으로 표기된 〈사씨남정기〉는 〈번언남정기〉로 한역되어 더욱 광범위하게 소통될 수 있었다. 그 결과 〈사씨남정기〉는 한글본은 134종, 한문본은 96종으로 총 216종의[14] 이본이 존재하게 되었다. 한글본과 한문본이 함께 공존하면서 소설 향유층의 편폭을 확대시켰음을 알 수 있다. 이처럼 특정 작품의 국한문본이 공존했다는 것은 그것이 그 시대를 살아가는 사람들의 보편적 가치와 부합하여 자생적 또는 의도적으로 번역·창작했기 때문이다. 이것은 곧 소설 향유층의 확대를 뜻하기도 한다.

이런 점에서 한문으로 표기된 〈금선각〉의 존재는 영웅소설의 소설사적 의의를 구명하는 것에만 그 의미가 국한되지 않는다. 오히려 영웅소설이 다양한 계층으로 확대될 수 있었던 동력을 지녔음을 보여준다. 즉 특정한 계층의 전유물로 영웅소설이 형성된 것이 아니라 국문 지향

---

13) 영남대본 〈彰善感義錄〉 序.
14) 〈사씨남정기〉는 총 216종의 이본가운데, 국문필사본 111종, 국문경판본 4종, 국문활자본 19종, 한문필사본은 76종, 한문현토본 3종, 일문번역본 3종이 유통되었다.(조희웅, 「古典小說 異本目錄」, 집문당, 1999, 206~218쪽.)

적 향유층과 한문 지향적 향유층을 포섭하는 전계층적 유형으로 존재
했음을 의미한다. 한문 독해가 가능한 독자층과 한글 독해를 중심으로
한 독자층이 동시에 개입했을 가능성을 제시한다. 이것은 또한 영웅소
설의 형성이 규방소설이나[15] 장편 가문소설의 영향 하에서 형성되었다
거나[16] 중국의 연의소설이나 〈설인귀정동〉과 같은 작품에서 연원하였
다고 단선적으로 주장하는 것이 옳지 못함을 의미한다. 오히려 상하층
을 아우를 수 있는 '중간 계층'이나[17] '유랑지식인(중간적 지식인)'이라고
하는 전계층적 미감을 반영하는 작가층을[18] 중심으로 형성되었다고 볼
수 있다.

요컨대 〈금선각〉이 한문으로 창작되었으며, 초기 영웅소설의 상당
수가 국문과 한문 표기의 형태로 공존하는 것은 영웅소설 역시 상업적
대중을 기반으로 시대적 요구와 가치 지향이 투영되었음을 말한다. 그
리고 이것은 소설이 더 이상 저급한 문학으로 배척되기보다는, 다양한
방식으로 일상적 삶의 진실성을 표출하고, 소통하기 위한 수단으로써
활용되었음을 의미한다.

---

15) 임형택, 「17세기 규방소설의 성립과 〈창선감의록〉」, 『동방학지』 57, 연세대학교 국학
   연구원, 1988, 162쪽.
16) 장효현, 「長篇 家門小說의 成立과 存在樣態」, 『정신문화연구』 44, 한국정신문화연구
   원, 1991, 36쪽.(장효현, 『韓國古典小說史硏究』, 고려대학교 출판부, 2002, 252쪽.)
17) 장효현, 「전기소설 연구의 성과와 과제」, 『민족문화연구』 28, 고려대 민족문화연구소,
   1995, 26~27쪽.(장효현은 '중간 계층'이란 용어를 확립하기 이전에 "고전소설이 독자층
   을 중인·평민층으로 급격히 확대해 가면서, 흥미와 박진감을 갖추고 失勢한 이들의
   성취욕구를 충족시켜 주는 내용의 통속적 영웅소설이 대거 나타나게 되었고, 그 시기는
   18세기 후반"(장효현, 「長篇 家門小說의 成立과 存在樣態」, 『정신문화연구』 44, 한국정
   신문화연구원, 1991, 36쪽.)으로 추정하였다.
18) 전성운, 「長篇 國文小說의 變貌와 英雄小說의 形成」, 고려대학교 박사학위논문, 2000,
   125~130쪽. ; 전성운, 「조선후기 장편국문소설의 조망」, 보고사, 2002, 153~154쪽.

또한 초기 영웅소설의 분량과 장회 형식 역시 향유층과 연계되어 있다. 많은 경우 작품의 분량이 그리 중요하지 않은 것으로 여기기 일쑤다. 그러나 작품의 분량은 향유층의 경제적 사정이나 삶의 방식과 밀접하게 연관된다. 장편 가문소설이 상층의 여성을 중심으로 향유될 수 있었던 것은 그들의 경제적 여유와 밀접하게 관련된다. 노동이나 경제활동에 종사한 독자라면 장편 가문소설처럼 긴 작품을 읽는다는 것은 사실상 불가능하다. 노동에서 해방된 계층이 아니라면, 장편 가문소설을 읽을 시간적, 경제적 여유를 가지기 힘들기 때문이다. 이것은 또한 판각본으로 출간된 짧은 분량의 소설이 도시 임노동자층을 중심으로 한 소설 향유에 적합한 형태였다는[19] 사실과도 일정하게 관계된다. 도시 주변의 임노동차층의 경우 짧은 서사를 한정된 시간 내에 향유할 수 있는 작품을 선호했을 것이 당연하다.

이런 점에서 〈금선각〉의 작품 분량은 한문 표기 방식이라는 점과 함께 많은 시사점을 준다. 〈금선각〉은 15회의 장회체로 권지이(卷之二)로 구성되어 있으며, 전체 총 글자수는 36,910자로 장편 가문소설이나 연의소설의 분량에는 미치지 못하지만 여타의 판각본 영웅소설과 비교한다면 적지 않은 분량의 작품이다. 이는 44,000여자의[20] 16회의 장회로 나누어진 노존본(한문본) 〈구운몽〉과 한문본 〈창선감의록〉에도 버금가는 분량이다. 초기 영웅소설인 〈소대성전〉의 한문본 〈대봉기〉역시 12회의 장회체로 권지이(卷之二)로 구성되어 있으며, 분량은 대략 44,200자이다.[21] 또한 방각본 영웅소설 가운데 출간 횟수가 가장 많은 〈조웅

---

19) 김연호, 「英雄小說의 類型과 變貌에 關한 研究」, 고려대학교 박사학위논문, 1992, 200~201쪽.

20) 정규복, 「B형 老尊本 해제」, 『김만중문학연구』, 국학자료원, 1993, 592쪽.

전〉의 경우도 필사본을 중심으로 보면 권지삼(卷之三)으로 구성된 비교
적 장편의 소설임을 주지할 필요가 있다.

사실 동일한 작품이라 하더라도 유통 방식에 따라서 분량은 상이하
다. 좀 더 구체적으로 살펴보면, 〈장풍운전〉은 경판 29본장은 19,997
자, 완판 36장본은 34,284자이다. 〈소대성전〉은 경판 23장본은 19,000
자 내외,[22] 완판 36장본은 27,000字 내외이다.[23] 〈장풍운전〉과 〈소대
성전〉은 모두 한글본으로 한문본 〈금선각〉과 〈대봉기〉에 비하여 분량
이 많게는 1/2가량 축소되어 있다. 이는 한문을 국문으로 번역되었을
때를 고려하지 않은 채 단순히 한글과 한문의 글자수만을 따져본 것이
기 때문에 실제 서사적 분량의 차는 더 크다.

그렇기 때문에 초기 영웅소설의 특징을 판단할 때, 한글 판각만을
기준으로 삼아서는 안 된다. 〈금선각〉과 〈대봉기〉의 경우만 보더라도
실제 초기 영웅소설의 분량은 길었다. 이것은 "영웅소설이 짧고 역동
적인 서사를 지향하는 구성 방식과 미의식에 의지한다는 인식에 재고
가 필요"하다.[24] 오히려 〈금선각〉과 같은 초기 영웅소설의 경우, 장편
가문소설이나 연의소설보다는 짧지만 현재 가장 긴 판각본보다는 약
2배 이상 되는 분량의 중간적 길이의 작품들이라고 할 수 있다. 〈금선
각〉을 위시한 〈최현전〉, 〈소대성전〉, 〈조웅전〉, 〈장백전〉 등과 같은 초
기 영웅소설의 전통이나 문학적 관습이 연의소설이나 장편 가문소설,
혹은 재자가인소설과 잇닿아 있을 가능성까지 상정(想定)할 수 있다.

---

21) 이대형, 앞의 논문, 2011, 191쪽.
22) 서경희, 「〈蘇大成傳〉의 서지학적 접근」, 이화여대 석사학위논문, 1998, 99쪽.
23) 이대형, 앞의 논문, 191쪽.
24) 전성운, 앞의 논문, 2012, 335쪽.

향유층의 문제와 함께 동일한 작품 안에서 차이가 나타나는 지점이 어디인가를 통해서 주제의식까지도 살펴볼 수 있는 주요한 단서가 된다. 〈금선각〉의 경우에도 영웅소설임에도 불구하고 두영이 첫 출정으로 군공(軍功)을 세우는 8회는 1,225자(3.3%)로 분량이 가장 작다. 반면에 헤어졌던 어머니와 아내를 만나는 9회는 5,309자(14.4%)로 전체 작품 분량에 대비해서 가장 확장되어 있다. 이것이 〈금선각〉의 중심 서사임을 알 수 있다.

이것은 초기 영웅소설의 지향 가치와 주제의식이 분량이 축소되면서 변모되었을 가능성을 제시한다. 즉 기존 영웅소설의 연구가 판각본을 중심으로 진행된 것에서 일정한 변화가 필요하다. 판각본은 영웅소설이 일대 유행하던 시기의 특정한 계층의 서사 지향을 반영한 것이므로 이것만으로 영웅소설의 전모를 예단해서는 안 된다. 오히려 초기 영웅소설의 다양한 모습과 역동적인 성취를 살피기 위해서는 필사본과 한문본을 동시에 고찰해야 한다.

그렇다면 〈금선각〉이 지닌 장회의 형식은 어떤 의미를 갖는가. 사실 장회체 소설의 전통은 연의소설이나 재자가인소설에서 찾을 수 있다. 〈옥루몽〉의 경우 장회체 형식을 따른다는 점에서 소설사적 전통을 연의소설에서[25] 찾기도 한다. 장편 가문소설의 경우는 일부 장회체 형식이 보이기도 하지만 대부분은 장회의 구분이 없다. 장회의 형식이란 측면에서 보면 〈금선각〉은 연의소설이나 재자가인소설, 〈구운몽〉 등과 친연적인 반면 장편 가문소설과는 다소 이질적이다.

〈금선각〉은 15회의 장회체 소설이다. 한문본인 〈대봉기〉 역시 12회

---

25) 정규복, 「韓國軍談類小說에 끼친 三國志演義의 影響序說」, 『어문논집』 4, 민족어문학회, 1960, 24쪽.

로[26] 나뉘어져 있으며, 한글본 〈소대성전〉 중에서도 광문책사(光文册肆)에서 1916년(초판 1914년)에 발행한 〈기경 소대성전〉은 7회의 장회로 구성되어 있다. 〈금선각〉과 함께 초기 영웅소설로 거론되는 〈최현전〉도 장회의 가능성이 있다. 그리고 〈조웅전〉 역시 한문본 존재의 가능성과 함께 〈조웅전〉의 편년체적 서술이 〈삼국지연의〉와 같은 연의소설의 서술기법과 방불하다는[27] 점에서 장회의 가능성이 제기된다.

이처럼 장회형식은 연의소설이나 재자가인소설, 〈구운몽〉과 같은 한문소설의 일반적인 소설기법이었다. 그리고 이들 유형에서의 장회 구분은 서사 구성과 밀접하게 연관되어 있다. 서사 전략의 일종으로 장회를 구분하였던 것이다. 그러나 초기 영웅소설은 장회소설로 존재했지만, 〈삼국지연의〉와 같은 엄격한 장회 형식은 와해(瓦解)되는 양상을 보인다. 서사 중심의 일정한 분량에 의하여 입사(立事)와 결론으로 다음 회의 예고까지 완벽한 형태를 갖춘 완벽한 형태로 이루어지지 않는다. 일부 회차나 분권 지점의 경우는 장회의 구분이 적절한 분량의 분할과 함께 서사적 경계를 근간으로 분회함으로써 독자의 시선을 유지하려는 의도가 드러난다. 하지만 〈금선각〉이나 〈소대성전〉, 〈최현전〉의 경우 그러한 장회 구분이 존재하는 것과 그렇지 않은 부분이 공존한다.

---

26) 第1回　普施門前神僧來　至誠感處奇生男，第2回　釣臺杖策遇英雄　中軒和詩定佳緣
　　第3回　丞相一朝捐館舍　蘇生夜半斬刺客，第4回　蘇生遠入靈普山　戎狄猝犯中原界
　　第5回　神物有用劍七星　寶甲得來補一身，第6回　龍駒不用一錢買　萬里山川蕩無礙
　　第7回　霜刃一試單于首　驚胡百端奸謠計，第8回　子元洞熾人間火　仙翁手吹天上扇
　　第9回　斬胡救帝功勳壯　裂土封王事業榮，第10回　外治魯國尋前約　內修信書聘舊面
　　第11回　坤位有心李小姐　岳母無諒王夫人，第12回　明國悶旱悔自記　魯王注雨化原身
27) 전성운, 앞의 논문, 2012, 345쪽.

이것은 어진 왕비의 심려를 편안케 하려는 것과 승상의 덕의를 끝내 잊지 않으려 함이었다. 왕비가 기뻐하며 이에 사례하였다. 왕부인과 이생(李生) 등 네 사람은 한 달 넘게 머물다가 고향으로 돌아가니 왕비의 이별하는 회포가 또한 처음과 같았다. 왕이 노나라를 다스리는데 덕정(德政)이 날마다 새로워 벌과 상을 밝게 기필(期必)하였고, 위로 천조를(天朝) 받들어 직분을 다하였으며 아래로 백성을 어루만지되 은혜로써 하였다. 군신(君臣)이 동락하니 노국(魯國) 한 나라가 태평하여 자손을 낳아 그 나라를 영원히 보존케 하였으니, 그 다스림이 다른 나라에 비해 월등하여 융성하다 할 만하였다.

명국이 한발(旱魃)을 물으며 스스로 후회하고 노왕(魯王)이 비를 내리며 원신(元身)을 회복하다.

차설 대국이 한 번 난리를 지낸 후에 사방에 일이 없고 태평한 때가 계속되며 나라가 크고 융성하니 상하가 안일에 빠져 나라의 금법과 기율이 소활해졌고, 형벌이 어긋나 쓰이지 못하게 되었다. 또한 풍류가 습속이 되어 천자가 제국을 순수(巡狩)하매 혹 반년이 되기도 하고 혹 해를 넘겨서 돌아오기도 하였다. 또한 백성들은 항업을 생각하지 않고 사치에 휩쓸리게 되니 부자는 그 가산을 기울이고 가난한 자들은 힘써 빚을 내어 날마다 연락(宴樂)으로 일을 삼았다.[28]

〈대봉기〉에서 장회가 나뉘는 부분을 특정하지 않고 인용하였다. 위

---

28) 此欲安賢妃之心慮, 而終不忘丞相之德意也. 妃喜而謝之. 王夫人與李生等四人留月餘, 還歸故鄕 王妃拜送帳缺之懷, 又復如初矣. 王之治魯也, 德政日新, 刑賞必明, 上奉天朝而盡職, 下撫百姓以推恩. 君臣同樂, 一國太平, 生子生孫, 永保其邦, 治隆於諸國, 可謂盛矣.

明國問旱悔自己, 魯王注雨化原身.

且說, 大國一自經亂之後, 四方無事, 太平有年, 國泰民殷, 上下暇逸, 禁網踈濶, 刑錯不用. 風流成習, 天子巡狩諸國, 或半年, 或經歲而還. 百姓不思恒業, 爭尙侈靡, 富者傾其家産, 貧者力外借貸, 日以宴樂爲事. 〈大鳳記〉卷之二 69~70면.

의 예문은 〈대봉기〉의 11회 끝부분과 12회 시작 부분이다. 일반적인 장회 구분은 일정한 분량을 바탕으로 새로운 사건을 제시한 후에 한 회를 맺고 다음 회를 시작한다. 회가 마무리되면서 독자의 관심 또한 사라지는 것을 막기 위한 서사적 장치로 장회를 활용한 것이다. 그런데 〈대봉기〉에서는 그렇지 않다. 각 회의 분량도 일정하지 않을 뿐만 아니라, 각 회의 분할이 이루어지는 부분도 기존 장회소설의 특징과는 사뭇 다르다. 인용한 예문에서 볼 수 있는 것처럼, 특정한 사건이 완결되는 지점에서 장회를 분할하였다.

이것은 〈대봉기〉에서 장회 구분의 서사적 원리나 의미가 사라져가고 있음을 의미한다. 〈금선각〉의 경우도 마찬가지다. 앞 장에서 살펴본 것처럼, 〈금선각〉은 장회 구분의 형식적 원리가 지켜지기도 하고, 그렇지 않기도 한다. 이것은 장회가 와해되어 가는 경계성을 보여주는 것이다. 이는 초기 영웅소설이 연의소설을 비롯한 다양한 전대 소설 유형을 수용해서 변화시켜 나가는 과도기적 성격을 보여준다고 할 수 있다.

이런 점에서 보면, 〈금선각〉을 비롯한 초기 영웅소설은 장회 구분 방식에 있어서나 분량 등에 있어서 과도기적인 양상 혹은 중간적인 면모라고 할 수 있다. 또한 이런 특징은 국문과 한문 표기 형태로 이본 각편이 공존했던 특징과도 통하는 존재 방식이라고 할 수 있다.

2. 전대 화소 수용의 의미

앞서 〈금선각〉의 표기 체계나 형식, 분량 등에 주목하였다면, 여기서는 전대 화소 수용의 소설사적 의미를 고찰하도록 하겠다. 요컨대

〈금선각〉이 화소적 측면에서 전대 소설을 계승하고 있거나 변화시킨 양상을 고찰하고자 한다. 이것은 〈금선각〉을 수용과 변모의 관점에서 살핌으로써 작품이 지닌 소설사적 의미를 이해하려는 것이다. 사실 〈금선각〉에는 전대 소설의 전통이 강하게 남아 있다. 이것은 주제나 화소의 측면 모두에서 그러하다. 〈금선각〉에는 남성의 욕망을 토대로 한 호한(豪悍)하고도 낭만적 성취를 그려낸 〈구운몽〉과 같은 작품의 특징을 지녔으면서도 동시에 가문의 창달과 번성을 그린 장편 가문소설의 특징이 모두 드러난다.

그렇다면 〈금선각〉의 주제적 특징은 어떠한가. 먼저 군담과 관련된 측면을 중심으로 살펴보자. 〈금선각〉에서 군담은 앞서 주제의식에서 살폈던 것처럼 소략하다. 두영의 영웅성이 군공으로 획득되는 것이 아니다. 두영은 과거를 통해서 한림학사가 된 후, 군공을 이룸으로써 영웅성을 발휘하게 된다. 흡사 〈구운몽〉의 양소유가 문사(文士)의 면모와 장수(將帥)의 면모를 함께 갖추고 있는 것과 방불하다. 이와 같은 맥락에서 〈금선각〉에서 군담은 군공을 쌓기 위한 수단일 뿐, 군담화소 자체가 흥미소로 작용하지는 않는다. 일반적인 영웅소설에서 군공(軍功)이 주인공의 영웅성을 발현하는 수단이다. 이는 또한 장수의 용맹함이나 전투의 치열함을 생동감 있게 그려냄으로써 독자의 흥미를 유발시킨다. 〈금선각〉은 이런 일반적 특징과 거리가 멀다.

그러나 〈금선각〉의 군담은 두영의 '지략'에 집중되어 있으며, 그것도 소략한 형태로 제시되어 있다. 〈금선각〉의 지략은 연의소설에서 일반적으로 활용되는 매복과 유인계의 형태이다. 그것도 매복의 방식이나 유인의 내용이 세밀하고 자세하게 서술되어 있지 않다. 매복 화소가 서사 전개의 동력을 확보하기 위한 것이라기보다 통속적 화소의 간략한 제시에 머물고 있다.

　　원수는 장대(將臺)에 올라 제장을 불러 각각 분부하였다. 좌우 선봉
장에게 말하였다. "너희들은 각각 일만의 병사를 이끌고 좌우 산곡에
매복하였다가 장대 위에서 포(砲)를 놓는 소리가 들리거든 여차여차하
도록 해라." 중군장과 후군장을 불러 말하였다. "너희들은 각각 일만의
병사를 이끌고 전면에 매복하였다가 여차여차해라. 그 나머지 제장들
도 각각 일만의 병사를 이끌고 장대에서의 지휘를 기다렸다가 여차여
차해라. 만약 태만하여 명령을 어기는 자가 있으면 군법의 의거하여
처참(處斬)할 것이다." 제장들은 각각 명령을 받들고 물러났다. 다음
날 아침. 원수는 기도 내리고 북도 치지 않은 채, 그저 늙고 약한 군사
수천 명을 거느리고 영에서 나와 전쟁할 것을 재촉하였다. 서번의 장
군 합연적과 달마청, 두 사람은 대국(大國)의 군사가 적고 약한 것을
보고 마음속으로 무시하여 몸을 날려 내닫는데, 그 교만한 기세가 등
등하였다. 단신과 한양은 적을 맞아 수십여 합을 싸우다가 갑옷을 버
리고 무기를 끌며 달아났다. 합연적은 승승장구하여 채를 비워 온 힘
을 다해 쫓았다. 그러자 달마청이 그를 말리며 말했다. "저 두 장군은
반드시 거짓으로 패하여 달아나는 것이니 경솔하게 쫓다가는 그들의
함정에 빠질까 두렵소." 말을 마치기도 전에 장대 위에서 포성 한 번
울렸다. 그러자 홀연 수만 명의 정예병들이 좌우 산곡에서부터 일어나
고슴도치를 치려 모여들어 여러 군사들이 한꺼번에 질러대는 소리가
마치 천둥이 치는 듯하고, 북소리도 끊이지 않았다. 병사는 앞뒤로 둘
러싸서 수미로 서로 연결되어 있고, 화살은 마치 나는 메뚜기 떼와 같
고, 칼날은 마치 서릿발처럼 날리니, 적진은 몹시 혼란스러워 스스로
밟혀 죽는 자가 태반이니, 서번 장수가 계략에 들었음을 알고 자신도
반드시 죽을 것이라 생각하며 좌충우돌하다가 간신히 틈을 찾아 막 도
망가려고 했다. 그런데 미리 준비하고 있던 양회가 지름길로 복병[奇

兵]을 내보내 세 겹으로 둘러쌌다. 합연적과 달마청 두 사람의 목숨은
이미 솥에는 노는 물고기 신세였다. 그 때 위관이 말을 몰고 창을 휘두
르며 큰소리를 지르며 달려왔는데, 창끝이 섬뜩하며 지나치더니 합연
적과 달마청 두 사람의 머리가 땅에 떨어졌다. 양회와 위관은 긴 창에
각각 머리 하나씩 꽂고 말 위에서 휘두르며 의기양양하게 돌아왔다.[29]

　　인용한 부분은 두영이 첫 출전한 군담의 전체 분량이다. 좌우 산곡
과 전면에 매복하게 하고, 약병으로 적을 유인하여 치는 것이 군담 화
소의 중심내용이다. 여타 작품에 견주어 특별한 지략이라고 할 것도
없다. 연의소설에서 볼 수 있는 것과 같은 치밀한 전술이나 심리전은
전혀 보이지 않는다. 게다가 전투 장면은 상투적인 표현으로 간략히
묘사되었을 따름이다. 역동적이고 박진감 넘치는 전투 장면의 묘사 역
시 보이지 않는다. 〈금선각〉의 군담만으로 보자면, 군담과 지략을 통
한 흥미소의 확보와는 거리가 멀다. 이는 주인공의 무인적 기량의 과시
와 이를 통한 영웅적인 면모의 강화가 연의소설에서처럼 적극적으로
활용되거나 주를 이루고 있지 않음을 의미한다.

---

29) 元帥登將臺, 招諸將, 各各分付, 謂左右先鋒將曰: "爾等各領一萬兵, 埋伏於左右山谷,
聞將臺上放砲一聲, 如此如此." 謂中軍後軍曰: "爾等各領一萬兵, 埋伏於前面, 如此
如此. 其餘諸將, 各領一萬兵, 以待將臺上指揮, 如此如此. 如有怠慢違令者, 依軍法處
斬." 諸將各各聽令而退. 次日平明, 元帥偃旗息鼓, 只出老弱數千人, 出營促戰. 蕃將哈
延赤·韃靡靑二人, 見大國軍額之寡弱, 心內輕侮, 飛身衝突, 驕氣騰騰, 段信·韓襄, 迎擊
挑戰, 數十合, 棄甲曳兵而走, 哈延赤乘勝空壁, 盡力追趕, 韃靡靑急止之曰: "彼二將,
必是詐敗, 輕儳追趕, 恐陷坑穽矣." 言未畢, 將臺上砲響一起, 忽有數萬輕銳, 自左右山
谷, 蜂起蝟集, 吶喊雷動, 鼓聲不絶, 前後圍繞, 首尾相接, 箭若飛蝗, 釖似墜雪. 賊軍七
斷八截, 自相踐踏, 死者太半. 蕃將度了中計, 自分必死, 左衝右突, 覓尋罅隙, 方欲逃竄.
楊晦早先准備, 徑出奇兵, 攔阻三匝, 哈韃二人之命, 已成釜中游魚矣. 衛瓘拍馬舞鎗, 大
呼而進, 一戰閃過, 哈韃兩頭, 次第墜地. 楊晦衛瓘, 各以長鎗, 揷取一頭, 馬上揮了, 得
得而來. 〈金仙覺〉 8회.

그렇지만 이와 같은 전투 장면이 존재하는 것이나 "宋建寧年間"이라
는 중국의 연호를 사용한 편년체적 서술은 "역사의 실존인물과 가공의
허구적 인물을 섞어 등장시킴으로써 실감을 돋우고, 대(代)를 이어 내
려가며 파란만장한 역정을 펼치"는[30] 연의소설의 영향에 따른 것이다.
장편 가문소설이 "가문의식의 확대에 기반하면서, 당시 성행되었던 장
편의 연의소설로부터 창작방식을 받아들"였던[31] 것과 같이, 〈금선각〉
과 같은 영웅소설 역시 당시 유행하였던 연의소설과 장편 가문소설에
서 흥미로운 요소들을 수용하여 서사를 구성했다.

이런 점에서 〈금선각〉은 다양한 전대 소설적 전통을 수용하고 있다.
기실 장편 가문소설은 가문의식을 강화하기 위하여 가문의 질서를 중
심으로 "부자간 혹은 남녀간의 만남과 헤어짐, 남녀 주인공의 영웅적
인 전쟁담, 처처간 혹은 처첩간의 쟁총(爭寵), 궁중에서의 정치적 음모
와 갈등 등 다채로운 삽화"를[32] 수용하였다. 그리고 〈금선각〉은 남성
영웅 일개인의 지향 가치를 추구하는 전반부와 사혼처에 의한 처처갈
등을 그린 후반부로 구성되어 있다.

그 중 〈금선각〉 후반부의 사혼처에 의한 처처갈등은 가문소설의 영향
으로[33] "가문의 형성이라는 의미에서 가문소설의 주제를 이어 받"아서,
가문소설의 흥미소를 "영웅소설의 독특한 파토스 아래에서 통합시"켰

---

30) 장효현, 「長篇 家門小說의 成立과 存在樣態」, 『정신문화연구』 44, 한국정신문화연구
　　원, 1991.(장효현, 『韓國古典小說史硏究』, 고려대학교 출판부, 2002, 251쪽.)
31) 장효현, 앞의 책, 2002, 251쪽.
32) 장효현, 「國文 長篇小說의 형성과 家門小說의 발전」, 『민족문학사강좌』, 창작과비평
　　사, 1995, 269쪽.
33) 장효현, 「長篇 家門小說의 成立과 存在樣態」, 『정신문화연구』 44, 한국정신문화연구
　　원, 1991, 34~36쪽.

다.[34] 이처럼 〈금선각〉이 "규방·가문소설의 흥미소를 영웅성을 중심으로 엮고 있다"는[35] 것은, "가문소설의 흥미소들이 잔존하면서 영웅소설의 면모가 그 중심축을 형성하고 있는" 초기 영웅소설의 "과도적 성격"에[36] 기인한 것으로 보인다.

여타 영웅소설과 달리 〈금선각〉의 주인공 두영에게는 3명의 처와 2명의 첩이 있다. 두영은 각각의 부인간의 차별이 없도록 공평하게 각 처소에 5일씩 머물렀다. 단, 이씨의 경우는 10일을 머물렀는데, 이는 "이통판의 길러준 공로와 은혜를 추억하고, 단원사에서 어머니를 받들어 모신 정성을 기억하는 등 조강(糟糠)의 옛 의리가 다른 사람에 비해 배나 더 소중한 까닭이었다." 이에 대하여 다른 부인들은 모두 두영의 "공평함을 마음 깊이 복종하였다."[37] 남자 주인공의 처첩에 대한 차등적 대우는 신분적 질서를 고려한 처사였기 때문이다. 이런 면모는 〈소현성록〉의 소현성이나 〈현몽쌍룡기〉의 조성 등과 같은 장편 가문소설에서 흔히 볼 수 있다. 장편 가문소설의 사혼처에 의한 갈등을 그대로 수용한 것이라 하겠다.

다음의 경우를 보면 이와 같은 특징이 보다 분명하게 드러난다.

> "나는 곧 대왕의 총애를 받는 딸이며 황제의 사랑스러운 조카로, 그 존귀함이 과연 어떠냐? 그런데 이씨는 여염집의 보잘 것 없는 여자

---

34) 전성운, 앞의 논문, 2000, 88~89쪽.
35) 강상순, 「영웅소설의 形成과 變貌 樣相 硏究」, 고려대학교 석사학위논문, 1991, 40쪽.
36) 강상순, 앞의 논문, 47쪽.
37) 丞相排日輪處於三夫人二姬妾寢室, 每朔於王夫人趙夫人黃花潤玉處, 各五日處焉. 於李夫人所十日處焉, 因以爲常, 盖追憶李通判收養之恩, 又念端元寺侍奉之誠, 糟糠舊誼, 較他倍重而然也. 王夫人二姬妾, 深眼御家之均平. 〈金仙覺〉 12회.

로 감히 종용[慫慂]하여 틈을 만들더니, 도리어 일궁(一宮)의 권위까지
빼앗았지. 나는 항상 그것이 분하고 한스러워 죽을 지경이더구나."[38]

　위의 예문은 두영이 이씨만을 편애한다며 시기하는 조씨의 말이다.
조씨는 자신은 "대왕의 총애를 받는 딸이며 황제의 사랑스러운 조카"임
에 반해 "이씨는 여염집의 보잘 것 없는 여자"임에도 불구하고 자신보
다 이씨가 두영의 총애를 받는 것에 대하여 불만을 토로하고 있다. 이
는 앞서 두영이 "부귀의 성만(盛滿)"함으로 사혼처를 사양했던 것과 같
은 맥락의 갈등, 부귀의 성만에서 기인한 것이다. 두영은 애초에 신분
적 차이로 인한 권위의식이 가정 내의 갈등의 원인으로 작용하여 가문
의 질서가 와해될 것을 걱정했다. 그렇기 때문에 조씨와의 혼사에서 오
히려 그 화려함이 다른 부인들과의 사이에서 화가 될까 끊임없이 걱정
했던 것이다. 그리고 그런 두영의 불안은 후에 현실이 되어 나타난다.
　사혼처로 인간 갈등은 두영이 황제의 명을 받아들임으로써[39] 간단
히 해결되는 듯했다. 하지만 이는 곧 집안의 내적 갈등의 시작이었을
뿐이다. 실제로 〈금선각〉의 조부인은 가문 내부의 갈등을 일으킨다.
"조부인은 자신의 권귀(權貴)를 믿고 부녀자의 도리를 훼상한 채 승상

---

38) "我乃大王之寵女, 皇帝之愛侄, 尊果如何, 而李氏以閭閻小女, 乃敢慫慂, 反奪一宮之
　　權, 我常憤惋欲死."〈金仙覺〉12회.
39) "제왕에게는 창신의 예가 있지만, 공후(公侯)에게는 부인을 세 번 맞이해도 혐의가
　　없도다. 짐의 친조카를 경의 세 번째 부인으로 시집을 보내려고 하나니, 경은 사양하지
　　말라." 승상은 우러러 황제의 마음을 돌리기 어렵고, 가만히 명분의 지엄함을 생각하니
　　감히 사양하며 피할 수 없었다. 이에 명령을 받들고 물러났다. 길일을 가려 예를 행하는
　　데, 부귀의 성만(盛滿)함이 몹시 걱정스러울 정도였다. 두영은 공경하면서도 불안하여
　　즐겁지 아니하였다. "帝王有新벌之禮, 公侯無三聘之嫌, 朕以御侄, 下嫁於卿, 爲卿之第
　　三夫人, 卿其勿辭." 丞相仰揣天心之難回, 黙念分義之至嚴, 不敢辭避, 承命而退. 擇吉
　　日行禮, 深憂富貴之盛滿, 常踧踖不樂矣.〈金仙覺〉11회.

의 편애함을 원망하고, 이부인의 전총(專寵)을 투기하여" 두영이 없는 틈을 타서 이씨를 음해하려 하였다.[40] 하지만 이부인을 신뢰하여 끊임 없이 변호하는 모부인 양씨와 왕씨의 도움으로 구원을 받을 수 있었다. 왕씨는 경운으로 하여금 전장에 나가 있던 두영에게 이씨의 곤액을 알리게 하였다. 이씨를 구해 줄 수 있는 사람은 두영밖에 없기 때문이다. 두영의 귀가로 조씨의 음해는 밝혀지고, 이씨는 어려움에서 풀려나 다시 집안이 평안해질 수 있었다. 이처럼 〈금선각〉은 군담보다 사혼처와 가정 내 처처(첩)갈등을 더욱 세밀하게 서술한다.

대개의 영웅소설은 부(父)의 부재(不在) 속에서 영웅 일개인의 영웅성을 발휘하여 지향 가치를 획득해 갈 뿐만 아니라 불고이취(不告而娶)의 결연을 서사의 중심으로 삼고 있다. 〈금선각〉에서도 아버지와 일시적인 분리를 경험하며 결연과 함께 영웅성을 발휘하여 지향 가치를 획득하고 가문을 재건하는 것으로 그려진다. 그런데 가문을 재건하는 과정, 영웅소설의 영웅적 지향 가치를 성취하는 과정이 일반적 영웅소설의 서사적 지향과는 다소 다르다. 부(父)의 부재는 죽음에 의한 분리가 아니며, 결연은 불고이취(不告而娶) 중심의 남녀 일대일 결연이 아니라 3처 2첩을 맞이한다. 또한 각각의 결연담이 가문의 재건에 맞춰서 전체 서사의 중심을 이루고 있다는 점 또한 일반적인 영웅소설의 서사와 다르다.

요컨대 〈금선각〉의 사혼처와 처처갈등은 장편 가문소설의 주요 갈등 요소로서 "중세 가족제도의 모순에서 파생된 문제"로, "처첩갈등의 근본원인은 사대부 남성의 축첩(蓄妾)과 적서차별, 그리고 가부장제 질

---

40) 深眼御家之均平, 而惟趙夫人自恃權貴, 都喪婦道, 怨丞相之偏愛, 嫉李氏之專寵, 一拔眼釘之計, 常常隱藏於胸肚之間, 丞相已瞭然嘿燭矣, 〈金仙覺〉 12회.

서 속에서" 구축되었던 가문의식에서 비롯된 것이다. 하지만 "영웅소설의 담당층에게는 신분상승을 통한 축첩(蓄妾)은"[41] 오히려 영웅성을 드러낼 수 있는 한 요소로 작용할 수 있기 때문에 그것이 장편 가문소설에서처럼 갈등의 요소로 작용하지는 않는다. 그런데 〈금선각〉에서는 남녀의 결연이나 사혼처, 그리고 사혼처에 의한 처처갈등이 문제의 심각성을 내포하지는 않지만, 조씨의 모해로 이씨가 곤액을 치루게 되는 부분은 〈금선각〉 12회~14회에 걸쳐서 이야기되며, 총 글자수는 7,442자로 전체 내용의 20%에 해당한다. 이는 〈금선각〉에서 군담이 1,457자로 4%밖에 되지 않는 것을 고려할 때, 작품 내에서 처처갈등이라고 하는 사혼처에 의한 혼사갈등의 비중이 매우 높음을 알 수 있다. 이는 단순히 흥미로운 화소의 차용이 아니라 장편 가문소설을 적극적으로 수용한 결과로 〈금선각〉과 전대 소설의 교섭을 확인할 수 있다.

사혼처와 처처갈등 이외에도 〈금선각〉의 남녀결연 화소는 재자가인소설의 특징을 잘 보여준다. 앞서 〈금선각〉의 전대 화소의 수용에서 두영과 황화의 만남이 〈구운몽〉의 양소유와 진채봉과 닮아 있다. 〈구운몽〉은 "재자가인소설의 반복적 구조를 잘 보여주는 작품"으로, 〈구운몽〉은 양소유와 2처 6첩의 여인들의 만남과 이별 그리고 재회가 반복된다.[42] 〈금선각〉의 두영 역시 3처 2첩의 여인들과 결연하게 되는데, 이 과정에서 남녀의 낭만적 만남의 설정이나, 배필감에 대한 희망과 의지를 밝히는 것, 남녀의 이별에 앞서 서로의 정표를[43] 나누어 갖

---

41) 강상순, 「영웅소설의 형성과 변모 양상 연구」, 고려대학교 석사학위논문, 1991, 38~39쪽.

42) 김정숙, 『조선후기 재자가인소설과 통속적 한문소설』, 보고사, 2006, 97쪽.

43) 〈金仙覺〉에서 두영은 경파와의 이별에서 자신이 어릴적 입었던 단삼과 경파의 옥지환을 서로 나눠 가짐으로써 훗날 두 사람이 만날 때 징표로 삼았다. 부용은 봉황이 그려진

는 것 등은 재자가인소설의 일반적인 화소를 수용한 결과이다.

〈금선각〉에서 두영의 인물형은 재자로서의 면모가 강화되어 있다. 두영이 과거 급제하여 한림학사가 된 이후에 결연을 하고, 가족과 재회함으로써 갈등의 요소들을 해결하여 행복한 결말을 맺는 구조 역시 재자가인소설의 특성이 어느 정도 반영된 결과로 보인다. "재자가인소설의 행복한 결말"과 함께 "과거 급제는 남녀의 결혼을 위한 필수 요소"인 동시에 "이상적 인물인 재자가 거치는 당연한 과정"이다.[44] 〈금선각〉의 특징은 이와 같은 재자가인소설의 구성적 특징과 일정한 범위에서 유관하다.

이상과 같은 〈금선각〉의 특징은 전대 소설의 전통, 특히 상층을 중심으로 유행하던 일련의 소설들의 전통을 잇고 있다. 즉 〈금선각〉의 복합적 특징을 다른 한문소설에서도 볼 수 있다. 예컨대 〈김전전(金銓傳)〉의 경우 '김전(金銓)'이라는 주인공의 이름과 '방구보은(放龜報恩)'을 제외하고는 이야기의 구성방식이나 서사의 전개는 〈장풍운전〉, 즉 〈금선각〉과 방불하다.[45] 〈김전전〉의 '김전'이란 이름과 '방구보은(放龜報恩)'으로 인해서 〈숙향전〉의 인물과 삽화를 수용하여 독립된 작품으로 만들어낸 〈숙향전〉의 파생작으로[46] 보기도 하지만, 〈김전전〉을 〈숙향전〉의 파생작으로 단순화하여 보기에는 무리가 있다. 특히 〈김전전〉의

비단 저고리로 두영과의 인연의 징표로 삼았다. 황화는 배필감에 대한 자신의 꿈을 기록한 것을 토대로 두영과의 인연의 고리로 삼았다.

44) 김정숙, 앞의 책, 100쪽.

45) 권도경, 앞의 논문, 1998, 55~62쪽. ; 전성운, 앞의 논문, 2000, 146~147쪽. ; 이후남, 「〈金銓傳〉의 특징과 의의」, 『장서각』 31, 한국학중앙연구원, 2014, 221~223쪽.

46) 권도경, 「조선후기 통속적 한문소설 연구 : 영웅소설류를 중심으로」, 이화여자대학교 석사학위논문, 1998, 72~76쪽.

중심 내용은 〈금선각〉 후반부의 사혼처 부분만 빠졌을 뿐, 전반부가 확대된 양상이다.

　〈금선각〉과 〈김전전〉의 서사적 차이를 살펴보면 다음과 같다. 주인공의 이름이 장두영이 아닌 김전이다. 내용적인 측면에서는 서사의 진행에 방해가 되지 않는 범위에서 다르다. 예컨대 〈금선각〉은 두영이 전쟁으로 아버지와 어머니 모두와 이별을 한 후에 두영의 입신양명 이후에 가족과 재회한다. 반면 〈김전전〉은 피난 중에 김전의 어머니가 김전을 잃어버리고 전쟁이 끝난 후 아버지와 어머니와 재회하게 된다. 그리고 〈금선각〉에서 두영의 첫 번째 조력자였던 이윤정은 전실 자식으로 딸 경파와 아들 경운을 두었는데, 〈김전전〉에서는 전실 자식으로 딸 형옥만을 두었다는 점만 다를 뿐 〈금선각〉과 〈김전전〉의 서사 전개 과정에 차이가 없다. 이런 점에서 〈김전전〉은 "〈숙향전〉을 소재적 원천으로 활용하고 〈장풍운전〉의 구성 방식을 차용해 창작한 작품"으로[47] 보는 것이 오히려 온당할 수 있다.

　이미 지적한 것처럼, 두 작품의 기본적인 서사골격은 유사하다. 특히 〈금선각〉과 〈김전전〉의 친연성이 두드러져 보이는 것은 문예지향적 특징이기도 하다. 〈김전전〉은 "사(詞), 한시(漢詩), 부(賦), 제문(祭文), 유서(遺書), 서간(書簡) 등" 총 18편의 문예문이 존재한다. 이와 같은 〈김전전〉의 문예지향성은 초기 연구에서는 〈김전전〉이 〈장풍운전〉과 "구성상의 혹사함에도 불구하고 문예문이 빈번히 드러난다는 점에서 현저한 차이"를[48] 보이는 작품으로 보았다. 하지만 이것은 〈금선각〉

---

47) 전성운, 앞의 논문, 2000, 146쪽.
48) 전성운, 앞의 논문, 2000, 147쪽.

이 발굴되기 이전이다. 〈금선각〉의 발굴로 〈김전전〉의 문예지향성은 오히려 〈금선각〉과의 교섭양상을 더욱 명확하게 보여주는 동시에 두 작품의 이본관계까지도 상정해 볼 수 있는 가능성까지도 전제한다.

앞서 지적한 〈김전전〉과 〈장풍운전〉의 문예지향성의 차이는 한문소설 〈김전전〉과 한글소설 〈장풍운전〉이라는 표기체제에 따른 미학적 차이일 뿐이다. 또한 〈김전전〉은 다양한 문예문의 제시와 함께 "역사, 천문, 제도, 문물, 병법, 군사제도 등과 같은 부국강병의 책략 등이 제시되어 있으며 박학한 지식의 과시"를[49] 보인다. 즉, 〈금선각〉이 다양한 문예문의 활용과 함께 유가경전을 기반으로 다양한 전고와 지식을 제시했던 것과 같다.

이와 같은 상황을 고려할 때, 〈김전전〉의 유통 시기에 주목할 필요가 있다. 〈김전전〉에는 "嘉慶二年丁巳臘月初日凝川後人寫"라는 필사기가 있다. '嘉慶二年'은 정조 21년(1797)을 말한다. 이로 볼 때, 〈김전전〉은 적어도 1797년 이전에 창작되어 유통되었음을 알 수 있다. 〈금선각〉의 창작 시기를 최대 1782년으로[50] 볼 때, 〈금선각〉과 〈김전전〉은 유사한 시기에 향유·유통되었다고 하겠다. 물론, 두 작품 간의 선후관계는 현재로서는 확언할 수 없다. 다만, 두 작품 모두 다양한 전대 소설의 화소를 적극 수용하여 작품을 창작하였다는 점이나 문예문의 적극적 제시가 당시 영웅소설적 경향의 한문소설이 지닌 특징이었다고 할 수 있다.

이것은 한문소설과 한글소설의 향유층의 거리를 보여주는 것일 뿐

---

49) 전성운, 앞의 논문, 2000, 149쪽.
50) 김준형, 앞의 논문, 2004, 147~149쪽.

만 아니라, 〈숙향전〉과 〈금선각〉 등의 화소를 서사전개에 활용했다는 점에서 당시 한문으로 쓰인 초기 영웅소설의 대중화, 통속화 양상을 확인할 수 있다. 즉, 소설에 대한 인식이 변하고 대중화되는 과도기에 대중들에게 흥미있는 화소들을 중심으로 이야기를 새롭게 구성하는 경향이 발생한 것이다. 〈금선각〉의 출현 역시 이런 소설사적 흐름을 보여주는 작품이다.

Ⅵ. 결론

본 논문은 〈금선각〉에 대한 연구를 진행하였다. 〈금선각〉은 영웅소설 〈장풍운전〉의 이본이다. 그러나 〈금선각〉은 단순한 이본 각편(各篇)이 아니라, 〈장풍운전〉의 선행 이본으로 추정되는 한문 창작의 영웅소설이다. 한문으로 표기된 〈장풍운전〉의 선행 이본 〈금선각〉은 다양한 측면에서 연구사적 의미를 지닌다. 영웅소설이면서 한문으로 창작되었다는 것, 그것도 비교적 초기에 출현한 영웅소설의 존재는 그간 국문 표기 영웅소설만을 연구의 전제로 삼았던 기존 연구에 많은 문제를 제기를 하고 있다.

그것은 다음과 같이 요약된다. 영웅소설의 초기작들 가운데 일부 혹은 상당수는 한문으로 창작되었으며, 그 가치 지향과 미의식은 국문 표기 영웅소설과 현저한 차이를 지닐 수 있다. 설령 한문 창작이 아니라고 해도, 초기 영웅소설은 국문과 한문이 공존하는 존재 양태를 보이며, 국문 영웅소설과 한문 영웅소설이 다른 각기 지향을 보이면서 발전해갔을 것이다. 그리고 이와 같은 문제 제기는 자연스럽게 초기 영웅소설의 작품성에 대한 치밀한 분석, 작가층을 포함한 향유층에 대해 재검토, 영웅소설 형성 배경 등에 대한 새로운 논의가 요구됨을 뜻한다.

본고는 〈금선각〉을 대상으로 전면적인 연구를 진행함으로써 위와 같은 문제 제기에 부응하고자 했다. 이에 우선 〈금선각〉과 〈장풍운전〉

의 이본을 수집·정리하고, 각 이본의 특징과 이본간의 차이를 살폈다. 그리고 〈금선각〉의 작품 분석과 소설사적 의미를 고찰하였다. 즉 〈금선각〉의 서사 구성 및 문예 지향적 특징, 주제적 면모를 〈장풍운전〉이나 전대 소설들과 비교하였고, 이를 토대로 〈금선각〉의 소설사적 의미는 어떠한지를 고찰하였다. 이를 간략히 정리하면 다음과 같다.

　본고에서는 먼저, 〈금선각〉의 이본 현황을 종합적으로 검토하였다. 〈금선각〉, 〈장두영전〉, 〈장풍운전〉 등의 이칭을 가지는 개별 텍스트를 모두 수집하여 문헌적 특징을 살폈다. 〈금선각〉 관련 이본 문헌은 다음과 같이 분류하였다. 〈금선각〉은 한문본 계열인 〈금선각〉과 〈장두영전〉, 그리고 한글본 계열은 필사본 〈장풍운전〉, 판각본 〈장풍운전〉, 구활자본 〈장풍운전〉으로 나뉜다. 한문본 계열은 〈금선각〉 14종과 국역본 〈장두영전〉 3종이 있으며, 한글본 계열은 필사본 39종, 경판 8종, 완판 7종, 안성판 1종, 구활자본 9종으로 총 78종의 이본이 있다.

　이상과 같은 〈금선각〉 이본 연구를 통해 기존 연구의 타당성을 일부 재확인하는 한편, 〈금선각〉의 이본의 계열 및 작가 구명(究明)이 기존 연구 결과와 다를 가능성이 일부 존재함을 지적하였다. 즉 〈금선각〉의 작가가 신경원이 아닐 수 있으며, 창작 시기를 1782년으로 비정한 것은 신경원이라는 인물과 『상서기문』(1794)의 기록을 조합한 결과이므로, 신경원이 작가가 아닐 경우, 국문 표기 〈장풍운전〉의 선행 가능성도 일부 존재한다고 하겠다. 다만 이런 추정은 새로운 연구 결과를 도출할 수 있는 명백한 근거가 아닌 기존의 1782년 신경원에 의한 창작이라는 것에 대한 회의적 문제제기일 뿐이라는 점에서 한계를 지닌다.

　다음 장에서는 〈금선각〉의 서사구성 방식과 문예적 지향을 살폈다. 〈금선각〉의 서사구성은 크게 전·후반부로 나뉘며, 전반부는 영웅성의 획득, 후반부는 사혼처에 의한 처처갈등으로 이루어져 있다. 이는 영웅적 지향 가치의 추구로 일관되어 있는 여타 영웅소설과 변별되는 특징이다. 다만 이런 서사구성 상의 특징은 기존 연구에서 밝혀진 바이기도 하다. 오히려 〈금선각〉의 서사구성 상의 특징은 장회의 구성 방식과 화소의 활용 방식이란 측면에서 드러난다. 〈금선각〉은 장회의 기법을 채택했으면서도 장회 분할 방식과 그 의미에 대한 명백한 이해는 결여되었다.

그리고 화소의 활용 방식에서 다양한 전대 소설을 수용하고 있음이 드러났다. 이것은 〈금선각〉이 다양한 전대 소설을 수용하면서 새로운 유형의 소설로 나가는 과도기적 특징과도 유관함을 의미하는 것이다. 그리고 〈금선각〉의 두드러진 특징으로 문예적 지향 면모를 살핀 바, 다양한 문예문의 수용, 전아한 문장의 지향, 전고(典故)와 다양한 배경지식의 활용이란 특징을 찾아볼 수 있었다. 이를 통해 〈금선각〉이 서사 전반에서 문예 지향적 성향을 갖추었음을 해명함으로써, 한문 표기 영웅소설인 〈금선각〉의 독자적 면모에 대해 조명하였다.

이상과 같은 논의는 〈금선각〉의 주제 의식에 대한 고찰로 이어졌다. 〈금선각〉의 주제의식에 대한 고찰은 주인공 장두영과 경파, 장해와 양부인의 인물 형상을 고찰함으로써 인물들이 어떤 특징을 보이고 있는지 살폈다. 요컨대 단순한 무인형 인물이 아닌 문무(文武)를 겸전하고, 가족의 재회와 가문의 창달을 추구하고 있음을 볼 수 있었다. 이때 〈금선각〉의 인물 형상화를 전대 소설인 〈구운몽〉이나 〈소현성록〉, 〈소대성전〉 등과의 변별적 측면에서 살폈고, 지향 가치를 〈장풍운전〉과의 주제적 변별이란 측면에서 고찰하였다. 〈금선각〉의 인물 형상과 지향 가치가 여타 소설과 어떻게 변별되며, 국문본 〈장풍운전〉과는 또 어떻게 변별되는지를 살핀 것이다.

끝으로, 〈금선각〉의 소설사적 의미를 고찰하였다. 초기 영웅소설인 〈금선각〉이 지닌 의미를 국한문이 공존하는 표기 체계, 장회 형식의 붕괴와 중편화 경향, 그리고 전대 화소의 수용과 주제적 변화 등의 측면을 중심으로 고찰하였다. 이를 통해 영웅소설의 유통과 향유에 있어서 한문과 한글의 표기방식의 이원화 양상, 장편 가문소설 등의 변모와 영웅소설의 형성 과정에 대한 이해, 초기 영웅소설 향유층의 특징 등을 해명할 수 있었다. 즉 한문소설 〈금선각〉에는 갈래 과도기적이고 화소 혼효적 특징이 존재함을 볼 수 있었다.

이상의 연구는 〈금선각〉을 총체적 관점에서 고찰한 것이다. 그러나 논의가 〈금선각〉에만 국한하다 보니, 영웅소설의 출현과 전개, 변이 및 이와 유관한 향유층의 특징에 대한 논의는 구체화시켜 진행하지 못하였다. 다만 본고에서의 〈금선각〉 연구를 통해, 초기 영웅소설의 존재 양태 및 특징에 대한 새로운 이해의 단서가 제공될 수 있기를 기대한다.

참고문헌

1. 자료

〈金仙覺〉 계열

한문본 : 고려대본 〈金仙覺〉, 유재영본 〈金仙覺〉, 김준형A본 〈金僊覺〉, 김준형B본
        〈金仙覺〉, 국립중앙도서관본 〈金仙覺〉, 정명기A본 〈金僊覺〉, 정명기B본
        〈金僊覺〉, 육당본 〈金仙覺〉, 연세대본 〈金仙覺〉, 성균관대본 〈張斗英傳〉,
        계명대본 〈金仙覺〉, 강문종A본 〈金仙覺〉, 강문종B본 〈金仙覺〉, 강문종C
        본 〈金仙覺〉

국역본 : 단국대본 〈張杜英傳〉, 박순호본 〈張斗英傳〉, 성균관대본 〈張元師傳〉

〈장풍운전〉 계열 : 필사본(46종), 경판(9종), 완판(7종), 안성판(1종), 구활자본(12종)

국립중앙도서관본 〈金銓傳〉, 〈최현전〉, 〈소대성전〉, 〈大鳳記〉

김광순, 『韓國古小說全集』 21·34, 京仁文化史, 1993.

김동욱, 『古小說板刻本全集』, 연세대학교출판부, 1973.

朴鐘洙 編, 『(羅孫本) 筆寫本古小說資料叢書』 53·54, 保景文化史, 1993.

月村文化研究所 編, 『한글필사본고소설자료총서』 42·84·85·86, 旿晟社, 1986.

장효현외 4인, 『校勘本 韓國漢文小說』 6권 英雄小說, 高麗大學校 民族文化研究院,
        2007.

『論語古今注』先進4章, 성균관대학교 존경각.

金赫濟 校閱, 『原本集註 周易』, 明文堂, 1987.

金赫濟 校閱, 『論語集註』, 明文堂, 1988.

司馬遷, 『史記』, 中華書局, 2008.

顏之推 著, 김종완 譯, 『안씨가훈』, 푸른역사, 2007.

李民樹, 『禮記』 上·中·下, 成均書館, 1979.

李時珍 著, 杏林出版社 編輯部 編譯, 『新註校定 國譯本草綱目』, 杏林出版社, 1974.

朝鮮圖書株式會社編輯部 編, 『備旨具解 原本詩傳』, 二以會, 1982.

朝鮮圖書株式會社 編, 『原本備旨 書傳集註』, 太山文化史, 1984.

漢語大詞典偏執委員會, 『漢語大詞典』, 漢語大詞典出版社, 1992.

혜심·각원 저, 김월운 옮김, 『선문염송·염송설화』, 동국대학교부설 동국역경원, 2009.

黃堅 編, 『原本備旨 古文眞寶』, 명문당, 1986.

2. 단행본

김경미, 『소설의 매혹』, 월인, 2008.

김경미, 『19세기 소설사의 구도와 한문소설의 전개』, 보고사, 2011.

김만중. 정규복·진경환 역, 『구운몽』, 고대민족문화연구소, 1996.

김열규, 『韓國民俗과 文學研究』, 일조각, 1971.

김준형, 『국역 금선각 金僊覺』, 보고사, 2015.

김준형, 『교감 금선각 金僊覺』, 보고사, 2015.

김태준, 박희병 校注, 『증보조선소설사』, 한길사, 1990.

김학주, 『중국문학사』, 신아사, 2009.

노신, 정범진 역, 『중국소설사략』, 학연사, 1987.

박일용, 『영웅소설의 소설사적 변주』, 월인, 2003.

서경호, 『중국소설사』, 서울대학교출판부, 2006.

서대석, 『군담소설의 구조와 배경』, 이대출판부, 2001.

심경호, 『한문산문의 이해』, 고려대학교 출판부, 2005.

이창헌, 『이야기·책·이야기』, 보고사, 2003.

장효현, 『韓國古典小說史研究』, 고려대학교 출판부, 2002.

전성운, 『조선후기 장편국문소설의 조망』, 보고사, 2002.

전성운, 『한중 소설 대비의 지평』, 보고사, 2005.

정규복 외, 『金萬重文學研究』, 국학자료원, 1993.

조동일, 『叙事民譚研究』, 계명대학교 출판부, 1970.

조동일, 『한국소설의 이론』, 지식산업사, 1977.

조희웅, 『古典小說 異本目錄』, 집문당, 1999.

크리스토퍼 리 코너리, 최정섭 역, 『텍스트의 제국』, 소명출판, 2005.

3. 학위논문

강상순, 「英雄小說의 形成과 變貌 樣相 研究 : 敍事構造와 人物 形象化의 樣相을 중심으로」, 고려대학교 석사학위논문, 1991.

강상순, 「九雲夢의 상상적 형식과 욕망에 대한 연구」, 고려대학교 박사학위논문, 1999.

강지수, 「조력자의 변모 양상과 그 의미」, 인제대학교 교육대학원 석사학위논문, 2004.

권도경, 「조선후기 통속적 한문소설 연구 : 영웅소설류를 중심으로」, 이화여자대학교 석사학위논문, 1998.

권성기, 「朝鮮朝 英雄小說의 作者層 研究 : 沒落 兩班과 庶孼層을 중심으로」, 경희대학교 석사학위논문, 1984.

김도환, 「〈최현전〉 연구」, 고려대학교 석사학위논문, 2001.

김도환, 「고전소설 군담의 확장방식 연구」, 고려대학교 박사학위논문, 2010.

김연호, 「英雄小說의 類型과 變貌에 關한 研究」, 고려대학교 박사학위논문, 1992.

박영희, 「〈蘇賢聖錄〉 連作 研究」, 이화여자대학교 박사학위논문, 1993.

박일용, 「英雄小說의 類型變異와 그 小說史的 意義」, 서울대학교 석사학위논문, 1983.

배수찬, 「고전 국문소설의 서술 원리 연구 : 낭독이 서술에 미친 영향을 중심으로」, 서울대학교 석사학위논문, 2001.

신현순, 「장풍운전의 불교 사상적 성격」, 부산대학교 석사학위논문, 2000.

엄기영, 「〈企齋記異〉의 창작방법 연구」, 고려대학교 박사학위논문, 2007.

엄태웅, 「방각본 영웅소설의 지역적 특성과 이념적 지향」, 고려대학교 박사학위논문, 2012.

윤태호, 「英雄小說에 受容된 道仙思想에 관한 研究」, 단국대학교 석사학위논문, 1992.

이강엽, 「군담소설 연구방법론」, 연세대학교 박사학위논문, 1993.

이언수, 「영웅소설의 敍事構造에 관한 研究」, 덕성여자대학교 석사학위논문, 1999.

이창헌, 「京板坊刻小說 板本 研究」, 서울대학교 박사학위논문, 1995.

임성래, 「영웅소설의 유형 연구」, 연세대학교 박사학위논문, 1986.

임치균, 「英雄小說 연구 : 誕生과 鬪爭을 中心으로」, 서울대학교 석사학위논문, 1985.

전성운, 「長篇 國文小說의 變貌와 英雄小說의 形成」, 고려대학교 박사학위논문, 2000.

전준걸, 「朝鮮朝 英雄小說의 武藝意識 硏究」, 동국대학교 박사학위논문, 1991.

조동일, 「英雄小說 作品構造의 時代的 性格」, 서울대학교 박사학위논문, 1975.

최기숙, 「영웅소설 서사체계의 발전적 변모 연구」, 연세대학교 석사학위논문, 1993.

홍용근, 「영웅소설의 원조자 연구」, 경남대학교 교육대학원 석사학위논문, 1991.

현혜경, 「知人之鑑類型 古典小說 硏究」, 이화여자대학교 박사학위논문, 1990.

4. 소논문

강문종, 「〈金仙覺〉 研究」, 『淸溪論叢』 18, 한국학중앙연구원 한국학대학원, 2004.

강문종, 「〈金仙覺〉 異本 연구」, 『정신문화연구』 28, 한국학중앙연구원, 2005.

곽정식, 「장풍운전 연구」, 『국어국문학』 21, 부산대학교 인문대학 국어국문학과, 1983.

권혁래, 「조선조 한문소설 국역본의 존재 양상과 번역문학적 성격에 대한 시론」, 『동양학』 36, 단국대학교 동양학연구소, 2004.

권혁래, 「18~19세기 국문소설의 한역(漢譯) 및 개작에 대한 연구」, 『동양학』 39, 단국대학교 동양학연구소, 2006.

김경남, 「군담소설의 전쟁 소재와 욕망의 관련 양상 : 〈소대성전〉, 〈장풍운전〉, 〈조웅전〉을 중심으로」, 『겨레어문학』 21, 건국대국어국문학회, 1997.

김경미, 「지식 형성과 사유의 場으로서의 소설의 가능성 – 〈三韓拾遺〉를 중심으로」, 『한국고전연구』 26, 한국고전연구학회, 2012.

김경숙, 「장풍운전 연구 : 군담소설과 가정소설의 접촉」, 『열상고전연구』 10, 열상고전연구회, 1997.

김동욱, 「坊刻本에 對하여」, 『東方學志』 11, 연세대학교 동방학연구소, 1970.

김명석, 「서사의 새로운 지평–章回體 글쓰기의 소통 양상」, 『중국학논총』 16, 고려대학교 중국학연구소, 2003.

김민정, 「〈金仙覺〉의 소설사적 전통과 〈구운몽〉」, 『순천향 인문과학논총』 32(3), 순천향대학교 인문과학연구소, 2013.

김병권, 「경판 장풍운전 문헌변화의 소설시학적 기능」, 『한국민족문화』 14, 부산대학교 한국민족문화연구소, 1999.

김병권, 「방각소설 〈장풍운전〉 내적 변화의 독자 성향」, 『한국문학논총』 26, 한국
　　　문학회, 2000.

김선정, 「謫降型 英雄小說 硏究 : 〈劉忠烈傳〉・〈柳文成傳〉・〈金振玉傳〉・〈蘇大成傳〉
　　　을 中心으로」, 『人文論叢』 2, 경남대학교 인문과학연구소, 1990.

김수봉, 「英雄小說 男主人公의 外形橫寫册究」, 『牛岩斯黎』 5, 부산외국어대학교 국
　　　어국문학과, 1995.

김수봉, 「英雄小說의 반동인물 硏究 : 영웅소설의 반동인물 연구」, 『國語國文學』
　　　29, 부산대학교 인문대학 국어국문학과, 1992.

김연호, 「영웅소설과 불교」, 『우리어문연구』 12, 우리어문학회, 1999.

김준형, 「〈金仙覺〉의 발굴과 소설사적 의의」, 『고소설연구』 18, 한국고소설학회,
　　　2004.

김준형, 「〈장풍운전〉 異本攷 - 한문본 〈金仙覺〉을 중심으로」, 『우리어문연구』 45,
　　　우리어문학회, 2013.

김준형, 「조선후기 하층민의 삶과 이데올로기, 〈장풍운전〉」, 『고소설연구』 33, 한
　　　국고소설학회, 2012.

김진영・차충환, 「話素와 結構方式을 통해 본 英雄小說의 類型性」, 『語文硏究』
　　　29(2), 한국어문교육연구회, 2001.

김현양, 「영웅군담소설의 연구사적 조망」, 『민족문학사연구』 46, 민족문학사연구
　　　소, 2011.

류준경, 「독서층의 새로운 지평, 방각본과 신활자본」, 『한문고전연구』 13, 한국한
　　　문고전학회, 2006.

박영희, 「〈소현성록〉에 나타난 公主婚의 사회적 의미」, 『한국고전연구』 12, 한국고
　　　전연구학회, 2005.

박일용, 「〈장경전〉의 형상화 방식과 그 문학적 의미」, 『인문과학』 1, 弘益大學校
　　　人文科學硏究所, 1994.

박일용, 「가문소설과 영웅소설의 소설사적 관련 양상 : 형성기를 중심으로」, 『古典
　　　文學硏究』, 20, 한국고전문학회, 2001.

박일용, 「영웅소설 유형 변이의 사회적 의미」, 『근대문학의 형성과정』, 한국고전문
　　　학회, 1983.

박일용, 「인물형상을 통해서 본 〈구운몽〉의 사회적 성격과 소설사적 위상」, 『정신문화연구』 14(3), 한국학중앙연구원, 1991.

소재영, 「崔鉉傳 論攷」, 『어문논집』 14·15, 민족어문학회, 1973.

심경호, 「趙雄傳」, 『韓國古典小說作品論』, 집문당, 1990.

심경호, 「한문산문 연구에 관한 몇 가지 제안」, 『東方漢文學』 31, 동방한문학회, 2006.

심경호, 「이두식 변격한문의 역사적 실상과 연구과제」, 『어문논집』 57, 민족어문학회, 2008.

심치열, 「고소설에 나타나는 꿈 – 옥루몽을 중심으로」, 『돈암어문학』 6, 돈암어문학회, 1994.

서경희, 「〈蘇大成傳〉의 서지학적 접근」, 이화여대 석사학위논문, 1998.

신해진, 「경판 27장본 〈張豊雲傳〉 해제 및 교주」, 『고전과 해석』 6, 고전문학한문학연구학회, 2009.

이능우, 「〈古代小說〉 舊活字本 調査目錄」, 『論文集』 8, 숙명여자대학교, 1968.

이대형, 「〈소대성전〉의 한문본 〈大鳳記〉 연구」, 『열상고전연구』 34, 열상고전연구학회, 2011.

이병기, 「朝鮮語文學名著解題」, 『文章』 2(8), 문장사, 1940.

이수봉, 「최현전 논고」, 『여천서병국박사화갑기념논문집』, 형설출판사, 1979.

이지영, 「〈최현전〉 연구」, 『韓國 古典小說과 敍事文學』 上, 집문당, 1998.

이지영, 「〈장풍운전〉, 〈최현전〉, 〈소대성전〉을 통해 본 초기 영웅소설 전승의 행방 : 유형의 구조적 특징을 중심으로」, 『古小說研究』 10, 한국고소설학회, 2000.

이창헌, 「경판방각소설의 상업적 성격과 이본출현에 대한 연구」, 『관악어문연구』 12, 서울대학교 국어국문학과, 1987.

이창헌, 「장풍운전」, 『韓國古典小說作品論』, 집문당, 1990.

이창헌, 「경판방각소설의 변이에 대한 연구」, 『仁濟論叢』 18(2), 인제대학교, 1992.

이후남, 「〈金銓傳〉의 특징과 의의」, 『장서각』 31, 한국학중앙연구원, 2014.

이혜은·유춘동, 「미국 하버드옌칭도서관 소장 한글 방각본 소설 연구」, 『한국비블리아학회지』 24(2), 한국비블리아학회, 2013.

이희우, 「괴팅켄대학 도서관 한국 고소설 자료수집에 대하여」, 『관악어문연구』 9, 서울대학교 국어국문학과, 1984.

임성래, 「영웅소설의 출현 동인 연구」, 『배달말』 20(1), 배달말학회, 1995.

장효현, 「조선 후기의 소설론 - 필사본 소설의 序·跋을 중심으로」, 『어문논집』 23(1), 안암어문학회, 1982.

장효현, 「〈九雲夢〉의 主題와 그 受容史에 관한 研究」, 『김만중문학연구』, 국학자료원, 1993.

장효현, 「長篇 家門小說의 成立과 存在樣態」, 『정신문화연구』 14(3), 한국학중앙연구원, 1991.

장예준, 「19세기 소설의 '지식' 구성의 한 양상과 '지식'의 성격」, 『한국어문학연구』 55, 한국어문학연구학회, 2010.

전상욱, 「한글방각소설 신자료 고찰」, 『열상고전연구』 31, 열상고전연구회, 2010.

전성운, 「비교 문학적 측면에서의 〈구운몽〉 창작과 소설사적 의미」, 『한국문학이론과 비평』 13, 한국문학이론과 비평학회, 2001.

전성운, 「16~7세기 연의소설의 인식과 그 변화」, 『古小說研究』 19, 한국고소설학회, 2005.

전성운, 「19세기 한문장편 소설의 특징과 창작 배경」, 『어문논집』 40, 안암어문학회, 1999.

전성운, 「19세기 장편 한문소설과 청말 재학소설의 지식 제시 방식」, 『語文研究』 58, 어문연구학회, 2008.

전성운, 「〈조웅전〉 형성의 기저와 영웅의 형상」, 『어문연구』 74, 어문연구학회, 2012.

전성운, 「〈三國志演義〉 豫知談의 양상과 의미」, 『東方文學比較研究』 1, 동방문학비교연구회, 2013.

전성운, 「〈조웅전〉에 나타난 예지담의 양상과 의미」, 『우리어문연구』 48, 우리어문학회, 2014.

정규복, 「韓國軍談類小說에 끼친 三國志演義의 影響序說」, 『어문논집』 4, 민족어문학회, 1960.

정규복, 「B형 老尊本 해제」, 『김만중문학연구』, 국학자료원, 1993.

정상진, 「陰助者의 機能과 性格」, 『牛岩斯黎』 3, 부산외국어대학교 국어국문학과, 1993.

정출헌, 「17세기 국문소설과 한문소설의 대비적 위상」, 『韓國漢文學研究』 22, 한국한문학회, 1998.

조동일, 「民譚構造의 美學的·社會的 意味에 관한 一考察」, 『韓國民俗學』 3, 韓國民俗學會, 1970.

조동일, 「英雄의 一生, 그 文學史的 展開」, 『동아문화』 10, 서울대학교 동아문화연구소, 1971.

조동일, 「英雄小說 作品構造의 時代的 性格」, 『한국학논집』 4, 계명대학교 한국학연구원, 1976.

조윤경, 「조선중기 재지사족 가문 아버지들의 자녀양육에 대한 검토」, 『인문과학연구』 82, 충남대학교 인문과학연구소, 2011.

현혜경, 「고전소설에 나타나는 知鑑話素의 性格과 意味 : 〈소대성전(蘇大成傳)〉〈낙성비룡(洛成飛龍)〉〈신유복전(申遺腹傳)〉을 中心으로」, 『국어국문학』 102, 국어국문학회, 1989.

찾아보기

김민정

고려대학교에서 석·박사 학위를 받았다. 주요논저로는 「〈金仙覺〉의 소설사적 전통과 〈구운몽〉」, 「李德懋 祭文의 글쓰기 방식과 특징」, 『아산 관련 문학 자료집』 등이 있다. 순천향대학교 인문학진흥원의 연구원으로 재직중이다.

한국서사문학연구총서 28

초기 영웅소설과 금선각

2018년 9월 10일 초판 1쇄 펴냄

지은이 김민정
펴낸이 김흥국
펴낸곳 도서출판 보고사

책임편집 이순민
표지디자인 손정자

등록 1990년 12월 13일 제6-0429호
주소 경기도 파주시 회동길 337-15 보고사 2층
전화 031-955-9797(대표), 02-922-5120~1(편집), 02-922-2246(영업)
팩스 02-922-6990
메일 kanapub3@naver.com / bogosabooks@naver.com
http://www.bogosabooks.co.kr

ISBN 979-11-5516-744-1 93810
ⓒ 김민정, 2018

정가 20,000원